울어봐,
빌어도 좋고

1

울어봐,
빌어도 좋고

1

솔체
장편소설

폴라북스

─ 차 례 ─

배달된 소녀

아이는 우편마차를 타고 왔다. 장미 모종을 심느라 진종일
바빴던 초봄의 한 늦은 오후였다.

"빌 레머 아저씨가 맞으신가요?"

얼떨떨한 얼굴로 서 있는 빌 레미를 향해 아이는 조심스러
운 질문을 건넸다. 발음이 무척 부드러워 묘하게 느껴지는 억
양이었다.

"그래. 내가 빌 레머이긴 하다만."

빌은 흙먼지를 툭툭 털어낸 손으로 밀짚모자를 벗어 들었
다. 너른 챙의 그늘에 가려져 있던 그을린 얼굴이 드러나자
아이는 흠칫하며 마른침을 삼켰다. 새삼스러울 건 없었다. 우

락부락한 생김새를 가진 거구의 빌 레머를 처음 본 사람들은 대체로 그런 반응을 보였으니.

"넌 대체 누구냐?"

잔뜩 인상을 쓰자 그의 얼굴은 한층 더 험상궂어 보였다.

"안녕하세요, 빌 아저씨. 저는 레일라 르웰린이라고 해요. 로비타에서 왔어요."

아이는 또박또박 느리게 말했다. 로비타라. 빌은 그제야 아이의 독특한 억양을 이해했다.

"너 혼자서 베르크까지, 국경을 넘어왔단 말이냐?"

"네. 기차를 타고요."

어색하게 웃은 아이는 부자연스러울 정도로 반듯한 자세를 취했다. 마치 벌이라도 서는 듯한 모양새였다.

"아, 이 애가 벌써 레머 씨를 만났군요."

때마침 아이를 이곳까지 데려왔다는 우편배달부가 다가왔다. 빌은 안도의 한숨을 내쉬며 몸을 돌려세웠다.

"마침 잘 왔소. 애를 왜 여기 데리고 온 거요?"

"혼자 짐을 들고 역 앞을 걷고 있어서 어디를 가는지 물었더니 헤르하르트 가문의 정원사인 빌 레머 씨를 찾아가는 길이라고 해서 말이에요. 마침 여기로 배달을 오던 길이라 데려왔지요."

웃으며 대답한 그는 빌 레머 앞으로 온 한 통의 편지를 내밀었다. 이웃 나라인 로비타에 사는 먼 친척이 보낸 편지였다.

성미 급한 빌은 그 자리에서 봉투를 찢었다. 안에 든 편지에는 천애 고아가 되어 친척 집을 전전했던 한 아이의 내력과 찢어지게 가난한 처지 탓에 도저히 객식구를 돌볼 수 없는 자신들의 사정이 담겨 있었다. 그 아이의 이름은 레일라 르웰린. 그러니까 그의 눈앞에 서 있는 이 작은 소녀가 바로 그 문제의 고아인 모양이었다.

"염병할 인간들. 소식을 참 어지간히도 빨리 전해주는구먼."

빌은 기가 막혀 실소했다. 로비타에는 천덕꾸러기 고아를 맡아줄 만한 친척이 없다고 했다. 그 애와 희미한 연결 고리라도 닿아 있는 사람 중에는 그래도 빌 레머의 형편이 가장 나으니 그곳으로 아이를 보내겠다고. 만약 그의 상황도 여의 찮으면 아이를 고아원에 넣으라는 조언도 덧붙여져 있었다.

빌은 욕설을 중얼거리며 구긴 편지를 바닥으로 내동댕이쳤다.

"이런 쳐 죽일 것들을 봤나. 아무리 그래도 그렇지, 이 어린 걸 혼자 여기까지 보내?"

이제야 모든 상황을 이해한 빌의 얼굴이 노기로 붉게 달아올랐다. 폭탄 돌리기를 하듯 이리저리 떠넘기던 아이가 더는 갈 곳이 없어지자 국경 밖으로 내몬 것과 다를 바가 없었다. 고작 외국에 사는 먼 친척의 주소 하나 쥐어서, 쫓아내듯이.

"저기, 빌 아저씨. 저 그렇게 어리지는 않아요."

가만히 그를 지켜보던 아이가 말문을 열었다.

"몇 주 뒤면 열두 살이 되거든요."

아이는 짐짓 어른스러운 말투로 소곤거리며 살며시 발돋움을 했다. 그 모습이 더욱 기가 막혀 빌은 실소했다. 하도 작아 열 살은 되었을까 싶었는데, 어쨌든 짐작보다는 나이가 많아 다행이라 해야 할까.

골치 아픈 소녀를 배달한 우편배달부는 두 사람만 덩그러니 남겨둔 채 정원을 떠나갔다. 빌은 야속한 신을 찾으며 머리를 감싸쥐었다. 말이 좋아 친척이지 저 아이의 아버지와 그는 남이나 다를 바 없었다. 마지막으로 본 지 이십 년은 넘었을 먼 친척의 자식을 맡아 키우라니. 그것도 이 홀아비 빌 레머가, 조막만 한 계집아이를!

아직은 꽤 차가운 날씨인데도 아이는 터무니없이 얇은 옷을 입고 있었다. 게다가 어찌나 쇠꼬챙이처럼 야위었는지. 봐줄 만한 것이라고는 커다란 초록 눈과 금실 같은 머리카락뿐인 아이였다.

저 아이를 맡는 건 말도 안 되는 일이다.

빌은 명료한 결론을 내렸다. 하지만 그 결론에 따른 유일한 해결책이 저 애를 고아원에 집어넣는 일뿐이니 환장할 노릇이었다.

깊은 탄식을 한 빌은 다시 한번 이 사달을 일으킨 것들을 향한 저주의 말을 중얼거렸다. 겁을 먹은 듯 움찔하면서도 아이는 제법 의연한 표정을 지었다. 그래봐야 초조하게 꼼지락거리는 손과 하도 깨물어 빨개진 입술은 감추지 못했지만.

"따라오너라."

절레절레 고개를 저은 빌이 앞장서 걷기 시작했다.

"우선은 배부터 채우고 생각해야지."

퉁명스럽게 덧붙인 말이 저녁 바람을 타고 흘렀다.

막대기처럼 꼿꼿하게 서 있던 레일라는 그제야 안도하며 걸음을 내디뎠다. 한 걸음, 또 한 걸음 더해질수록 아이의 걸음은 점차 가볍고 경쾌해져 갔다.

"네 몫은 그게 전부인 거냐?"

아이가 제 앞접시에 던 음식을 흘깃 살핀 빌이 이맛살을 찌푸렸다.

"네. 저는 조금만 먹어요. 정말이에요."

아이가 웃자 빌의 마음은 조금 더 불편해졌다.

"애야, 난 입 짧은 애는 질색이다."

빌이 툭 던진 말에 아이의 눈이 동그랗게 커졌다. 덜름하게 올라간 소매 아래로 드러난 아이의 앙상한 손목 위로 식탁을 밝힌 등불의 불빛이 내려앉았다.

"뭐든지 푹푹 소처럼 잘 먹어야지."

빌의 표정이 한층 퉁명스러워졌다. 숨을 죽인 채 눈치를 살피던 레일라는 고기와 빵을 한 덩이씩 더 집어 들었다. 그리고 접시 위로 가져간 제 몫의 음식을 허겁지겁 먹어치우기 시작했다. 배가 많이 고팠던 모양이었다.

"소처럼은 조금 어렵지만, 그래도 사실은 저 잘 먹어요, 아저씨."

입가에 빵 부스러기를 묻힌 아이가 생긋이 웃었다.

"그래. 확실히 그래 보이는구나."

빌은 저도 모르게 실소하며 술잔을 들었다. 비로소 긴장을 푼 아이는 한결 편안해진 모습으로 식사를 해나갔다.

"그런데 말이다, 넌 내가 무섭지도 않으냐?"

가만히 아이를 지켜보던 빌이 짐짓 으름장을 놓았다.

"네."

아이는 주저 없이 대답하며 환한 웃음을 지었다. 빌을 빤히 쳐다보는 눈빛이 무척이나 맑고 곧았다.

"아저씨는 제게 소리치거나 때리지 않으시잖아요. 이렇게 맛있는 것도 주시고요. 그러니까 고맙고 좋은 분 같아요."

고작 그따위 것이 고맙다니. 대체 어떤 인생을 살아온 것인가.

문득 입안이 써진 빌은 단숨에 비운 술잔을 다시 가득 채웠다.

편지에는 아이의 엄마가 남편과 자식을 버리고 다른 남자와 함께 도망쳤다고 쓰여 있었다. 그 사실에 상심한 아이의 아버지는 술독에 빠져 살다시피 하다 병이 들어 세상을 떠났다고. 그 후로는 친척들의 집을 떠돌며 자랐다니 저 애의 신세가 어땠을지 알 만했다.

그래도 저 애를 키우는 건 말이 안 된다.

벌컥벌컥 맥주를 들이켜며 빌 레머는 결심했다. 늦어도 다음 주까지는 반드시 이 문제를 마무리 짓겠다고.

"다들 들으셨어요? 정원사 레머 씨가 어린 여자애를 키우게 됐대요."

사용인 휴게실로 달려 들어온 젊은 하녀가 목청을 높여 외쳤다. 중앙에 놓인 탁자에 둘러앉아 담소를 나누던 사용인들의 시선이 일제히 그녀를 향했다.

"여자애를? 레머 씨가? 차라리 사자나 코끼리를 키운단 말이 좀 더 그럴싸하겠어."

심드렁히 듣고 있던 한 시종이 코웃음을 쳤다.

헤르하르트 공작가의 정원사 빌 레머는 꽃을 가꾸는 데 천부적인 소질을 가진 사내였다. 그 재능 덕에 그는 다분히 비사교적이고 무뚝뚝한 성미를 가지고도 벌써 이십 년째 이 가문의 정원사 자리를 지켜낼 수 있었다. 놀랍도록 공정한 빌 레머는 공작 일가를 대하는 태도도 뻣뻣하기 그지없었는데, 그럼에도 불구하고 큰 신임을 받았다. 누구보다 노마님이 그랬다. 꽃에 대한 사랑이 유별난 그녀는 자신의 정원과 연관된 일에 관해서는 무한한 이해와 관용을 베풀었다. 영지 뒤편의 숲에 있는 오두막을 정원사에게 내어준 것도 그녀의 결정이었다.

빌 레머의 삶은 단순했다. 정원에서 일하고 오두막에서 쉬었다. 가끔 동년배의 사용인들과 술잔을 기울이는 때를 제외하면 대부분의 시간을 꽃과 나무에 둘러싸여 보내는 남자였다. 아내가 병으로 세상을 떠난 지 십수 년이 지났지만 여자를 가까이하는 일도 드물었다.

그런 목석 빌 레머와 어린 여자애라니. 말도 안 되는 일이라는 쪽으로 의견이 기울었을 무렵에 창가에 서 있던 하녀가 탄성을 터트렸다.

"어머, 헛소문이 아닌가 봐요! 저기 좀 보세요."

동그래진 눈을 한 하녀가 유리창 너머를 가리켰다. 우르르 창가로 모여든 사용인들은 곧 그녀처럼 놀란 표정이 되었다.

웬 자그마한 소녀가 정원을 가꾸는 중인 빌 레머의 뒤를 따르고 있었다. 한 가닥으로 땋은 금빛 머리칼이 총총 걸어가는 아이의 등 뒤에서 시계추처럼 흔들렸다.

"생각해보는 중이오."

아이에 대해 물을 때마다 빌 레머는 같은 대답을 반복했다.

"여기 둘 수는 없으니 어디로 보낼지 잘 생각을 해봐야지."

그의 생각이 봄을 지나 여름에 이를 때까지 이어지는 동안 레일라 르웰린은 이 영지의 일부로 자리 잡아갔다. 정원과 숲을 부지런히 쏘다니는 아이의 모습은 헤르하르트가의 사용인들에게는 어느덧 익숙한 풍경이 되어 있었다.

"그새 키가 좀 자란 것 같네요."

힐끔 창밖을 살핀 요리사 모나 부인이 웃으며 말했다. 레일라는 오두막 뒤편의 숲을 거닐며 풀과 꽃을 살피고 있었다.

"아직 한참 더 자라야지. 워낙 조그마해서 원."

"이봐요, 빌 레머. 애들은 당신이 가꾸는 화초와는 달라요.

하루아침에 쑥쑥 자라날 수는 없다고요."

절레절레 고개를 저은 모나 부인이 손에 들고 있던 바구니를 식탁에 내려놓았다.

"이게 뭐요?"

"쿠키랑 케이크예요. 어제 저택에서 마님의 티 파티가 있었거든요."

"난 단 건 질색이야."

"그래서요? 이건 레일라 건데."

모나 부인의 태연한 대꾸에 빌 레머의 짙은 눈썹이 꿈틀댔다. 이곳에 둘 아이도 아니건만 공작가의 사용인들은 어느 날부터인가 레일라를 챙기기 시작했다. 안부를 묻고, 음식을 가져다주고, 때로는 아이를 보러 찾아오기도 했다. 골치 아픈 일이었다.

"옷을 좀 사 입혀야겠어요. 조금만 더 자라면 숙녀의 치마가 무릎 위까지 올라가겠네."

새를 쫓아 달리는 레일라를 바라보던 모나 부인이 쯧쯧 혀를 찼다. 달갑지 않은 간섭이었으나 빌은 반박하지 못했다. 아이에 대해 아는 게 없는 그의 눈에도 레일라가 제 몸에 맞지 않는 옷을 꿰어 입고 있다는 사실은 자명해 보였으니까.

"어머! 어머머! 저 애 좀 봐요!"

그만 떠나려던 모나 부인이 경악하며 창가로 달려갔다. 빌은 심상한 눈길로 창밖을 보았다. 쫓아가던 새가 나뭇가지 끝에 앉자 레일라는 잽싸게 그 나무를 타고 올랐다. 다람쥐처럼 민첩하고 가벼운 몸놀림이었다.

"나무 타는 재주가 꽤 쓸 만한 애지."

빌의 덤덤한 대꾸를 들은 모나 부인이 도끼눈을 떴다.

"빌 레머! 저걸 알고도 그냥 두었단 말이에요? 도대체 애를 어떻게 키우고 있는 거예요?"

"보다시피 저 애는 강하게 잘 자라고 있소만."

"여자애를 선머슴처럼 키우고 있잖아요! 맙소사."

흥분한 모나 부인이 목청 높여 잔소리를 늘어놓았지만 빌은 듣는 둥 마는 둥 하며 창문 너머를 기웃거렸다. 레일라는 나뭇가지에 걸터앉은 채 우듬지에서 노니는 새들을 지켜보고 있었다.

지난 몇 달간 지켜본 레일라 르웰린은 세상 만물에 호기심이 많은 아이였다. 꽃과 풀, 새와 곤충. 눈길 닿는 모든 것을 신기하게 여기며 궁금해했다. 언젠가는 저녁이 되어도 놀아 오지 않아 숲으로 가보았더니 강가에 오도카니 앉아 물새 떼를 바라보고 있었다. 어찌나 집중해 있던지 이름을 몇 번이나 불러도 알아차리지 못했다.

모나 부인은 한참이나 더 귀 따가운 설교를 쏟아낸 후에야 오두막을 떠났다. 절레절레 고개를 저은 빌은 느릿한 걸음을 옮겨 아이가 놀고 있는 뒤뜰로 나갔다.

"아저씨!"

그를 발견한 레일라가 반색하며 손을 흔들었다.

올라갈 때만큼이나 재빠르게 나무에서 내려온 아이는 금세 빌의 코앞까지 다가왔다. 칙칙한 회색 원피스는 치마뿐만 아니라 소매도 짧았다. 이런 몰골로 공작을 만나게 할 수는 없으니 아무래도 옷 한 벌쯤은 사주어야 할 듯했다.

"함께 갈 곳이 있으니 준비하고 나오너라."

결심을 굳힌 빌이 말문을 열었다.

"아, 아저씨?"

반짝거리던 레일라의 눈에서 한순간 빛이 사라졌다. 아이가 겁에 질린 이유를 알아차린 빌의 얼굴에 당혹감이 스쳤다.

"옷을 사러 시내에 나가는 것뿐이니 그런 표정 지을 거 없다. 곧 헤르하르트 공작이 올 텐데, 이 꼴로 인사를 올리는 건 아무래도 좀 그렇지."

빌은 서둘러 외출의 이유를 밝혔다. 그제야 안도한 레일라의 얼굴에 웃음이 돌아왔다.

"공작님이면 이 영지의 주인이신 분이지요?"

"그래. 이제 방학이니 돌아오겠지."

"방학이요? 공작님도 학교에 다니시나요?"

고개를 갸웃거리던 레일라의 눈이 동그랗게 커졌다. 빌은 껄껄 웃으며 아이의 부스스한 머리를 쓰다듬었다.

"공작도 열여덟에는 별수 없이 학교에 다녀야지."

"네에? 열여덟 살이요? 공작님이?"

기절할 듯이 놀라는 아이를 물끄러미 바라보던 빌이 또다시 웃음을 터뜨렸다. 그의 거친 손끝에 닿은 아이의 부스스한 머리카락은 햇솜처럼 보드라웠다.

⊱⊰

수도에서 출발한 기차가 칼스바르역의 플랫폼으로 들어섰다.

대기 중이던 사용인들은 일사불란하게 특등칸 앞으로 다가갔다. 그들이 반듯한 자세로 도열했을 무렵에 키가 크고 늘씬한 소년이 플랫폼으로 내려섰다.

"안녕하십니까, 주인님."

집사 헤센의 깍듯한 인사를 시작으로 모든 사용인들이 그를 향해 고개를 조아렸다. 곧고 우아한 자세로 선 마티어스는 가벼운 묵례로 그들의 인사에 응답했다. 과하지도 모자라지도 않은 미소를 머금은 입술이 붉었다.

마티어스가 성큼 걸음을 내딛자 헤르하르트가의 사용인들도 움직이기 시작했다. 그곳을 힐끔거리던 구경꾼들은 황급

히 물러서며 그들이 지나갈 길을 터주었다. 마티어스는 속도
를 늦추지 않는 걸음으로 혼잡한 플랫폼을 가로질러 갔다.

"마차네요."

역 앞에 대기 중인 마차를 발견한 마티어스가 픽 웃음을 지
었다.

"아…… 네, 주인님. 노마님께서 워낙 자동차를 못 미더워
하셔서."

"알아요. 할머니께는 참을 수 없이 천박하고 위험스러운 쇳
덩어리에 불과하죠."

"죄송합니다. 다음부터는……."

"아니. 간만에 클래식, 한번쯤은 나쁘지 않아요."

마티어스는 선선히 마차에 올랐다. 아직 단단히 여물지 않
은 인상을 주는 긴 팔과 다리의 움직임이 그리 서두르지 않
는 동작에 시원스러운 느낌을 부여해주었다.

헤르하르트 공작을 태운 마차는 곧 속력을 높여 달리기 시
작했다. 광장과 번화한 중심가를 지나자 도로가 차츰 한산해
져 갔다.

아르비스에서 여름을 보낼 친척들의 방문, 사교 모임, 내
달 출항할 무역선의 보험 문제. 좌석 깊이 기대앉아 차창 밖
을 응시하는 마티어스의 곁에서 헤센은 가문의 현안들을 찬
찬히 보고해나갔다. 마티어스는 짤막한 대답, 혹은 고갯짓으

로 경청하고 있음을 표시했다. 사업에 관련된 일은 회사의 이사들이, 가문의 일은 두 안주인이 관할하고 있었지만 결정권은 전적으로 헤르하르트 공작에게 있었다. 그리고 마티어스는 열두 살이 되던 해부터 이미 그 자리에 올라 있었다.

영지로 이어지는 플라타너스 길로 접어들 무렵이 되자 헤센의 보고도 끝이 났다.

마티어스는 비스듬히 고개를 기울인 채 익숙한 풍경을 바라보았다. 진입로의 양옆으로 늘어선 높다란 플라타너스들이 손을 잡듯 아치를 이루고 있었다. 흔들리는 나뭇잎 사이로 흘러든 조각난 햇빛이 아름다운 문양처럼 길을 수놓았다.

그 길을 지나 영지로 접어들자 짙푸른 빛의 지붕을 가진 하얀 저택이 우아한 자태를 드러냈다. 마중을 나와 있는 어머니와 할머니를 발견한 마티어스는 이미 반듯한 타이의 모양을 침착하게 가다듬었다.

"어서 오니라, 마티어스."

멈추어 선 마차의 문이 열리지 만면 가득 환한 웃음을 띤 카타리나 폰 헤르하르트가 다가왔다. 마차에서 내린 마티어스는 고개를 숙여 할머니의 키스를 받았다. 뒤편에 서 있던 엘리제 폰 헤르하르트는 조금 더 담백한 태도를 취했다.

"그새 키가 더 자랐구나."

가벼운 포옹으로 환영의 뜻을 전한 그녀가 웃으며 말했다.

아들과 꼭 닮은 짙은 흑발이 초여름의 햇살 속에서 빛났다.

마티어스는 정중한 미소로 두 안주인의 환대에 답했다. 열을 맞추어 선 채로 대기 중이던 사용인들과 나눈 인사도 크게 다르지 않았다. 세련된 태도와 적절한 예의를 갖춘 행위는 물 흐르듯 자연스럽게 이어졌다. 그런 순간이면 소년과 남자 사이의 나이는 무의미해졌다. 그는 그저 헤르하르트 공작, 이 가문의 완벽한 주인일 뿐이었다.

할머니와 어머니 사이에 선 마티어스는 앞장서 로비의 홀을 가로질러 갔다. 계단을 오르기 전 문득 고개를 들자 한낮에도 불을 밝히고 있는 거대한 샹들리에가 시야에 들어왔다. 눈을 찌르는 불빛을 스쳐 지난 마티어스의 시선은 아득하게 높은 천장을 장식한 헤르하르트가의 문장 위에서 멈추었다.

그는 헤르하르트였다.

그것은 곧 냉철한 지성과 우아한 품위, 초연한 성품의 또 다른 이름이기도 했다. 바로 그 헤르하르트 공작인 자신의 삶에 마티어스는 어떤 불만이나 의심도 가져본 적 없었다. 그는 자신이 살아야 하는 삶의 형태를 잘 알고 있었고, 기꺼이 그 삶을 받아들였다. 그건 숨 쉬듯 당연한 일이며 또한 숨을 쉬듯 쉬운 일이기도 했다.

이만 시선을 내린 마티어스는 큰 걸음을 내디뎌 계단을 올랐다.

주인 일가가 저택 안으로 들어서자 사용인들은 비로소 한숨을 돌렸다.

헤르하르트 공작을 맞이할 준비를 하느라 수일간 온 아르비스가 떠들썩했다. 가문의 주인이 돌아오는 날은 모든 것이 완벽해야 했는데, 거기에는 이 저택의 일부인 사용인들도 포함되었다. 공작은 눈길 한 번 주지 않을 말단 하인들까지 의무적으로 몸가짐을 단정히 해야 했다. 아르비스의 불청객 레일라 르웰린도 예외는 아니었다.

"공작님은 벌써 들어가신 건가요?"

무리의 맨 끝에 서 있던 레일라가 다소 실망한 목소리로 소곤거렸다. 빌이 사 입힌 하얀색 원피스 자락이 아이의 움직임을 따라 팔랑거렸다.

"아직 인사를 드리지 못했는데. 어떡하지요?"

"헤르하르트 공작이야 숲에서 자주 보게 될 거니 걱정할 것 없다. 아무래도 허락은 그때 구해야겠구나."

덤덤한 대답을 건넨 빌 레머가 앞장서 걷기 시작했다. 레일라는 뛰다시피 해 그의 뒤를 쫓았다.

"공작님도 숲을 좋아하시나요?"

"뭐, 그런 셈이지. 사냥을 좋아하니까."

"사냥이요? 숲에서요?"

레일라의 눈이 휘둥그레졌다. 빌은 피식 웃으며 고개를 끄덕였다.

"저 숲이 이 가문의 사냥터니 당연한 일 아니냐."

"그러면…… 혹시 새도 사냥하시나요?"

"공작은 아마 새 잡는 걸 제일 좋아할걸."

빌은 대수롭지 않게 대꾸했다. 실언을 했다는 걸 깨달은 건 사색이 된 레일라가 발걸음을 멈춘 후였다. 적당한 거짓말로 달래볼까도 싶었지만 빌은 이내 마음을 바꾸었다. 어차피 헤르하르트 공작은 수일 내로 사냥터에 모습을 나타낼 테니까. 섣불리 아이를 안심시켰다가는 더 큰 충격을 줄지도 모를 일이다.

"공작이 총 쏘는 걸 보면 너도 깜짝 놀랄 거다. 나이도 어린데 아주 명사수거든."

무슨 말이든 해야 할 것 같은 의무감에 사로잡힌 빌이 다시 말문을 열었다. 아무래도 안 하느니만 못한 소리를 한 것 같았지만.

"왜 새를 잡으실까요? 사냥하지 않아도 저렇게 좋은 저택에는 먹을 게 아주 많을 텐데."

울상이 된 레일라가 난처한 질문을 건넸다.

"귀족 나리들에게 사냥은 재밋거리지. 새는 그중에서도 제일 흥미로운 표적이고 또⋯⋯."

진지한 대답을 이어가던 빌이 아차 하며 말끝을 흐렸다. 그래 봐야 이미 내뱉어 버린 말. 레일라는 충격에 휩싸인 얼굴로 커다란 눈을 깜빡였다.

그러게, 거 왜 쓸데없이 그놈의 새는 그리도 좋아해서는!

빌은 하마터면 울컥해 소리칠 뻔했다. 대체 왜 이런 구구절절한 설명을 해가며 저 아이의 눈치를 살펴야 하는지 모를 일이었다. 하지만 빌은 끝내 아무 말도 하지 못했다. 한마디만 더 하면 레일라가 울어버릴 것 같은데, 저 애가 우는 모습은 보고 싶지 않았다. 우는 아이라니. 딱 질색이다.

우물쭈물하던 빌은 다시 걸음을 내딛는 것으로 난처한 상황을 모면했다. 어깨를 축 늘어뜨린 아이는 힘없는 걸음으로 그의 뒤를 따랐다. 새로 산 옷을 입어 신이 났던 레일라 르웰린은 온데간데없었다. 잔뜩 들뜬 채 쏘다니는 모습이 꽤 봐줄 만했었는데 말이다.

"공작님이 사냥을 싫어하게 되셨으면 좋겠어요."

한참이나 침묵을 지키던 아이가 조심스럽게 말했다.

"어쩌면 그럴 수도 있지 않을까요?"

레일라는 간절한 바람이 담긴 눈으로 빌을 올려다보았다. 그가 해줄 수 있는 대답은 그저 아이를 측은하게 바라보는 것뿐이었다.

레일라는 어쩌면 자신의 바람이 이루어졌을지도 모른다고 생각했다.

영지에 돌아온 지도 어느덧 열흘이 지났지만 공작은 아직 사냥터를 찾지 않았다. 수많은 손님이 저택으로 몰려드니 그럴 만도 했다.

공작저에서는 매일같이 떠들썩한 모임이 열렸지만 숲은 고요했다. 그사이 여름은 조금 더 깊어졌다. 어미 새가 정성껏 품던 알에서는 새끼가 부화했고, 봉오리만 맺혀 있던 들장미가 만개했다. 레일라는 그 사소한 변화들을 유심히 관찰하며 여름 숲을 거닐었다. 가슴이 벅차도록 행복한 날들이었다.

"너무 멀리 가지는 마라, 레일라!"

오늘도 신이 나 오두막을 나서는 레일라의 뒷등을 향해 빌은 목청 높여 소리쳤다.

"네! 강변까지만 갔다 올게요! 이따 봐요, 아저씨!"

돌아선 레일라는 머리 위로 올린 두 손을 크게 흔들어 보였다. 어깨에 둘러멘 낡은 가죽 가방이 폴짝거리는 아이의 몸짓을 따라 흔들렸다.

숲으로 간 레일라는 가장 먼저 얼마 전 부화한 박새 둥지가 있는 나무 위를 살폈다. 아직 깃털이 돋아나지 않은 아기 새들이 먹이를 찾으러 간 어미를 기다리고 있었다. 서둘러 나무에서 내려온 레일라는 가방에서 꺼낸 작은 노트에 오늘 본 아기 새들의 모습을 기록했다. 어설프게나마 그림도 그려 넣었다.

레일라는 요즘 숲에서 본 모든 것을 노트에 담아두고 있었다. 이 영지는 지금껏 레일라가 머물렀던 어떤 곳보다 아름다웠다. 그러니 전부 기억하고 싶었다. 이곳에서도 떠나야 하는 날이 오면 노트를 펼쳐 봐야지. 그런 생각을 하면 슬픔이 옅어졌다.

강변으로 이어진 오솔길을 걸으며 레일라는 착실하게 숲을 기록했다. 예쁜 빛깔의 꽃잎을 노트 사이에 끼워두고 길섶에 열린 산딸기도 따 먹었다. 눈이 부시게 반짝이는 강가에 도착했을 때는 어느새 해가 머리 위에 떠 있었다.

레일라는 숲과 강의 경계에 서 있는 아름드리나무를 타고 올랐다. 길게 뻗은 튼튼한 나뭇가지가 의자처럼 편안해 가장 좋아하는 나무였다. 저편에서부터 희미한 말발굽 소리가 들려오기 시작한 건 레일라가 막 노트를 펼쳐 늘었을 때였다.

레일라는 서둘러 노트를 가방 깊이 챙겨 넣었다. 그사이 말발굽 소리가 더 가까워졌다. 겁을 먹은 레일라는 나무둥치를 끌어안은 채 숨을 죽였다. 얼마 지나지 않아 매끈한 흑갈색 털을 가진 말 한 마리가 나타났다. 한 남자를 등에 태운 채였다. 그는 하필 레일라가 올라와 있는 나무 아래에 말을 세웠다. 말 등에서 내리는 몸놀림이 가볍고 유연했다.

내려가야 한다고 생각했지만 낯선 남자가 이미 나무 아래에 기대서 있었다. 어떤 말로 그에게 양해를 구해야 할지 몰라 허둥지둥하는 사이에 남자가 모자를 벗었다. 레일라가 메고 있던 가방이 나뭇가지에 툭 부딪친 건 그와 동시였다.

그다음 순간의 기억은 희미했다. 반사적으로 돌아선 남자가 고개를 들었고, 레일라는 그를 보았다. 이마 위로 흘러내린 흑발 사이로 보이는 파란 눈동자가 꼭 투명한 유리구슬 같았다. 그 생각이 들었을 무렵, 그는 레일라를 향해 총을 겨누고 있었다. 기다란 총신의 위협적인 번뜩임이 멍해진 레일라의 눈을 찔렀다.

레일라는 그대로 얼어붙은 채 그저 나무만 꼭 부둥켜안았다. 온몸이 벌벌 떨리고 있었다. 가만히 그런 레일라를 응시하던 남자는 느린 한숨을 내쉬며 조준했던 사냥총을 내렸다.

"뭐야, 넌."

삐딱해진 그의 입술 사이로 낮은 목소리가 흘러나왔다.

"……레일라인데요."

겨우 목소리를 쥐어짜낸 레일라가 울먹거리며 대답했다. 강에서 불어온 바람에 금빛 머리카락이 나부꼈다.

"뭐?"

그의 눈초리가 더욱 가늘어졌다. 레일라는 손끝이 아프도록 세게 나무를 끌어안으며 소리쳤다.

"레일라요! 레일라 르웰린!"

"아저씨! 빌 아저씨! 아저씨!"

숨이 넘어갈 듯이 빌 레머를 찾는 레일라의 목소리가 숲의 평온을 깨뜨렸다. 창고 앞에 앉아 연장의 날을 갈고 있던 빌은 어리둥절해져 고개를 돌렸다. 새빨개진 얼굴을 한 레일라가 그를 향해 정신없이 달려오고 있었다.

"무슨 일이냐?"

"저기, 저 숲에 사람이 있어요! 키 큰 남자였어요!"

숨이 차 헐떡이면서도 레일라는 빠르게 대답을 쏟아냈다.

"머리카락이 검고 눈동자는 새파란데요, 목소리가 꼭 물새 깃털 같았어요."

"난 또 무슨 일이라고. 사냥을 나온 공작을 만났나 보구나."

빌은 대수롭지 않게 웃으며 다시 연장을 쥐었다.

"네? 공작님이요?"

멍하니 빌을 바라보던 레일라가 믿기지 않는다는 듯이 반문했다.

"그래. 틀림없는 헤르하르트 공작이구나."

빌은 껄껄 웃으며 고개를 끄덕였다. 뻣뻣이 굳은 레일라는 그 자리에 우두커니 선 채로 가쁜 숨을 몰아쉬었다.

얼마간 레일라를 가만히 응시하던 그 예쁘고 무서운 남자는 아무 말 없이 돌아섰다. 그가 다시 말 등에 오르는 사이에 일행인 듯한 남자 두 명이 더 나타났다. 그들과 합류한 남자는 더욱 깊은 숲을 향해 멀어져 갔다. 그들의 모습이 더 이상 보이지 않게 되자 레일라는 헐레벌떡 나무에서 내려와 오두막으로 도망쳐 왔다.

"그러면 그분이 정말……."

레일라가 막 떨리는 입술을 연 찰나에 탕, 숲의 고요를 흔드는 차가운 총성이 울려 퍼졌다.

화들짝 놀란 레일라는 반사적으로 고개를 돌려 총성이 들려온 방향을 보았다. 숲 저편에서부터 새들이 일제히 날아올랐다. 개중 한 마리는 맥없이 늘어진 채 나무 사이로 자취를 감추었다.

총성은 몇 차례 더 이어졌다. 잠시 일손을 멈추고 일어선 빌은 조용히 아이의 곁으로 다가갔다. 레일라는 사색이 된 채로 숲의 저편을 응시하고 있었다.

"레일라."

빌은 떨고 있는 아이의 어깨에 가만히 손을 올렸다. 레일라는 한참이 더 지나서야 고개를 들었다. 그 순간 빌은 저도 모르게 숨을 멈추었다.

아이가 울고 있었다.

아름다운 새들의 학살자.

레일라는 헤르하르트 공작을 그렇게 명명하기로 했다. 물론 그건 단지 레일라 혼자만의 견해에 불과했지만.

이 영지의 모든 사람들은, 심지어 빌 레머까지도 그를 완벽한 귀족이라 칭송했다. 후계자로서의 빼어난 자질과 품위, 거기에 절제되고 우아한 태도까지 갖춘 마티어스 폰 헤르하르트 공작을 사람들은 진심으로 아끼고 사랑하는 듯했다.

하지만 레일라는 아니었다.

그가 사냥을 다녀간 날 이후로 어미 박새가 사라졌다. 어미를 잃은 연약한 새끼 새들도 모두 목숨을 잃고 말았다. 그 외에도 무수히 많은 새가 사라졌다.

어째서 공작은 식탁에 놓을 커다란 새가 아닌 작고 아름다운 새만 사냥하는 것일까?

지난 한 달 내내 지켜보며 고민한 레일라는 이제 그 이유를 알 것 같았다. 그에게 새는 살아 움직이는 과녁이었다. 작을 수록 어렵고 흥미로울 테고, 그러니 그 재미있는 과녁에 총을 쏘는 거겠지. 심지어 그는 명중시킨 사냥감을 거들떠보지도 않았다. 그대로 내버려둔 채 돌아서면 그뿐이었다. 차마 그 참혹한 광경을 두고볼 수 없어진 레일라는 공작이 사냥을 다녀간 날마다 숲으로 나가 죽은 새들을 묻어주기 시작했다.

오늘도 새들의 무덤을 만들게 되겠지.

창문 앞을 초조하게 서성이던 레일라는 고개를 돌려 먼 숲을 바라보았다. 도무지 익숙해지지 않는 총성이 또다시 들려오자 물기 어린 초록빛 눈동자가 파르르 흔들렸다.

"레일라."

그 모습을 지켜보고 있던 빌은 깊은 한숨을 내쉬며 아이 곁으로 다가갔다.

"가서 나갈 준비를 하고 오너라."

"네?"

"오늘은 정원에서 내 일을 도와다오. 여기 있어 봐야 할 일도 없지 않느냐. 어차피 숲에도 못 나갈 테고."

빌은 재촉하듯 레일라의 등을 토닥였다. 대체 왜 이런 실없는 소리를 하고 있는지 잘 모르겠지만 어찌 되었든 아이를 혼자 두고 싶지 않았다.

"네, 아저씨. 잠시만 기다려주세요!"

순순히 고개를 끄덕인 레일라는 황급히 자신의 방으로 가짐을 챙겨 왔다. 가방 밖으로 삐죽 튀어나온 꽃삽을 본 빌의 입꼬리에 희미한 웃음이 떠올랐다.

"자, 어서 가자."

연장통을 챙긴 빌이 오두막을 나섰다. 레일라는 한결 밝아진 얼굴로 그를 따랐다.

힐끔 뒤를 돌아본 빌은 평소보다 느린 걸음으로 정원을 향해 갔다. 쾌청한 여름 아침의 햇살이 나란히 걷는 두 사람의 머리 위를 비추었다.

햇볕은 따가웠지만 바람이 불어오는 나무 그늘 아래는 선선했다.

모포 위에 올라앉은 레일라는 두 무릎을 감싸안은 채 너른 정원을 바라보았다. 빌과 정원의 일꾼들은 꽃이 진 장미나무를 파내고 늦게 꽃을 피우는 다른 품종의 장미를 심는 일에 열중하고 있었다.

저택 뒤편에 조성되어 있는 공작가의 정원에는 각양각색의 장미가 가득 피어 있었다. 이 세상에 있는 모든 품종의 장미를 이곳에 다 모아둔 것만 같은 풍경이었다. 베르크 제국의 국화이자 헤르하르트 가문의 상징이기도 한 그 꽃을 공작가의 두 마님은 각별히 아낀다고 했다.

분명히 같이 일을 하기로 했는데.

장미를 구경하던 레일라의 눈길은 얼마 지나지 않아 다시 빌 레머를 향했다. 더운 곳에서 열심히 일을 하는 그를 보자 마음이 더욱 무거워졌다.

레일라를 정원으로 데려온 빌 아저씨는 뜻밖의 명령을 내렸다. 어차피 별 도움이 될 것 같지 않으니 그늘 아래에서 놀고 있으라고. 당황한 레일라가 고개를 젓자 그는 엄한 표정을 지었다. 괜한 고집을 부리면 화를 낼 것이라고 했다. 말을 듣지 않는 아이는 딱 질색이라고. 그러니 불편해도 이 가시방석 같은 자리를 지켜야만 했다.

체념 섞인 결론을 내린 레일라는 조용한 한숨을 내쉬었다. 한 낯선 소년이 나타난 건 그때였다. 말쑥한 차림새를 한 소년은 얼추 레일라의 또래처럼 보였다.

"안녕."

눈이 마주치자 소년이 웃으며 인사했다. 백금빛 머리카락과 환한 미소가 예쁜 아이였다.

"너 여기 살아?"

주위를 살핀 소년이 난처한 질문을 건넸다.

"……응. 빌 아저씨랑."

레일라는 자신 없는 목소리로 대답했다. 다행히 아이는 알아차리지 못한 듯했다.

"빌 아저씨? 저 무서운 정원사 아저씨 말이야?"

"아저씨 무서운 사람 아니야."

"그런가? 난 무섭던데."

고개를 갸웃거리던 소년은 스스럼없이 레일라 곁에 앉았다.

"너도 여기 살아?"

레일라는 경계심이 어린 눈빛으로 소년을 살폈다. 아이는 태연한 미소를 지으며 고개를 저었다.

"아니, 난 아버지를 따라왔어. 우리 아버지가 이 가문의 주치의신데 오늘이 노마님을 진찰하는 날이거든. 가끔 아버지랑 같이 와. 노마님이 그래도 된다고 하셔서."

"그렇구나."

"너 몇 살이야?"

"열두 살."

"나랑 같네. 그런데 너 되게 작다."

레일라를 빤히 쳐다보던 소년이 다시 웃음을 터트렸다. 발끈한 레일라의 뺨이 조금 붉어졌다.

"너도 작잖아."

"아니거든? 우리 반에서 내가 제일 크거든?"

소년은 억울하다는 듯이 허리를 폈다. 허풍은 아닌지 소년은 확실히 또래보다 조금 커 보이긴 했다.

"어쨌든…… 빌 아저씨보단 작아."

레일라는 조금 작아진 목소리로 반박했다. 황당해하는 눈빛으로 레일라를 보던 소년은 뭐가 그리 재미있는지 크게 소리 내어 웃었다. 무척 잘 웃는 아이 같았다.

"야, 저 아저씨보다 큰 애가 어디 있어? 어른 중에도 없겠다."

"그건 잘 모르겠어."

멋쩍어진 레일라는 괜히 톡톡 모포 바깥의 풀잎을 땄다. 손끝에 금세 초록 물이 들었다. 얼른 가주면 좋을 텐데 소년은 좀처럼 일어설 기미를 보이지 않았다.

"이거 먹을래?"

모포 끝에 놓인 복숭아를 쳐다보던 레일라가 충동적으로 물었다. 빌 아저씨가 주고 간 간식이었다.

"응!"

소년은 흔쾌히 고개를 끄덕였다. 잘 웃는 만큼 넉살도 좋은 모양이었다.

선심을 쓰기로 한 레일라는 벗어둔 가방에서 주머니칼을 꺼냈다. 그 칼을 펼쳐 복숭아를 자르는 레일라를 보던 소년이 낮게 키득거렸다.

"너 되게 웃긴다. 여자애 가방에서 그런 게 나와?"

"빌 아저씨가 주신 거야. 놀리지 마."

레일라는 콧잔등을 살짝 찌푸리며 반으로 쪼갠 복숭아를 소년에게 건넸다. 나란히 앉아 복숭아를 나누어 먹는 두 아이 사이로 달콤한 과육 냄새를 실은 바람이 떠돌았다.

"그런데 너 왜 이렇게 힘이 없어? 무슨 일 있어?"

복숭아를 다 먹은 소년이 조심스럽게 물었다.

"공작님이랑 친구들이 자꾸 새를 사냥해."

레일라는 침울하게 대답했다. 소년은 이해할 수 없다는 듯 고개를 갸우뚱거렸다.

"그게 왜?"

"재미로 새를 죽이잖아."

"사냥은 원래 그런 거 아니야?"

"너도 그래?"

레일라는 진지해진 초록 눈을 들어 소년을 바라보았다. 눈 앞에 있는 소년은 그 크고 무시무시한 사냥총을 제대로 들기 도 힘들어 보이기는 했지만.

"어…… 아니."

눈을 깜빡거리던 소년이 세차게 고개를 저었다.

"난 안 그래. 불쌍하잖아."

소년은 한 마디 한 마디에 힘을 실어 대답했다. 줄곧 시무 룩하던 레일라의 얼굴 위로 환한 미소가 떠올랐다.

"복숭아 하나 더 먹을래?"

레일라는 한 번 더 선심을 썼다. 이번에도 소년은 흔쾌히 고개를 끄덕였다.

능숙하게 복숭아를 쪼갠 레일라는 훨씬 큰 쪽을 불청객에게 내주었다. 격식을 갖추느라 차려입은 옷이 답답한지 소년의 뺨이 조금 붉어져 있었다.

"카일! 카일!"

복숭아를 나누어 먹고 나자 아마도 소년을 부르는 듯한 목소리가 희미하게 들려왔다. 손에 쥔 복숭아씨를 만지작거리고 있던 소년은 흠칫 놀라며 자리에서 일어섰다.

"난 이제 가봐야 될 것 같아."

"그렇구나. 안녕."

"카일 에트먼."

레일라를 바라보던 소년이 불쑥 손을 내밀었다.

"내 이름. 넌?"

"나는 레일라. 레일라 르웰린."

레일라는 조금 어색하게 소년이 내민 손을 잡았다. 두 아이는 복숭아 과즙이 묻은 손으로 제법 진지한 악수를 했다.

"안녕, 레일라! 또 보자. 다음에는 내가 맛있는 거 가져올게!"

저만치 달려가던 소년이 뒤를 돌아보며 외쳤다. 레일라는 작게 손을 흔들며 웃어주었다. 어쩌면 곧 이곳을 떠나게 될지도 모르지만, 그런 말은 입 밖으로 꺼내고 싶지 않았다. 그것만으로도 나쁜 기운이 깃들까 두려우니까.

소년이 떠나자 레일라의 세상은 다시 고요해졌다.

뜻밖의 소란 덕에 긴장을 푼 레일라는 장미 향기 가득한 바람을 쐬며 빌 아저씨의 일이 끝나기를 기다렸다. 스르르 졸음이 밀려왔지만 잘 이겨냈다. 아니, 분명 그런 줄만 알았는데, 이름을 부르는 빌 아저씨의 목소리에 번뜩 정신을 차리고 보니 어느새 길었던 여름의 해가 저물어가고 있었다. 까무룩 잠이 들어버렸다는 사실을 뒤늦게 깨달은 레일라는 황급히 일어나 짐을 챙겼다.

"아저씨!"

빌을 향해 총총 달려가는 레일라 위로 서편 하늘을 붉게 물들인 석양빛이 내려앉았다.

"저 아까 어떤 애를 만났는데요, 저랑 또래인⋯⋯."

복숭아를 나누어 먹은 소년 이야기를 하려던 레일라는 반대편에서부터 걸어오고 있는 사람들의 기척에 그만 얼어붙어 버렸다. 헤르하르트 공작과 그의 친구들이었다.

마티어스는 장미 정원의 중앙에서 걸음을 멈추었다. 그곳에 서 있던 무뚝뚝한 정원사 빌 레머가 그를 향해 고개를 숙였다. 그의 뒤에 자그마한 아이가 숨어 있다는 건 잠시 후에야 알아차렸다.

　"안녕하십니까, 공작님."

　모자를 벗어 든 빌 레머가 고개를 숙였다.

　"오랜만이네요, 레머 씨."

　마티어스는 가볍게 고개를 끄덕여 보였다. 뒤따라오던 무리는 적당한 간격을 두고 그의 뒤편에 멈추어 섰다.

　"당분간 이 애를 아르비스에 두게 되었습니다."

　조심스레 말을 이은 빌 레머가 등 뒤에 숨어 있는 아이의 등을 툭툭 두드렸다. 그제야 머뭇머뭇 모습을 나타낸 소녀를 발견한 마티어스의 눈초리가 가늘어졌다. 반짝거리는 금발 덕에 그 애를 기억해낼 수 있었다. 나무 위에 앉아 있던, 하마터면 새인 줄 알고 쏠 뻔했던 황당한 계집애.

　"두 분 마님께 이미 허락을 구했지만, 그래도 공작님께도 말씀을 드려야 할 일일 듯해 결례를 범했습니다."

　빌 레머가 다시 한번 꾸벅 고개를 숙였다. 곁에 선 아이도 함께였다.

　마티어스는 느릿하게 눈길을 내렸다. 눈이 마주치자 움찔하면서도 아이는 그를 유심히 바라보았다. 가늘게 찌푸린 눈과 앙다문 입술. 숲에 숨어 사냥 나온 그를 훔쳐보던 때와 똑같은 표정이었다.

"너 개구나. 숲에 사는 그 애."

마티어스의 뒤편에 있던 사촌 리에트가 키득거리며 말을 건넸다. 얼굴이 새빨개진 아이는 황급히 정원사의 등 뒤로 다시 몸을 숨겼다. 사냥터에서도 아이는 그랬다. 뚫어져라 그를 쳐다보다가도 눈이 마주치면 얼른 나무 뒤로 숨어들었다. 그러다 사냥이 끝나면 엉엉 울며 죽은 새를 묻어주러 돌아다니곤 했다.

"그야, 레머 씨의 뜻대로."

마티어스는 미소와 함께 짤막한 대답을 건넸다. 정원사가 숲에서 무엇을 키우든 그의 알 바는 아닌 일이었다.

"감사합니다, 공작님."

빌 레머가 정중한 인사를 건넸다. 턱끝을 미세하게 까딱인 마티어스는 다시 멈추었던 걸음을 옮기기 시작했다.

숨을 죽이고 있던 레일라는 공작이 곁을 스쳐 지나간 후에야 겨우 고개를 들었다. 공작의 일행들도 곧 그의 뒤를 따랐다. 더운 날씨에 다들 재킷을 벗고 셔츠를 걷어 올린 채였지만 헤르하르트 공작은 사냥복을 완벽히 차려입고 있었다. 벗어 든 모자 하나가 유일한 파격이었다.

골똘히 그 뒷모습을 바라보던 레일라는 총과 포획한 사냥감을 들고 뒤따르는 시종들의 모습에 놀라 뒷걸음질 쳤다. 짙은 피비린내가 코끝을 스쳤다. 레일라는 어깨를 잔뜩 움츠린 채 눈을 감았다.

몸이 떨리기 시작할 무렵 빌 아저씨의 크고 따뜻한 손길이 느껴졌다. 그는 어설프지만 다정하게 레일라의 어깨를 다독여주었다.

레일라는 그 온기에 의지해 다시 눈을 떴다. 헤르하르트 공작은 어느새 정원 저편으로 멀어져 가고 있었다.

꒰ঌ꒱

깊은 한숨 소리가 부드러운 바람을 따라 흘러왔다.

흠칫 놀란 브란트 백작 부인은 반사적으로 고개를 돌려 옆자리를 살폈다. 테이블에 턱을 괴고 앉은 클로딘이 과장된 한숨을 푹푹 내쉬고 있었다.

"숙녀답게 행동해야지, 클로딘."

낮게 속삭이는 그녀의 목소리에서는 숨기지 못한 조급함이 묻어났다. 숙녀라 부르기에는 다소 어린 나이였으나 그럼에도 숙녀가 되어야 할 자리였다. 하지만 그 마음을 알 리 없는 그녀의 어린 딸은 보란 듯이 긴 한숨을 내쉬었다.

"너무 외롭고 지루해요."

아이의 푸념을 들은 귀부인들이 웃음을 터트렸다. 당황한 브란트 백작 부인은 뺨을 붉히며 딸을 나무랐다.

"그러면 가서 오빠들과 놀아."

"오빠들은 절 없는 사람 취급해요. 알아들을 수 없는 말만 하고요."

그녀의 엄중한 눈빛 앞에서도 클로딘은 꿋꿋이 제 할 말을 이어갔다. 처량한 표정을 짓는 아이를 본 귀부인들의 웃음소리가 한층 높아졌다.

"하긴, 지루할 법도 하지. 또래 친구가 하나도 없으니 말이야."

엘리제 폰 헤르하르트는 무릎에 앉아 있는 하얀 강아지의 털을 쓰다듬으며 고개를 끄덕였다.

"거봐요, 엄마. 공작 부인께서는 이해해주시잖아요."

제 편을 만난 클로딘의 얼굴에 생기 넘치는 미소가 떠올랐다.

"그런데 저 아이는 누구인가요?"

클로딘은 좀 전부터 힐끔거리던 정원 끝 편을 가리켰다. 귀부인들의 시선도 아이의 손이 가리킨 곳을 향했다. 작은 여자아이가 장미를 가꾸는 정원사 뒤를 따르고 있었다.

"저와 비슷한 나이인 것 같은데. 저 애랑 놀아도 될까요?"

"글쎄, 외국에서 온 고아라고 하던데. 네 놀이 친구가 될 법한 아이는 아닐 것 같구나.”

“전 괜찮아요. 강아지와 노는 것보단 재미있을 테니까요.”

클로딘의 말투는 아이답지 않게 차분하고 당찼다. 딸을 꾸
짖으려는 브란트 백작 부인을 눈짓으로 만류한 엘리제 폰 헤
르하르트는 재미있다는 듯이 웃으며 종을 울렸다.

“저 애를 데려와 봐.”

조용히 다가온 하녀를 향해 그녀는 침착하게 명령했다.

“정원사가 키우는 저 애 말이야.”

레일라의 평온한 오후는 갑작스럽게 나타난 하녀로 인해
막을 내렸다.

마님의 명령. 하녀는 그 한마디로 모든 설명을 대신했다.
그저 못마땅한 표정을 짓기만 할 뿐, 빌은 아무런 반문도 하
지 못했다. 마님의 명령이란 절대적인 힘을 가진 모양이었다.

“아저씨, 그럼 저는 마님께 들렀다가 집으로 갈게요.”

레일라는 환한 미소를 지으며 자신을 데리러 온 하녀의 손
을 잡았다. 두려웠지만 용기를 내기로 했다. 빌 아저씨가 곤
란해지는 건 싫으니까.

“……그래. 그러려무나.”

물끄러미 레일라를 바라보던 빌이 한숨 섞인 대답을 건넸다.

그제야 안도한 하녀는 레일라를 낯선 세상으로 데리고 갔다. 하늘거리는 하얀색 차양 아래에 사탕처럼 달콤한 빛깔의 옷을 입은 화려한 사람들이 앉아 있는 곳이었다.

"아이를 데려왔습니다, 마님."

하녀는 정원이 내려다보이는 테라스에 다다라서야 레일라의 손을 놓아주었다.

"꽤 귀여운 아이네."

깜짝 놀랄 만큼 아름다운 귀부인이 천천히 입술을 뗐다. 레일라는 저도 모르게 숨을 죽이며 자세를 가다듬었다.

"어때? 마음에 드니, 클로딘?"

레일라를 떠난 그녀의 시선이 곁에 앉은 밤색 머리 소녀의 얼굴 위에서 멈추었다. 클로딘이라 불린 그 소녀는 기쁘게 웃으며 고개를 끄덕였다.

"네. 고맙습니다, 공작 부인."

레일라는 뻣뻣이 굳은 채로 도통 이해할 수 없는 그들의 대화에 귀를 기울였다. 어서 빌 아저씨의 오두막으로 돌아가고 싶은 마음뿐이었지만 레일라의 마음이 궁금한 사람은 아무도 없어 보였다.

마님이라 불리는 귀부인이 무어라 명령하자 낯선 하녀가

다가와 레일라의 손목을 붙들었다. 당황한 레일라는 동그랗게 커진 눈을 들어 밤색 머리 소녀를 바라보았다. 클로딘은 마치 큰 선물을 받기라도 한 것처럼 웃고 있었다. 그 이상의 설명은 없었다.

레일라는 영문을 모르는 채로 이 손에서 저 손으로 끌려다녔다. 난생처음 보는 화려한 욕실에서 몸을 씻고, 놀랍도록 희고 부드러운 옷을 입었다. 부스스하게 헝클어져 있던 머리를 빗어 땋아주는 하녀의 손길이 너무 거칠어 아팠지만 레일라는 입술을 꼭 깨물어 참아냈다. 그래야 할 것 같았다. 혹시라도 말실수를 했다가는 빌 아저씨가 곤란해질지도 모를 일이니까.

"클로딘 아가씨는 브란트 백작가의 영애셔. 네가 함부로 굴어서는 안 되는 분이라는 뜻이야. 알겠니?"

레일라를 저택의 2층으로 끌고 올라간 하녀가 엄중하게 경고했다. 레일라가 얼떨결에 고개를 끄덕이자 그녀는 천천히 응접실 문을 열었다. 클로딘은 짐짓 어른스러운 태도를 취하며 그들을 맞이했다.

"안녕. 이름이 뭐야? 나이는?"

클로딘은 고개를 숙여 레일라와 눈을 맞추었다.

"레일라 르웰린입니다, 아가씨. 나이는 열두 살이에요."

"정말? 난 그보다 어릴 줄 알았어. 되게 작아서."

가장 듣기 싫은 말을 들었지만 레일라는 꾹 참기로 했다. 빌 아저씨를 위해서. 주문을 외우듯 생각하자 인내심이 훨씬 커졌다.

자신을 소개할 마음 같은 건 전혀 없는 듯 클로딘은 그 쯤 하여 돌아섰다. 레일라는 뻣뻣한 걸음을 옮겨 그 뒤를 따랐다.

피아노. 노래. 조화 만들기.

클로딘은 이런저런 놀이를 권했지만 레일라가 할 수 있는 건 아무것도 없었다.

주사위 놀이. 낱말 게임. 체스.

클로딘이 제시한 다른 대안들 역시 마찬가지였다.

테이블 가득한 놀잇감과 레일라의 얼굴을 번갈아 살핀 클로딘의 입가에 애매한 미소가 떠올랐다.

"가여워라."

실망스러운 한숨을 흘린 클로딘이 천천히 몸을 일으켰다. 레일라는 마치 바보가 된 것 같은 무력감을 느끼며 낯선 도구들을 뚫어져라 쳐다보았다.

"넌 아무것도 모르는 애구나."

레일라가 앉은 의자 앞까지 다가온 클로딘이 체념조로 말했다. 실망과 짜증을 감추려 애쓰는 부드러운 목소리가 더 큰 굴욕감을 주었다.

무슨 대답이든 해야 할 테지만 레일라는 선뜻 입을 열지 못했다. 이런 상황에서 어떤 말을 해야 예의 바른 것인지 도무지 감이 잡히지 않았다. 다행히 클로딘은 레일라의 대답을 기다리지 않고 돌아섰다.

문을 닫기 전 클로딘은 한숨 섞인 혼잣말을 중얼거렸다.

"이게 뭐야. 강아지보다 나을 것도 없었네."

클로딘이 떠나자 레일라는 휘황찬란한 응접실에 홀로 남겨졌다. 당장 돌아가고 싶었지만 레일라는 기다리기로 했다. 혹시 아가씨가 다시 올지도 모를 일이니까. 하지만 오후의 햇살이 금빛으로 무르익어가는 동안에도 클로딘은 돌아오지 않았다.

레일라를 이곳으로 데려왔던 하녀는 저녁이 다 되어서야 모습을 나타냈다.

"이제 돌아가 보렴."

하녀의 목소리는 처음보다 한결 부드러워져 있었다.

"아가씨께서 그 옷은 네가 가져도 좋다고 하셨어. 그리고 이것도."

꾸벅 인사를 하는 레일라를 내려다보던 하녀가 반짝거리는 금화 한 닢을 내밀었다. 레일라가 꼼짝하지 않자 그녀는 손수 그 동전을 쥐여주었다.

"가져가. 윗분들이 주시는 걸 감사히 받는 것도 예의란다.

알겠니?"

레일라는 서편 하늘이 장밋빛으로 물들어 가기 시작할 무렵이 되어서야 저택을 떠났다. 장미가 만개한 정원으로 들어서자 청량한 바람이 레일라를 맞이해주었다.

금화를 쥔 오른손에 힘을 실은 레일라는 씩씩하게 정원을 가로질러 갔다. 하지만 그 기세는 오래가지 못했다. 덩굴장미가 만개한 퍼걸러 아래에 클로딘이 서 있었다. 사촌들과 즐겁게 이야기를 나누던 클로딘은 레일라와 눈이 마주치자 다시금 아까의 그 애매한 미소를 지어 보였다.

"잘 가, 레일라."

클로딘이 먼저 인사를 건넸다. 함께 있던 청년들의 시선도 하나둘씩 레일라를 향했다. 다행히 헤르하르트 공작은 보이지 않았다.

레일라는 고개를 꾸벅 숙여 보이는 것으로 인사를 대신했다. 그만하면 나쁜 예의는 아니었던지 클로딘은 별다른 말을 덧붙이지 않았다.

레일라는 종종걸음을 쳐 퍼걸러 앞을 지났다. 클로딘의 시야에서 벗어날 무렵부터는 속력을 높여 달리기 시작했다. 어서 빨리 낯설고 이상한 세상에서 벗어나 빌 아저씨의 오두막으로 가고 싶은 마음이 간절했다. 하지만 가장 큰 불행은 마지막 순간에 찾아왔다.

정신없이 내달리던 레일라는 숲을 코앞에 둔 길 위에서 그만 풀썩 넘어지고 말았다. 약 올리듯 포석 위를 굴러가던 금화가 몇 걸음 앞에 멈추어 선 남자의 구두코에 부딪쳤다. 레일라는 찡그린 눈으로 뱅글뱅글 도는 금화를 쳐다보았다. 남자는 가볍게 든 구두 끝으로 그 동전을 밟아 소란을 잠재웠다.

잘 닦인 구두와 기다란 다리를 훑어 올라간 레일라의 시선이 자신을 내려다보고 있는 남자의 얼굴 위에서 멈추었다. 헤르하르트 공작이었다.

놀란 레일라는 반사적으로 몸을 일으켰다. 새하얀 드레스는 깨진 무릎에서 난 피와 흙먼지로 더럽혀져 있었다. 하지만 공작은 여느 때와 다름없이 고요한 눈길로 레일라를 내려다보았다. 붉은 입술의 한쪽 끝이 조금 기울어져 있는 듯도 했다.

레일라는 입술을 앙다문 채 먼지를 털어냈다. 그사이 헤르하르트 공작은 느긋하게 한 걸음 물러섰다. 저물어가는 해가 던진 빛이 그의 발아래에 놓여 있던 동전을 비추었다.

버리고 가고 싶은 마음뿐이었지만 그래도 레일라는 그 금화를 줍기 위해 다가갔다. 공작 앞에서 반짝거리는 동전을 줍기 위해 몸을 숙이자 문득 브란트 영애가 남기고 간 말이 떠올랐다. 강아지보다 나을 것도 없다던, 마음을 깊이 할퀸 그 말이.

동전을 꼭 거머쥔 레일라는 헤르하르트 공작을 향해 공손한 인사를 했다. 고개를 깊이 숙인 채로, 고집스레 발끝만 쳐다보며. 넘어질 때는 분명히 온몸이 아팠던 것 같은데 이제는 통증이 느껴지지 않았다. 신기한 일이었다.

충분한 예의를 차린 레일라는 헤르하르트 공작을 뒤로하고 다시 달리기 시작했다. 다친 무릎이 아팠지만 그래도 멈추지 않고 두 다리를 움직였다. 목 끝까지 차오른 무언가가 넘칠 듯이 찰랑거리는 것만 같았다. 숲길을 지나 오두막에서 흘러나오는 불빛을 마주한 후에야 레일라는 그 무엇의 정체를 알았다.

슬픔이었다.

"아저씨께 드릴게요."

레일라는 제법 비장한 태도로 동전 한 닢을 내밀었다. 숱 많은 빌의 눈썹이 느리게 꿈틀댔다.

"이게 뭐지?"

"금화요."

"그걸 몰라 묻는 것 같으냐?"

"어제, 클로딘 아가씨가 주셨어요."

"클로딘? 아, 그 어린 귀족 아가씨 말이구나."

빌은 이제야 알겠다는 듯 고개를 끄덕였다.

저택에 불려 갔다 돌아온 후로 레일라는 꼬박 이틀을 의기소침해 있었다. 쓸데없는 말을 재잘거리지도, 숲과 정원을 쏘다니지도 않았다. 우습게도 빌은 그 이틀로 인해 자신이 저 작은 아이와 함께하는 일상에 꽤 익숙해져 있다는 걸 깨달았다. 아이가 조용하니 세상이 조용했다. 그리고 빌은 그 조용한 세상이 그리 마음에 들지 않았다.

"그런데 왜 그 돈을 내게 준단 거냐?"

빌은 식탁 앞으로 몸을 조금 기울였다. 레일라는 반듯한 자세로 앉아 그를 직시하고 있었다.

"큰돈인 것 같아서요."

"큰돈이지."

"그러니까, 큰돈이면 속상해도 버려선 안 되는 거잖아요. 계속 생각해봤는데 그건 나쁜 일 같았어요. 그치만 이렇게 하면 제가 신세 지는 걸 아주 조금 갚을 수도 있으니까, 이건 아저씨께 드릴게요."

"염병할 것들."

레일라의 말을 경청하던 빌이 낮게 중얼거렸다.

엉망인 몰골로 도망쳐 온 아이를 보았을 때부터 거기서 마음 다치는 일을 당했으리라는 건 예상하고 있었다. 귀족 나리들 하는 일이 다 거기서 거기니 말이다. 괜히 캐물어 아이를 울릴까 봐 모르는 척했지만 이쯤 되자 울컥 치미는 감정을 억누르기 힘들었다.

"레일라."

빌은 한층 깊어진 눈빛으로 레일라를 바라보았다.

"그건 네가 번 돈이니 네가 가져라."

"제가 번 돈이요?"

화들짝 놀란 레일라가 반문했다.

"그래. 네가 일을 해서 번 돈이지. 심심해 죽을 지경인 귀족을 상대해주는 일. 상당히 뭣 같은 일인데 잘해냈다. 그러니 그 대가는 당당하게 받아도 돼. 그게 옳아."

"……그런가요?"

풀이 숙어 있던 레일라의 얼굴에 희색이 감돌기 시작했다.

"그렇고말고."

빌은 흔쾌히 고개를 끄덕여주었다. 내가 번 돈. 레일라는 가만히 그 말을 되뇌며 손에 쥔 금화를 매만졌다. 기대감으로 반짝이는 눈동자와 천진한 미소가 퍽 보기 좋았다.

"어른의 세계에 입성한 걸 축하한다, 레일라."

빌은 크게 썬 고기 한 덩이를 아이의 접시에 놓아주었다.

"어른이요? 제가요?"

"제힘으로 밥벌이를 할 수 있게 되면 그게 어른이지. 넌 그걸 해낸 거다."

"겨우 한 번, 금화 하나일 뿐인데요?"

"나이를 배 터지게 먹고도 겨우 한 번을 못 해내는 치들도 널린 세상이야. 그만하면 성공적인 시작이지. 시작이 좋으니 넌 꽤 괜찮은 어른이 될 거다."

한 마디에 한 번씩. 빌이 차근차근 덜어준 음식이 어느새 레일라의 접시를 가득 채웠다.

"아저씨, 이건 너무 많아요!"

산더미처럼 수북하게 쌓인 음식을 본 레일라의 눈이 휘둥그레졌다.

"며칠간 새처럼 깨작거렸으니 많이 먹어둬."

"하지만……."

"알지? 난 소처럼 잘 먹는 애가 좋다."

빌은 짐짓 엄중한 표정을 지어 보였다. 하지만 레일라는 조금도 주눅이 든 기색 없이 맑은 웃음을 터뜨렸다.

"네, 그럴게요. 그런데 아저씨, 잘 먹으면 저도 크겠지요?"

"그렇겠지. 왜? 작다고 누가 구박하든?"

"그런 건 아니지만 제가 너무 어린애 같아 보이나 봐요. 속상해요."

그야 네가 정말 어린애니까.

빌은 하마터면 무심코 내뱉을 뻔한 대답을 삼키며 실소했다. 활기를 되찾은 레일라는 이제 야무지게 고기를 썰고 있었다. 가만 보니 몇 달 사이에 꽤 많이 자란 것도 같았다. 더 이상 쇠꼬챙이처럼 보이지 않는 아이는 제법 예쁘장했다. 타고난 뼈대가 새처럼 작고 가녀리니 다 자라도 그리 큰 체격은 못 될 테지만 저 아이가 미인이 되리라는 데는 의심의 여지가 없었다.

생각이 거기까지 미치자 빌은 새삼 심란해졌다. 형편이 어려운 여자에게 미모는 독이나 마찬가지 아닌가. 오갈 데 없는 처지로 여기저기 떠돌다가는 험한 꼴을 당하기 십상이다. 그러니 믿을 만한 곳으로 보내야 할 텐데, 고아원을 믿을 수 있나? 거기야말로 아이의 신세 망치기 딱 좋은 곳일지도 모르는데?

염병할 세상. 망할 놈의 인간들.

빌은 자신에게 저 아이를 떠맡긴 것들의 이름을 저주하며 맥주를 마셨다. 그저 꽃이 아름답게 피고 과일이 잘 여물면 족하던 빌 레머의 삶에 어쩌다 이런 근심과 걱정이 깃들었는지 모를 일이었다.

"아저씨, 제가 번 돈이면 이 돈을 써도 부끄럽지 않은 일인 가요?"

큼직한 고기 조각을 꼭꼭 씹어 삼킨 레일라가 다시 말문을 열었다.

"그야 당연하지. 뭐 가지고 싶은 거라도 있나 보구나."

"노트를 다 썼거든요. 새 노트를 사고 싶어요."

"그러려무나."

"혹시 색연필도 살 수 있을까요?"

"얼마든지."

"아저씨는 필요한 게 없으신가요?"

"왜? 내 것도 사주게?"

"네."

"말도 안 되게 비싼 걸 사 내라고 하면 어쩔 테냐?"

"그러면 돈을 많이 모아서 사드릴게요."

레일라는 주저 없이 당찬 대답을 건넸다. 진지한 표정을 지을 때면 눈동자가 더욱 짙은 초록빛을 띠는데, 그럴 때의 아이는 무척 총명하고 사랑스러워 보였다.

"오냐. 기대하마."

물끄러미 아이를 바라보던 빌은 호쾌하게 웃으며 고개를 끄덕였다.

"너도 한잔할 테냐?"

금세 바닥을 드러낸 술잔을 다시 채운 빌은 아이 몫으로 준비해둔 사과주스 병을 집어 들었다. 레일라는 번쩍 든 잔을 그의 앞으로 내미는 것으로 대답을 대신했다.

주스를 따라주자 아이는 당연한 수순처럼 잔을 부딪쳐왔다. 어처구니가 없다는 듯이 실소하면서도 빌은 선선히 응해주었다. 신이 난 레일라는 단숨에 주스 잔을 비웠다.

이러다 저 애가 진짜 술꾼으로 자라는 날을 보게 되는 건 아닌가?

빌은 문득 뇌리를 스친 불길한 예감을 부정하듯 절레절레 고개를 저었다.

당분간일 뿐이다.

술잔을 비우며 빌은 스스로를 설득했다. 저 아이를 이곳에 두는 건 그저 잠시일 뿐이라고.

그런 날이 이어졌고, 그 오랜 날 동안 빌은 생각했다.

레일라를 키울 수 없는 이유를, 레일라를 보내야 할 적당한 곳을, 레일라를, 어느 날 갑자기 그의 인생에 나타난 그 사랑스러운 골칫덩어리를.

그 생각 속에서 아이가 자랐다.

새로 사준 옷들이 깡총해지고 살결이 보얗게 피어났다. 임시로 내어준 창고 같은 방은 어느새 부드러운 공기가 감도는 숙녀의 방으로 변모했다. 폴짝거리며 오솔길 저편으로 달려가던 아이가 아직 눈에 선한데, 이제는 그 길 너머에서 다자란 아가씨가 물 위를 걷듯 부드러운 걸음으로 다가오고 있었다.

포치 아래에 놓인 의자에 앉아 바람을 쐬고 있던 빌은 얼떨떨해진 얼굴로 레일라를 바라보았다. 산딸기가 가득 담긴 버드나무 바구니를 든 숙녀가 그를 향해 손을 흔들고 있었다.

"아저씨! 오늘은 일찍 돌아오셨네요."

레일라는 춤을 추듯 가벼운 발걸음으로 빌을 향해 달려왔다. 하나로 땋아 내린 탐스러운 금발이 밀짚모자의 너른 챙 아래에서 흔들렸다. 상기된 두 뺨은 그가 가꾸는 품종 좋은 장미처럼 싱그러워 보였다.

"또 숲에 갔던가 보구나."

"네. 엄청난 수확이죠?"

레일라는 뿌듯해하며 바구니를 들어 보였다.

"내일도 따러 갈 거예요. 산딸기잼을 아아―주 많이 만들 거거든요."

"잼 장사라도 할 작정이냐?"

"그것도 나쁘지 않겠네요."

생긋 웃은 레일라는 빌의 곁에 놓인 의자에 앉았다. 그러고 보니 당연한 듯 의자가 두 개다. 하긴 어디 의자뿐인가. 어느새 오두막의 모든 세간이 두 사람을 위한 것으로 변해 있었다. 빌 레머의 생각은 아직 끝나지 않았는데 말이다.

바닥에 내려놓은 바구니를 뒤적인 레일라는 야생 복숭아 한 알을 꺼내 빌에게 내밀었다. 빌은 자연스레 그것을 반으로 쪼개 레일라에게 한쪽을 내밀었다.

두 사람은 나란히 앉아 숲을 바라보며 복숭아를 나누어 먹었다. 바람에 나뭇잎이 사락거리는 소리가 귓가를 간질였다. 먼 곳에서 들려오는 새들의 지저귐이 레일라의 목소리처럼 맑았다.

"그새 또 여름이구나."

빌은 무의식적으로 중얼거렸다. 조용한 미소를 머금은 레일라는 모자를 벗어 든 채 나른한 기지개를 켰다. 무릎 아래로 흘러내린 낡은 연장 가방을 본 빌이 툭 실소를 터트렸다. 레일라가 온 첫해에 *그*가 준 것이었다.

"그 고물은 아주 닳아 없어질 때까지 쓸 작정이지."

"편해서 좋아요. 아직 쓸 만하고요."

레일라는 가방을 흔들며 마주 웃었다. 달그락거리는 소리의 정체를 빌은 어렵지 않게 파악할 수 있었다. 양철 필통, 주머니칼, 낡은 노트, 아름다운 깃털 몇 개와 꽃잎들. 어떤 면에 있어서는 놀랍도록 변한 것이 없는 아이다.

평범한 저녁이었다. 레일라가 잘 마른 빨래를 걷어 정리하는 동안 빌은 장작을 팼다. 레일라가 능숙하게 저녁 식사를 준비하는 동안에는 닭과 염소들의 먹이를 챙겼다. 각자의 일을 마친 두 사람이 식탁에 마주 앉은 건 해가 저물어가기 시작한 무렵이었다.

"내일 카일이 오기로 했어요. 같이 공부하고 저녁도 먹으려고요. 괜찮으시죠?"

맛있는 냄새가 피어오르는 접시를 식탁 가운데 내려놓은 레일라가 카일 이야기를 꺼냈다.

"그 녀석은 부자 의사인 제 아버지를 놔두고 왜 자꾸만 내 집에 와 식량을 축내는 거냐?"

"말씀은 그렇게 하셔도 카일을 좋아하시잖아요."

"어지간히도."

불퉁스러운 대답을 던지는 순간에도 빌의 입술은 부드러운 호선을 그리고 있었다. 싱긋 웃어 보인 레일라는 반만 채운 맥주잔을 그에게 건네주었다.

"이 따르다 만 술은 뭐냐?"

"이제 건강을 위해 술을 줄이셔야 한대요."

"그 에트먼네 식충이 놈이 그러든?"

"아저씨!"

"이래저래 아무짝에도 쓸모없는 놈 같으니."

못마땅한 표정을 지으면서도 빌은 순순히 레일라가 내민 술잔을 받아 들었다.

반만 채운 술잔과 사과주스 잔이 부딪치는 소리가 챙, 풍성한 저녁 식탁 위로 맑게 울려 퍼졌다.

오붓한 저녁 식사를 마치자 밤이 깊어졌다.

부엌 정리를 마친 레일라는 방으로 돌아가 책상 앞에 앉았다. 졸음이 밀려왔지만 그래도 꿋꿋이 램프를 켜고 연필을 쥐었다. 시험이 코앞이었다. 그 결과에 이번 여름의 행복이 달려 있다고 해도 과언이 아니었다.

밤에 우는 새들의 소리가 밤바람에 실려왔다. 그 사이로 종이 위를 부지런히 움직이는 연필 소리가 섞여들었다.

한참을 집중해 있던 레일라는 눈의 피로감을 이기지 못하고 연필을 놓았다. 본래 그리 좋지 않던 눈이 이제는 꽤 많이 나빠진 모양이었다. 어릴 적부터 자세히 보려면 눈을 찌푸리고 집중해야 했는데, 요즘은 그 정도가 심해졌다.

그쯤에서 책상을 정리한 레일라는 침대에 누워 눈을 감았다. 이제 돈이 조금만 더 모이면 안경을 맞출 수 있을 것 같았다.

산딸기잼 20병. 아니, 30병이어야 하려나.

아무튼, 그리 멀지는 않은 셈이다. 빌 아저씨에게 말하면 해결될 일이란 걸 알지만 그래서 더욱 말을 꺼내기 힘들었다. 넘치도록 받고 또 받기만 하고 있으니까.

그가 레일라를 학교에 보내겠다고 했을 때 사람들은 대체로 비웃음을 흘렸다. 고아 계집애를 가르쳐 무엇 하냐고. 더부살이를 하다가 나이가 차면 그 가문의 하녀가 되면 그뿐 아니냐고. 하지만 빌의 뜻은 확고했다. 그는 습관처럼 말했다. 레일라, 너는 꽤 괜찮은 어른이 될 거라고.

내일은 산딸기를 더 많이 따 와야지.

결심을 굳힌 레일라는 그만 잠을 청하려 애썼다. 하지만 그럴수록 의식은 점점 더 명료해지기만 했다.

돌아온 새들, 이번 여름의 계획, 일간 신문에 연재되고 있는 추리소설의 범인 그리고 헤르하르트 공작.

꼬리를 물고 이어지던 잡념 사이로 불현듯 이질적인 이름이 흘러들었다. 당황한 레일라는 흠칫하며 눈을 떴다. 익숙해진 어둠 너머로 창밖의 풍경이 보였다. 밤바람에 흔들리는 나뭇가지와 그 너머의 밤하늘, 그리고 달과 별. 부옇게 번져 보이는 하얀빛을 응시하던 레일라는 무의식적으로 숨을 죽였다.

대학을 졸업한 공작은 가문의 전통에 따라 왕립군사학교를 거쳐 육군 장교로 임관했다. 곧장 해외 전선에 부임해 복무하느라 지난 한 해 동안은 영지를 찾지 않았다. 숲속의 새들에게도 레일라에게도 평온한 시간이었다.

하지만 이번 여름에는 그가 돌아올 것이다.

아르비스의 주인, 헤르하르트 공작이.

플라타너스 길

길리스 여학교의 정문 앞에 서 있는 카일 에트먼은 담벼락과 가로등만큼이나 당연한 존재였다. 또 왔구나. 다들 그 정도의 감흥으로 대수롭지 않게 시선을 던질 뿐이었다.

손목시계를 확인한 카일은 싱글거리며 교문 너머를 살폈다. 저 멀리에서부터 자전거를 끌고 오는 소녀가 보였다. 우아한 듯 씩씩한 걸음걸이만으로도 카일은 그 애를 알아볼 수 있었다.

하긴 어디 걸음걸이뿐이겠는가.

풍부한 표정을 가진 얼굴, 부드러운 몸짓. 그 모든 것이 그에게는 레일라였다. 레일라 같은 소녀는 어디에도 없었다. 버드나무 그늘 아래 앉아 있던 작은 아이에게 다가가 말을 건 그 여름날 이후부터 지금까지 언제나 그랬다.

"레일라!"

힘차게 이름을 부르자 레일라가 멈추어 섰다. 가늘게 찌푸린 눈을 들어 그를 살핀 레일라는 조금 더 바빠진 걸음으로 다가오기 시작했다. 카일은 이 순간을 좋아했다. 그를 본 레일라의 걸음이 빨라질 때. 사뿐하게 다가와 생긋 웃는 그 아이를.

"왜 여기로 왔어? 이따 집으로 오는 게 더 편할 텐데."

"뭐 어때. 어차피 돌아가는 길인데."

카일은 싱긋 마주 웃으며 가방을 고쳐 멨다. 물론 거짓말이다. 레일라와 함께 하교하기 위해 카일은 테니스부 전체를 바람맞혔다. 하지만 라켓을 무기처럼 들고 기다릴 선배들도 지금은 두렵지 않았다.

"가자, 레일라."

카일은 태연한 얼굴로 걸음을 내니었다.

내일의 일은 내일로. 될 대로 되어버리라지.

두 사람은 나란히 번화한 거리를 걸었다. 상점가를 지나며 아이스크림을 사 먹었다. 희미한 먼지 냄새가 떠도는 서점도 구경했다. 그 시간 내내 카일의 시선은 레일라에게 머물러 있었다.

쇼윈도를 구경하는 레일라, 신이 난 얼굴로 아이스크림을 받아 드는 레일라, 펼쳐 든 책을 탐독하는 레일라.

레일라는 자주 웃었다. 레일라 르웰린이 이렇게 잘 웃는다는 걸 아는 사람은 빌 아저씨를 제외하면 이 세상에 카일 에트먼뿐일 거다. 카일은 그 사실이 무척 마음에 들었다.

아르비스로 이어지는 길목으로 접어들자 바람이 한결 시원해졌다. 잠시 생각에 잠겼던 레일라는 사뭇 심각해진 얼굴로 얼마 남지 않은 시험 이야기를 꺼냈다. 기하 이야기를 할 때는 약간의 절망감도 곁들여졌다. 그 사소한 표정의 변화들을 카일은 주의 깊게 살폈다.

아직은 아니다.

카일은 목 끝까지 차오른 간지러운 말을 꾹 참아냈다. 섣불리 고백했다가 레일라와 불편한 사이가 되고 싶진 않았다. 굳이 연인이 될 필요가 있을까 싶기도 했다. 곧장 부부가 되면 그만이지.

레일라 에트먼. 좋네. 아주 좋아.

"왜 웃어?"

레일라가 얼굴을 찡그리며 물었다. 도무지 점수가 오르지 않는 기하 과목에 대해 성토하던 중인데 카일은 뭐가 그리 좋은지 히죽거리고 있었다.

"어…… 그게, 아! 헤르하르트 공작이 돌아온다며?"

황급히 표정을 바꾼 카일이 화제를 돌렸다.

"되게 오랜만이네. 언제쯤 오신대?"

"잘 모르겠어."

"다들 헤르하르트 공작, 헤르하르트 공작 노래를 하는데 넌 되게 관심 없다."

어깨를 가볍게 으쓱이며 웃어 보인 카일은 다시 헤르하르트 공작에 관한 이야기를 이어갔다. 레일라는 묵묵히 경청하며 길을 걸었다.

레일라와 헤르하르트 공작 사이에는 별다른 접점이 없었다. 가끔 숲에서 마주치거나 종종 방문하는 클로딘에게 불려 갔다가 얼굴을 보게 되는 일이 전부였다. 그마저 불편해 레일라는 가능하면 공작을 피하려 애썼다. 어쩔 수 없이 마주쳐야 할 때는 고개를 깊이 숙였다. 그를 보고 싶지 않았다. 금화를 쥐고 달리던 그 어린 날이 저녁, 넘어시며 놓쳐버린 동전을 발로 밟아 멈추어 세웠던 헤르하르트 공작을 마주한 순간 이후로 늘 그러했다.

멋대로 불러들여 방치하고 돈을 적선한 건 클로딘인데 마음을 한없이 초라하게 만든 사람은 공작이었다. 어쩌면 그건 그 낯설고 화려한 세상에서 레일라 르웰린이 얼마나 하잘것 없는 존재인지 절감하게 만든 사람이 그이기 때문인지도 모르겠다.

그 일은 레일라가 그간 견뎌온 멸시나 핍박과는 다른 종류의 상처를 남겼다. 잊고 싶은 기억인데 헤르하르트 공작을 마주하면 자연히 그날이 떠올랐다. 레일라는 그런 공작이 싫었다. 그날을, 그 기억을, 그 상처를 자꾸만 상기시키는 그가.

자전거 핸들을 힘주어 쥔 레일라가 조용한 한숨을 내쉬는 사이에 검정색 자동차 한 대가 지나갔다. 노마님은 절대 자동차를 타지 않으니 아마도 사교 모임에 다녀오는 작은 마님인 듯했다.

"공작님이 돌아오니 아르비스는 한동안 정신없겠다."

"응."

"참. 레일라, 나도 장교가 되어볼까?"

몸을 돌려세운 카일이 엉뚱한 질문을 건넸다.

"헤르하르트 공작처럼 장교가 되어 훈장을 받는 거지. 적의 심장에 총탄을 꽂는 백발백중의 명사수 에트먼 대위."

카일은 개구쟁이처럼 웃으며 총 쏘는 시늉을 했다.

"이보세요, 에트먼 씨. 넌 닭 한 마리도 못 죽이잖아."

물끄러미 그를 바라보던 레일라가 피식 실소했다. 상당히 자존심이 상하는 반응이었지만 카일은 반박하지 못했다.

작년 이맘때쯤이었던가. 오두막에서 얻어먹는 밥값을 하겠다고, 무엇이든 시켜만 달라고 큰소리를 떵떵 쳤더니 빌 아저씨는 저녁 식사에 쓸 닭을 잡아놓으라 했다. 카일은 호기롭게 나섰지만 끝내 닭의 깃털 하나 뽑지 못했다. 에트먼가의 식충이라는 굴욕적인 별명을 얻은 날이었다.

　"착한 내 친구 카일 에트먼. 난 그래서 네가 좋아."

　짓궂은 미소를 지운 레일라가 뜻밖의 위로를 건넸다. 뒤로 걷는 카일의 발에 채인 돌멩이가 길을 수놓은 나무 그늘 밖으로 대굴대굴 굴러갔다.

　"네 손은 사람들을 살려주는 손이면 좋겠어. 총을 쏘는 손이 아니라."

　"어…… 그야 당연하지. 난 의사가 될 거니까."

　카일은 어쩐지 멋쩍어져 뺨을 만지작댔다.

　"그러면 군의관 할까? 그런데 군의관한테도 훈장을 주나?"

　"사람을 많이 살리면 주지 않을까? 많이 죽이는 것보다 훨씬 나은 일인데."

　"그러려나?"

　시답지 않은 농담을 주고받는 사이에 갈림길이 나타났다. 에트먼가는 왼쪽으로 이어진 길 끝에 있었다.

　"아! 빌려주기로 한 기하 노트를 집에 두고 왔어."

　실수를 기억해낸 카일이 얼굴을 찌푸렸다. 레일라는 대수롭지 않게 고개를 끄덕여주었다.

"그러면 이따 저녁 식사 시간에 맞춰서 와. 노트 꼭 가지고."

"야. 넌 날 기다리냐, 노트를 기다리냐?"

"노트."

뻔뻔한 대답을 건넨 레일라는 얼마 지나지 않아 크크크 장난스러운 웃음을 터트렸다. 마주 웃은 카일은 서둘러 집을 향해 달려가기 시작했다.

"조금만 기다려, 레일라! 금방 노트 가지고 갈게!"

"천천히 와도 돼! 식사 준비하려면 어차피 시간이 좀 걸려!"

멀어져 가는 카일의 뒷등을 향해 레일라는 목청 높여 소리쳤다.

"상관 마시지! 내 마음이야!"

카일의 대꾸는 더욱 우렁찼다.

못 말리겠다는 듯 고개를 작게 저은 레일라는 이제 자전거를 타고 아르비스 저택으로 이어진 플라타너스 길을 향해 달리기 시작했다.

마티어스는 저택의 진입로가 시작되는 지점에서 차를 세웠다. 운전기사와 집사는 당황한 표정이었다.

헤르하르트 공작의 귀환은 갑작스러웠다. 예정보다 한 주나 빨리 도착하는 바람에 아르비스의 사용인들은 진종일 정신없이 움직이며 주인을 맞이할 준비를 해야 했다. 그런데 또 이런 파격이라니. 집사 헤셴은 긴장감에 마른침을 삼켰다.

"주인님, 아직 도착을……."

"좀 걸을게요."

집사의 말을 자르는 마티어스의 어조는 차분했다. 우물쭈물하며 눈치를 살피던 운전기사는 서둘러 차에서 내려 뒷좌석의 문을 열었다.

"아니."

뒤따라 내리려는 헤셴을 향해 마티어스는 짧게 고개를 저었다.

"저택에서 보죠."

형식적인 미소를 지어 보인 마티어스가 걸음을 돌렸다. 눈치를 살피던 헤셴과 운전기사는 반문 없이 다시 차에 올랐다. 그들이 떠나자 길은 다시 고요해졌다.

장교모를 벗어 든 마티어스는 산책을 하듯 여유롭게 나무 그늘 아래를 걷기 시작했다. 부츠의 굽 소리와 바람에 흔들리는 나뭇잎의 소리가 묘한 조화를 이루었다.

마티어스 폰 헤르하르트는 완벽한 아이였고 완벽한 학생이었으며 이제 완벽한 장교가 되었다. 그리고 곧 완벽한 여자와 결혼해 완벽한 헤르하르트 공작, 완벽한 아버지가 될 것이다. 그 모든 것은 지나치게 당연해 다소 지루하기까지 했다.

저택이 가까워질수록 마티어스의 걸음은 점차 느릿해졌다. 녹음이 무성한 나무 사이로 흘러든 빛줄기가 붉은 기가 감도는 그의 눈매를 더욱 도드라져 보이게 했다. 격식을 갖추어 입은 청회색 정복을 타고 내려간 그 햇살은 화려한 휘장을 지나 벨트의 금속 버클에 닿았다.

'이번 여름에는 약혼을 해야지.'

어머니의 조언에 마티어스는 기꺼이 동의했다. 적절한 시기에 결혼을 해 후계자를 낳는 건 당연한 의무였으므로.

'나는 클로딘이 차기 공작 부인의 자리에 가장 어울리는 숙녀라 생각한단다.'

할머니의 통보도 선선히 받아들였다. 클로딘 폰 브란트는 훌륭한 혈통과 조건을 가진 신붓감이었으므로.

마티어스는 원해본 적 없었다. 원하기 전에 이미 모든 것이 갖추어져 있었다. 더할 나위가 없었으므로 갈망은 먼 세상의 관념이었다. 결혼 역시 그랬다.

마티어스는 완벽한 결혼을 바랐다. 불필요한 감정을 소모할 필요 없는, 그의 세상을 더욱 견고하게 만들어줄 디딤돌로

서의 결혼을. 클로딘 폰 브란트는 그에 가장 합당한 상대였고, 그것으로 충분했다. 그 외의 사실에는 별다른 흥미를 가져본 적 없다. 그럴 필요를 느끼지 못했다.

마티어스는 길의 한가운데에서 잠시 걸음을 멈추었다. 고개를 들자 잘게 조각난 햇빛이 눈을 찔러왔다. 뜻밖의 인기척이 느껴진 건 그 무렵이었다.

지나온 길을 향해 시선을 돌리자 자전거를 타고 오는 한 여자가 보였다. 마티어스가 천천히 뒷짐을 지는 사이에 여자가 그의 왼편을 스쳐 지나갔다. 선명한 금빛 머리카락이 물결치듯 나부꼈다.

레일라 르웰린?

문득 그 이름을 떠올린 순간에 여자가 고개를 돌렸다. 마티어스를 본 여자의 초록 눈이 동그랗게 커졌다.

그들이 서로를 응시하는 사이에 균형을 잃은 자전거가 쓰러졌다. 그 자전거와 함께 나뒹굴게 된 레일라의 비명이 플라타너스 길의 평온을 깨뜨렸다.

쓰러진 후에도 자전거 바퀴는 관성을 따라 요란스럽게 회전했다.

마티어스는 길바닥에 넘어져 있는 여자를 향해 천천히 다가갔다. 그의 그림자 아래에서 고개를 든 여자는 틀림없는 레일라 르웰린이었다. 새에 미친, 그 작은 계집애.

"······죄송합니다, 공작님."

마티어스와 눈이 마주친 레일라는 황급히 사죄하며 고개를 조아렸다. 여전히 바닥에 주저앉은 채였다. 아마도 그가 이대로 스쳐 지나가기를 기다리는 모양이었다.

이만 떠나려던 마음을 바꾼 마티어스는 느긋이 레일라를 내려다보았다. 여학교의 교복은 흙먼지로 엉망이 되어 있었다. 스타킹은 찢어지고 무릎에서는 피가 흘렀다.

헛돌던 자전거 바퀴가 멈추자 다시 정적이 찾아왔다.

레일라는 그제야 가늘게 찌푸린 눈을 들어 마티어스를 보았다. 당돌하기 짝이 없는 표정은 예전 그대로인데 전체적인 인상은 한결 부드러워져 있었다.

저 계집애도 자라는구나.

장교모를 쥔 마티어스의 손끝에 지그시 힘이 실렸다. 시간이 흘러 아이가 자라는 당연한 일이 어째서인지 신경을 긁어 댔다.

마티어스에게 레일라 르웰린은 언제나 어린 소녀였다. 필사적으로 그를 피하고 도망치는 꼴이 묘하게 거슬리는, 하지만 그것이 전부인 어린애. 그런데 지금 그의 눈앞에 있는 레일라 르웰린은 도무지 그 기억과 겹쳐지지 않는 모습이었다.

옷감이 얇은 여름 교복 아래로 드러나 보이는 몸의 선은 더이상 깡마른 어린애의 그것이 아니었다. 싱그러운 뺨과 입술,

바람에 실려 오는 부드러운 체취 역시 그랬다. 그 사실이 주는 묘한 불쾌감을 곱씹는 사이에 레일라가 비틀거리며 몸을 일으켰다.

한 걸음 뒤로 물러선 레일라는 구두를 고쳐 신고 교복의 먼지를 털었다. 다 자란 여자가 되어도 레일라 르웰린은 그의 턱끝에도 닿지 않겠다 싶게 자그마했다.

"레일라 르웰린."

충동적으로 이름을 부르자 레일라가 흠칫하며 어깨를 움츠렸다. 다시 고개를 깊이 숙인 채였다.

"죄송합니다, 공작님."

같은 말을 반복한 레일라는 마티어스의 발치에 웅크려 앉아 바닥에 떨어져 있는 제 물건들을 줍기 시작했다. 가방, 책, 노트. 먼지와 피가 묻은 작은 손을 따라 움직이던 마티어스의 시선이 막 레일라의 손끝이 닿은 펜 위에서 멈추었다.

마티어스는 천천히 한 걸음을 떼 그 펜을 밟았다. 레일라는 흠칫 놀라며 시선을 들었다. 기막혀하는 눈빛이구나.

"레일라 르웰린."

다시 그 이름을 불렀다.

"내가 부르잖아."

마티어스의 어조는 지그시 펜을 밟는 동작처럼 느리고 침착했다.

"네, 공작님."

레일라는 질끈 감았던 눈을 뜨며 대답했다. 어떻게든 펜을 꺼내려 안간힘을 써보았지만 마티어스는 꿈쩍도 하지 않았다.

"말씀하세요. 듣고 있습니다."

레일라는 제법 당찬 말로 공작의 무례에 항거했다. 여름 숲을 닮은 눈동자가 당혹감이 섞인 분노로 반짝였다.

보란 듯이 동전을 밟은 날에도 공작은 이런 표정, 이런 눈빛을 하고 있었다. 그날의 기억을 떠올린 레일라의 뺨이 붉게 달아올랐다. 그사이 공작이 펜을 밟고 있던 발을 뗐다.

결국 아무 말도 하지 않을 거라면 왜 이런 짓을 한 건가?

레일라는 목 끝까지 치밀어 오른 질문을 삼키며 펜을 주웠다. 소리 없는 실소를 흘린 공작은 유유히 그녀를 스쳐 지나갔다. 손에 쥐고 있던 모자를 쓰며. 마치 아무 일도 없었다는 듯 태연하게.

완벽한 귀족이라 칭송받는 헤르하르트 공작이 이런 짓을 저질렀다는 것을 아르비스 사람들은 과연 믿을 수 있을까?

레일라는 절대 그럴 리가 없을 거라는 데 지금껏 애써 모은 안경값 전부를 걸 수도 있을 것 같았다. 다들 그런 말을 하는 레일라 르웰린을 이상하게 여길 것이다.

입술을 굳게 다문 레일라는 서둘러 몸을 일으키고 자전거를 세웠다. 무성한 플라타너스 잎 사이를 지나온 오후의 햇살이 멀어져 가는 공작의 뒷등을 비추었다.

꼼꼼히 닦은 펜을 가방에 챙겨 넣은 레일라는 느리게 걷는 헤르하르트 공작의 뒤를 따르기 시작했다. 벗겨진 살갗이 쓰라렸지만 참아냈다. 공작이 돌아보지 않으리란 걸 알면서도 레일라는 반듯한 자세를 유지하려 애썼다.

저 긴 다리를 보람 있게 써 빨리 걸어주면 좋으련만.

답답해 한숨이 나오려던 순간에 점차 걸음의 속도를 늦추어가던 헤르하르트 공작이 돌아섰다. 부드러운 바람에 나뭇잎이 흔들렸다. 그 나뭇잎 사이를 지나온 햇빛의 무늬도 느릿한 리듬으로 여름 길 위를 어른거렸다.

놀란 레일라는 시선을 피하는 것도 잊은 채 그 자리에 우두커니 멈추어 서 있었다. 마티어스는 바람에 나부끼는 금빛 머리칼을 따라 천천히 시선을 움직여갔다. 가쁘게 오르내리는 가슴과 자전거 핸들을 쥔 하얀 손, 신기할 만큼 가느다란 발목과 작은 발.

그리고 다시 눈.

그 맑은 초록빛 눈을 마티어스는 한참이나 고요히 바라보았다. 레일라 르웰린은 여전히 그의 영지에서 더부살이를 하고 있는 고아일 뿐이지만 적어도 한 가지 사실만큼은 완벽히 달라진 듯했다.

시간이 흘러 아이가 자랐다.

그 사실을 받아들이자 비로소 레일라가 보였다. 더는 어린 계집애가 아닌, 저 여자 레일라 르웰린이.

명목상의 이유는 여름을 맞이한 친척 집 방문이었다. 하지만 클로딘 폰 브란트가 고작 그런 이유로 아르비스를 찾지 않았다는 건 누구나 아는 사실이었다. 약혼을 공표하기 전 두 가문의 사전 교섭과 당사자들의 친분 도모. 목적은 분명했고 양가 모두 그 사실을 구태여 숨기려 들지 않았다. 누구보다 클로딘이 그랬다.

"안녕하세요, 헤르하르트 공."

마중을 나와 있는 마티어스 앞에 선 클로딘은 완벽한 예의를 갖추어 인사했다. 그 모습 어디에도 어린 누이의 흔적은 남아 있지 않았다.

"환영합니다, 브란트 영애."

마티어스 역시 격식을 차린 인사로 클로딘을 맞이했다. 마치 처음 만난 숙녀를 대하는 듯한 태도였다.

두 사람은 우아한 미소를 머금은 채 서로를 바라보았다. 새삼스레 놀랄 건 없었다. 그리 가깝거나 친밀한 사이는 아니었지만 그들은 오랜 시간 서로를 보아왔고, 그러므로 알고 있었다. 마티어스 폰 헤르하르트가, 그리고 클로딘 폰 브란트가 얼마나 뼛속까지 철저한 귀족인지를. 그건 그들이 서로를 선택한 가장 크고 분명한 이유이기도 했다.

환영 인사를 마친 마티어스는 저택 뒤편과 연결되어 있는 유리온실로 클로딘을 에스코트했다. 브란트 가문이 방문할 때면 항상 그곳에서 티타임을 가졌다. 아르비스의 온실을 좋아하는 클로딘을 위한 엘리제 폰 헤르하르트의 배려였다.

티타임은 정해진 수순대로 흘러갔다. 피상적이면서도 격조 있는 한담이 향긋한 차의 향기와 어우러졌다.

"이 온실은 언제 봐도 아름다워요. 헤르하르트 부인께서는 이곳에 천국을 옮겨두셨네요."

적당한 때를 기다리던 클로딘이 말문을 열었다. 어린 아가씨답게 명랑하면서도 차분한 품위를 갖춘 태도였다.

"참 오랜 세월을 들여 정성껏 가꾸었단다. 그 가치를 아는 안주인에게 물려줄 날을 고대하고 있지."

엘리제 폰 헤르하르트는 은근한 암시가 담긴 대답을 건넸다. 기쁨을 숨기지 못하는 브란트 백작 부처와 달리 클로딘은 침착했다. 수줍게 웃으며 눈을 내리뜨고 다시 찻잔을 쥐었다. 품위 있는 숙녀의 표본이라 해도 좋을 모습이었다.

"마티어스, 클로딘에게 아르비스의 천국을 안내해주렴."

흡족한 미소를 머금은 엘리제가 아들을 향해 명했다.

찻잔을 내려놓은 마티어스는 조용히 자리에서 일어섰다. 본격적인 협상과 조율이 이루어질 모양이었다. 당사자들은 잠시 자리를 비켜주어야 할 때였다.

"가시지요, 영애."

마티어스가 정중히 에스코트를 청하자 클로딘은 반투명의 레이스 장갑을 낀 손을 살며시 내어주었다. 먼지와 피가 묻어 있던 작은 손의 기억이 그 손 위로 짧게 떠올랐다 사라졌다.

티 테이블을 떠난 두 사람은 적당한 대화를 나누며 산책로를 거닐었다. 온실 중앙에 자리한 대리석 분수에서 흐르는 물줄기 소리와 새들의 맑은 노랫소리가 이따금 찾아오는 막간 같은 정적을 채워주었다.

울창한 야자수 그늘 아래로 접어든 클로딘은 살며시 시선을 들어 마티어스를 살폈다. 온화한 미소를 머금고 있어도 좀처럼 감정을 읽기가 힘들었다. 세상을 대하는 태도 역시 그랬다. 흠잡을 곳 없이 정중하지만 그 기저에는 한평생 누구에게도 고개 숙여본 적 없는 자의 오만이 깃들어 있는 남자. 클로딘의 마음을 꽤 흡족하게 하는 면모였다.

"이 온실의 새들은 정말 예뻐요."

나뭇가지에 앉은 화려한 빛깔의 새들을 살피던 클로딘이 경탄했다. 마티어스는 그제야 이 유리온실에서 키우는 새들의 존재를 인지했다.

아르비스의 안주인 엘리제 폰 헤르하르트는 장미만큼이나 새를 사랑했다. 물론 그 방식은 같았다. 정원사가 장미를 가꾸듯 새들 역시 고용된 사육사가 돌보았다. 그녀의 역할은 그저 즐기는 것이었다. 그건 엘리제 폰 헤르하르트가 세상을 사랑하는 방식이기도 했다.

"이렇게 사람을 잘 따르다니. 정말 신기해요. 비결이 궁금하네요."

클로딘은 자신이 내민 손 위에 내려앉은 작은 새를 보며 미소 지었다. 마티어스는 담담히 그 광경을 지켜보았다. 그러고 보니 이 온실의 새들은 놀라울 만큼 온순했다. 창을 활짝 열어두어도 달아나는 법이 없었다. 새들은 평온한 세상 속에서 언제나 아름답게 노래했다.

횟대 위를 뒤뚱거리며 걷는 앵무새와 클로딘의 손 위에서 지저귀는 십자매를 살핀 마티어스는 공손한 자세로 대기 중인 은발의 사육사를 향해 눈짓을 보냈다. 그는 조용히 다가와 클로딘 곁에 섰다.

"날개깃을 자릅니다, 아가씨. 그러면 멀리 날 수 없어 도망치지 못하고 성미도 온순해집니다. 자유롭게 날 수 있는 새는 여간해선 사람에게 길들여지지 않거든요."

"날개를요? 아프지 않을까요?"

"깃털을 자르는 것뿐이라 아프진 않습니다. 위험한 곳으로 날아가 길을 잃거나 다치는 일을 막을 수 있으니 새에게도 좋은 일이지요. 궁금하시다면 보여드릴까요?"

"그래도 될까요, 헤르하르트 공?"

클로딘이 눈을 반짝이며 물었다.

"영애의 뜻대로 하시지요."

마티어스가 허락하자 사육사는 그들을 온실 한쪽 끝에 마련된 커다란 새장 앞으로 데려갔다. 아직 날개깃을 자르지 않은 작은 새들이 그곳에 머무르고 있었다. 사육사는 그중 가장 아름다운 금빛 새 한 마리를 꺼내 쥐고 작업대 앞으로 다가섰다.

"무슨 새죠?"

가만히 새를 지켜보던 마티어스가 물었다.

"카나리아입니다, 주인님. 아름답게 노래하는 새지요."

공손한 대답을 건넨 그는 우선 작은 손수건으로 새의 눈을 가린 뒤 날개를 펼쳐 쥐었다. 그사이 다른 한 손으로는 날이 예리한 가위를 잡았다.

준비를 마친 사육사는 주저 없이 가위 날을 움직였다. 잘린 날개의 깃털들이 작업대 위로 후드득 흩어졌다. 그는 반대편 날개깃도 똑같은 방식으로 자른 후에 새를 놓아주었다.

마티어스는 가늘어진 눈으로 카나리아를 주시했다. 필사적으로 날개를 파닥거리던 새는 얼마 날지 못하고 툭, 바닥으로 떨어지듯 내려앉았다. 제대로 날 수 없게 된 현실을 부정하듯 몇 번 더 애를 써보았지만 결과는 마찬가지였다.

마티어스는 허리를 숙여 화단 끝에 앉아 있는 새를 집어 들었다. 손아귀에 갇힌 작은 새가 버둥거리며 울기 시작했지만 그건 노래라기보단 비명에 가깝게 들렸다.

"당장 길드는 건 아닙니다, 주인님. 익숙해지는 데는 시간이 조금 필요한 법이니까요."

사육사는 다급히 마티어스를 말리며 그 새를 건네받았다.

"길들여보시겠습니까, 아가씨?"

진정시키듯 새를 쓰다듬던 사육사가 물었다.

"보는 걸로 만족할게요. 궁금증을 풀어줘서 고마워요."

예의를 차려 거절한 클로딘이 걸음을 돌려세웠다.

"우리 이제 테이블로 돌아가요."

이번에는 클로딘이 먼저 손을 내밀었다. 아름다운 조각처럼 매끈한 그 손 위로 먼지와 피가 묻어 있던 작은 손의 기억이 다시 한번 떠올랐다 사라져 갔다.

클로딘의 손을 잡은 마티어스는 충동적인 명령을 남겼다.

"침실로 옮겨줘요."

"……네?"

뜻밖의 말에 당황한 사육사의 눈이 커졌다.

"그 새."

마티어스는 가늘어진 눈으로 새를 가리켰다.

"내 카나리아."

레일라는 단정하게 빗은 금발을 하나로 질끈 묶었다. 뒤이어 앞치마를 입고, 커다란 바구니도 챙겨 들었다.

"오늘로 끝을 내야지."

결의에 찬 다짐을 하는 레일라의 표정은 사뭇 진지했다.

헤르하르트 공작이 돌아온 데다가 며칠 전에는 브란트 영애도 이 아르비스를 방문했다. 덕분에 레일라는 마음이 급해졌다. 공작이 숲을 차지하기 전에, 그리고 브란트 영애가 수시로 불러대기 전에 산딸기를 충분히 따 모아야 했으니까. 다행히 두 사람은 아직 잠잠했다. 아무래도 약혼이라는 중대사를 앞두고 있어 그런 모양이었다.

챙이 넓은 밀짚모자를 단단히 눌러쓴 레일라는 잰걸음으로 숲을 향해 갔다. 산딸기 덤불은 지천에 우거져 있었다. 아르비스 사람들과 숲속 동물들이 아무리 열심히 따 먹어도 바닥에 떨어져 썩어가는 열매가 더 많을 정도였다.

부지런히 숲을 누빈 레일라는 채 정오가 되기도 전에 바구니를 가득 채웠다. 무거워 팔이 빠질 것 같아도 마음은 날아갈 듯 가벼웠다.

　나무 그늘 아래에 던지듯 바구니를 내려놓은 레일라는 사뿐사뿐 강가로 향했다. 손을 꼼꼼히 씻어 치열했던 산딸기 채취의 흔적을 지우고 세수도 했다.

　슐터강은 헤르하르트 가문이 소유하고 있는 숲과 골짜기를 감싸며 흘러갔다. 도심에서 보아도 아름답지만 아무래도 슐터강이 가장 아름다워 보이는 곳은 맑은 물빛과 숲이 어우러지는 이 아르비스다.

　레일라는 앞치마에 넣어둔 손수건을 꺼내 얼굴을 닦았다. 여름에도 시원한 강물이 더위를 식혀주었다. 발을 한번 담가보고 싶은 충동이 일었으나 레일라는 결국 단념했다.

　맨 처음 신세를 졌던 고모네 집에는 레일라보다 나이가 많은 다섯 남매가 있었다. 다들 행동이 거칠고 짓궂었는데, 어느 날은 레일라를 강제로 끌고 가 강물에 던져 넣었다. 그 집에서 살기 위해서 치러야 하는 신고식 같은 것이라며. 아이의 비명을 듣고 달려온 이웃집 아저씨가 아니었다면 레일라는 꼼짝없이 물귀신이 되었을지도 모른다.

　잘못한 건 분명 그 애들이었는데 그날 밤 술에 취한 고모부에게 매를 맞은 건 레일라였다. 그리고 몇 주 지나지 않아 레일라는 다음 친척 집으로 쫓겨났다. 주제를 모르고 말썽을 부리는 아이는 거두어줄 수 없다고 했다.

억울한 일이었지만 다음 친척 집이 그 전보다는 나았으므로 레일라는 잘된 일이라 여기기로 했다. 다음, 그다음 집으로 떠넘겨질 때마다 매번 그런 생각을 했다. 그리하여 결국 이곳, 빌 아저씨의 오두막까지 오게 되었으니 믿는 대로 이루어졌다 해도 틀린 말은 아니다.

그러니 다 잘된 일이지.

레일라는 싱긋 웃으며 나무 아래로 돌아갔다. 바구니 구석에 끼워두었던 신문을 앞치마 주머니에 넣고, 재빨리 그 나무를 타고 올랐다. 어릴 적만큼 재빠르고 민첩하기는 힘들었지만 대신 요령이 늘었다. 빌 아저씨가 가르쳐준 것이었다.

레일라는 꼭 맞는 의자처럼 아늑한 가지에 능숙하게 자세를 잡고 앉았다. 이곳에서 내려다본 슐터강이 이 세상에서 가장 아름다운 강이라고 레일라는 굳게 믿었다. 여러 도시를 여행해본 카일도 동의해준 걸 보면 객관적인 사실에 가까울지도 모를 일이다.

나무에 등을 기댄 레일라는 먹이를 찾는 물새들과 반짝이는 물비늘, 강의 양쪽 기슭을 감싼 녹음을 찬찬히 바라보았다. 이 풍경이 좋아 여름이 기다려졌다. 헤르하르트 공작이라는 변수가 있기는 해도 아르비스의 여름은 역시 아름다웠다.

명쾌한 결론을 내린 레일라는 앞치마 주머니에 넣어 온 신문을 펼쳐 들었다. 가장 먼저 확인한 건 신문에 실린 연재소설. 명석한 두뇌로 추리를 해온 탐정이 막 범인을 찾아내려는 참이었다.

레일라는 정신없이 그 소설을 읽어나가기 시작했다.

마티어스는 한참 만에야 수면 밖으로 얼굴을 내밀었다. 가쁜 숨을 몰아쉬는 리듬을 따라 도드라진 목울대가 빠르게 오르내렸다.

아마도 정오쯤. 태양의 위치로 대략적인 시간을 파악한 마티어스는 물살이 흐르는 방향을 따라 다시 헤엄쳐 가기 시작했다. 물에 젖은 건장한 나신이 강물에 비친 녹음의 그림자처럼 싱그러웠다.

슐터강과 아르비스의 숲을 좋아하는 마티어스는 그 풍경을 한눈에 담을 수 있는 선착장 옆 보트하우스를 별채로 개조했다. 할머니와 어머니는 강변까지 걸음을 하는 일이 드물었으므로 그곳은 오직 마티어스만의 세상이었다.

저택을 방문한 손님이 없을 때면 마티어스는 종종 그곳을 찾았다. 멍하니 창문 너머의 풍경을 바라보거나, 책을 읽거나, 그조차 무료하면 낮잠을 자거나. 무엇을 해도 마음이 편한 곳이었다. 물론 가장 좋은 건 지금처럼 강물에 몸을 맡기는 순간이다.

마티어스는 물 위에 누운 채 초록빛 나뭇가지와 그 사이의 하늘을 바라보았다. 바람에 흔들리는 나뭇잎 소리와 새들의 노래 사이로 물살이 잘게 부서지는 소리가 스며들었다. 지난 며칠간 저택이 소란했던 터라 강의 평온이 더욱 선명하게 느껴졌다.

헤르하르트와 브란트가 맺게 될 혼인 관계에 대한 협상은 순조롭게 진행되었다. 이변이 없다면 이번 여름이 가기 전에 약혼이 공표될 것이다.

브란트가에서는 일 년 정도의 약혼 기간을 가지기를 바랐고, 마티어스도 동의했다. 헤르하르트 공작으로서 갖추어야 할 충분한 명예를 획득했다면 굳이 장교의 자리에 오래 머무를 필요는 없으니까. 근위대에서 한두 해 정도를 더 보낸 뒤 전역하고 결혼을 하는 것이 가장 적절했다. 그 후로는 가문의 사업에 집중할 생각이었다.

잔잔한 물살을 따라 흐르듯 이어질 삶이었다.

마티어스는 스르르 눈을 감은 채 강물에 몸을 맡겼다. 따스한 햇볕과 시원한 물살, 귓가에서 부서지는 잔물결의 소리가 세상의 전부처럼 느껴졌다. 하지만 다시 눈을 뜬 순간, 그토록 완벽하던 평온이 흐트러졌다.

강변에 서 있는 아름드리나무의 가지 위에 웬 여자가 앉아 있었다. 마티어스는 단번에 그 여자의 정체를 알아차렸다. 그 순간 읽고 있던 신문을 접은 여자도 그를 향해 고개를 돌렸다.

　정말이지 거슬리는 계집애, 레일라 르웰린이었다.

꒐꒐꒐

　처음 얼마간은 헛것을 보았다고 생각했다. 레일라는 종종 그랬다. 눈이 나쁘다 보니 사물을 제대로 식별하지 못하는 일이 잦았다. 얼마 전에도 물 위를 떠가는 썩은 나무를 사람으로 착각해 소스라치게 놀란 적이 있었다.

　하지만 저 형체는 지나치게 사람에 가깝지 않은가?

　의구심을 떨치지 못한 레일라는 가늘게 찌푸린 눈으로 유심히 수면을 살폈다. 물살 위를 떠가고 있는 물체는 아무리 보아도 사람이었다. 그것도 남자. 발가벗은 커다란 남자. 젖은 흑발을 알아볼 수 있을 만큼 거리가 가까워지자 레일라의 의심은 확신이 되었다.

　저 남자는 틀림없는 마티어스 폰 헤르하르트 공작이다.

　더는 부정할 수 없게 된 그 사실에 경악한 레일라는 그만 손에 쥐고 있던 신문을 떨어뜨려 버렸다. 황급히 나무를 붙잡지 않았다면 신문과 함께 바닥으로 떨어지는 신세를 면치 못했을 것이다.

머리는 생각했다. 당장 눈을 감으라고. 아니, 당장 나무에서 내려가 이 숲을 떠나라고. 그게 아니면 비명이라도 지르라고. 하지만 레일라가 할 수 있는 일은 실오라기 하나 걸치지 않은 그 남자를 멍하니 바라보는 것뿐이었다. 헤르하르트 공작역시 그랬다. 그는 물 위에 가만히 누운 채로 레일라 쪽을 응시하기만 했다. 벗은 몸을 감출 마음이 전혀 없는 듯한 태도였다.

그렇다면 차라리 이대로 물살을 따라 흘러가 주기를!

그 바람이 간절해졌을 무렵, 공작은 불현듯 몸을 돌려 레일라가 있는 강기슭 쪽으로 헤엄쳐 오기 시작했다.

"아, 안 돼요!"

레일라의 비명 소리가 맑은 하늘 높이 울려 퍼졌다.

"싫어요! 오지 마세요! 오시면 안 돼요!"

겁에 질린 레일라는 정신없이 나무에서 내려갔다. 공작에 대한 예의 같은 건 아무래도 좋았다. 바구니와 모자는 생각도할 수 없었다. 레일라는 그저 달렸다. 두 다리가 어떻게 움직이는지도 모르는 채로 달리고 또 달리기만 했다.

"레일라!"

레일라는 오두막으로 이어지는 오솔길의 중간쯤에서 카일

과 마주쳤다. 어리둥절한 얼굴을 한 카일이 하마터면 풀썩 넘어질 뻔한 레일라를 붙잡아주었다.

"어디 갔었어? 집에 없어서 찾으러 가던 길인데."

"카일, 카일, 나 어떡해."

춧내 섞인 가쁜 숨을 쏟아내던 레일라가 넋이 나간 사람처럼 중얼거렸다.

"왜? 무슨 일이야? 들짐승이라도 만났어?"

"아니. 그게 아니라……."

"아니면 뭔데? 왜 이렇게 놀란 거야?"

카일은 휘둥그레진 눈을 돌려 레일라가 달려온 길을 살폈다. 아무리 보아도 여느 때와 다름없이 평온한 숲일 뿐인데 레일라는 점점 더 울상이 되어갔다.

"……나 어떡해. 어떡하지, 카일?"

레일라는 앞치마를 들어 얼굴을 가렸다. 기억하고 싶지 않은데 어쩌자고 자꾸만 떠오르는지. 세차게 도리질을 쳐보아도 아무 소용이 없었다.

"정신 좀 차려, 레일라."

카일은 부드러운 한숨을 내쉬며 레일라를 다독였다. 그제야 고개를 든 레일리의 얼굴은 잘 익은 산딸기처럼 빨개져 있었디.

"대체 무슨 일이 있었던 건데? 유령이라도 봤어?"

카일은 장난스럽게 웃으며 농담을 건넸다. 떨리는 입술을 달싹이던 레일라는 끝내 아무 대답도 하지 못한 채 다시 앞치마에 얼굴을 묻었다.

아니.

이제 귓불까지 붉힌 레일라가 고개를 저었다.

그보다 더 무서운 거.

입술로만 중얼거리는 말이 뜨거운 탄식이 되어 흘러나왔다.

눈앞에 펼쳐진 광경이 하도 기가 막혀 마티어스는 실소했다. 젖은 머리칼 끝에 맺혀 있던 물방울이 툭, 콧날을 타고 흘러내렸다.

별채의 선착장으로 다시 헤엄쳐 간 마티어스는 옷을 입고 이곳으로 돌아왔다. 레일라는 제 짐을 모두 팽개치고 줄행랑을 쳐버린 후였다.

마티어스는 찬찬히 레일라의 흔적들을 살펴나갔다. 나무 아래 두고 간 커다란 바구니와 모자, 바닥에 떨어진 신문, 젖은 손수건. 산딸기를 어찌나 많이도 땄는지. 아르비스의 산딸기를 멸종시킬 작정이라도 하였나 싶어 또다시 헛웃음이 났다. 그 자그마한 게 저 바구니를 들고 다닌 것이 신기할 지경이었다.

그러고 보니 새인 줄 알고 아이를 쏠 뻔한 그날도 이 나무였던 것 같다.

마티어스는 고개를 들어 강변에 선 아름드리나무를 올려다보았다. 새처럼 나뭇가지에 올라앉아 빤히 그를 쳐다보던 작은 얼굴이 떠오르자 또다시 실소가 났다.

설마, 여태 나무를 타고 놀 줄이야.

도망친 레일라의 뒤를 쫓아보려던 마음을 바꾼 마티어스는 그만 저택 쪽으로 걸음을 돌렸다. 오늘 오후에는 아르비스에서 이사들을 만날 예정이었다. 그간은 회사의 경영에 직접 개입하지 않았지만 전역 후에는 그가 도맡아야 할 일이었다. 그러기 위해서는 전반적인 구조와 업무를 미리 파악해두어야 했다.

헤르하르트 가문은 토지 자산을 기반으로 무역과 자원 사업으로 영역을 넓혀왔다. 지금의 막대한 부를 일군 건 마티어스의 조부였다. 신대륙의 유전에 투자를 한 과감한 선택이 주효한 덕분이었다.

오랜 역사를 통해 쌓아온 가문의 명예와 권세가 이제 마티어스의 두 손에 쥐여져 있었다. 그것을 잘 지켜 다음 대의 헤르하르트에게 물려주는 것이 자신의 가장 큰 의무라는 것을 그는 잘 알고 있었다. 누구보다 완벽하게 해내리라 자신했다. 그건 단 한 번도 의심을 가져본 적 없는 당위였다.

저택으로 돌아간 마티어스는 가문의 주인 역할에 적합한 옷차림을 갖추었다. 새의 울음소리가 들려온 건 막 타이 매듭을 정리한 찰나였다.

마티어스는 그 맑은 소리를 따라 시선을 돌렸다. 창가에 놓인 새장 속에서 카나리아가 지저귀고 있었다. 하도 조용해 우는 법을 모르는 줄만 알았던 새는 그 착각을 비웃듯 아름답게 노래했다.

시종을 잠시 물린 마티어스는 천천히 창가로 다가가 새장의 문을 열었다. 노래를 멈춘 카나리아는 깃털이 잘린 날개를 파닥여 창살 속을 벗어났다.

마티어스는 창틀에 기대선 채로 날개깃이 잘린 새의 비행을 지켜보았다. 자그마한 것이 어찌나 부지런한지. 조금 날다 떨어지고, 또다시 떨어지기를 반복하면서도 쉼 없이 방 안을 맴돌았다. 그러다 결국 지쳐버린 카나리아는 윙체어의 팔걸이 위에 얌전히 내려앉았다.

시간을 확인한 마티어스는 조용히 그 의자 곁으로 다가가 새를 집어 들었다. 귀 따갑게 울며 버둥거릴 줄 알았던 카나리아는 의외로 순순히 자신을 내맡겼다.

예상치 못한 변화에 흥미가 동한 마티어스는 새장을 향해 가던 걸음을 잠시 멈추어 세웠다. 그리고 손아귀에 든 새를 손가락 위에 올려놓아보았다. 항상 도망치기 급급했던 카나리아는 뜻밖에도 그 자리에 가만히 머물러 있었다. 고개를 꼿꼿이 세운 채로. 당돌한 눈빛으로 그를 빤히 쳐다보며.

"새로운 세상을 만난 기분이네요."

충격을 받은 사람처럼 멍해져 있던 레일라가 감탄을 터뜨렸다. 은발의 안경사는 유쾌하게 웃으며 고개를 끄덕였다.

"눈이 꽤 나빴으니 그럴 만도 하지. 그간 고생이 많았겠구나."

"아니에요. 책을 읽는 게 조금 불편한 걸 빼면 괜찮았어요."

의연한 대답을 건넨 레일라는 살며시 들어올렸던 안경을 다시 써보았다. 흐리던 세상이 마법처럼 선명해졌다. 그 당연한 사실에 레일라는 다시 한번 감격했다.

아르비스의 숲이 내어준 산딸기는 레일라의 손끝에서 잼이 되었다. 그리하여 드디어 안경을 맞출 만큼 돈이 모이자 레일라는 그길로 자전거를 타고 시내로 향했다. 전부터 위치를 눈여겨보아 둔 터라 안경점의 위치는 대번에 찾을 수 있었다.

레일라는 산딸기잼과 맞바꾼 안경을 쓰고 상점을 나섰다.

지나치게 선명해진 풍경이 조금 낯설고 신기했다. 레일라는 사뿐히 내딛는 걸음마다 새로운 세상을 열어준 야생 열매들을 향한 감사와 사랑을 담았다. 더운 날 불 앞에서 팔이 빠져라 잼을 휘저은 자신에 대한 칭찬도 보탰다.

그런데 어쩌자고 이처럼 좋은 날 그 망측한 기억이 떠오르는 걸까?

본의 아니게 공작의 벗은 몸을 보게 된 날을 떠올린 레일라는 흠칫하며 미간을 찌푸렸다. 얼마나 당혹스럽고 겁이 났던지. 레일라는 해 질 무렵이 다 되어서야 겨우 강변에 두고 온 바구니를 찾으러 갈 용기를 냈다.

그날 저녁의 숲은 고요했고 강물은 평온하게 반짝였다. 공작의 부재를 거듭 확인한 레일라는 황급히 바구니와 모자를 챙겨 들고 강변을 떠났다. 단지 그뿐인데 어째서인지 뺨 언저리가 자꾸만 화끈거렸다. 거기에 정신이 팔려 손에 든 바구니가 얼마나 무거운지도 알지 못했다. 그날 이후 얼마간은 빌 아저씨와 카일을 보는 일도 민망스러워 혼이 났다.

아무리 자신의 영지라도 어쩌자고 대낮에 강에서 발가벗고 수영을 할까?

레일라는 싫은 기억을 지우듯 절레절레 고개를 저었다. 공작이 떠나기 전까지는 절대 강가에 가지 말아야지. 거듭 다짐을 하며 멈추었던 걸음을 뗀 찰나에 익숙한 목소리가 들려왔다.

"……레일라?"

이 높고 맑은 목소리는 아마도 클로딘 폰 브란트.

그래, 올 것이 왔구나.

레일라는 숨을 가다듬은 후 천천히 몸을 돌려세웠다. 적절한 예의를 차린 미소도 준비했다. 하지만 레일라의 시야에 들어온 건 뜻밖에도 좀 전까지 머릿속을 어지럽힌 그 사람, 헤르하르트 공작이었다.

지나치게 선명해 조금 낯선 세상 속에 그가 서 있었다.

소스라치게 놀란 레일라는 다급히 그의 곁에 서 있는 클로딘에게로 시선을 옮겼다. 공작이 해외 전선에 복무하고 있는 동안은 그녀도 아르비스를 찾지 않았으니 꽤 오랜만이었다. 그사이에 클로딘은 완벽한 숙녀로 변모해 있었다.

레일라는 우선 공손한 인사를 올렸다. 두 사람은 우아한 고갯짓으로 화답해주었다.

"언제부터 안경을 쓴 거야? 하마터면 못 알아볼 뻔했어."

어서 가주면 좋으련만 클로딘이 또다시 말을 걸어왔다.

"얼마 되지 않았습니다, 아가씨."

낯빛을 가다듬은 레일라는 미소를 띤 얼굴로 클로딘을 마주했다. 헤르하르트 공작 쪽으로는 눈길을 주지 않기 위해 무던히 애를 썼다.

"그렇구나. 잘 지냈니?"

클로딘은 가늘게 뜬 눈으로 찬찬히 레일라를 살폈다. 품평하는 듯한 시선이 불편했으나 레일라는 의연하게 참아냈다.

"네, 아가씨."

"우린 차를 마시러 가던 길이었어."

화사한 미소를 머금은 클로딘이 눈짓으로 길 맞은편의 호텔을 가리켰다.

네, 아가씨. 아니면 그렇군요, 아가씨.

레일라가 적당한 추임새를 고민하는 사이에 클로딘이 선심 쓰듯 말했다.

"같이 가자, 레일라."

"네?"

"오랜만에 만났으니까 차라도 한잔 같이하면 좋겠어. 괜찮으실까요, 헤르하르트 공?"

클로딘은 레일라가 아닌 마티어스를 향해 물었다. 그리고 마티어스는 입술 끝에 가벼운 미소를 머금는 것으로 동의를 표시했다. 레일라 르웰린의 마음 같은 건 아무래도 좋은 모양이었다. 항상 그랬으니 새삼스러울 건 없는 일이지만.

두 사람은 멈추었던 걸음을 다시 내딛기 시작했다. 대기하던 사용인들도 조용히 그들 뒤를 따랐다.

레일라는 한숨을 삼키며 자전거를 돌렸다. 낡은 바퀴가 삐

걱거리는 소리가 자박자박 내딛는 발걸음 소리 사이로 섞여 들었다.

✦

도어맨은 무척 당혹스러운 표정이었다. 레일라는 이해한다고 말하듯 고개를 끄덕였다. 이 도시에 있는 가장 좋은 호텔에 고물 자전거를 끌고 온 손님은 여태껏 한 번도 만나본 적이 없을 테니.

그는 앞장서 들어간 헤르하르트 공작 일행과 레일라를 몇 번이나 번갈아 살핀 후에야 길을 열어주었다. 낡은 자전거는 어정쩡한 자세로 대기 중이던 포터의 손에 맡겨졌다. 레일라는 묵례로 감사를 표시한 후 호텔로 들어섰다. 티 룸은 로비의 오른편에 자리하고 있었다.

지배인은 강변을 향해 나 있는 테라스로 그들을 안내했다. 레일라는 맨 마지막으로 테이블에 차서했다. 히필이면 헤르히르트 공작과 마주 보는 자리였다. 빤히 쳐다보는 그의 시선이 그날의 기억을 다시금 상기시켰다.

당황한 레일라는 황급히 눈을 내리떴다. 차양 아래로 비스듬히 흘러든 여름볕에 얇은 금테 안경이 반짝 빛났다.

그런데 보통은 본 사람보다 보여준 사람이 더 부끄러운 거 아닌가?

그런 일이 있었는데도 아무렇지 않게 자신을 보는 헤르하르트 공작이 레일라는 그저 신기했다. 하긴 귀족들에게 사용인이란 가구나 그림 같은 의미에 지나지 않는다는 점을 감안하면 이해가 가기도 했다. 가구 앞에서 발가벗었다고 부끄러워하는 사람은 없으니까. 발가벗은 사람을 보고 부끄러워할 가구도 없을 테고.

레일라가 제 나름의 결론을 내리는 사이에 애프터눈 티가 차려졌다. 따로 주문을 하지 않았는데도 헤르하르트 공작 앞에는 진한 커피가 놓였다. 찻잔을 쥔 손가락이 무척 길고 매끈했다.

두 사람은 레일라의 존재를 까맣게 잊은 것처럼 자신들만의 대화를 이어나갔다. 오늘 본 전시, 친척들의 근황, 주말에 저택에서 열릴 파티. 마티어스의 부드러운 저음과 클로딘의 낭랑한 고음이 일정한 간격을 두고 교차되었다.

이럴 거면 왜 굳이 자신을 데려온 것인지 모를 일이었지만 레일라는 궁금해하지 않기로 했다. 브란트 영애의 행동은 대체로 레일라의 이해 밖에 있었다. 처음 만난 열두 살의 여름 이래로 쭉 그래왔다.

"그래, 레일라. 학교는 어때? 재미있니?"

달그락, 소서에 찻잔을 내려놓는 소리와 함께 한결 높아진 클로딘의 목소리가 들려왔다. 레일라보다 고작 한 살 위일 뿐이지만 클로딘은 언제나 어린아이를 대하는 어른 같은 말투를 사용했다.

"네, 아가씨."

빌 아저씨를 위해서. 레일라는 익숙한 주문을 외우며 대답했다. 흡족하게 고개를 끄덕인 클로딘은 학교생활에 대한 몇 가지의 의례적인 질문을 더 건넸고, 레일라는 예의 바르게 답문했다.

네, 아가씨.

클로딘이 레일라에게 바라는 대답은 대체로 그 하나였다. 그리고 레일라는 이제 그 대답이 익숙했다.

"내년이면 졸업하겠구나."

다소 따분한 표정이었지만 클로딘의 말투는 변함없이 상냥했다.

"네, 아가씨."

레일라 역시 변함없이 공손한 대답을 건넸다.

"졸업 후에는 어떤 일을 할 생각이야?"

"교사 자격증을 준비하는 반에 있습니다."

"교사라……."

클로딘은 말꼬리를 길게 늘이며 찻잔을 쥐었다. 모자를 장식한 리본과 코르사주가 찬찬히 고개를 끄덕이는 동작을 따라 흔들렸다.

"착하구나, 레일라. 훌륭한 목표야. 네게 참 잘 어울리는 일인 것 같아. 그렇지 않나요, 헤르하르트 공?"

클로딘의 시선이 다시 헤르하르트 공작을 향했다. 레일라는 그녀를 따라 무심코 고개를 돌렸다. 안경을 쓰고 본 공작의 눈은 더욱 청명한 파란빛을 띠었다. 그 눈이 자신을 향해 있다는 것을 뒤늦게 깨달은 레일라는 황급히 시선을 떨구었다.

"그렇군요."

공작은 아무렇지 않게 동의를 표시했다. 그것을 끝으로 레일라 르웰린의 존재감은 다시 희미해졌다.

겨우 한숨을 돌린 레일라는 이 불편한 티타임이 어서 끝나기를 간절히 빌었다. 테니스를 치러 간 카일과 시내에서 만나기로 했는데. 이러다가는 약속에 늦을지도 모른다.

고심하던 레일라는 용기를 내 고개를 들었다. 동시에 공작도 시선을 돌렸다. 상당히 난처한 상황이었으나 레일라는 더이상 회피하지 않았다. 자세를 반듯이 하고 말끄러미 공작을 바라보았다.

어린 시절에는 푸른 유리를 닮은 저 눈을 마주하면 챙 하고 맑은 소리가 울릴 것만 같다는 생각을 했다. 오랫동안 잊고지내온 그 철없던 상상이 떠오르자 레일라는 공작이 조금 더 낯설고 불편해졌다. 시야가 선명해지면 덩달아 감정도 선명해지기라도 하는 듯이.

"저, 송구하지만 공작님, 그리고 아가씨."

결심을 굳힌 레일라가 입술을 뗐다.

"먼저 일어서는 결례를 범해도 괜찮을까요? 친구를 만나기로 한 시간이 가까워져서요."

공작을 떠난 레일라의 시선이 클로딘의 얼굴 위에서 멈추었다. 비로소 숨이 제대로 쉬어지는 것만 같은 기분이 들었다.

"그래. 그러렴."

다행히 클로딘은 선선히 고개를 끄덕여주었다. 비로소 곤경에서 벗어나게 된 레일라는 서둘러 자리에서 일어섰다.

"감사합니다. 좋은 시간 보내세요."

깍듯한 인사를 남긴 레일라는 도망치듯 호텔을 떠났다. 급히 자전거를 찾고, 정신없이 페달을 밟아 번화한 거리를 달렸다. 멀리, 자신과 상관없는 낯선 세상으로부터 멀리. 하지만 그럴수록 자신과 상관없는 남자의 얼굴은 더욱 선명해지기만 했다.

안경 때문이라고, 레일라는 점점 가빠지는 숨을 쏟아내며 생각했다. 선명하게 보았더니 선명하게 남은 것뿐이라고. 그러자 한편으로는 안도감이 들기도 했다. 그 망측한 일이 안경을 맞춘 후에 일어났으면 대체 어쩔 뻔했나?

머릿속이 아득해진 찰나에 약속 장소가 나타났다. 먼저 도착해 있던 카일이 활짝 웃으며 손을 흔들어주었다.

마음이 놓이는 안전한 세상이었다.

"저 애도 꽤 많이 자랐지요? 이제 숙녀라 해도 무리가 없겠어요."

레일라가 떠나간 방향을 살피던 클로딘이 엉뚱한 말을 꺼냈다. 제 또래인 레일라를 마치 딸처럼 취급하는 말투였다.

"그럴 나이가 되었으니까요."

마티어스는 무심한 대답을 건네며 미소 지었다. 잠시 생각에 잠겼던 클로딘은 여름의 해처럼 밝게 웃으며 고개를 끄덕였다.

"그렇지요. 그럴 나이가 되었으니까. 참. 리에트 오빠가 근사한 자동차를 새로 샀다는 소식 들으셨나요?"

클로딘은 능숙하게 화제를 돌렸다.

두 사람은 다시 그들이 공유하는 세상의 대화를 이어가기 시작했다. 맞은편 자리에 잠시 머무르다 떠나간 레일라 르웰린은 마치 처음부터 없었던 것처럼. 하지만 그 여자는 뜻밖의 장소에서 다시 존재감을 드러냈다.

느긋한 티타임을 보낸 후 아르비스로 돌아가던 길이었다. 길이 혼잡해 차가 잠시 멈추어 섰고, 마티어스는 무심코 차창 밖을 바라보았다. 그곳에 레일라가 있었다. 자전거를 끌며 한 소년과 함께 거리를 걷고 있었다. 만나기로 한 친구인 모양이었다. 어쩐지 익숙한 얼굴을 가만히 보던 마티어스는 얼마 지나지 않아 소년을 기억해냈다. 주치의의 아들. 아마도 카일 에트먼이었던가.

자꾸만 안경을 툭툭 건드리는 소년에게 레일라 르웰린이 무어라 외쳤다. 하지만 소년의 장난은 더욱 짓궂어졌고, 레일라는 한숨을 내쉬다 웃어버렸다. 뭐가 그리 즐거운지 한참을 그렇게 깔깔거리던 두 사람은 도서관의 계단 앞에서 멈추어 섰다. 자전거를 세워둔 레일라가 계단 끝에 앉자 바구니에 담겨 있던 종이봉투를 든 소년이 뒤따랐다. 그 봉투에서는 소다수 두 병과 샌드위치가 나왔다. 레일라 르웰린은 소년과 나란히 앉아 그것을 나누어 먹었다. 소년이 무슨 말을 할 때마나 레일라가 웃고, 레일라가 웃으니 소년도 웃었다. 그사이 도로를 막고 있던 마차가 비켜섰다.

차가 다시 달리기 시작하자 마티어스는 그 거리에서 눈길을 거두었다. 반대편 차창 밖을 보고 있던 클로딘도 그를 향해 시선을 옮겼다. 조용히 마주 웃은 두 사람은 다시 사교적인 대화를 나누기 시작했다. 마티어스가 티타임의 기억을 다시 떠올린 건 도서관이 더 이상 보이지 않는 길목으로 접어든 후였다.

레일라 르웰린은 제 앞에 놓인 찻잔에 손도 한 번 대지 않았다. 두 손을 무릎에 올린 반듯한 자세로 머무르다 조용히 떠나간 것이 전부였다.

나를 떠나 소년에게 갔다.

그 사실을 곱씹자 그를 빤히 쳐다보던 레일라의 얼굴이 떠올랐다. 초조하고 불편한 기색이 역력한 표정이었다.

그 소년에게 가고 싶어서.

생각이 거기에 닿자 테라스를 떠나던 레일라의 뒷모습이 되살아났다. 레일라는 마치 도망치듯 걸음을 서둘렀다.

나를 떠나, 그 소년에게 가기 위해.

그들을 태운 차는 어느새 아르비스 영지로 이어지는 플라타너스 길로 접어들었다. 자전거가 넘어졌던 그 길의 중간쯤을 지날 무렵, 마티어스는 순순히 인정했다. 레일라 르웰린은 감히 그의 무엇일 수 없지만, 그럼에도 이 기분이 썩 달갑지는 않다는 것을.

"점심을 얻어먹었으니까 디저트는 내가 사줄게."

들뜬 얼굴을 한 레일라가 도서관 앞의 계단에서 일어섰다. 빈 종이봉투와 음료수 병은 꼼꼼히 챙겨 자전거 바구니에 넣었다.

"됐어. 우리 사이에 뭐 그런 걸 따져."

카일은 멋쩍게 웃으며 레일라의 자전거에 올랐다. 뒷좌석에 탄 레일라의 체온이 한낮의 열기보다 더욱 선명하게 전해져 왔다.

카일은 평정심을 유지하려 애쓰며 페달을 밟기 시작했다. 자전거가 움직이자 레일라는 살며시 그의 셔츠 자락을 쥐었다. 좀 더 힘주어 붙잡아도 될 텐데. 못내 아쉬운 마음이 들었으나 카일은 내색하지 않았다. 괜한 말로 이 순간의 행복을 망치고 싶지는 않으니까.

도서관을 떠난 자전거는 곧 번화한 거리로 접어들었다. 카일은 은은한 미소를 머금은 채 페달을 밟는 속도를 높여갔다. 일부러 자전거를 학교에 두고 왔다. 레일라와 만니, 이렇게 레일라의 자전거를 함께 타고 돌아가고 싶은 마음에. 레일라는 모를 테지만.

"있잖아, 카일."

체인이 감기는 소리 사이로 레일라의 부드러운 목소리가 스며들었다.

"응."

핸들을 쥔 카일의 손등 위로 뼈마디가 하얗게 도드라졌다.

"그래도 사줄게, 아이스크림."

무슨 대단한 말을 하려나 했더니. 하도 맥 빠지는 소리라 카일은 그만 픽 웃어버렸다.

"솔직히 말해. 네가 먹고 싶어서 그러지?"

"……그런 건 아니야."

그렇다는 뜻이다.

레일라의 속내를 알아차린 카일은 하굣길에 종종 들르는 카페테리아 쪽으로 방향을 틀었다. 그가 자전거를 세우는 동안 레일라는 쪼르르 가게 안으로 달려갔다. 따라가려던 마음을 바꾼 카일은 차양 그늘 아래에 기대서서 더위를 식혔다. 레일라는 얼마 지나지 않아 콘에 담긴 바닐라 아이스크림 두 개를 들고 왔다.

두 사람은 나란히 선 채로 아이스크림을 먹었다. 수없이 반복해온 일상이었으나 카일은 좀처럼 낯선 기분을 떨치지 못했다. 아마도 안경 때문인 것 같았다. 안경을 낀 레일라의 모습이 생경해서.

"레일라."

카일은 더 이상 참기 힘들어진 그 이름을 조용히 속삭였다. 고개를 돌려 그를 보는 레일라의 뺨은 장밋빛으로 상기되어 있었다. 더위 탓인 걸 아는데도 가슴이 뛰었다. 정말이지 바보 같았다.

"그러니까…… 이 아이스크림 되게 맛있다!"

당황한 카일은 한심한 대답으로 진심을 감추었다. 허겁지겁 아이스크림을 먹는 그를 지켜보던 레일라가 터뜨린 웃음소리가 붉어진 귀를 간질여왔다.

"그렇지? 난 역시 바닐라 맛이 제일 좋아."

웃음을 그친 레일라는 고개를 들어 맑은 여름 하늘을 바라보았다.

목이 참 가늘고 길었구나.

새삼 깨달은 그 사실이 간신히 진정시킨 심장박동을 다시 빨라지게 했다. 허둥대던 카일은 아이스크림을 다시 한입 크게 삼키는 것으로 곤란한 상황을 모면했다.

혀 위에서 사르르 녹는 바닐라 맛 아이스크림은 차갑고 달콤했다.

고요한 파문

"저 여자가 설마 그 애니? 정원사가 키우는 고아?"

창문 너머로 펼쳐져 있는 정원을 감상하던 브란트 백작 부인의 이마에 주름이 졌다. 안경을 쓴 한 아가씨가 정원사를 도와 장미 화단을 정리하고 있었다.

"네, 엄마. 레일라, 그 아이예요."

대수롭지 않게 대꾸한 클로딘은 다시 수를 놓는 일에 열중했다. 침착하게 움직이는 손끝에서 색색의 장미가 화려한 자태로 피어났다.

"레일라는 예쁜 아이죠. 자랄수록 점점 더 예뻐지는 것 같아요."

"넌 그게 아무렇지도 않니?"

"무슨 걱정을 하시는지 알아요, 엄마."

작품을 완성한 클로딘은 만족스러운 미소를 지으며 수틀을 내려놓았다. 브란트 백작 부인은 초조하게 창가를 서성이며 레일라를 염탐하고 있었다. 물끄러미 어머니를 바라보는 클로딘의 입술 사이로 조용한 한숨이 흘러나왔다.

몸이 약한 브란트 백작 부인은 임신과 유산을 거듭한 끝에 겨우 딸 하나를 무사히 낳았다. 그 아이가 바로 브란트가의 외동딸 클로딘이었다. 그 이후로는 더 이상 임신을 하지 못했다. 난산으로 몸이 망가져 버린 탓이었다.

후계자를 낳지 못했다는 열등감에 사로잡힌 백작 부인은 혹여 남편의 사랑이 식을까 전전긍긍하며 살아왔다. 다행히 브란트 백작은 정부에게서도 아들을 보지 못했지만, 그렇다 하여 마음을 놓을 수 있는 건 아니었다. 언제 젊고 아름다운 여자가 나타나 그에게 아들을 낳아주고 사랑을 빼앗아 갈지 모를 일이니까.

클로딘은 그런 엄마가 가여웠다. 그리고 꼭 그 연민의 크기만큼 엄마가 지겨웠다.

"하지만 전 그런 일에 연연하고 싶지 않아요."

클로딘의 말은 일종의 선언처럼 엄숙했다. 브란트 백작 부인은 기가 막히다는 듯이 탄식하며 딸을 향해 돌아섰다.

"너는 아직 어려서 남자를 몰라. 클로딘, 나라면 말이다⋯⋯."

"세상 모든 예쁜 여자를 헤르하르트 공작의 눈앞에서 치워버리기라도 하라고요?"

클로딘은 냉소적인 반문으로 어머니의 말을 잘랐다.

"엄마의 말씀처럼 전 아직 어리고 남자를 잘 몰라요. 하지만 대단히 명망 높은 남자들도 대체로 정부 한둘쯤은 가지고 있기 마련이란 건 알고 있어요."

"세상에. 클로딘!"

"물론 그런 일이 없기를 바라지만, 혹시 그런 일이 일어난다 해도 새삼스럽지는 않다는 걸 안다는 뜻이에요."

어깨를 가볍게 으쓱여 보인 클로딘은 침착하게 실과 바늘을 정리하기 시작했다.

우연히 레일라와 마주친 순간에는 사실 꽤 놀랐다. 예쁜 소녀가 아름다운 여자로 자라는 건 당연한 일이지만, 오랜만에 본 레일라의 모습은 기대 이상이었다. 로비타 여자 특유의 작은 체구와 섬세하고 아름다운 이목구비를 가진 그 애는 꼭 요정 같아 보이기도 했다. 수수께끼 같은 눈빛을 담고 있는 초록 눈과 투명하도록 희고 맑은 살결의 조화가 그런 분위기를 돋워주었다.

불쑥 동행을 제안한 건 그래서였다. 조금 궁금했다. 저런 여자를 눈앞에 둔 헤르하르트 공작은 과연 어떤 반응을 보일지가. 그리고 마티어스는 정확히 클로딘의 기대에 부응해주었다. 적당한 흥미와 무관심, 완벽한 품위와 절제로. 그만하면 된 일이었다.

"하지만 클로딘, 저런 애를 마티어스 가까이 두는 건 너무 위험한 일인 것 같구나."

브란트 백작 부인은 여전히 마음이 놓이지 않는 표정이었다.

"내가 헤르하르트가에 말해보면 어떻겠니?"

"엄마."

클로딘의 목소리가 낮게 가라앉았다.

그리 살지는 않을 것이라고, 모든 것을 다 가지고도 사랑 때문에 우는 엄마를 보며 다짐하고 또 다짐해왔다. 그건 클로딘이 마티어스와의 약혼을 결심한 이유이기도 했다.

마티어스 폰 헤르하르트는 고귀하고 부유하며 아름다운 남자였다. 그런 남자가 평생 정략결혼을 한 아내만을 헌신적으로 사랑하길 바라다니. 차라리 동화의 해피 엔딩을 믿는 편이 낫지.

어쩌면 그 역시 아름다운 여자에 대한 욕정에 휩쓸릴지도 모른다. 아버지처럼. 다른 수많은 남자들처럼. 하지만 정부를 정부로 여길 줄 아는 남자는 대체로 무해하다. 문제를 일으키는 건 정부를 정부로 여기지 못하는 남자다. 클로딘이 아는 마티어스는 확실한 전자였다.

그를 사랑하는가?

고개를 갸웃거리던 클로딘의 입가에 조소가 떠올랐다. 글쎄. 그럴 수도, 어쩌면 아닐 수도 있지만 그건 그리 중요한 문제가 아니다. 마티어스 역시 그렇다는 것도 잘 알고 있다. 중요한 건 주어진 모든 역할에 충실한 헤르하르트 공작은 훌륭한 남편이자 아버지의 역할 또한 완벽하게 해낼 것이라는 사실이다. 클로딘은 그것을 원했다. 나의 존엄과 품위를 지킬 수 있는 결혼을.

"설령 헤르하르트 공이 저 비천하고 아름다운 아이에게 흥미를 가진들 그게 무슨 대수겠어요?"

반짇고리의 뚜껑을 닫은 클로딘이 담담하게 반문했다. 레일라는 분명 빼어난 미인이지만, 그렇다 하여 그 아이의 처량한 신세가 달라지는 건 아니었다.

"맙소사, 클로딘! 대체 무슨 소리를 하는 거니?"

사색이 된 브란트 백작 부인이 비명 같은 탄식을 터뜨렸다. 클로딘은 더욱 초연해진 얼굴로 어머니를 마주했다.

"그래봐야 한낱 정부일 뿐인걸요. 차라리 저런 아이가 편할지도 모르겠어요. 감히 제 자리를 위협할 수 없는, 손바닥 안에 두고 길들일 수 있는 그런 여자 말이에요."

"얘야, 클로딘. 너는…… 너는 정말 사랑을 몰라."

딸을 보는 브란트 백작 부인의 눈빛이 깊어졌다.

바로 그 사랑 때문에 눈물 마를 날이 없었던 엄마의 아름다운 푸른 눈을 바라보던 클로딘은 묘한 미소를 지으며 고개를 돌렸다. 창문 밖으로 레일라가 보였다. 흙투성이가 된 그 아이는 흐드러지게 핀 장미 속에서 환하게 웃고 있었다.

빌 아저씨의 오두막은 비어 있었다.

뒤뜰과 텃밭을 살펴본 카일은 다시 오두막으로 돌아갔다. 레일라는 아마도 빌 아저씨의 일을 거들고 있을 것이다. 정원으로 찾아가 일손을 보태고 싶은 마음이 굴뚝 같았지만 참기로 했다. 공작저 사람들의 눈에 띄면 분명 어머니에게도 소식이 전해질 테니까.

카일은 포치에 놓인 의자에 앉아 레일라를 기다렸다. 레일라에게 빌려주기 위해 가져온 추리소설을 펼쳤지만 도무지 집중이 되지 않았다. 머릿속은 레일라, 온통 레일라로 가득 차 있었다.

결국 아무런 소득 없이 책장을 덮은 카일은 난간 너머의 여름 숲을 멍하니 바라보았다. 안경을 낀 레일라의 얼굴을 그리자 실쭉 웃음이 났다. 미래의 에트먼 부인은 안경을 써도 예뺐다. 얼마간은 조금 낯설어 어색했지만 이제는 그 얼굴을 생각하면 가슴이 두근거렸다.

"카일!"

레일라의 명랑한 목소리가 바람을 타고 흘러왔다. 카일은 헐레벌떡 자리에서 일어섰다. 오전 일을 마친 빌 아저씨와 레일라가 오두막으로 돌아오고 있었다.

"그 모자는 대체 뭐야?"

붉어진 뺨을 문지르던 카일의 눈이 휘둥그레졌다. 촌스러운 모자가 레일라의 예쁜 얼굴을 가리고 있었다.

"와, 진짜 촌스럽다. 설마 그걸 돈 주고 산 건 아니지?"

카일은 키득거리며 레일라를 놀렸다. 평소처럼 가볍게 웃어넘길 줄 알았던 레일라는 정색하며 그를 쏘아보았다. 빌 아저씨의 사나운 눈빛도 그 뒤를 따랐다.

"시내에서 산 건데. 아저씨가 선물로 주신 거야!"

모자의 챙을 들어 올린 레일라가 목청 높여 외쳤다. 빌은 수레에 싣고 온 삽을 드는 것으로 대답을 대신했다.

"다시 보니 예쁘네. 와, 예쁘다! 빌 아저씨 안목 최고!"

흠칫한 카일은 서둘러 모자에 대한 견해를 바꾸었다.

"놀리지 마. 나한텐 정말 소중한 거야."

레일라는 여전히 못마땅한 표정으로 모자를 벗어 들었다. 조화와 리본을 아낌없이 쓴, 상당히 현란한 밀짚모자였다.

빌이 수레를 정리하는 동안 레일라는 점심 식사를 준비했다. 문제의 모자는 식탁 끝에 고이 모셔둔 채였다. 카일은 그 모자 앞에 앉아 레일라의 눈치를 살폈다.

"레일라. 화났어?"

"응."

레일라는 힘껏 카일 몫의 접시를 내려놓았다. 그래도 점심은 얻어먹게 되었다는 사실에 카일은 우선 안도했다.

"미안. 내가 알았으면 그랬겠어?"

"몰라."

"그런데 갑자기 웬 모자 선물?"

"내가 부탁드렸거든."

"네가? 뭘 사달라고 조를 줄도 아셨어?"

카일은 놀란 얼굴로 반문했다. 그가 아는 레일라는 좀처럼 무얼 요구하는 법이 없는 아이였다.

"안경 때문에 많이 속상해하셔서."

레일라의 목소리가 낮게 가라앉았다.

"눈이 나빠진 게 속상하시대?"

"아니. 그게 아니라, 내가 말없이 돈을 모아 비싼 안경을 산 게 많이 서운하셨나 봐."

식탁을 다 차린 레일라는 카일의 맞은편에 앉아 긴 한숨을 내쉬었다.

레일라가 안경을 쓴 모습으로 오두막에 나타나자 빌 아저씨는 뒤통수를 한 대 맞은 사람처럼 멍한 표정을 지었다. 안경을 맞출 수 있게 된 내력에 대한 설명을 듣자 낯빛이 더욱 싸늘해졌다. 그처럼 화가 난 빌 아저씨의 모습은 처음이었다.

'레일라, 내가 그리도 미덥지 않은 거냐?'

빌은 한참 만에야 입을 열었다. 상심한 기색이 역력한 얼굴이었다. 그게 아니라고, 너무나 큰 신세를 지고 있어 면목이 없었다고, 이 정도는 자신의 힘으로 충분히 해낼 수 있었다고 설명할수록 빌의 눈빛은 점점 더 슬퍼져 갔다.

그날 이후로 두 사람의 사이는 다소 서먹해졌다. 빌은 평소보다 더욱 과묵해졌고, 레일라는 어찌할 바를 몰라 하며 전전긍긍했다. 그러다 찾은 해답이 모자였다.

'아저씨, 저 모자 하나만 사주세요.'

레일라는 며칠 전 저녁 식탁에서 비장한 부탁을 했다.

'아주 예쁜 모자로 사주시면 좋겠어요.'

미리 생각해놓은 조건을 덧붙이자 빌 아저씨가 피식 웃었다. 그리고 다음 날 저녁, 전지가위를 사러 간다며 외출했던 빌 아저씨는 꽃과 리본이 잔뜩 달린 밀짚모자를 사 들고 돌아왔다.

'린드네서 샀으니 싫으면 가져가서 바꾸든지.'

빌은 어색한 동작으로 선물을 내밀었다.

'아저씨가 직접 고르신 거예요?'

'뭐, 그런 셈이지.'

'고맙습니다, 아저씨. 너무 예뻐요.'

레일라는 세상을 다 가진 것처럼 기뻐하며 그 모자를 썼다.

빌 아저씨는 여자 물건을 사는 일을 무척 어색해했다. 주로 모나 부인에게 부탁하거나, 혹은 레일라를 직접 상점으로 데려가 필요한 것을 고르게 했다. 그런 빌 아저씨에게 이 모자를 직접 고르는 일이 얼마나 어려웠을지 레일라는 너무도 잘 알고 있었다. 그것이 얼마나 큰 사랑인지도.

빌 레머에게 꽃은 이 세상 가장 예쁜 것. 그러므로 꽃이 많이 달린 모자야말로 가장 예쁜 모자. 그 마음을 알고 보면 이 세상에서 가장 예쁘고 사랑스러운 모자가 확실했다.

"야! 그런 건 진작 말을 했어야지."

모자에 얽힌 사연을 경청하던 카일의 얼굴이 왈칵 구겨졌다.

"그 선물을 놀린 내가 너무 쓰레기 같잖아!"

"언제 말할 틈은 주셨고요? 보자마자 놀렸잖아."

"그건 그렇지만……."

"이 건방진 식충이 녀석. 또 내 집 식량을 축내는구나. 언젠가 에트먼 선생에게 네놈 밥값을 단단히 청구하고 말 거다!"

벌컥 문을 열고 들어온 빌이 우렁차게 소리쳤다. 하지만 거친 말투와 달리 카일을 보는 눈빛은 따스했다.

"한 번만 봐주세요, 아저씨. 이건 세상에서 가장 예쁜 모자가 확실해요. 정말로요."

카일은 다시 한번 진심을 담아 호소했다. 식탁 끝에 놓인 모자를 흘긋 본 빌은 멋쩍게 웃으며 자리에 앉았다. 그런 빌을 바라보는 레일라의 눈빛이 어찌나 다정한지. 카일은 하마터면 한심한 질투심을 가질 뻔했다.

레일라 르웰린을 사랑하는 남자는 2등의 운명을 받아들일 수밖에 없다. 레일라의 1등은 영원히 빌 아저씨일 테니.

마음을 다잡은 카일은 덥석 포크를 쥐고 식사를 시작했다. 빌 아저씨의 구박 같은 건 아무래도 좋았다. 레일라가 만든 음식은 그 수모를 감수할 만큼 맛있으니까.

점심을 먹은 빌 아저씨는 모처럼 시내로 외출을 했다. 단둘만 남은 오두막에서 보내는 평온한 여름 오후. 카일이 애타게 기다려온 순간이었다.

특별할 것은 없었다. 레일라는 언제나처럼 포치에 앉아 책을 읽고, 카일은 책을 읽는 척하며 레일라를 바라보았다. 가끔 비스킷을 집어 들 때를 제외하면 레일라의 시선은 항상 책장을 향해 있었다. 정말이지 놀라운 집중력이었다.

저 소설을 괜히 빌려줬지. 뼈저린 후회를 하면서도 카일은 피식 웃었다. 레일라는 모를 것이다. 집중하며 책을 읽는 자신의 모습이 얼마나 예쁜지. 비스킷을 오물거릴 때는 또 얼마나 사랑스러운지.

오늘은 말해버릴까?

진작 덮어버린 책을 바닥에 내려놓은 카일은 사뭇 진지해진 눈길로 레일라를 바라보았다.

조금 더 기다릴 수 있다고 믿었는데, 이제 자신이 없어졌다. 레일라의 손끝만 스쳐도 심장이 터질 듯이 두근거렸다. 온몸에 열이 오르고, 때로는 죄책감이 드는 꿈을 꾸기도 했다. 하지만 그보다 카일을 더 힘들게 하는 건 불안감이었다. 어느 날 불쑥 나타난 누군가가 레일라를 빼앗아 갈지도 모른다는, 공포에 가까운 불안.

그러니 차라리 무모한 고백을 해버리는 편이 낫지 않을까?

마침내 결심을 굳힌 카일이 막 입술을 떼려는 찰나에 느릿한 말발굽 소리가 들려왔다. 고개를 돌리자 말 등에 앉은 승마복 차림의 헤르하르트 공작이 보였다. 막 비스킷을 한 입 베어 물려던 레일라도 화들짝 놀라 고개를 들었다.

"안녕하십니까, 공작님."

벌떡 자리에서 일어선 카일이 정중한 인사를 건넸다. 고개를 까딱여 보인 공작은 포치의 난간 앞에서 말을 세웠다.

"레머 씨는?"

카일을 스쳐 지난 공작의 시선이 레일라를 향했다.

"아저씨는 잠시 시내에 들르셨어요. 혹시 무슨 일이 있으신가요?"

레일라는 입술을 몇 번이나 문질러 닦은 후에야 겨우 고개를 들어 공작을 마주했다.

"장미를 가져오는 일 정도는 르웰린 양도 할 수 있겠지."

잠시 생각에 잠겼던 공작이 예상치 못한 명령을 내렸다. 레일라는 크게 당황하며 뺨을 붉혔다.

"장미를요? 정원에 있는 장미 말씀이신가요?"

"적당히 꺾어서, 별채로."

간략한 요구 사항을 전한 헤르하르트 공작은 레일라의 대답을 기다리지 않고 떠나갔다. 카일은 묘한 기분에 사로잡힌 채로 멀어져 가는 공작의 뒷모습을 바라보았다.

"왜 하필이면 이럴 때 나타나신 거지."

뒤늦게 현실을 파악한 레일라는 절망적인 한숨을 내쉬며 옷에 묻은 비스킷 가루를 털어냈다. 하지만 굴욕감까지 털어내기는 역부족이었다.

"그만하시지. 이제 깨끗해."

가만히 지켜보고 있던 카일이 레일라를 만류했다.

"그까짓 비스킷 가루 좀 묻히면 어때? 귀족은 뭐 과자도 안 먹고 사나."

"그래도……."

레일라는 무의식적으로 다시 입술을 문질렀다.

"내 앞에서는 입을 쩍쩍 벌려가며 잘만 먹으면서. 뭘 새삼스럽게 신경 쓰냐?"

카일은 공연히 툴툴거리며 레일라의 안색을 살폈다. 옷매무새를 정리한 레일라는 부엌으로 가 모자와 바구니를 가져왔다. 그 모자를 쓰고 가는 건 그다지 좋은 선택이 아닌 것 같았지만 카일은 지적하지 않기로 했다.

"괜찮아, 레일라. 어차피 공작님은 기억 못 할걸."

카일은 적당한 말로 레일라를 위로했다. 고개를 끄덕이면서도 레일라는 여전히 심란한 표정을 짓고 있었다.

"그건 그렇지만…… 그래도 너무 불편해."

"왜? 무슨 일이라도 있었어?"

"아니. 그런 건 아닌데…… 너무 불편하고, 숨 막히고. 아무튼 그래. 그래서 싫어."

"나는? 난 편하고 좋지?"

카일은 은근한 기대감을 담아 물었다. 레일라는 별 황당한 소리를 다 듣겠다는 듯이 웃으며 모자를 썼다.

"당연하지요, 에트먼 씨. 넌 내 친구잖아."

"역시, 그럴 줄 알았어."

만족스러운 대답을 들은 카일은 비로소 긴장을 풀었다.

"아, 심부름하는 거 도와줄게. 같이 가자."

"아니야. 별거 아닌데 뭐. 넌 이제 집에 가봐."

"그러면 여기서 기다릴게."

"너 또 여기서 노는 거 알면 에트먼 부인께서 엄청 화내실 걸. 나까지 혼나게 하지 말고 가서 공부하시지요."

레일라는 단호하게 카일의 호의를 거절했다. 차마 반박할 수 없는 말이었다.

하는 수 없이 단념한 카일은 고개를 돌려 공작이 떠나간 방향을 바라보았다. 고작 장미 때문에 이곳까지 직접 걸음하다니. 생각할수록 좀 이상한 일이었다. 하지만 함부로 헤르하르트 공작을 모함할 수는 없는 노릇이었다. 어쩌면 지나가는 길에 들른 것일 수도 있으니까. 저택에서 별채로 가려면 어차피 이 숲을 지나야 하니 말이다.

이처럼 불안한 건 요즘 지나치게 과민하기 때문이겠지.

애써 마음을 다잡는 사이에 떠날 채비를 마친 레일라가 바구니를 챙겨 들었다.

"레일라!"

카일은 충동적으로 레일라의 이름을 불렀다.

"안녕, 카일! 내일 봐!"

손을 크게 흔들며 인사한 레일라는 씩씩한 걸음으로 오두막을 나섰다.

가지 마.

목 끝까지 치민 말을 삼킨 카일은 웃음을 띤 얼굴로 레일라를 배웅했다.

그래. 헤르하르트 공작이니까. 약혼을 코앞에 둔, 흠결 하나 없이 완벽한 귀족.

주문을 외우듯 그 생각을 반복하는 사이에 레일라는 오솔길 저편으로 멀어져 갔다.

"다시."

차분한 저음의 목소리가 돌아서려던 레일라를 붙들었다. 뒤늦게 그 명령의 의미를 이해한 레일라는 흠칫 놀라며 시선을 들었다. 공작은 창가에 놓인 테이블에 앉아 서류를 검토하는 중이었다.

"요란하지 않은 색으로."

집사가 건넨 만년필을 받아 든 공작이 느릿하게 말했다. 사각거리는 펜촉 소리가 오후의 햇빛 속으로 조용히 스며들었다.

"다시."

서명을 마친 공작이 마침내 레일라를 보았다. 아무런 감정
도 담기지 않은 푸른 눈을 마주하자 울컥 화가 치밀어 올랐
다. 그러니까 장미가 문제인 모양이었다. 적당히 꺾어 오라고
한 그 장미가.

레일라는 두 손을 힘주어 마주 잡은 채로 좀 전에 가져온
장미를 노려보았다. 무심히 시선을 거둔 공작은 다시 업무에
집중하고 있었다. 헤센이 결재를 받을 사안에 대해 설명하면
공작은 짤막한 지시 사항을 덧붙인 후에 서명했다. 성에 차지
않는 심부름꾼의 존재는 깨끗이 잊어버린 것처럼.

빌 아저씨를 위해서.

레일라는 마음을 다스리는 주문을 되뇌며 별채를 나섰다.
한여름의 오후 2시에 이런 식으로 사람을 괴롭히는 저 남자
가 좋은 사람이라니. 도저히 인정할 수 없는 평판이었다.

공작가의 일에 무관심한 레일라도 강가의 별채가 헤르하르
트 공작의 사적인 공간이란 것쯤은 익히 알고 있었다. 좀처럼
손님을 들이는 법이 없었고 드나드는 사용인도 한정적이었
다. 그런 곳에 장미를 두려는 이유는 아마도 클로딘이 아닐까
생각했다. 곧 약혼을 할 사이이니 별채 출입을 허락한 모양이
라고. 그래서 특별히 브란트 영애가 좋아하는 색감의 장미를

골랐건만 결국 이 모양 이 꼴이 되고 말았다.

아무래도 명탐정이 되기는 틀렸지.

이제 어설픈 추리를 하지 않기로 결심한 레일라는 다시 정원으로 가 장미를 꺾었다. 이번에는 은은한 색감을 가진 품종을 골랐다. 레일라가 좋아하는 장미였다.

바구니 가득 꽃을 채운 레일라는 숨이 턱턱 막히는 뙤약볕속을 걸어 별채로 돌아갔다.

이럴 거면 처음부터 원하는 색을 말씀하지 그러셨어요?

차마 공작에게 하지 못한 말을 중얼거리며 길바닥의 돌멩이를 걷어찼다.

저는 공작님이 싫어요.

가슴 깊은 곳에서부터 솟구친 분노는 애먼 나뭇잎을 향한 발길질에 담았다.

나름의 분풀이를 하며 뚜벅뚜벅 나아가다 보니 어느새 별채가 가까워졌다. 레일라는 가늘게 찌푸린 눈을 들어 공작의 세상을 바라보았다. 선착장 옆에 선 아름다운 건물은 질반은 강물 위에 떠 있는 형태로 지어졌다. 1층에는 보트 격납고와 간단한 음식을 준비할 수 있는 부엌이, 2층에는 접객과 휴식을 위한 공간이 마련되어 있었다.

레일라는 다시 걸음을 옮겨 별채로 들어섰다. 집사와 중년의 하녀가 2층으로 이어진 계단을 내려오고 있었다. 그들과 짤막한 인사를 나눈 레일라는 서둘러 응접실로 향했다. 공작은 여전히 그 자리에 머무르고 있었다. 의자의 등받이에 기대앉은 채 눈을 감은 모습이었다.

기다려야 하나?

레일라가 고민하는 사이에 다행히 공작이 눈을 떴다. 이마 위로 흘러내린 머리카락이 강에서 불어온 바람을 따라 부드럽게 흔들렸다.

"새 장미를 가져왔습니다, 공작님."

레일라는 장미가 가득 담긴 바구니를 테이블 끝에 내려놓았다. 어서 이곳을 떠나고 싶은 마음이 간절했으나 공작은 좀처럼 입을 열지 않았다. 재킷을 벗고 타이를 푼 그는 좀 전보다 훨씬 무방비하고 나른해 보였다.

"다시…… 가야 할까요?"

조심스럽게 질문하는 레일라의 목소리가 가늘게 떨렸다. 또다시 정원에 다녀와야 한다면 장미로 공작을 때릴 수 있을 것만 같았다.

"가라면, 가려고?"

공작은 졸음 기운이 희미하게 묻어나는 목소리로 반문했다.

"제가 또 실수를 했다면 가야겠지만, 만약 그래야 한다면 이번에는 원하는 색의 장미를 말씀해주세요."

네, 공작님. 하려던 대답은 분명 그것인데 레일라의 입술은 엉뚱한 말을 불쑥 내어놓았다. 뻣뻣이 굳어 있는 레일라를 응시하던 공작은 별다른 대꾸 없이 등을 세워 앉았다. 단추를 몇 개 풀어둔 셔츠의 목깃이 그 동작을 따라 느릿하게 흔들렸다.

"앉아."

다시 서류를 펼쳐 든 마티어스가 테이블 맞은편 자리를 가리켰다. 레일라는 주춤 뒷걸음질 치며 고개를 저었다.

"아닙니다. 공작님께서 만족하셨다면 저는 이제……."

"꽃을 가져왔으면 화병에 담는 것까지 네 일이 아닐까, 르웰린 양."

"하지만 공작님, 저는 꽃꽂이 실력이 좋지 못합니다."

"그러면, 내가 해야 하나?"

찬찬히 주위를 둘러본 마티어스의 시선이 다시 레일라를 향했다. 그 몸짓이 의미하는 바를 레일라는 어렵지 않게 알아차렸다. 이 별채에는 이제 레일라와 그뿐이었다. 능숙하지 못한 일이라도 할 수밖에 없다는 뜻이기도 했다.

레일라는 신중한 걸음을 옮겨 마티어스 곁으로 다가갔다. 집사가 머물렀던 공작의 옆자리는 아무래도 부담스러워 가장 멀리 있는 의자를 택했다.

레일라가 장미를 손질하기 시작하자 마티어스도 테이블에

흩어져 있는 서류 더미로 시선을 돌렸다. 싱싱한 꽃줄기를 자르는 가위 날 소리와 종이가 팔랑이는 소리가 정적 속으로 스며들었다.

마지막으로 검토한 서류에 서명을 마친 순간에 마티어스는 문득 침실에 사는 새를 떠올렸다. 그 카나리아는 길들이기 어려운 새라던 말이 무색할 만큼 마티어스를 잘 따랐다. 스스럼없이 그의 손 위에 앉아 노래하기도 했다. 그 새와 함께 보내는 시간은 이제 일상의 한 부분이 되었다. 이따금 잘린 날개깃을 파닥이며 날아오르기도 했지만, 새는 결국 다시 그에게로 돌아와 아름답게 노래했다. 마치 다정한 이야기를 재잘거리듯이.

반짝이는 금빛 머리칼을 짧게 일별한 마티어스는 테이블 가득 쌓여 있는 서류를 정리했다. 그사이 레일라는 조용히 욕실로 가 화병에 물을 길어 왔다. 무게감이 느껴지지 않게 움직이는 여자였다.

"다 되었습니다, 공작님."

꽃꽂이를 마친 레일라가 마티어스 곁으로 다가왔다. 장미 화병을 흘긋 살핀 마티어스의 입꼬리가 슬쩍 기울어졌다. 레일라는 거짓말을 하지 않은 것이 확실했다. 이 여자의 꽃꽂이는 그저 화병에 장미를 담가놓는 것 이상은 되지 못했으니까.

"마음에 드시나요?"

살며시 고개를 든 레일라가 조심스러운 질문을 건넸다.

"형편없어."

마티어스의 어조는 비난하는 기색 없이 건조했다. 동그랗게 커진 눈을 깜빡이던 레일라의 뺨이 붉게 달아올랐다.

"죄송합니다. 실력이 좋은 하녀를 불러오겠습니다."

"앉아."

"네?"

"앉아, 레일라."

위압적인 명령을 내리는 순간에도 마티어스의 목소리는 낮고 침착했다. 혹평을 받은 장미 화병을 내려놓은 레일라는 그가 가리킨 자리로 머뭇머뭇 다가갔다. 공작을 보좌하던 집사가 머물렀던 곳. 지나치게 공작과 가까운 자리였다.

"먹어."

마지못해 그 자리에 앉은 레일라를 향해 공작은 또다시 황당한 명령을 내렸다. 그가 눈짓으로 가리킨 곳에는 은빛 돔 디쉬가 놓여 있었디. 뻣뻣한 동작으로 그것을 열자 한 사람 몫의 샌드위치와 레모네이드가 담긴 은쟁반이 나타났다.

다시 찾아온 깊은 정적이 응접실을 채웠다.

마티어스는 고개를 비스듬히 기울인 채 레일라를 응시했다. 고작 이런 것을 좋아한다면 제 수준에 맞는 수고비를 줄 생각이었다. 결과물은 형편없지만 어찌 되었든 정원사를 대신해 수고를 하였으니.

"감사하지만 공작님, 전 괜찮습니다."

떨리는 손으로 돔 디쉬를 내려놓은 레일라가 자리에서 일어섰다. 의사의 아들 앞에서는 햇빛처럼 웃던 얼굴이 지금은 그저 곤혹스러워 보이기만 했다.

"더 시키실 일이 없다면……."

"레일라."

마티어스의 목소리는 이제 속삭임에 가까워져 있었다. 레일라는 꽤나 당돌한 눈빛으로 그를 쳐다보았다.

마티어스는 자신을 담고 있는 초록 눈을 바라보며 차가운 위스키 소다를 한 모금 마셨다. 크리스털 잔의 표면에 맺혀 있던 물방울이 그의 긴 손가락을 타고 흘렀다.

"내 말이 부탁일까?"

물기가 닿자 더욱 붉어진 입술로 마티어스는 천천히 미소 지었다.

⚜

사방에 큰 창문을 낸 별채에서는 아르비스의 강과 숲을 한눈에 조망할 수 있었다. 바람이 자유로이 드나들어 여름에도 그리 덥지 않은 곳이었다.

그렇다 해도 오늘은 꽤 더운 날이었다. 이런 날씨에 한기를 느낀다는 건 말도 안 되는 일인데, 레일라는 어쩐지 등골이 오싹해져 어깨를 움츠렸다. 얼른 먹고 돌아가자고 결심했지만 앞에 놓인 음식은 조금도 줄지 않았다.

도무지 무엇을 삼킬 수 있을 것 같지 않았다. 점심을 배불리 먹은 데다 간식까지 먹었다. 게다가 심부름을 하느라 더위에 시달렸더니 입맛 같은 건 조금도 남아 있지 않았다. 무엇보다 헤르하르트 공작. 자신을 빤히 쳐다보고 있는 그 남자의 시선을 견디기 힘들었다.

형편없는 심부름과 꽃꽂이에 대한 벌 같은 걸까?

한 입 베어 문 샌드위치를 꾸역꾸역 삼키며 레일라는 곰곰이 생각했다. 만약 그런 거라면 헤르하르트 공작은 목표를 달성했다. 지금 레일라는 정말 고약한 벌을 받는 기분이었으니까.

레모네이드를 한 모금 크게 마신 레일라는 다시 샌드위치를 집어 들었디. 그리고 다른 한 손으로 모자의 챙을 내려 분명 죽을상을 짓고 있을 얼굴을 감추었다. 기다란 손가락이 불쑥 시야에 들어온 건 그때였다.

"숙녀라면, 레일라."

모자의 그늘 아래로 들어온 그 손이 툭, 턱 아래에 묶여 있는 리본의 매듭을 풀었다.

"실내에선 이런 모자를 벗어야지."

상황을 파악하기도 전에 모자가 벗겨졌다. 공작의 짓이었다.

레일라는 기절할 듯이 놀라며 자리에서 일어섰다. 그 바람에 떨어진 샌드위치가 바닥을 뒹굴었다. 그것을 본 마티어스의 눈초리가 가늘어졌지만 온통 모자에만 신경이 쏠려 있는 레일라는 그 사실을 알아차리지 못했다.

"돌려주세요, 공작님!"

레일라는 용기를 내 공작과 맞섰다.

"저는 이만 돌아가겠습니다. 그러니 어서 제 모자를 돌려주세요!"

분노를 감추지 못하는 레일라의 눈동자가 맑게 빛났다. 마티어스는 빼앗은 모자를 힘껏 움켜쥐는 것으로 그 맹랑한 요구를 거절했다. 고작 모자 하나 벗겨냈을 뿐인데 발가벗겨지기라도 한 듯한 반응이라니. 유난을 떠는 레일라가 마티어스는 꽤 재미있었다. 적어도 벌벌거리는 것보다는 훨씬 나은 모습이었다.

"먹어."

마티어스는 아직 남아 있는 샌드위치를 가리키며 재차 명했다.

"먹고, 모자를 받고, 그리고 돌아간다. 쉽잖아."

"아니요. 싫어요."

레일라는 세차게 고개를 저으며 그의 곁으로 다가왔다.

"먹고 싶지 않습니다. 이제 못 해요. 싫어요."

"……싫어?"

"제가 다 잘못했으니 제발 돌려주세요."

울음을 터트릴 것 같은 얼굴을 한 레일라가 모자를 향해 손을 뻗었다. 마티어스는 어렵지 않게 지켜낸 그 모자를 머리위로 들어 올렸다.

"어서 돌려주세요, 공작님! 네?"

손이 닿을 리가 없는 높이인데도 레일라는 단념하지 않았다. 모자를 되찾기 위해 필사적인 여자 뒤편에는 아무렇게나 버려진 샌드위치가 덩그러니 놓여 있었다.

이 상황이 문득 우스워진 마티어스는 손에 쥐고 있던 모자를 가볍게 내던졌다. 바람을 타고 날아간 그 모자는 곧 강물위에 떨어졌다. 차갑게 그를 쏘아본 레일라는 정신없이 응접실을 뛰쳐나갔다.

마티어스는 강이 내려다보이는 발코니에 서서 한편의 촌극을 감상했다. 레일라는 금세 선착장에 도착했지만 모자는 이미 손이 닿지 않는 먼 곳까지 흘러가 있었다. 어찌할 바를 몰라 하던 레일라가 불쑥 구두를 벗은 건 마티어스가 그만 돌아서려던 찰나였다.

설마 저따위 모자 하나 때문에 강물에 뛰어들기라도 할 작정인 건가?

황당한 짓을 지켜보는 마티어스의 미간에 주름이 졌다. 앞치마와 안경까지 벗은 레일라는 황급히 선착장을 가로질러 갔다. 언뜻 당차 보이는 행동이었으나 강과 가까워질수록 몸의 떨림이 점점 커졌다. 아마도 물이 두려운 듯했다.

그런 주제에.

마티어스는 그 하찮은 객기를 비웃듯 실소했다. 하지만 레일라는 기어이 강물에 몸을 담갔다. 겁에 질려 벌벌거리면서도 모자가 있는 곳을 향해 나아갔다. 무릎에서 허리, 어느새 가슴까지 물이 차올라도 레일라 르웰린은 멈추지 않았다. 모자와의 거리가 한 걸음씩 좁혀질수록 레일라는 더욱 대담해져 갔다.

그쯤이면 네 키보다 깊은 물일 텐데.

어느새 수심이 급격히 깊어지는 지점에 다다른 레일라를 보는 마티어스의 눈빛에 미세한 동요가 일었다. 간신히 모자의 리본 끝을 잡는 데 성공한 기쁨을 누린 것도 잠시. 갑자기 깊어진 물에 놀라 버둥거리던 레일라는 그 모자와 함께 수면 아래로 사라졌다.

"역시."

눈살을 찌푸리며 실소한 마티어스는 급히 발코니를 떠나

선착장으로 향했다. 다시 수면 위로 떠오른 레일라는 물살에 휩쓸린 채 강의 중심부로 흘러갔다. 필사적으로 버둥거릴수록 상황은 점점 더 악화되어 갈 뿐이었다. 그 와중에도 레일라는 모자를 제 목숨줄처럼 움켜쥐고 있었다.

먹고, 모자를 받고, 그리고 돌아간다. 그 쉬운 일을 두고 이런 소란이라니.

선착장 끝을 향해 달리는 마티어스의 발소리가 차츰 가늘어지고 있는 비명 사이로 울려 퍼졌다. 차츰 기력을 잃어가던 레일라는 얼마 지나지 않아 깊은 물속으로 가라앉았다.

마티어스는 주저 없이 강물 속으로 뛰어들었다.

햇볕에 달구어져 따뜻한 나무 널이 뺨에 닿았다. 꿈이라기에는 지나치게 선명한 감각이었다.

레일리는 천천히 눈을 떠 주위를 살폈다. 선착징의 바낙과 별채, 눈을 찌르는 강렬한 여름 햇살이 차례로 시야에 들어왔다. 무사히 강물에서 나왔다는 사실을 실감한 레일라는 그제야 가쁜 숨과 기침을 쏟아냈다.

그 모습을 지켜보던 마티어스는 저도 모르게 허탈한 웃음을 흘렸다. 레일라는 여전히 그 빌어먹을 모자를 꼭 움켜쥐고 있었다. 그 집념이 이제 경탄스러울 지경이었다.

마티어스는 거친 숨을 몰아쉬며 실소했다. 선착장 바닥에 엎드린 레일라는 숨이 넘어갈 것처럼 콜록거리며 물을 뱉어 내고 있었다. 흠뻑 젖은 두 사람의 몸에서 흐른 물이 나무 바닥에 짙은 얼룩을 만들었다.

수영도 할 줄 모르는 주제에 강물에 뛰어들다니. 저 모자가 대체 뭐라고.

하도 기가 막히니 그저 웃음만 났다. 그사이 선착장 바닥에 쓰러져 있던 레일라가 몸을 일으켰다. 물에 젖은 긴 머리칼에서 흐른 물방울이 비처럼 쏟아졌다. 눈시울이 붉었지만 레일라는 울지 않았다. 대신 부릅뜬 눈으로 마티어스를 노려보았다.

"어떻게…… 이런 짓을, 대체 어떻게……."

레일라는 한 마디 한 마디 힘주어 내뱉었다. 두 눈 가득 담긴 눈물 덕분에 눈빛이 더욱 형형해 보였다. 하지만 마티어스는 대수롭지 않게 키득거리며 이마를 가린 머리칼을 쓸어 넘겼다. 이 상황이 재미있기라도 한 듯한 태도였다.

레일라는 머리끝까지 치민 분노를 간신히 억누르며 일어섰다. 마티어스는 마치 일광욕이라도 즐기듯 느긋한 자세로 바닥에 앉아 있었다. 레일라를 올려다보는 눈빛에는 일말의 죄책감도 담겨 있지 않았다.

뭐가 그리도 재미있는 것일까?

발끈한 레일라는 그 못된 남자를 향해 젖은 모자를 털었다. 마티어스는 아무렇지 않은 얼굴로 차가운 물방울을 맞았다. 뒤늦게 이성을 차리자 모자를 쥔 손이 흠칫 떨렸다. 하지만 이미 저질러버린 일. 레일라는 멈추고 싶지 않았다.

아직 물이 뚝뚝 흐르는 모자를 머리에 쓴 레일라는 빙글거리고 있는 공작 앞으로 한 걸음 더 가까이 다가갔다. 그리고 젖은 치마를 힘껏 털었다. 허공으로 튀어 오른 물방울이 복수의 비가 되어 내렸다.

"재미있어?"

젖은 얼굴을 천천히 쓸어내린 마티어스가 입을 열었다.

"난 이제 재미없으려고 하는데."

삽시간에 웃음이 사라진 그의 얼굴은 레일라를 삼켰던 강물처럼 시리고 차가운 빛을 띠었다. 본능적인 공포에 떨면서도 레일라는 공작의 시선을 피하지 않았다.

"어떻세, 제게, 대체, 왜 이러신 건가요?"

"레일라, 인사부터 해야지."

젖은 셔츠의 소매를 천천히 걷어 올린 마티어스가 몸을 일으켜 세웠다.

"생명의 은인에 대한 감사 인사."

경악스러운 표정을 짓는 레일라 앞에서도 공작은 한결같이 태연했다.

"공작님께서 제 모자를 강물에 버리지만 않으셨어도 일어나지 않았을 일이라고 생각합니다."

"아니지. 네가 얌전히 샌드위치를 먹고 일어섰다면 없었을 일이 아닐까."

마티어스는 눈썹을 까딱이며 반문했다. 농담이라기에는 지나치게 담담한 어조였다. 숨이 턱 막히는 것만 같은 기분에 사로잡힌 레일라는 저도 모르게 스르르 눈을 내리떴다.

"혹은 수영도 할 줄 모르면서 물에 뛰어드는 한심한 짓을 하지 않았다던가."

마티어스는 손가락 끝에 맺힌 물방울을 레일라를 향해 털어냈다. 예상치 못한 반격에 놀란 레일라의 눈이 커졌다.

감사 인사라니. 말도 안 되는 소리였다. 레일라는 절대 공작의 궤변에 동의할 수 없었다. 하지만 상대는 아르비스의 주인이 아닌가. 번뜩 그 사실을 상기한 레일라의 눈동자가 파르르 흔들렸다.

"……구해주셔서 감사합니다, 공작님."

레일라는 애써 울분을 억누르며 공작의 요구를 따랐다. 빌 아저씨, 빌 아저씨, 빌 아저씨. 몇 번이나 빠르게 주문을 외우며.

"다시."

품평하듯 레일라를 뜯어보던 공작이 낮게 명령했다.

"숙녀답게, 다시."

망연해져 있는 레일라를 향해 그는 다시 한번 반복해 말했다.

"송구하지만 공작님, 저는 귀족가의 영애님들 같은 숙녀가 아닙니다."

레일라는 더 이상 참지 못하고 반박했다. 빌 아저씨에 대한 극진한 사랑도 막지 못한 분노가 담긴 눈동자가 차갑게 번뜩였다.

"그래도 내 앞에선 숙녀가 되어야지, 레일라."

가만히 레일라를 응시하던 공작이 천천히 입술을 열었다. 그리고 손가락 끝에 맺힌 물방울을 툭, 또다시 레일라 쪽으로 튕겨냈다.

"네가 뭐든, 난 신사거든."

공작이 웃었다. 무정한 눈동자 속에 레일라를 담은 채, 그저 입술로만.

달싹이던 입술을 굳게 다문 레일라는 핏기가 가신 손으로 젖은 치맛자락을 쥐었다. 그리고 공작을 향해, 공작이 요구한 방식의 인사를 건넸다. 숙녀처럼 우아하게. 깍듯한 예의를 갖추어서. 밀짚모자의 챙에서 흐른 물방울이 선착장의 나무 널 위로 후드득 떨어져 내렸다.

"제 목숨을 구해주셔서 정말 감사드립니다, 공작님."

이가 딱딱 맞부딪칠 정도로 몸이 떨렸지만 레일라는 한 음절 한 음절을 정확히 발음하며 고개를 숙였다. 마티어스는 턱 끝을 까딱이는 것으로 답했다. 이번에는 합격점을 받은 모양이었다.

울지 마, 레일라 르웰린.

레일라는 두 눈을 힘주어 뜨며 주먹을 쥐었다.

저런 사람 때문에 울지 마, 제발.

흔들리는 마음을 다잡은 레일라는 공작을 향해 굽혔던 허리를 다시 꼿꼿이 세웠다.

"그럼 저는 돌아가 보겠습니다. 안녕히 계세요, 공작님."

레일라는 아무 말이 없는 마티어스를 남겨두고 돌아섰다. 성큼성큼 선착장을 걸어가는 레일라 뒤로 젖은 옷에서 떨어진 물방울의 흔적이 점점이 이어졌다. 힘이 풀린 다리가 후들거렸지만 레일라는 필사적으로 균형을 잡아냈다. 그리고 이를 악물며 다짐했다. 오늘은 넘어지지 않겠다고. 더 이상 저 남자의 장난거리가 되어주지 않겠다고. 절대.

공작의 시선에서 벗어난 레일라는 힘껏 달리기 시작했다. 눈시울이 뜨거워지며 시야가 흐려졌다. 그것이 싫어 레일라는 점점 더 속도를 높여 달렸다.

언젠가 클로딘과 함께 숲길을 산책하는 헤르하르트 공작을 우연히 본 적이 있다. 아름다운 소녀를 에스코트하는 우아한 신사의 모습이 꼭 동화나 궁정 소설의 한 장면 같았다. 갑작스럽게 불어온 바람에 클로딘의 모자가 날아가자 마티어스는 직접 길섶으로 다가가 그것을 주워 들었다. 그리고 그 모자를 정중히 클로딘에게 돌려주었다. 서두르지 않는 몸짓이 무척 아름다웠다. 그는 항상 그런 식으로 움직인다는 것을 기억해냈을 무렵에 두 사람은 레일라의 시야를 벗어났다.

그날처럼 아름다운 몸짓으로 그는 레일라를 모욕했다. 문득 깨달은 그 사실이 불러일으킨 토기가 레일라를 멈추어 세웠다. 하얗게 질린 레일라는 비틀거리며 풀숲으로 들어가 억지로 먹은 음식을 게워냈다. 눈물이 핑 돌았지만 울지 않았다.

구역질이 멈추자 레일라는 숲속을 흐르는 얕은 시냇물로 다가가 입을 헹구었다. 나무 그늘에서 얼마간 쉬자 기분이 한결 나아졌다.

기운을 차린 레일라는 다시 오두막을 향해 가기 시작했다. 더 이상 달릴 기운이 남아 있지 않아 터덜터덜 발을 끌며 걸었다. 흙먼지가 묻어 더러워진 옷은 아무래도 좋았다. 아무려면 어떤가. 이미 엉망진창인 것을.

숲길의 끝에 다다르자 빌 아저씨의 오두막이 보이기 시작했다. 한숨을 돌린 레일라는 마지막 힘을 모아 길가에 떨어져 있는 개암나무 열매를 걷어찼다. 대굴대굴 굴러가는 죄 없는 열매를 지켜보다 눈을 찡그린 순간에야 레일라는 자신이 저지른 치명적인 실수를 깨달았다.

"내 안경……."

얼굴을 더듬어본 레일라는 울상이 되었다. 돌아본 길이 아득히 멀게만 느껴졌다.

다이얼을 돌리자 음악이 시작되었다. 마호가니 캐비닛에 놓인 전축에서 흘러나온 오페라의 아리아가 별채의 응접실을 채우고 있던 정적을 지웠다.

마티어스는 왈츠 음악이 들리는 채널로 주파수를 바꾸었다. 시선을 돌려 확인한 탁상시계는 5시를 가리키고 있었다. 저녁이 가까워지자 바람이 한결 시원해졌다. 강에서 불어온 바람이 그가 걸친 가운 자락을 흔들었다.

천천히 응접실을 가로질러 간 마티어스는 윙체어 깊이 몸을 기대앉았다. 형편없는 장미 화병에 잠시 머물렀던 시선은 곧 창문 너머를 향했다. 하늘 저편에서부터 날아온 물새 한 마리가 금빛으로 반짝이는 수면 위에 사뿐히 내려앉았다.

그 풍경에서 눈길을 거둔 마티어스는 응접 테이블 끝에 놓인 작은 은제 상자를 열었다. 거의 줄지 않은 담배 중 한 개비를 집어 불을 붙이는 사이에 음악이 그쳤다. 뒤이어 시작된 요란한 현악곡을 들으며 마티어스는 느릿하게 담배를 피웠다. 여름날의 늦은 오후는 지루하고 고요하게 흘러갔다.

길게 자란 담뱃재를 털어낸 마티어스는 쟁반 옆에 던져둔 금테 안경을 집어 들었다. 레일라의 안경 렌즈 너머로 보이는 세상은 어지러웠다. 눈이 상당히 나쁜 듯했다.

그래서 항상 찡그린 얼굴이었던 건가.

보로통하게 찌푸린 눈으로 그를 쳐다보던 어린아이가 떠올랐다. 초라하고 볼품없던, 그럼에도 눈동자 하나만큼은 유난스럽게 반짝거리던 계집애.

잠시 머무를 것이라던 아이는 마티어스의 세상 속에서 자라나 여자가 되었다. 가느다란 금테 안경을 낀 작은 얼굴이 그 볼품없던 아이의 얼굴 위로 겹쳐졌다. 여전히 유난스럽게 반짝거리는 눈을 가진 그 여자에게서는 싱그럽고 달콤한 향기가 났다. 아르비스의 여름 정원을 가득 채우는 장미의 향이었다.

깊이 머금었던 연기를 뱉어낸 마티어스는 안경을 느슨히 쥔 채 강을 향해 난 발코니로 나갔다. 장난치듯 안경을 툭 던졌다 받기를 반복하는 사이에 그림자가 길어졌다.

"레일라."

한여름의 열기 같은 그 이름을 속삭여보았다.

"레일라 르웰린."

혀끝을 간지럽혀야 흘러나오는 그 이름이 약간은 짜증스럽기도 했다.

응접실로 돌아간 마티어스는 쥐고 있던 안경을 콘솔 서랍에 속에 넣었다. 그 서랍을 닫자 안경 너머로 보이던 초록 눈의 기억도 이내 자취를 감추었다.

욕실로 간 마티어스는 긴 샤워를 했다. 옷을 갈아입고 머리를 손질했다. 만찬에 참석하기 위해 별채를 나설 무렵이 되자 그는 다시 완벽한 헤르하르트 공작의 모습을 갖추었다.

아무럴 것도 없는 한여름의 저녁이었다.

"또 까마귀가 물어 간 거 아니냐?"

술을 한 잔 따라 든 빌이 농담을 건넸다. 레일라는 심각한 표정을 지으며 고개를 저었다.

"음…… 부디 그건 아니면 좋겠네요."

"또 모르지. 반짝거리는 것만 보면 환장을 하는 새들 아니냐. 생각나지? 네 머리핀 말이다."

빌이 껄껄 웃음을 터트렸다. 까마귀와의 악연을 기억해낸 레일라의 얼굴에도 부드러운 미소가 떠올랐다. 식탁을 밝힌 촛대의 불빛이 마주 웃는 두 사람을 고요히 비추었다.

빌 아저씨는 레일라의 열세 살 생일 선물로 반짝거리는 머리핀을 사주었다. 레일라 또래의 소녀들이 머리에 무얼 하나씩 달고 다니는 걸 유심히 보아두었다가 모나 아주머니에게 부탁해 사 온 선물이었다.

레일라는 그 핀을 고이고이 아껴두었다. 빌 아저씨가 당장 사용하지 않으면 내다 버리겠다는 말을 하지 않았다면 언제까지고 서랍 속에 잠들어 있었을지도 모른다. 하지만 레일라는 그것을 채 하루도 쓰지 못했다. 텃밭을 돌보느라 잠시 머리에서 빼 울타리에 올려둔 핀을 까마귀가 물고 가버린 탓이었다. 모든 새를 사랑하는 레일라가 까마귀에게 다소 좋지 않은 감정을 품게 만든 사건이었다.

"못 찾으면 내게 말해라, 레일라."

빌은 힘이 실린 목소리로 당부했다.

"까짓것 새로 사면 되니 그런 표정 지을 거 없다. 알았지?"

"네, 아저씨. 그럴게요."

레일라는 흔쾌히 고개를 끄덕였다. 안경은 분명 별채의 선착장에 있을 것이라 확신했으니까. 하지만 다음 날 새벽, 동이 트기 무섭게 그곳을 찾은 레일라를 기다린 건 안경이 아닌 절망이었다.

선착장은 물론 별채와 강변까지 샅샅이 살폈지만 어디에서도 안경을 찾을 수 없었다. 안경 위에 두었던 앞치마는 제자리에 놓여 있다는 사실이 혼란을 더욱 가중시켰다. 분명 안경을 먼저 벗고 그 위에 앞치마를 내려놓았다. 그런데 안경만 감쪽같이 사라져 버리다니. 말이 되지 않는 일이었다.

설마 공작님이?

별채 앞을 서성이던 레일라의 눈동자가 반짝 빛났다. 하지만 그 추리는 금세 힘을 잃었다. 아무리 그래도 그렇지. 공작이 안경을 훔쳐 갈 리가 없지 않은가.

결국 빈손으로 돌아선 레일라는 어깨를 축 늘어뜨린 채 오두막으로 돌아갔다. 진작 안경을 찾으러 왔어야 했는데. 공작과 마주치는 것이 두려워 시간을 끈 것이 문제였다.

"정말 너니?"

터덜터덜 숲길을 걷던 레일라가 번쩍 고개를 들었다. 커다란 까마귀 한 마리가 나뭇가지에 앉아 레일라를 내려다보고 있었다. 고개를 갸웃거리던 까마귀는 항변하듯 까악까악 울어대며 먼 숲으로 날아가 버렸다.

이대로 포기할 수는 없다는 각오를 다진 레일라는 서둘러 오두막을 향해 가기 시작했다. 우선은 집으로 돌아가 아침을 먹고, 맑아진 머리로 다시 생각해볼 작정이었다.

용의자는 아무래도 둘 중 하나 같았다.

까마귀, 혹은 공작.

눈처럼 새하얀 비둘기가 창가에 내려앉았다. 카일은 활짝 웃으며 창문을 열었다.

"안녕, 피비."

손을 내밀어 깃털을 쓰다듬어도 비둘기는 달아나지 않았다. 새의 다리에 묶여 있는 편지를 빼낸 카일은 책상 서랍에서 꺼낸 모이를 창턱 위에 뿌려주었다.

산비둘기 피비는 레일라 르웰린의 전령이었다. 어릴 적부터 새에 심취해 있던 그 애에게는 자신만의 전서구를 가지겠다는 원대한 야망이 있었다. 편지를 전하는 비둘기에 관한 책이 심어준 꿈이었다.

황당한 생각이었으나 카일은 대수롭지 않게 여기며 응원해주었다. 설마 고대의 전설 같은 전시구가 자신의 창문으로 날아오는 날이 올 줄은 꿈에도 몰랐으니까. 하지만 집념의 소녀레일라 르웰린은 해내고야 말았다. 몇 번이나 실패해도 포기하지 않고 덤벼들던 레일라는 기어이 산비둘기를 훈련시키는 데 성공했다.

카일이 처음 피비를 만난 건 두 해 전의 어느 봄날이었다.

웬 비둘기가 창틀에 내려앉더니 부리로 콕콕 유리창을 쪼아 댔다. 윤기 나는 새하얀 깃털에 까만 눈동자를 가진 예쁜 비둘기였다. 발목에는 돌돌 말린 작은 편지가 묶여 있었다.

안녕하세요, 에트먼 씨.

조심스럽게 펼쳐본 편지에는 단정한 필체로 쓴 인사 한 줄이 담겨 있었다. 단지 그것뿐이었지만 카일은 알 수 있었다. 마침내 목표를 달성해 신이 나 있을 레일라. 눈을 반짝이며 이 편지를 썼을 레일라. 레일라. 내 소중한 친구 레일라를.

요즘 세상에 편지를 전하는 비둘기라니. 엉뚱하기 그지없는 발상이었지만 카일은 레일라를 이해했다. 레일라에게 피비는 말하자면 전화 같은 존재였다. 전화기가 없는 빌 아저씨의 오두막에서 그와 소통하는 가장 빠르고 효율적인 방법이 피비라는 사실은 분명했으니까.

오늘 피비가 가져온 레일라의 편지는 비극적인 소식을 담고 있었다. 안경을 잃어버렸다고 했다. 그것을 찾아야 해 함께 도서관에 가기로 한 약속을 지키지 못하게 되었다고. 정말 미안하다고.

배불리 모이를 먹은 피비는 미련 없이 떠나갔다. 고이 접은 레일라의 편지를 참고서 사이에 끼워둔 카일은 서둘러 방을 나섰다.

"카일 에트먼! 또 레일라한테 가는 거니?"

헐레벌떡 계단을 내려오는 아들을 본 에트먼 부인이 눈살을 찌푸렸다. 하지만 카일은 언제나처럼 넉살 좋은 웃음으로 무마했다.

"다녀올게요, 어머니."

"공부해야지!"

"레일라네서 할게요!"

카일은 활기찬 대답을 건네며 현관을 나섰다. 에트먼 부인의 잔소리가 몇 마디 더 이어졌지만 카일의 마음은 이미 빌 아저씨의 오두막에 가 있었다.

자전거에 오른 카일은 아르비스를 향해 정신없이 페달을 밟았다. 도서관 같은 건 아무래도 좋았다. 어차피 매일 도서관에 가는 레일라와 함께 있고 싶어 잡은 약속이니까. 그보다는 레일라가 걱정이었다. 그게 어떻게 마련한 안경인데. 여름 내내 산딸기를 따고 잼을 만들어 돈을 모은 레일라를 생각하자 가슴이 쓰라렸다.

은빛으로 반짝이는 카일의 자전거는 곧 오두막 마당에 도착했다. 급히 브레이크를 밟는 소리가 끼이익, 날카롭게 울려 퍼졌다.

"어, 카일?"

빨래를 널고 있던 레일라가 놀란 얼굴로 돌아섰다.

"안경 찾았어?"

다급히 자전거에서 내린 카일은 곧장 레일라 곁으로 다가갔다. 레일라는 시무룩한 표정을 지으며 고개를 저었다.

"아니. 아직."

"내가 새로 사줄게!"

카일은 충동적으로 외쳤다. 풀이 죽은 레일라를 보는 건 싫으니까. 그간 모아둔 용돈이면 충분히 새 안경을 살 수 있을 터였다.

"……카일 네가? 왜?"

가만히 그를 쳐다보던 레일라가 차분하게 반문했다. 카일은 뒤늦게 자신의 실수를 깨달았다. 감정이 앞서 레일라가 어떤 아이인지 잠시 잊고 말았다.

"고맙지만 카일, 그럴 수는 없어. 그리고 나, 내 안경 꼭 찾고 싶어."

레일라는 아무 일도 없는 것처럼 다시 빨래를 널기 시작했다. 미소를 짓고 있는 입술과 달리 눈빛은 단호했다. 카일이 잘 알고 있는, 누가 뭐라 해도 절대 물러서지 않는 고집불통이 된 레일라 르웰린의 눈빛이었다.

"꼭 찾을 거야."

레일라는 굳은 의지를 다지며 마지막 빨래를 널었다. 나뭇가지에 모여 앉은 새들이 짹짹, 그런 레일라를 응원하듯 노래했다.

레일라는 며칠이나 숲을 휘젓고 다녔다. 의사의 아들도 함께였다.

마티어스는 입을 굳게 다문 채 상황을 관망했다. 듣자 하니 까마귀가 안경을 물어 갔다고 믿는다던데. 애먼 새 둥지나 들쑤시고 다니는 꼴이 꽤 재미있었다.

정말 모르는지, 모르고 싶은 것인지.

별채의 계단을 오르던 걸음을 잠시 멈춘 마티어스는 고개를 돌려 아르비스의 숲을 바라보았다. 오늘도 레일라 르웰린과 그 소년은 저곳을 쏘다니고 있겠지. 그들의 바보짓이 이제 슬슬 지겨워지려 했다. 내리 며칠을, 바쁜 시간을 굳이 쪼개어 이곳을 찾는 자신의 모습도.

강바람에 흐트러진 머리칼을 쓸어 넘긴 마티어스는 다시 침착한 걸음을 내디뎌 계단을 올랐다. 뒤따라온 헤센은 조용히 문을 연 후 한 걸음 물러섰다.

별채는 눈이 부신 여름볕으로 가득 차 있었다. 마티어스는 곧장 응접실로 향했다.

"린드만 후작께서 오늘 정오쯤에 도착하신다고 합니다."

오늘의 일정을 확인하던 집사가 뜻밖의 소식을 전했다.

"리에트가? 예정보다 이른 도착이네요."

"마님께서 특별히 오찬에 신경 쓸 것을 지시하셨습니다. 선약이 없다면 주인님께서도 함께해 주시길 요청하셨습니다."

"네. 그러죠."

선선히 수락한 마티어스는 걸음을 돌려 창가로 다가섰다. 창문을 반쯤 가린 시폰 커튼이 바람의 결을 따라 느리게 부풀어 올랐다 다시 가라앉기를 반복했다. 무심코 그 틈 사이를 본 마티어스의 눈이 가늘어졌다. 햇빛 가득한 길 위에 레일라가 있었다. 두 손을 마주 잡은 채로 별채 앞에 선 나무 아래를 빙빙 맴도는 중이었다.

아주 바보는 아니었던가 보지.

피식 실소한 마티어스는 소파로 돌아가 급한 업무를 처리했다. 그사이 하녀가 차가운 레몬수를 내왔다. 유리잔 속에서 달그락거리는 얼음 소리가 제법 듣기 좋았다.

이사회에 전달할 서류를 챙겨 든 헤센이 물러가자 하녀도 뒤를 따랐다. 마티어스는 목이 긴 잔을 손에 쥔 채 창문 너머의 풍경을 감상했다. 사용인들이 완전히 자취를 감추자 레일라가 다가오기 시작했다. 그리고 얼마 지나지 않아 초인종 소리가 고요한 별채를 울렸다.

마티어스는 느긋이 자리에서 일어섰다.

⁂

앙칼지게 화풀이를 하고 떠났던 레일라는 얌전한 요조숙녀가 되어 돌아왔다. 마티어스는 소파 깊이 기대앉은 채로 그런 레일라 르웰린을 바라보았다.

"이렇게 갑작스럽게 찾아오는 결례를 범해 정말 죄송합니다, 공작님."

공손한 인사를 올린 레일라는 두 손을 가지런히 모아 쥔 채 마티어스 앞에 섰다. 촘촘하게 돋아난 속눈썹이 무척 길고 곧았다. 살며시 눈을 내리뜨는 모습이 유달리 인상적인 이유가 거기 있는 듯했다.

"무슨 일이지?"

마티어스는 이미 알고 있는 것을 침착하게 물었다. 레일라는 흠칫 놀라며 낯빛을 가다듬었다.

"송구하지만 여쭤볼 게 하나 있어서요."

레일라가 말문을 연 것과 동시에 전화벨이 울리기 시작했다. 천천히 일어선 마티어스는 레일라를 스쳐 지나가 수화기를 들었다. 사업상의 통화인 듯 복잡한 계약에 관한 이야기가 오고 갔다.

레일라는 조금 놀란 눈으로 통화 중인 마티어스를 보았다. 그는 능숙하게 대화를 이끌어나갔다. 간간이 곁들이는 짧은 미소와 예의를 갖춘 말투 속에서는 상대를 압도하는 힘과 기품이 느껴졌다. 모두가 찬탄해 마지않는 완벽한 헤르하르트 공작에 가까워 보이는 모습이었다.

그러니까, 설마.

저 남자가 정말 안경을 가져간 것이 아닐까 하는 의심이 순간 너무도 터무니없게 느껴졌다.

괜한 짓을 하는 것만 같은데…… 그렇다면 역시 까마귀인가?

차라리 다시 까마귀 둥지를 뒤져보는 것이 낫겠다는 결론을 내린 레일라는 통화중인 공작을 향해 소리 없는 인사를 건넸다. 뜻밖에도 그는 송화구를 감싸쥐며 몸을 돌려세웠다.

"기다려."

그 단호한 명령은 조금 전의 완벽한 헤르하르트 공작과는 전혀 다른 사람의 말처럼 들렸다.

레일라는 어색한 자세로 멈추어 섰다. 마티어스는 아무 일도 없던 것처럼 다시 통화에 집중했다. 그 모습을 지켜보던 레일라는 새로운 사실 하나를 깨닫게 됐다.

더없이 사교적인 대화를 나누는 순간에도 헤르하르트 공작의 눈빛은 그저 잠잠했다. 미소를 짓는 순간도 크게 다르지 않았다. 하지만 자세는 한결같이 곧고 우아했다. 전화기 너머의 상대는 그의 모습을 보지 못할 텐데, 공작은 한순간도 흐트러지지 않았다. 아마도 그건 몸에 스며 있는 습관 같았다.

수 분간 더 이어진 통화가 끝나자 그는 테이블 앞으로 돌아가 무언가를 메모했다. 레일라는 초조하게 꼼지락거리는 손을 등 뒤에서 마주 잡았다. 설마 붙잡아둔 불청객의 존재를 잊어버린 건 아닌가 의심스러워질 무렵, 드디어 공작이 입을 열었다.

"말해."

"네?"

"하려던 말."

종이 위를 움직이는 펜촉의 소리가 막간의 정적을 채웠다. 레일라는 살며시 눈을 내리뜨며 숨을 골랐다.

"아…… 그게, 제 안경이요. 혹시 제가 물에 빠졌던 날에…… 선착장에서 제 안경을 보셨나 해서요."

"글쎄. 못 본 것도 같고……."

펜을 내려놓은 마티어스가 레일라를 향해 돌아섰다.

"숨긴 것도 같고."

"어…… 네? 정말 공작님께서 제 안경을 숨기셨나요?"

레일라는 화들짝 놀라며 고개를 들었다.

"어떨 것 같아?"

천천히 다가온 공작은 레일라를 한 걸음 앞둔 곳에서 멈추
어 섰다.

"설마 그러셨을 거라고 생각하진 않습니다."

"왜?"

"그건…… 공작님, 그건 너무 나쁘잖아요."

공작을 보는 레일라의 눈빛이 한층 진지해졌다.

며칠간 카일과 함께 까마귀 둥지를 뒤지다가 겨우 용기를
내 공작을 찾아왔다. 아무리 못된 사람이라 해도 적어도 공작
과는 말이 통할 테니까. 속 시원히 물어본 후 까마귀와 공작,
두 용의자 중 한쪽을 배제하는 편이 좋을 것 같았다. 하지만
이제 잘 모르겠다. 수수께끼 같은 말로 혼란만 더욱 가중시키
고 있는 헤르하르트 공작이 정말 말이 통하는 상대인지.

두 사람은 한참이나 말없이 서로의 눈을 바라보았다. 그
집요한 응시는 급한 전보를 가지고 온 집사로 인해 막을 내
렸다.

레일라는 뺨을 붉히며 창가로 물러섰다. 집사와 대화를 나
누던 마티어스는 한참 만에야 다시 레일라를 보았다.

"저……."

가진 모든 용기를 내 입을 열었지만 그는 더 이상 들을 마
음이 없는 듯했다. 마티어스는 문을 향해 턱끝을 까딱이는
것으로 레일라의 말을 잘랐다. 이곳에 더는 레일라 르웰린의

자리가 없음을 알리는, 간명하고도 차가운 몸짓이었다.

✦

"새라니. 갑자기 무슨 엉뚱한 취미야?"

리에트는 황당해하며 새장을 보았다. 아름다운 금빛 새가 새장 안에 얌전히 앉아 있었다.

"이제 직접 키워서 쏘기라도 하시게?"

리에트가 던진 농담에 스위트의 응접실에 모인 사람들이 일제히 웃음을 터뜨렸다. 마티어스는 싱긋 가벼운 웃음을 짓는 것으로 대답을 대신했다. 리에트가 실없는 말을 몇 마디 더 덧붙이는 사이에 샴페인을 가져온 하인들이 나타났다.

리에트는 그 향응을 즐기며 마티어스를 살폈다. 아르비스에서 여름을 보내러 온 친척들을 환영하는 만찬회가 열린 날이었다. 식사를 마친 마티어스는 또래들과 함께 자신의 방으로 자리를 옮겨왔다. 헤르하르트 공작이 사석인 공간에 손님을 들이는 이례적인 일이 벌어진 건 클로딘 때문이었다. 그애가 응석 섞인 부탁을 하자 마티어스는 순순히 받아들였다. 천하의 마티어스 폰 헤르하르트도 미래의 공작 부인에게는 꽤 너그러운 모양이었다.

아직 공식적인 발표는 없었지만 마티어스와 클로딘의 약혼은 기정사실이나 마찬가지였다. 매년 어린 외동딸을 데리고 아르비스를 찾은 브란트와 그런 브란트를 환대한 헤르하르트. 그들의 의중은 뻔한 것이었으니까. 지극히 당연한 일이었으므로 누구도 마티어스와 클로딘의 약혼을 놀라워하지 않았다. 만약 헤르하르트가 다른 공작 부인감을 골랐다면 그편이 훨씬 큰 충격이었을 테지.

"아무래도 저 새는 헤르하르트 공작이 어떤 사람인지 모르는 모양이야."

새장 밖으로 나와 마티어스의 어깨 위로 날아간 새를 본 리에트가 유쾌한 웃음을 터트렸다.

"새 사냥의 명수를 사랑하는 새라니. 이걸 어리석다고 해야 하나, 가엾다고 해야 하나."

마티어스가 손을 내밀자 새는 기다렸다는 듯 그의 손가락 위로 옮겨 앉았다.

"클로딘, 네 생각은 어때?"

리에트가 던진 물음에 모두의 시선이 클로딘을 향했다.

"음. 글쎄요."

클로딘은 마티어스의 손가락에 앉아 지저귀는 새를 흘깃 보며 미소 지었다.

"어리석고도 가여운 새라고 해주면 어떨까요?"

그녀의 절충안에 또 한 번 큰 웃음이 터져 나왔다.

오랜 세월 동안 서로를 보아온 그들 사이에는 금세 친밀한 분위기가 형성되었다. 모두가 아는 이름, 모두가 공유하는 세상, 모두의 공통 관심사를 나누는 대화가 간간이 곁들여지는 웃음과 함께 이어졌다.

"그 새 말이에요, 이름이 뭔가요? 아직 이름이 없다면 제가 하나 지어드릴까요?"

새를 쓰다듬는 마티어스를 지켜보던 클로딘이 다정한 질문을 건넸다.

"그리 해주실 만한 가치는 없는 일입니다, 영애."

카나리아를 떠난 마티어스의 시선이 클로딘을 향했다. 눈이 마주치자 그는 차분한 미소를 지어 보였다.

"새는 그저 새일 뿐이지요."

마티어스의 대답은 손 위에서 노래하는 새를 보던 그 부드러운 눈빛과는 딴판으로 무정했다.

"역시, 어리석고 가여운 새야."

짧게 혀를 찬 리에트가 인됐다는 듯 새를 보았다.

"이름 하나 허락하지 않는 사냥꾼을 사랑하다니!"

샴페인을 마시며 웃고 떠들던 무리는 깊은 밤이 되어서야 공작의 스위트를 떠났다.

응접실을 정리하러 온 하인들을 스쳐 지난 마티어스는 홀로 밤 산책을 나섰다. 의례적인 미소가 사라진 그의 얼굴은 밤처럼 고요했다.

덫을 놓았으니 확인할 차례였다. 아주 바보는 아니니 알아차렸을 테고, 알아차린 이상 단념하지 못할 것이니.

아마도 걸려들겠지.

마티어스는 이미 알고 있는 답을 찬찬히 곱씹으며 장미 정원을 걸었다. 숲을 지나 강과 가까워질수록 바람은 더욱 선선해졌다. 그의 걸음은 하얀 달빛 속에 서 있는 강변의 별채에서 멈추었다.

응접실로 들어선 마티어스는 콘솔 앞으로 다가가 서랍을 열었다. 얌전히 놓인 안경이 달빛을 반사하며 반짝였다. 새를 잡듯 가만히 그것을 감싸쥔 마티어스는 나른해진 몸을 소파에 누였다.

무엇을 얻기 위한 미끼일까.

반짝거리는 안경을 보며 마티어스는 생각했다. 좀처럼 답을 내리기 힘들었지만 조바심은 들지 않았다. 잡아보면 알게될 것이니.

가볍게 던져 올린 안경을 받아 쥐기를 반복하는 사이에 밤이 점점 깊어졌다. 달이 밝은 밤이었다.

미친 짓이다.

레일라는 명확하게 인지하고 있었다. 공작의 별채에 몰래 숨어 들어가는 건 결코 제정신으로 저지를 만한 일이 아니라는 걸.

"그래. 잠이나 자자."

방 안을 서성거리던 레일라는 침대 위로 풀썩 몸을 던졌다. 얇은 이불로 몸을 감싸고 눈도 질끈 감았다. 하지만 이번에도 레일라는 결국 잠들지 못했다.

공작이 안경을 숨겼다. 레일라는 이제 확신할 수 있었다. 도대체 왜 그런 짓을 하는지 이해할 수 없지만 분명 그랬다.

그러니 안경을 찾아야지.

레일라는 결심을 굳힌 얼굴로 벌떡 일어섰다. 설마 그걸 저택까지 가져가진 않았을 테니 분명 별채 어딘가에 있을 것이다. 그곳은 외지고, 지금은 자정이 가까워진 깊은 밤. 그러니 재빨리, 아무 흔적도 없이 다녀온다면 괜찮을 것도 같았다. 달이 무척 밝아 어둠이 그리 무섭지 않은 밤이니까.

"그래. 괜찮아."

레일라는 스스로를 설득하듯 중얼거리며 방문을 열었다. 맑은 어둠으로 채워진 오두막은 고요했다. 빌 아저씨의 침실에서 흘러나오는 코 고는 소리가 유일한 소란이었다.

문 옆에 걸어둔 레이스 숄을 챙겨 든 레일라는 서둘러 오두막을 나섰다. 돌아가고 싶어질 때마다 그 안경을 사기 위해 채취한 수많은 열매와 팔이 빠져라 잼을 휘젓던 시간들을 생각했다.

"어차피 내 안경이잖아."

저 멀리 반짝이는 슐터강이 보이기 시작하자 레일라는 이 행위를 정당화하는 혼잣말로 불안감을 억눌렀다. 허리 아래까지 내려오는 부드러운 금발이 빨라진 발걸음의 리듬을 따라 물결쳤다.

그런데 생각할수록 공작은 이상한 사람이다.

별채와 이어져 있는 선착장을 걸으며 레일라는 문득 생각했다.

설마 까마귀처럼 반짝거리는 걸 좋아하기라도 하나?

짜증과 뒤섞인 의문을 되뇌는 사이 레일라는 안경이 숨겨져 있는 별채 앞에 도착했다. 그제야 잠옷 차림으로 밤길을 걸어왔다는 사실을 깨달았지만 어차피 보는 눈이 없는 한밤중이었다.

숨을 깊이 들이쉰 레일라는 마지막 주저마저 지운 걸음을 크게 뗐다.

역시. 이번에도 레일라 르웰린의 행동은 예상을 벗어나지 않았다.

계단을 올라오는 발걸음 소리가 가까워질수록 마티어스의 호흡은 느릿해져 갔다. 들어오기 쉽게 문을 열어두었음에도 한참이나 바깥을 서성거리던 레일라는 결국 복도의 창문을 열었다. 예상에서 벗어나지 않지만 항상 약간의 파격을 곁들이는 계집애다.

레일라 르웰린은 기어코 그 창문을 넘어 들어왔다. 마티어스는 여전히 소파에 누운 채로 그 기적에 귀 기울였다. 복도의 마룻바닥이 가볍게 울리는 소리 뒤로 레일라가 내쉰 안도의 한숨이 이어졌다.

마티어스는 소리 없이 피식거리며 천장을 향해 있던 시선을 내렸다. 얼마 지니지 않아 레일라가 응접실로 들어섰다. 바싹 얼어붙은 자세로 주위를 두리번거리더니 조심스러운 걸음을 뗐다. 우선 창가 쪽부터 뒤지기 시작할 모양이었다. 이미 어둠에 익숙한 마티어스의 눈은 단숨에 레일라의 모습을 포착했다. 커튼을 열어둔 창문으로 흘러든 달빛이 테이블 앞에 선 레일라를 비추었다.

마티어스의 눈초리가 가늘어질 무렵 레일라는 다음 목적지인 캐비닛 앞으로 이동했다. 발끝으로만 살금살금 내딛는 걸음을 따라 가느다란 종아리를 감싼 치맛자락이 흔들렸다. 몸이 비쳐 보일 만큼 얇은 옷감의 하얀 원피스는 아마도 잠옷인 듯했다.

무엇을 얻기 위한 미끼일까.

마티어스는 손에 쥔 안경의 가는 다리를 찬찬히 쓰다듬었다. 그 차갑고 매끈한 감촉이 의식을 명료하게 했다. 그사이 레일라는 그가 누운 소파의 맞은편에 놓여 있는 콘솔 앞까지 이동했다.

달빛이 비추어주는 레일라의 뒷모습을 향해 마티어스는 다시 시선을 옮겼다.

저 여자.

이토록 한심스러운 덫을 놓고 기다린 이유를 마티어스는 순순히 받아들였다.

더는 어린 계집애가 아닌 저 여자, 레일라.

"이거 찾아?"

마티어스는 손에 쥔 안경을 천천히 흔들며 입술을 열었다. 막 서랍장 손잡이를 쥐었던 레일라는 기절할 듯 놀라며 돌아섰다. 벌벌 떨리는 손으로 제 입술을 틀어막더니 비틀거리며 뒷걸음질 쳤다. 그래보아야 결국 벽에 가로막힐 뿐인데도.

마티어스는 천천히 몸을 일으켰다. 레일라를 지나온 달빛이 줄곧 어둠에 잠겨 있던 그의 얼굴을 비추었다. 환한 달빛 속에서 두 사람의 눈이 마주쳤다. 그의 시선 속에서 레일라는 무력하게 떨었다.

당돌한 척해도 실은 참 겁이 많지.

어린 시절부터 쭉 그래왔던 레일라 르웰린의 모습을 회상하며 마티어스는 뚜벅뚜벅 걸음을 내디뎠다. 한 걸음쯤의 간격을 두고 멈추어 서자 레일라의 시선이 그의 손을 향했다.

"죄송……합니다."

그가 쥐고 있는 안경을 발견한 레일라가 굳은 입술을 열었다. 상당히 화가 난 눈빛과 달리 사과의 말은 공손했다.

"공작님께서 계실 거라고는 생각하지 못했어요. 정말 죄송……."

"없으면, 함부로 들어와도 되고?"

마티어스는 고개를 삐딱하게 기울여 레일라를 내려다보았다. 커다란 눈을 깜빡일 때마다 속눈썹의 그림자가 붉어진 눈시울 위를 어른거렸다. 울 것 같은 얼굴인데 눈빛은 여전히 꼿꼿했다.

"이렇게…… 도둑처럼?"

마티어스의 낮은 목소리에 조소가 어렸다. 새빨개진 레일라의 뺨이 어둠 속에서도 선명하게 보였다.

"저는 제 것을 되찾고 싶었을 뿐이에요."

"아, 이거?"

안경을 들어 보이자 레일라의 뺨이 더욱 붉어졌다. 가만히 보니 눈가와 귓불도 붉었다.

"네. 공작님이 숨기신 제 안경이요."

어쩔 줄을 몰라 하면서도 레일라는 잘도 당찬 대답을 했다. 마티어스는 그 객기를 비웃으며 돌아섰다. 창문 너머로 보이는 슐터강은 달빛으로 하얗게 반짝이고 있었다. 수면에 이는 잔물살을 물끄러미 바라보던 마티어스는 발코니를 향해 천천히 걸음을 뗐다. 그와 동시에 날카로운 비명이 울려 퍼졌다.

"아, 안 돼요!"

황급히 뒤쫓아온 레일라가 그의 앞을 가로막고 섰다.

"그러지 마세요, 공작님!"

레일라는 겁에 질린 얼굴로 호소했다. 그 행동의 의미를 이해한 마티어스의 눈빛이 짙어졌다.

"돌려주세요. 제발요."

다시 한번 애원한 찰나에 어깨를 감싸고 있던 숄이 바닥으로 떨어졌다. 뒤늦게 그것을 알아차린 레일라는 급히 들어 올린 두 팔로 가슴을 가렸다.

"내 몸 전부를 샅샅이 본 네가 고작 잠옷 정도로 유난인 건 좀 우습지 않아?"

허둥지둥 숄을 줍는 레일라를 내려다보던 마티어스가 피식 웃음을 흘렸다.

"……그건, 어쩔 수 없는 일이었잖아요!"

레일라는 질겁하며 고개를 저었다.

"제가 원한 게 아니라, 저도 어쩔 수 없이……."

"나는 원했나?"

"네? 아…… 죄송합니다. 그런 뜻은 아니었어요."

다시 숄을 두른 레일라가 몸을 일으켰다. 반쯤 넋이 나간 얼굴이었다.

"왜 갑자기 숙녀 행세지? 넌 숙녀가 아니라며."

"……제가 무엇이든, 공작님은 신사이시니까요."

지지 않고 되받는 태도가 공손한 듯 도발적이었다. 마티어스는 또다시 웃어버렸다.

"글쎄. 또 모르지, 레일라. 나도 신사가 아닐지도."

"아, 아니요!"

숄의 끝자락을 단단히 묶어 매듭지은 레일라가 다급히 외쳤다.

"공작님은 신사세요!"

"그래?"

"네! 이 칼스바르 최고의 신사세요!"

"평가가 상당히 후하네."

"공작님을 아는 모두가 그렇게 생각할 거예요."

"네 생각은 다르지 않아?"

"……아니요."

네!

레일라는 당장 외치고 싶은 진심을 삼키며 세차게 고개를 저었다.

"그럴 리가요."

레일라 르웰린, 오늘 밤 안경을 위해 영혼을 팔았다.

"그러니 공작님, 제발 돌려주세요. 제겐 정말 소중하고 중요한 거예요."

굴욕을 견디며 고개도 조아렸다.

이 숲의 모든 돌멩이를 걷어찰 수 있을 것 같은 기분이었지만 레일라는 알고 있었다. 지금 자신이 얼마나 불리한 입장에 처해 있는지를. 마음만 먹는다면 헤르하르트 공작은 얼마든지 그녀를 도둑으로 몰아갈 수 있었다. 지금 당장 안경을 강물 속으로 던져버릴 수도 있었다. 그에게는 너무나 쉬운 그 모든 일이 레일라에게는 치명적이었다.

그러니 참아야지.

재차 마음을 다잡는 사이에 마티어스가 다가왔다. 마지막 한 걸음의 간격마저 좁혀지자 두 사람 사이의 거리는 이제 서로의 체온이 느껴질 만큼 가까웠다.

레일라는 깜짝 놀라 고개를 들었다. 그녀를 내려다보는 마티어스의 눈빛은 깊고 잠잠했다. 꼭 깊은 물 같았다. 이 모든 불행이 시작된 뜨거운 오후, 그녀를 집어삼켰던 깊고 차가운 강물.

다시 그 물속에 잠긴 듯 멍해져 있던 시야가 불현듯이 명료해졌다. 마티어스가 안경을 씌워 주었다는 것을 레일라는 그제야 알아차렸다. 가만히 뺨을 감싸는 그의 손은 햇볕에 달구어진 모래처럼 뜨겁고 부드러웠다.

그는 선명한데, 다른 모든 것은 흐릿해졌다.

당황한 레일라가 눈을 피해보려 했지만 마티어스는 뺨을 감싼 손에 힘을 실어 기어이 그녀의 시선을 끌어왔다.

왜…….

이유를 묻고 싶었지만 낯설고 두려운 감각이 레일라를 압도했다. 마티어스의 손이 입술에 닿은 건 그때였다. 느릿하게 움직이던 손끝이 살며시 벌어진 입술 사이에서 멈추었다. 그가 내쉰 한숨이 레일라의 이마를 간질였다. 숨결 역시 손의 감촉처럼 뜨겁고 부드러웠다.

마티어스는 레일라와 시선을 마주한 채로 아랫입술 안쪽, 젖어 있는 여린 살결을 더듬어나갔다. 손톱 끝이 이에 닿을 만큼 깊이 들어왔다가 물러가기를 반복했다. 도망치는 법조차 잊어버린 레일라는 속수무책으로 그 눈빛과 손길을 견뎌

내야 했다.

이해할 수 없는 이상한 행위에 차라리 울어버리고 싶어졌을 무렵에 마티어스가 천천히 눈을 감았다. 턱을 움켜쥔 손아귀에 지그시 힘이 실렸다 다시 빠져나갔다. 그 손이 드디어 얼굴을 놓아주자 레일라는 비틀거리며 뒷걸음질 쳤다. 제대로 쉬지 못했던 숨을 헐떡이는 사이에 마티어스가 눈을 떴다. 그 초연한 푸른 눈이 레일라를 수치스럽고 두렵게 했다.

한참이나 더 레일라를 바라보던 헤르하르트 공작이 나지막하게 명령했다.

"가봐."

그 후 별채를 빠져나오기까지의 시간이 레일라는 잘 기억나지 않았다. 인사를 했고, 돌아섰고, 달빛 속을 걸어온 그 모든 기억이 모호하기만 했다. 서늘한 바람과 풀벌레의 울음소리를 인지할 수 있게 되었을 때 레일라는 이미 숲길의 끝에 서 있었다.

레일라는 멍한 기분에 사로잡힌 채로 오두막을 향해 갔다. 돌멩이와 나뭇가지에 분풀이를 하지도, 도망치듯 달리지도 않으며 그저 터벅터벅 걸었다. 평소보다 느린 그 걸음은 마치

유령처럼 무게감이 없었다.

오두막 마당에 다다른 레일라는 펌프로 물을 길어 세수를 했다. 무의식적으로 문지르고 또 문지른 입술이 발갛게 부어올랐다. 살갗이 얼얼해질 때까지 반복해 씻어냈지만 공작이 남긴 그 이상한 감촉은 좀처럼 지워지지 않았다.

거친 세수를 마친 레일라는 조용히 방으로 돌아갔다. 얼굴과 잠옷 앞섶이 차가운 물로 흠뻑 젖어 있었지만 레일라는 그 사실을 인지하지 못했다. 그저 침대 끝에 우두커니 앉아 멍하니 허공을 응시하는 것이 전부였다.

뭐가 뭔지 모르겠지만 적어도 한 가지만큼은 확신할 수 있었다.

다시는 그와 마주치고 싶지 않았다.

다정한 사냥

가볍게 손가락을 튕겨 소리를 내자 새장 안에 얌전히 앉아 있던 카나리아가 날아올랐다.

마티어스는 창틀에 기대선 채로 새를 향해 손을 내밀었다. 카나리아는 당연한 듯 그의 손가락 위에 내려앉았다. 잘린 날개의 깃털이 길어진 만큼 새는 조금씩 더 멀리 날 수 있게 되었다. 다시 날개깃을 잘라야 할 테지만 예전만큼 짧게 자를 필요는 없어 보였다.

마티어스는 카나리아의 노래를 들으며 창문 너머의 풍경을 바라보았다. 정원사 빌 레머가 한창 일을 하고 있는 중이었다. 그를 돕던 레일라 르웰린의 모습은 수일째 보이지 않고 있었다. 그러니까 안경을 찾아간 밤 이후부터였다. 레일라가 필사적으로 그를 피해 다니기 시작한 건.

"사냥 준비를 모두 마쳤습니다, 주인님."

문 너머에서부터 집사의 목소리가 들려왔다. 카나리아를 다시 새장 속에 넣은 마티어스는 침착하게 헤센을 맞이했다.

그 여자를 욕망한다.

마티어스는 이제 명확하게 인지하게 된 그 감정의 정체를 받아들이며 사냥복의 재킷을 갖추어 입었다.

그 여자, 레일라를 욕망한다.

그 사실을 더 이상 부정해야 할 이유는 없었다. 레일라 르웰린은 아름다운 여자로 자랐다. 남자를 자극하기에 충분할 만큼. 하지만 또한 마티어스는 알고 있었다. 이런 류의 욕망은 짧게 머물다 사라지기 마련이란 걸.

고작 그것을 충족시키기 위해 내 삶에 오점을 남길 필요가 있는가?

그 밤, 레일라를 눈앞에 두고 마티어스는 생각하고 또 생각했다. 그리고 결론지었다.

아니.

레일라 르웰린은 그럴 만한 값어치가 있는 존재가 아니었고, 그 여자에 대한 욕망은 그가 다스릴 수 있는 범위 내에 있었다.

그렇다면 굳이.

담담한 결론과 함께 레일라를 놓아주었다. 하지만 아주 멀리 달아나버리는 건, 글쎄.

마티어스는 수일간 지속된 잡념에 마침표를 찍으며 집사가 건넨 총을 받아 들었다. 사냥을 시작할 시간이었다.

"레일라, 혹시 무슨 일이 있는 거야?"

한참이나 말이 없던 카일이 조심스러운 질문을 건넸다. 잘 말린 야생화의 꽃잎을 노트에 붙이는 일을 마친 레일라는 차분히 시선을 들어 카일을 마주했다. 레일라를 살피는 카일의 눈빛에는 진심 어린 걱정이 담겨 있었다.

"아니."

레일라는 주저 없이 대답하며 고개를 저었다.

"아무 일도 없는데. 왜 그런 생각을 했어?"

카일을 빤히 쳐다보던 레일라가 생긋 웃으며 반문했다. 잠시 멍해져 있던 카일은 붉어진 뺨 언저리를 매만지며 어색한 미소를 지었다.

"요즘은 매일 집에만 틀어박혀 있는 게 이상해서 그러지. 안경을 찾았으니 더 열심히 돌아다녀야 하는데, 어째 그 반대란 말이지."

카일은 어깨를 으쓱거리며 당황한 기색을 지웠다. 피식 웃은 레일라는 별다른 대꾸 없이 다시 노트를 정리하기 시작했다. 말린 꽃잎을 붙이고, 그것을 발견한 장소와 특징을 꼼꼼히 적어 넣고. 관찰 일지를 작성하는 레일라의 눈빛은 연구에 몰두하는 학자처럼 진지했다.

카일은 식탁에 턱을 괴고 앉은 채 그런 레일라를 바라보았다. 가만히 다물고 있어도 희미한 미소가 감도는 듯한 장밋빛 입술이 예뻤다. 명민하게 반짝이는 눈동자 역시 그랬다.

며칠 뒤면 저 노트를 가지고 도서관에 가 식물도감을 뒤지겠지.

채집한 꽃의 이름을 알아낸 레일라가 지을 미소를 상상하자 심장의 박동이 빨라졌다. 레일라는 이 세상 모든 새와 꽃의 이름을 알고 싶어 하는 아이였다. 그 괴짜 같은 면모가 카일은 좋았다.

필기를 마친 레일라는 잉크가 번지지 않도록 압시를 댄 노트를 신중하게 덮었다. 깊은 숲속에 있는 까마귀 둥지에서 찾아냈다는 안경이 작은 얼굴 위에서 반짝 빛났다.

"산책 갈래? 네가 좋아하는 그 나무가 있는 강가까지."

카일은 신이 난 얼굴로 식탁에서 일어섰다. 잠시 생각에 잠겼던 레일라는 조용한 한숨을 지으며 고개를 저었다.

"아니."

"이거 정말 이상하네. 대체 왜 그러는 건데? 또 숲에서 무서운 거라도 보셨습니까, 르웰린 양?"

"그런 거 아니야. 그리고 오늘은 어차피 숲에 가면 안 돼."

"왜? 아, 혹시 공작님의 사냥 날?"

창 너머의 숲을 살피던 카일의 시선이 다시 레일라를 향했다. 레일라는 고개를 작게 끄덕이며 식탁 위에 흩어져 있는 문구를 정리했다. 때마침 들려오기 시작한 요란한 말발굽 소리가 숲의 평온을 깨뜨렸다.

"우와, 끝내준다."

창문 앞으로 달려간 카일이 감탄을 터뜨렸다. 헤르하르트 공작 일행이 오두막 옆으로 난 숲길을 지나가고 있었다. 몰이꾼과 사냥개들이 앞장서고, 말을 탄 젊은 남자 다섯이 그 뒤를 따랐다.

레일라는 살며시 카일 곁으로 다가가 창문 밖을 살폈다. 헤르하르트 공작은 오늘도 흑갈색 털을 가진 윤기 나는 말을 타고 있었다. 섬뜩하게 번뜩이는 산탄총이 박히듯 눈에 들어왔다.

"물론 레일라, 난 사냥은 안 해. 평생 안 하려고."

연신 감탄하며 사냥 행렬을 구경하던 카일이 퍼뜩 표정을 바꾸었다. 그 순간 헤르하르트 공작이 오두막 쪽으로 고개를 돌렸다. 화들짝 놀란 레일라는 저도 모르게 커튼 뒤에 몸을 숨겼다.

지난 열흘 내내 레일라는 최선을 다해 공작을 피해 다녔다. 강가에 얼씬도 하지 않는 건 물론 숲에도 발을 들이지 않았다. 빌 아저씨의 일도 전처럼 부지런히 거들지 못했다. 공작이 외출하면 열심히 돕다가, 공작이 돌아오면 도망치듯 정원을 떠났다. 불편하기 짝이 없었지만 이 여름이 끝날 때까지 참아볼 작정이었다. 가을이 오면 공작은 약혼을 한 후 수도로 떠날 것이고, 이 아르비스는 다시 평온해질 테니.

"마음이 많이 안 좋아? 우리 집에 가 있을래?"

레일라의 안색을 살피던 카일이 다정한 제안을 했다. 담담하게 고개를 저은 레일라는 다시 식탁 앞으로 돌아갔다.

"괜찮아, 카일. 어차피 저녁이면 끝날 거니까."

의연하게 책장을 펼친 순간에 총성이 울려 퍼졌다. 사냥개들이 짖는 소리와 말이 내달리는 소리가 그 뒤를 이었다.

힘껏 쥐었던 주먹을 편 레일라는 핏기가 가신 손으로 읽지 않은 책장을 넘겼다. 오늘 저녁에는 아무래도 숲에 나가야 할 것 같았다. 묻어주어야 할 가여운 새들이 많을 테니.

일행을 먼저 돌려보낸 마티어스는 숲길의 한가운데서 말을 세웠다. 모자를 벗자 헝클어진 머리카락이 이마 위로 흘러내렸다. 핏빛 소란이 한바탕 휩쓸고 간 숲은 평소보다 더욱 고요하게 느껴졌다.

오늘의 사냥도 꽤 즐거웠다. 마티어스는 조준한 모든 과녁을 명중시켰고, 그 순간은 언제나처럼 짜릿했다. 하지만 그럼에도 이처럼 미진한 느낌이 드는 건 아마도 필사적으로 도망쳐 다니는 새 한 마리 때문일 터였다.

오두막이 있는 방향을 주시하던 마티어스는 저택의 반대 방향으로 말의 머리를 돌렸다. 그의 사냥터에 사는 어린 소녀는 사냥이 끝나면 엉엉 울며 숲으로 나와 죽은 새들을 묻어 주었다. 하도 황당한 짓이라 기억하고 있었다.

그렇다면 더 이상 어리지 않은 여자는 어떨까?

묘한 흥미를 불러일으키는 의문을 곱씹던 마티어스는 나뭇가지 끝에 앉은 작은 새를 향해 총구를 겨냥했다.

탕.

경쾌한 총성과 함께 새가 툭, 바닥으로 떨어져 내렸다. 마티어스는 명중시킨 사냥감을 내버려둔 채로 천천히 말을 몰았다.

한 번. 다시 또 한 번.

마티어스는 조준하고 격발하기를 반복하며 저녁이 내리는

숲을 향해 나아갔다. 그 길을 따라 피 묻은 새들이 하나둘씩 내려앉았다.

그가 싫다.

레일라는 구덩이를 파고 새를 묻는 순간마다 그 사실을 되 뇌었다.

이런 악취미를 가진 헤르하르트 공작이 싫다. 정말이지 싫다.

어느새 땀에 젖은 이마를 닦으며 레일라는 목 끝까지 차오 른 슬픔을 삼켰다. 이제 끝인가 하였는데 몇 걸음 떨어진 곳 에 피투성이가 된 또 한 마리의 새가 누워 있었다. 숨을 가다 듬은 레일라는 삽을 쥐고 그곳으로 다가갔다.

모든 살생을 비난하고 싶은 마음은 없었다. 빌 아저씨도 끼 닛거리를 위해 사냥을 했고, 레일라 역시 가축을 길렀으니까. 하지만 이건, 단지 재미를 위해 거리낌 없이 죽이고 함부로 내버리는 이런 일은 어떻게 이해해야 하는지 도무지 갈피가 잡히지 않았다.

이 여름은 언제쯤 끝이 날까?

레일라는 가장 좋아하는 이 계절이 빨리 저물기를 기도했다. 그리고 또 한 마리의 새를 묻었다. 아름다운 무늬를 가진 홍방울새였다. 무언가 조금 이상하다는 생각이 든 건 이미 깊은 숲으로 들어서버린 후였다. 헤르하르트 공작은 매년 사냥을 즐겼고 레일라는 매년 새들을 묻어주었지만 이처럼 규칙적으로 이어지는 무덤을 만든 기억은 남아 있지 않았다. 뭐랄까. 이건 마치 죽은 새로 만든 길처럼 느껴지기도 했다.

여기서 돌아서야 할까.

레일라는 불길한 예감에 사로잡혀 걸음을 멈추었다. 올려다본 하늘은 타는 듯이 붉었다. 그리고 그 노을빛을 따라 시선을 내린 관목 덤불 너머에서 레일라는 그를 보았다. 잘린 나무둥치에 앉아 그녀를 응시하고 있는 헤르하르트 공작을.

"안녕, 레일라."

머릿속이 새하얘진 레일라가 휘청이는 사이에 공작이 느긋한 인사를 건넸다. 저녁 바람에 실려온 마티어스 폰 헤르하르트의 목소리는 자신이 쏘아 죽인 새들의 깃털처럼 부드러웠다.

"그나저나 마티어스가 늦는구나. 같이 사냥을 나갔던 일행은 모두 돌아온 것 같은데."

엘리제 폰 헤르하르트는 부드러운 한숨을 내쉬며 카드를 내려놓았다. 이제 슬슬 카드 게임이 지루해져 가고 있었다. 만찬을 조금 일찍 시작하면 좋을 텐데. 마티어스는 아직 사냥터에서 돌아오지 않고 있었다.

"숲을 산책하고 오겠다고 하셨대요."

클로딘은 상냥한 미소를 지으며 대답했다. 방금 게임에서 진 사람답지 않게 화사한 표정이었다. 의도적인 패배였다는 것을 알아차린 귀부인들의 시선이 일제히 클로딘을 향했다. 눈치와 예의, 기품을 두루 갖춘 차기 공작 부인. 그들의 눈빛에 담긴 무언의 찬사를 클로딘은 단번에 알아차렸다. 흡족한 성과였다.

"아무튼, 마티어스는 저 숲을 참 좋아한다니까."

엘리제가 가볍게 종을 울리자 대기 중이던 하녀들이 다가와 카드 테이블을 정리했다. 응접실로 자리를 옮긴 귀부인들은 간단한 간식을 즐기며 한담을 나누었다. 하나같이 시시하고 뻔한 이야기였지만 다들 열성적으로 대화에 임했다.

"참, 클로딘. 네 친구들을 초대해 파티를 열어보는 건 어떠니?"

관조적인 태도로 상황을 관망하던 엘리제 폰 헤르하르트가 뜻밖의 제안을 했다. 클로딘은 휘둥그레진 눈을 들어 그녀를 바라보았다.

"제가, 이곳 아르비스에서요?"

"매일 우리를 상대해주느라 지루할 텐데. 한 번쯤은 또래 친구들과 어울리며 기분 전환을 해야지."

"아니에요. 전혀요. 그렇지 않아요."

"놀라기는. 농담이야, 클로딘."

느긋하게 웃는 그녀의 얼굴은 혼기가 찬 아들을 둔 어머니라 믿기지 않을 만큼 젊고 아름다웠다. 클로딘은 새삼스러운 경탄과 환멸이 혼재된 눈빛으로 그녀를 응시했다.

한 시절을 풍미하며 온 제국의 찬사를 받은 미인인 엘리제 폰 헤르하르트도 남편의 사랑을 독차지하지는 못했다. 그 사실을 상기하자 사랑에 연연하는 여자들이 더욱 우습게 느껴졌다.

선대 헤르하르트 공작은 그만한 지위에 있는 여느 남자들처럼 정부를 두었지만 사생아로 후계를 어지럽히는 우를 범하지는 않았다. 사랑으로 맺어진 관계는 아니라 해도 헤르하르트 공작 부부는 서로를 존중하며 맡은 임무에 충실했다. 무의미한 희망과 욕심으로 서로를 갉아먹는 일 따위 없는 산뜻한 가족. 클로딘이 마티어스에게 바라는 것도 그와 크게 다르지 않았다.

"부담 가질 것 없어, 클로딘. 예행연습이라고 생각하렴. 간만에 젊은 사람들로 저택이 떠들썩하면 우리도 즐거울 테니.

다들 그렇게 생각하지 않나요?"

화사한 미소를 머금은 엘리제 폰 헤르하르트가 찬찬히 좌중을 둘러보았다. 상대의 견해를 묻는 질문이 아니라는 것을 이 자리에 모인 모두는 익히 알고 있었다.

"정말이지 너그럽고 자상하세요."

가장 먼저 브란트 백작 부인이 찬사를 보냈다. 뒤이어 다른 귀부인들도 과장된 칭찬을 늘어놓기 시작했다. 브란트 영애를 위한 파티는 확정된 것이나 다름없었다.

클로딘은 수줍은 미소를 머금은 채 초대할 손님의 명단을 생각했다. 문득 그 애를 떠올린 건 무심코 창문 너머로 시선을 돌린 찰나였다. 정원 끝에 있는 숲을 보자 레일라가 생각났다. 저 숲에 사는 가여운 고아. 참 예의 바른데, 참 분수를 잘 알고 있는데, 그런데 참 신기하게도 건방지게 느껴지는 그 아이.

"그 파티에 레일라를 초대해도 괜찮을까요?"

클로딘은 천진한 얼굴로 파격적인 질문을 건넸다. 레일라. 가만히 그 이름을 되뇌던 엘리제의 눈초리가 가늘어졌다.

"설마 정원사가 키우는 고아를 말하는 거니?"

"네. 그 아이, 레일라 르웰린이요."

"얘, 클로딘!"

난처해진 브란트 백작 부인이 눈치를 주었지만 클로딘은

태연했다.

"그 가여운 아이는 단 한 번도 격식 있는 파티에 참석해본 적이 없을 거잖아요. 레일라에게 좋은 추억을 하나 선물해주고 싶어요."

당돌한 발언을 하는 순간에도 클로딘은 숙녀다운 예의와 품위를 잃지 않았다. 그 모습을 유심히 지켜보던 카타리나 폰 헤르하르트의 입가에 흐뭇한 웃음이 떠올랐다.

"듣고 보니 그 말도 일리가 있구나."

부드러운 위엄이 실린 목소리가 응접실에 인 소란을 잠재웠다. 당황한 손님들은 숨을 죽인 채 눈치를 살폈다.

"그런 기특한 생각을 다 하다니. 요즘 아가씨답지 않게 속이 깊어. 우리만 알고 있기는 아까운 면모 같구나."

클로딘을 칭찬하는 순간에도 노마님의 시선은 며느리를 향해 있었다. 고심하던 엘리제는 하는 수 없게 되었다는 듯이 조용한 한숨을 지었다.

"네 뜻대로 하렴, 클로딘."

엘리제 폰 헤르하르트는 우아한 미소를 되찾은 얼굴로 허락의 뜻을 전했다. 새들이 활공하는 하늘은 어느덧 완연한 장밋빛으로 물들어 있었다.

레일라는 새를 묻으며 걸어온 길을 돌아보았다. 그리고 다시 고개를 돌려 공작을 보자 명확한 결론이 내려졌다. 미친 사람. 그 외에는 어떤 말로도 지금 이 상황을 설명할 수 있을 것 같지 않았다.

레일라는 무의식적으로 숨을 죽였다. 분노와 뒤섞인 두려움이 가슴 가득 차올랐다.

"레일라."

도망쳐야겠다는 결심을 굳힌 순간에 공작의 목소리가 들려왔다. 피 묻은 장갑을 낀 손은 어느새 식은땀으로 축축하게 젖어 있었다.

"레일라 르웰린."

가만히 레일라를 바라보던 공작이 다시 이름을 불렀다. 나직하게. 마치 노래를 흥얼거리듯이.

레일라는 삽을 힘껏 움켜쥐며 자세를 가다듬었다. 터질 듯이 뛰는 심장 소리가 쿵쿵 울리기 시작했으나 도망치지 않았다. 어차피 아무 소용도 없을 테니까. 마음을 먹기만 한다면 공작은 얼마든지 레일라를 붙잡을 수 있었다. 그 사실을 인지하자 오히려 머릿속이 차고 맑아졌다.

고개를 숙여 인사한 레일라는 힘주어 뜬 눈을 들어 그의 시선을 마주했다. 고요한 응시가 이어지는 사이 바람에 흔들리는 숲의 소리가 높아졌다.

"계속해."

먼저 침묵을 깬 쪽은 마티어스였다.

"네 일을 해야지."

그가 눈짓으로 가리킨 수풀가에는 마지막 사냥감인 듯한 새가 누워 있었다. 레일라는 뚜벅뚜벅 그곳으로 다가갔다. 피투성이가 된 새의 발목에는 붉은 실이 묶여 있었다. 작년 슐터 강변에서 부화한 물떼새 새끼들에게 레일라가 매어둔 실이었다.

먼 남쪽 나라에서 겨울을 나고 돌아와 준 새는 결국 태어난 곳에서 목숨을 잃었다. 단지 저 남자의 사소한 재미를 위해.

레일라는 말없이 구덩이를 파고 새를 묻었다. 저 아름다운 새들의 학살자 덕에 몸에 익은 일이었다.

"그 실, 네가 맸어?"

감상이라도 하듯 지켜보고 있던 공작이 물었다.

"네."

레일라는 흙을 덮으며 대답했다.

"왜?"

"떠나갔던 철새가 다시 돌아와 주면 알아보고 싶었어요. 이런 식의 재회를 바란 건 아니었지만요."

조금 가빠진 숨을 내쉬며 고개를 들자 태연한 표정을 짓고 있는 헤르하르트 공작이 보였다.

"비난이라도 하고 싶어?"

다리를 꼬아 앉은 그가 물었다. 그 순간 마티어스의 입가를 스친 조소가 레일라의 인내심을 동나게 했다.

"아니라고는 말씀드리지 못하겠습니다."

"무슨 문제가 있지? 내 영지의, 내 사냥터에서, 내 새를 사냥한 것뿐인데."

눈썹을 슬쩍 찌푸린 공작이 반문했다. 빌 아저씨를 생각해. 그 주문을 반복해 되뇌었지만 레일라는 결국 입을 열고 말았다.

"하지만 공작님, 새는 모르잖아요. 새들에게는 그저 숲일 거예요. 태어나고 자라서 살아가는 곳. 아주 먼 곳까지 떠나갔다가도 다시 돌아오고 싶은 그런 곳이요."

"내가 새의 마음까지 알아야 하나?"

"그런 건 아니지만……."

레일라는 피투성이가 된 정원용 장갑을 벗어 쥐며 숨을 골랐다.

"그래도 이렇게까지 잔인한 사냥을 하실 필요는 없지 않을까요?"

그 말을 입 밖으로 내놓기 위해 레일라는 이곳의 주소가 적힌 종이 한 장을 들고 기차에 몸을 실었던 어린 시절보다 더 큰 용기를 내야 했다. 뒤늦은 후회가 밀려왔지만 공작은 어떤 분노나 불쾌감도 나타내지 않았다. 그저 집요한 응시를 이어 갈 뿐이었다. 그 묘한 평온이 레일라를 더욱 숨 막히게 했다.

"새의 마음을 잘 아는 레일라 르웰린."

마티어스는 한참 만에야 입을 열었다.

"넌 대체 사냥이 뭐라고 생각해?"

"네?"

"다정한 사냥이라도 해주길 원해?"

그의 비웃음이 마음을 긁었다. 레일라는 치마를 비틀어 쥐 며 모욕감을 견뎌냈다.

"……죄송합니다. 제가 주제넘은 말씀을 드렸습니다. 결례 를 용서해주세요."

"새를 그렇게 좋아하는 이유가 뭐지?"

"공작님께는 그다지 흥미로운 이야기가 아닐 것 같습니다."

더 이상 그를 보고 싶지 않아진 레일라는 눈을 내리깔았다. 공작은 아무 말도 하지 않았다.

"제 일을 마쳤으니 물러가보겠습니다."

레일라는 고개를 깊이 숙여 인사했다. 이번에도 그는 침묵 을 지켰다.

안도한 레일라는 서둘러 몸을 돌려세웠다. 그리고 막 한 걸 음을 뗐을 때 차가운 총성이 울려 퍼졌다.

레일라는 새파랗게 질린 얼굴로 돌아섰다. 나무 끝을 향해 겨누고 있던 총을 내린 공작이 물끄러미 그녀를 바라보고 있었다. 그와 레일라 사이에는 또 한 마리의 피 묻은 새가 놓여 있었다.

"어쩌지, 레일라."

공작은 아무 일도 없는 듯 다시 나무둥치에 걸터앉았다.

"네 일이 아직 끝나지 않은 것 같은데."

해가 기울기 시작하자 숲은 빠르게 어두워져 갔다.

레일라는 초점이 불분명한 눈으로 죽은 새를 바라보고, 마티어스는 그런 레일라를 바라보았다. 수분째 정적이 흐르고 있었지만 마티어스는 조바심을 내지 않았다. 레일라는 그의 눈앞에 있었고, 아마도 당분간은 달아나지 못할 것이니.

"차라리⋯⋯."

이윽고 레일라가 고개를 들었다. 그를 보는 눈에는 어둠이 다 가리지 못한 분노가 담겨 있었다. 건방지고 당돌하기 짝이 없는 눈빛이지만 시선을 피하는 편보다는 훨씬 나았다.

"제게 직접 말씀해주세요. 제가 공작님께 무슨 잘못을 저질렀는지를요."

"잘못?"

"네. 제가 무슨 잘못을 해 이런…… 이런 끔찍한 벌을 받고 있는지 말씀해주세요."

"벌 같은 건 준 적 없는데."

마티어스는 꽤 진지하게 대꾸했다.

"나는 나의 일을 하고, 너는 너의 일을 하는 것뿐이지, 레일라."

그건 그의 진심이기도 했다.

"잘못. 그건 글쎄."

잠시 생각에 잠겼던 마티어스는 더욱 깊고 고요해진 눈빛으로 레일라를 보았다.

"새를 그렇게 좋아하는 이유가 뭐지?"

그는 조금 전과 똑같은 질문을, 조금 전과 완벽하게 같은 어조로 반복했다.

레일라는 질끈 감았던 눈을 떠 어둠이 내리고 있는 하늘을 올려다보았다. 감정을 다스려보려는 노력인 듯했으나 그리 큰 효과는 없었다. 죽은 새를 지나 마티어스에게 닿은 레일라의 눈빛에는 여전히 형형한 분노가 담겨 있었다. 그것이 재미있으면서도 조금은 거슬렸다.

"항상 곁에 있어주어서요."

레일라는 마티어스를 직시하며 또박또박 대답했다.

"어린 시절부터 참 많은 곳을 떠돌았지만 새는 언제든, 어디에든 있었어요. 가까운 곳에, 항상. 계절이 변하면 멀리 떠나는 새들도 기다리면 돌아와 줬어요. 새는 돌아왔어요."

말을 이어갈수록 레일라의 목소리는 차분해졌다. 딱딱한 말투도 특유의 부드러운 발음을 감추지는 못했다.

"새가 없는 계절은 없었어요. 새가 없는 곳도요. 이 세상에서 가장 아름답고 자유로운 존재가 항상 곁에 있다는 게, 저는 그게 좋았어요. 공작님께는 무의미한 사실들일 테지만요."

레일라는 노골적인 반감을 담아 그를 질책했다.

곧 울 것 같은 얼굴로 허세는.

마티어스는 피식 실소하며 몸을 일으켰다. 어느새 만찬회가 시작될 시간이 가까워져 있었다.

"설마 또 이런 사냥을 하실 건가요?"

떠나려는 그의 앞을 막아선 레일라가 다급히 물었다.

"필요하다면."

마티어스는 일말의 고민도 없이 답했다. 그 순간 레일라의 눈동자에 차오른 절망이, 그럼에도 미처 다 버리지 못한 분노가 그를 즐겁게 했다.

"레일라."

스쳐 지나려던 마음을 바꾼 마티어스는 걸음을 돌려 레일라와 마주 섰다.

"나는 내 세상의 모든 것들이 제자리에 있길 원해. 쓸데없이 숨거나 도망치지 않는, 마땅히 있어야 할 그 자리에.”

“그게 무슨 말씀이신가요?”

“네 자리를 지켜.”

“대체…… 어떤 자리를 말씀하시는 건지 잘 모르겠습니다.”

레일라는 눈살을 찌푸리며 항변했다.

“잘 한번 생각해봐.”

“공작님!”

“혹시 알아? 그 답을 찾으면 내가 꽤 다정한 사냥을 해줄지도.”

미련 없이 뒤돌아선 마티어스가 말 등에 올랐다. 레일라는 멍한 얼굴로 그를 올려다보았다.

레일라 르웰린에게 딱히 무엇을 바라는 건 아니었다. 다만 레일라는 레일라의 자리에 있으면 될 일이었다. 그의 숲에 사는 고아로. 호기심 많은 여학생으로. 시간이 조금 더 흐른다면 여교사가 되어 언제나처럼, 마땅히 있어야 할 바로 그 자리에.

명확한 해답을 얻은 마티어스는 저택이 있는 방향으로 말을 몰아 갔다. 문득 뒤를 돌아본 건 관목숲의 끝에 다다른 무렵이었다. 레일라는 죽은 새 앞에 몸을 작게 웅크리고 앉아 있었다. 뺨이 반짝이는 걸 보니 아마도 울고 있는 모양이었다. 그 눈물을 보는 마티어스의 눈동자에 만족감이 깃들었다.

그는 완벽한 질서가 지배하는 세상에서 태어났고, 그 세상의 주인이 되었다. 그 질서하에서는 모든 것이 간단하고 명료했다. 주어진 역할과 기대에 충실하게 살아가는 건 조금도 어렵지 않은, 얼마쯤은 지루하기까지 한 일이었다.

할머니와 어머니에게는 자랑스러운 후계자. 사용인들에게는 너그러운 주인. 전쟁터에서는 훌륭한 군인. 이사들에게는 유능한 사업가. 마티어스는 항상 누군가의 무엇이었으며 그에 합당한 역할을 완벽하게 수행했다. 그를 대하는 이들 역시 다르지 않았다. 정해진 역할과 태도, 그 적정선 안에서 정제된 감정들이 질서 정연하게 오고 갔다. 그것이 마티어스가 보고 듣고 배운 감정들이었다.

하지만 내 숲에 사는 저 비천한 고아에게는?

레일라를 보는 마티어스의 눈초리가 가늘어졌다.

아무것도 아니지.

그 쉬운 결론이 마티어스를 미소 짓게 했다.

아무것도 아닌 무언가를 가져본 건 처음이었다. 헤르하르트 공작의 삶 어디에도 불필요한 존재가 끼어들 만한 틈 같은 건 존재하지 않았으니까.

아무것도 아니기에 무엇이 되어줄 필요도 없는 것을 가진 기분은 생경했지만 그리 나쁘지 않았다. 아니. 아무것도 아닌 저 여자가 보이는 적정선 밖의 감정들은 그를 퍽 즐겁게 해주기도 했다. 날아가는 새를 한 발에 명중시킨 순간처럼. 무엇보다 눈물. 우는 레일라가 그는 마음에 들었다. 예쁘게 우는 여자였다. 울리고, 또 울려보고 싶을 만큼.

마티어스는 한결 가벼워진 마음으로 숲을 떠났다. 돌아간 저택에서는 여느 때와 같은 일상이 반복되었다. 떠들썩한 만찬. 공허하고 우아한 대화. 차가운 샴페인과 포말 같은 웃음.

그렇게 짧은 여름의 밤이 지나가자 다시 아침이 밝았다. 그리고 레일라가 왔다. 장미 정원에서 일하는 정원사를 돕는, 마땅히 있어야 할 자리로 돌아온 레일라가.

창문을 연 마티어스는 흡족한 미소를 지으며 돌아섰다.

거봐. 쉽잖아, 레일라.

"고마워, 레일라."

상냥한 웃음을 띤 클로딘이 인사를 건넸다. 곁에 앉은 그녀의 친구도 의례적인 미소로 감사를 표시했다.

"아닙니다, 아가씨."

레일라는 공손하게 고개를 조아렸다. 마주 잡은 하얀 손에는 꽃을 꺾을 때 밴 풀물이 어렴풋이 남아 있었다. 장미 가시에 손을 찔렸는지 피가 맺힌 상처도 몇 군데 눈에 띄었다.

"그럼 저는 이제 그만……."

"저기 있는 붉은색 장미도 꺾어다 줄 수 있을까? 한 다발 정도면 충분할 것 같은데."

클로딘은 질문을 가장한 명령으로 레일라의 말을 잘랐다. 한숨을 삼킨 레일라는 고개를 돌려 클로딘의 손끝이 가리키고 있는 방향을 살폈다. 붉은 장미가 화려하게 피어 있는 정원 중심부의 화단이었다.

"네, 아가씨. 그렇게 하겠습니다."

레일라는 언제나처럼 고분고분하게 명령을 받들었다. 바구니와 가위를 다시 챙겨 들고 멀어져 가는 레일라의 뒷모습을 클로딘은 한참이나 고요히 바라보았다.

아르비스를 방문한 친구와 함께 정원을 산책하던 길에 레일라를 발견했다. 한동안 보이지 않더니 오늘은 정원사를 도와 부지런히 일을 하고 있었다.

클로딘은 충동적으로 꽃꽂이를 제안했다. 나행히 에밀리아는 기뻐하며 승낙했고, 그길로 덩굴장미가 핀 퍼걸러 아래에 두 숙녀를 위한 꽃꽂이 도구들이 준비되었다.

그리고 레일라.

클로딘은 당연한 수순처럼 레일라를 불러왔다. 어린 시절부터 쭉 그래왔다. 꽃꽂이를 즐기는 클로딘이 이 퍼걸러 아래에 자리를 잡으면 레일라가 꽃을 대령했다. 놀이 친구가 되기에는 턱없이 부족한 아이였지만 잔심부름은 곧잘 해내 제법 쓸모가 있었다.

"저 애는 말이야, 아주 공손하게 행동하는데도 묘하게 건방진 구석이 있어. 제 주제를 모르는 눈빛을 가졌다고 해야 할까. 아무튼 마음에 들지 않아."

레일라를 지켜보던 에밀리아가 입술을 삐죽거렸다.

"그러지 마, 에밀리아. 레일라는 가여운 아이야."

클로딘은 얼굴을 가볍게 찡그리며 친구를 만류했다. 그녀가 쥔 가위 날 사이에서 조금 전 레일라가 가져다준 장미의 가지가 서걱, 잘려나갔다.

"물론 레일라에게 그런 결점이 있다는 건 알고 있지만, 그래도 관용을 베풀어주자."

"아무튼, 넌 사용인들에게 지나치게 후하다니까."

"제 몫을 성실히 해내는 사용인들은 존중받아야지."

클로딘의 목소리가 더욱 낮고 부드러워졌다. 푸른빛이 도는 도자기 화병이 그녀가 다듬은 꽃송이로 차츰 채워져 갔다.

레일라는 얼마 지나지 않아 붉은 장미를 한 다발 꺾어 들고 돌아왔다. 이번에도 흠잡을 곳 하나 없이 깍듯한 예의를 갖추어 그것을 테이블 위에 올려놓았다.

클로딘은 잠시 손을 멈추고 레일라를 바라보았다. 레일라 르웰린에 대한 에밀리아의 평은 정확했다. 저 애를 오랜 세월

보아온 클로딘의 견해도 같았으니까. 이제 그 이유를 어렴풋이 알 듯도 하였다.

레일라 르웰린의 저 온순한 태도는 사실 철저한 무관심에서 나오는 것인지도 모른다. 내로라하는 귀족가의 영애들도 친구가 되고 싶어 안달하는 클로딘 폰 브란트가 친히 곁을 내주어도 저 애는 조금도 들뜨거나 기뻐하지 않았다. 잘 보이려는 노력을 하거나 아양을 떠는 일도 없었다. 그저 묵묵히 참고 견뎌주는 듯한 태도라니. 클로딘은 그런 무관심에 익숙하지 못했다. 그 생경한 감정을 불러일으키는 존재가 다른 누구도 아닌 바로 저 고아라는 사실이 특히 모멸스러웠다.

"수고했어, 레일라."

생긋 웃으며 인사한 클로딘은 몇 걸음 떨어진 곳에서 대기 중인 하녀를 향해 눈짓을 보냈다. 눈치가 빠른 하녀는 재빨리 레일리 앞으로 다가갔다. 클로딘이 가장 고대하는 순간이었다. 공주의 자존심을 가진 고아의 손에 금화 한 닢을 쥐어주는, 레일라 르웰린의 눈동자에 진짜 감정이 담기는 순간.

오랜 세월 동안 반복되어온 일인데도 레일라는 여전히 초연하지 못했다. 뜨거운 감자라도 받아 든 양 금화를 쥔 손이 가늘게 떨리면 마음이 흡족해졌다. 오늘은 거기에 한 가지 선물이 더해졌다. 저 가여운 아이에게 아름다운 추억을 선물해 줄 파티의 초대장이었다.

"이걸 제게 주시는 건가요?"

금화와 함께 건넨 초대장을 받아 든 레일라의 눈이 휘둥그 레졌다. 무척 당황한 얼굴이었다.

"응. 내가 부탁드렸고, 두 분 마님께서도 허락해주신 일 이야."

"하지만 아가씨……."

"네가 꼭 와줬으면 좋겠어, 레일라. 설마 내 초대를 거절하 진 않을 거라 믿을게."

일방적인 통보를 마친 클로딘은 다시 꽃꽂이에 집중했다. 레일라의 낯빛이 창백해져 갈수록 클로딘의 미소는 더욱 화 사해졌다.

아르비스의 안주인이 되기 전에 저 뻣뻣한 아이를 제대로 길들여놓아야지.

클로딘은 담담하게 자신의 의무를 되새기며 붉은 장미를 다듬었다. 솜씨를 한껏 발휘해 장식한 장미 화병은 완벽하게 아름다웠다.

레머 씨네 레일라가 공작저의 파티에 초대받았다.

그 소문은 금세 아르비스 곳곳으로 퍼져나갔다. 다들 어리둥절해하다가 마지막에는 혀를 찼다. 브란트 영애가 가여운 레일라를 제 강아지처럼 다룬다는 건 아르비스에서 오래 일한 사용인이라면 모두가 아는 사실이었다.

"우리끼리 말이지만 귀족 나리들은 왜 다들 그렇게 못된 건지 몰라요."

소식을 들은 요리사 모나 부인은 그날 오후에 당장 오두막으로 달려와 씩씩댔다. 한낮의 더위를 피해 잠시 쉬고 있던 빌 레머에게는 날벼락 같은 재앙이었다.

"말이 좋아 배려지, 그런 자리에서 애가 얼마나 주눅이 들겠어요?"

"레일라는 그런 시시한 일에 마음을 쓰는 아이가 아니니 괜한 걱정 마시오. 잠시 얼굴이나 비추고 오면 될 일이지."

"어휴, 남자들이란. 이렇게 뭘 모른다니까!"

모나 부인이 사납게 눈을 흘기자 빌은 뒷목을 긁적이며 담배를 껐다.

"이참에 본때를 보여줬으면 좋겠어요."

"그건 또 무슨 소리요?"

"뭐긴 뭐겠어요? 예쁘게 꾸민 레일라의 미모로 귀한 댁 아가씨들의 콧대를 눌러주는 거지."

"아니, 뭘 그렇게까지……."

"어쩌면 이렇게 태평할까! 설마 교복을 입혀 파티에 보낼 생각이라도 했어요?"

교복이 뭐가 어때서?

빌이 어리둥절한 표정을 짓자 모나 부인은 끌끌 혀를 차며 고개를 저었다.

"이봐요, 빌 레머. 그 긴 세월이면 이제 딸을 키울 줄 알 법도 하지 않아요?"

"딸은 무슨. 그냥, 그 애를 어디로 보낼지 생각 중이다 보니……."

"그래요. 그놈의 생각. 당신은 레일라를 시집보내는 날에도 생각하고, 손주를 안겨줘도 생각하고, 관짝에 누워서도 생각을 하겠지요."

"아니, 그 어린 걸 무슨 시집을 보낸다고! 거참 별소리를 다 듣겠구먼."

발끈하는 빌을 보는 모나 부인의 입술이 한결 부드럽게 휘어졌다.

"이러면서도 딸이 아니라니. 참 알다가도 모를 남자라니까."

"거 쓸데없는 소리 할 거면 가시오."

"예쁜 드레스 한 벌 사 입힙시다, 레머 씨. 깜짝 선물처럼 말이에요. 그 애도 여자인데, 얼마나 기뻐하겠어요?"

모나 부인은 명령조로 힘주어 말했다.

"레일라는 그런 걸 요구할 애가 못 되고, 레머 씨는 알아서 해줄 사람이 못 되니 내가 나서야지 뭐. 도와줄게요."

"……어떻게 말이오?"

"레머 씨가 드레스값을 주면 내가 대신 준비하는 거지요."

"그러면 그러시든지."

투덜거리면서도 빌은 엉거주춤 집 안으로 들어가 돈주머니를 가지고 나왔다. 은행을 믿지 못하는 그는 항상 돈을 그 주머니에 모아두었다.

모나 부인이 드레스는 물론 구두값까지 착실히 받아냈을 무렵에 염소 우리에 갔던 레일라가 돌아왔다. 두 사람은 황급히 거래의 흔적을 숨기며 딴청을 부렸다.

레일라가 차를 권했지만 모나 부인은 한사코 거절하며 오두막을 떠났다. 그사이 빌은 돈주머니를 엉덩이 아래에 요령껏 숨겼다.

"아주머니가 또 저 때문에 잔소리를 하셨나요? 요즘은 나무 타는 모습을 들킨 적 없는데."

옆자리에 앉은 레일라가 걱정스러운 눈빛을 보냈다. 빌은 공연히 헛기침을 하며 담배 한 개비를 꺼내 물었다.

"그런 거 아니니 쓸데없는 걱정 마라."

"그렇다면 다행이고요."

레일라는 비로소 환한 웃음을 지으며 모자를 벗었다. 빌이 선물해준 모자였다.

레일라는 매일같이 그 밀짚모자를 쓰고 다녔다. 덕분에 빌은 더없이 마음이 흡족한 여름을 보낼 수 있었다. 예쁜 드레스를 차려입혀 놓으면 몇 배는 더 뿌듯할 테지. 그런 생각을 하자 모나 부인에게 뜯긴 돈이 아깝지 않았다.

"레일라."

빌은 충동적으로 아이를 불렀다. 의자에 기대앉아 햇볕을 쬐던 레일라가 고개를 돌려 그를 바라보았다.

"어쩔 생각이냐? 공작저의 파티 말이다."

"잠시 들러 얼굴만 비추고 돌아오려고요. 에트먼 박사님네도 초대받았다고 해서 카일과 같이 가기로 했어요."

"그래? 그 식충이 녀석이 모처럼 밥값을 해주는구나."

카일의 이름에 빌은 깊은 안도감을 느꼈다. 식량이나 축내는 애송이이긴 하지만, 그래도 그 녀석이라면 믿을 만했다.

"아무리 그래도 필요한 게 있지 않겠니? 입고 갈 옷이라든가, 뭐 그런 것들 말이다."

"괜찮아요, 아저씨."

레일라가 웃었다. 어린 시절부터 보아온, 참 맑아 빌의 마음을 불편하게 하던 그 웃음이다.

"괜찮기는. 교복이라도 입고 가려고?"

"그것도 나쁘지 않네요."

레일라는 장난스럽게 큭큭거렸다. 그 얼굴이 하도 태연해 보여 빌은 새삼 고민에 빠졌다.

내가 정말 딸을 키우는 법을 몰랐던 건가?

"아니지."

빌은 화들짝 놀라 혼잣말을 중얼거렸다.

딸이라니. 딸은 무슨.

"왜 그러세요, 아저씨?"

레일라는 어리둥절한 표정으로 빌을 살폈다. 아이의 작은 얼굴 위에서 반짝이는 안경을 보자 다시금 마음이 불편해졌다.

가능하면 폐를 끼치지 않으려고, 신세를 지지 않으려고 안간힘을 쓰는 레일라의 마음을 빌은 누구보다 잘 알고 있었다. 그럼에도 어떻게 다독여주어야 할지 몰라 늘 무뚝뚝한 말만 내뱉고 만다. 모나 부인이라도 있어 다행이지. 다소 극성맞은 여자이긴 해도 레일라에게 꽤 도움이 되는 존재라는 시실을 부정하기는 힘들었다.

"레일라."

빌은 용기를 내 아이를 불렀다.

"……날씨가 어지간히도 덥구나."

결국 다시 제자리였지만.

괜히 실없는 소리를 하고 있는 자신이 문득 우스워진 빌은 헛기침을 하며 시선을 회피했다. 소리 내어 웃은 레일라는 살며시 손을 뻗어 팔걸이에 놓인 빌의 손을 잡았다.

누가 누구를 위로하겠다고.

시큰둥한 표정을 지으면서도 빌은 그 작은 손을 떨치지 못했다. 뭐가 그리 좋은지 레일라는 생긋이 미소까지 지어 보였다. 거참, 예쁘게도 웃는 아이였다.

아름다운 한여름의 밤

레일라는 평소보다 이른 시간에 눈을 떴다. 맑은 잉크빛의 어둠이 방 안을 가득 채우고 있었다.

침대에 반듯이 누운 레일라는 아직 잠기운이 가시지 않은 눈으로 찬찬히 주위를 살펴나갔다. 익숙한 천상, 그림색 커튼이 쳐진 창문, 낡은 책상, 그 위에 펼쳐진 책 몇 권, 희미한 햇빛 냄새가 느껴지는 부드러운 이불.

내 방이구나.

비로소 현실을 인지하자 안도의 한숨이 흘러나왔다.

오랜만에 악몽을 꾸었다. 이 세상에 홀로 남겨진 채 친척 집을 전전하던 시절의 기억이었다. 빌 아저씨를 만나기 전까지는 매일이 악몽 같았지만, 레일라에게 물에 대한 공포를 심어준 그 집에 머문 시간은 특히 깊고 선명한 상처를 남겼다.

'이게 다 저 계집애 때문이잖아!'

술에 취한 날이면 고모부는 어김없이 레일라에 대한 분노를 표출했다. 맨정신일 때는 소심하고 조용한 남자였지만, 레일라가 기억하는 고모부는 일주일에 닷새쯤은 술에 취해 있었다. 도박판에서 돈을 잃으면 더욱 사나워졌는데, 그런 날은 어김없이 레일라에게 욕을 퍼붓고 매질을 했다. 그가 싫었지만 달리 갈 곳이 없는 어린 고아가 할 수 있는 일은 그저 참고 견디는 것뿐이었다.

레일라는 쫓겨나지 않기 위해 필사적으로 노력했다. 잠시도 쉬지 않고 집안일을 도왔다. 밥은 조금만 먹으려 애썼다. 구석에 놓인 물건처럼 얌전하게 지냈다. 그럼에도 결국 그 집에서 쫓겨나게 되었던 날에 고모는 쿠키 몇 개가 든 종이봉투를 건넸다. 멍이 든 고모의 얼굴을 가만히 보던 레일라는 꾸벅 인사한 후 그것을 받아 들었다.

신세를 져야 할 다음 친척의 집으로 향하는 역마차 안에서 레일라는 쿠키를 하나 꺼내 먹었다. 초콜릿 쿠키가 참 맛있어서 마음이 슬퍼졌지만 레일라는 울지 않았다. 목적지로 가는 길 내내 착한 아이처럼 웃는 연습을 했다. 울고 싶어질수록 환하게 웃었다. 우는 고아를 좋아하는 사람은 이 세상에 아무도 없으니까. 쫓겨나고 또 쫓겨나기를 반복할수록 점점 더 잘 웃게 되었던 것 같다.

하지만 국경을 넘어 이 베르크까지 홀로 떠나와야 했던 날에는 그게 잘되지 않았다. 어린 나이였지만 레일라는 손에 쥔 주소 하나가 마지막 희망이라는 걸 알고 있었다. 이번에도 버림받으면 꼼짝없이 고아원에 가는 신세를 면치 못한다는 것도.

그래도 최선을 다해 웃었던 그날을, 온정과 연민이 깃든 빌 아저씨의 눈을 마주한 순간을, 이 방의 문턱을 넘어선 첫걸음을 레일라는 현재처럼 생생하게 기억하고 있었다. 다시 가족을, 돌아가고 싶은 집을 가지게 된 그날을 아마 영원히 잊지 못할 것이다.

그러니 다 괜찮다.

스스로를 다독인 레일라는 가볍게 몸을 일으켜 침대를 빠져나왔다. 공작저의 파티는 오늘 밤에 열린다. 아무렇지 않다면 거짓말이지만 깊이 고민하고 싶지는 않았다. 씩씩하게 참석해 조용히 머무르다 떠나오면 그만이니까.

클로딘 아가씨는 모를 것이다. 레일라 르웰린은 빌 아저씨와 이 따스한 오두막을 위해서라면 무슨 일이든 기꺼이 할 수 있다는 걸.

창문을 연 레일라는 서둘러 세수를 하고 옷을 갈아입었다.

힘차게 방문을 열자 일을 나갈 준비를 마친 빌 아저씨가 보였다. 레일라는 활짝 웃는 얼굴로 그를 향해 다가섰다.

"같이 가요, 아저씨!"

오후가 되자 손님을 맞이할 준비가 마무리되었다. 이제 남은 것은 해가 저물기를 기다리는 일뿐이었다.

최종 점검을 마친 집사 헤센은 사용인 휴게실로 가 그들의 노고를 치하했다. 상당히 규모가 큰 파티였지만 아르비스의 사용인들에게는 일상의 한 부분에 지나지 않는 업무였다. 그 누구도 파티의 성공 여부를 걱정하지 않았다. 헤르하르트의 이름하에 놓여 있는 모든 일이 그렇듯 이 밤의 파티 또한 완벽할 것이므로.

손질을 마친 이브닝코트를 챙긴 헤센은 서둘러 공작의 침실로 향했다. 마티어스는 이미 예장을 마친 모습으로 그를 기다리고 있었다. 머리칼을 빗어 넘겨 이마와 눈썹을 드러내자 인상이 조금 더 차가워졌다. 입술 끝에 머금은 옅은 미소도 서늘한 눈매와 날카로운 얼굴선이 주는 냉엄한 분위기를 지우지 못했다.

시종들을 물린 헤센은 직접 공작의 옷 수발을 들며 마지막

보고를 올렸다.

"지시하신 대로 잘 진행되었습니다, 주인님."

낮게 속삭이는 노집사의 목소리가 정적 속으로 스며들었다. 마티어스는 턱끝을 가볍게 까딱여 보이며 이브닝코트를 입었다.

"한 시간 전쯤 출발했다고 합니다. 지금쯤이면 배달이 완료되었을 겁니다."

"그렇군요."

커프스단추의 모양을 정리한 마티어스가 드레스룸을 떠났다. 혜센은 그림자처럼 조용히 주인의 뒤를 따랐다.

"수고하셨습니다."

마티어스는 담배를 한 개비 꺼내 들며 정중한 인사를 건넸다. 혜센은 고개를 깊이 조아리는 것으로 대답을 대신했다.

시각을 확인한 마티어스는 창가로 가 담뱃불을 붙였다. 클로딘이 레일라 르웰린을 파티에 초대했다는 소식은 어머니의 입을 통해 전해졌다. 두루 자비와 친절을 베풀 줄 아는 마음씨 좋은 아가씨에 대한 칭찬. 뭐 그런 종류의 말이었던 것 같다.

황당한 일이었으나 마티어스는 굳이 반대하지 않았다. 가만히 두면 재미있는 구경을 하게 될 테니까. 레일라는 초라한 모습으로 나타날 테고, 클로딘은 그 여자에게 마음껏 연민과 동정을 베풀겠지. 레일라 르웰린의 어떤 면모가 클로딘을 자극하는지 마티어스는 잘 알고 있었다. 확실히 거슬리는 계집애였고, 그 애의 자존심을 꺾는 건 상당히 즐거운 일이니.

그래서였다. 클로딘이 원하는 게 무엇인지 알기에 그것을 내어주고 싶지 않았다. 그 즐거움은 그의 것이어야 했다. 마티어스 폰 헤르하르트는 제 것을 남과 나누어 가지는 법을 알지 못했다.

"이 물건들은 어떻게 처리할까요, 주인님?"

불이 꺼진 벽난로 옆에 놓여 있는 상자 앞으로 다가간 헤센이 조심스러운 질문을 건넸다. 요리사 모나 부인이 빌 레머를 대신해 준비한 물건이라고 했다.

빌 레머의 오두막으로 배달될 예정이던 그 선물은 헤센을 통해 이곳으로 옮겨졌다. 그리고 이것을 대신할 물건들이 빌 레머의 선물로 탈바꿈해 오두막으로 전해졌다.

마티어스는 느릿하게 담배를 피우며 선물 상자를 내려다보았다. 쓸모가 없어진 드레스의 운명을 결정하는 데는 그리 오랜 시간이 필요하지 않았다.

"버리세요."

담배 연기와 함께 흘러나온 그의 명령은 여느 때와 다름없이 침착했다.

"아저씨, 이건…… 너무 과해요."

휘둥그레진 눈으로 상자 속을 들여다보던 레일라가 떨리는 입술을 열었다. 레일라 못지않게 놀란 빌은 아무런 반박도 하지 못했다.

"도대체 얼마를 쓰신 거예요?"

한숨을 푹 내쉰 레일라가 그를 나무랐다. 빌이 기대한 것과는 전혀 다른 반응이었다.

"그건…… 뭐…… 내가 어련히 알아서 했으니 너는 상관 마라!"

겨우 정신을 차린 빌이 황급히 반박했다.

"아저씨!"

"꼬맹이 녀석이 별걸 다 신경 쓰는구나. 그런 간섭은 딱 질색이다."

빌은 더 이상 듣지 않겠다는 듯 단호하게 고개를 저었다.

모나 부인이 준비해준 레일라의 드레스는 파티가 열리는 날 오후에 오두막에 도착했다. 당연히 우편배달부가 가져올 줄 알았는데, 의상실의 직원인 듯한 젊은 남자가 직접 배달해 주었다. 저렇게 잘 차려입은 직원이 있는 의상실이라니 모나 부인이 꽤 신경을 썼나 보다 했는데 웬걸, 상자를 열어 보니 그 이상이었다. 금사로 장식된 하얀 드레스는 여자 옷에 대해서는 쥐뿔도 모르는 빌의 눈에도 상당히 고급스럽고 아름다워 보였다. 함께 온 구두와 장갑, 목걸이도 마찬가지였다.

대체 모나 부인에게 얼마를 주었더라?

빌은 손가락을 꼽아가며 옷값을 계산해보았다.

그런데 그 여자가 목걸이값도 뜯어 갔었던가?

문득 떠오른 의문을 곱씹는 사이에 레일라가 상자의 뚜껑을 덮었다.

"왜? 마음에 들지 않는 거냐?"

"아니요, 아저씨. 그럴 리가요."

"그런데 왜?"

"반품할래요. 고작 하루, 그것도 잠깐 얼굴만 비추고 올 파티 때문에 이렇게 큰돈을 쓰시게 할 수는 없어요."

틀림없이 기뻐할 거라던 모나 부인의 장담과 달리 레일라는 근심이 가득한 얼굴이었다.

"레일라, 이걸 입고 파티에 가지 않으면 나는 다시는 널 보지 않을 거다."

빌은 평소답지 않게 차가운 얼굴로 엄포를 놓았다.

"너는 늘 신세 지고 싶지 않아 하지. 그 마음을 모르지 않는다만 레일라, 사람과 사람 사이에 그리 명확한 선을 긋는 거 아니다."

"하지만 이건 제 처지에 맞지 않는 사치예요."

"그럴싸해 보일 뿐이지 죄다 모조품에 싸구려야. 마음 같아서는 세상에서 가장 좋은 걸 주고 싶다만 그럴 형편이 못 된다는 건 너도 잘 알지 않으냐."

"아저씨……."

"네가 가지지 않으면 죄다 불쏘시개로나 써야지. 그리고 다신 너를 보지 않을 거다, 레일라."

벌겋게 달아오른 얼굴을 한 빌은 도망치듯 오두막을 떠났다. 마당을 서성거리며 줄담배를 피우고 나서야 겨우 감정을 다스릴 수 있었다. 아무리 그래도 다시 보지 않을 거라는 모진 말은 하는 게 아니었는데. 뒤늦은 후회가 밀려왔으나 이미 되돌릴 수 없게 된 일이었다.

"아저씨!"

이찌해야 할지 고민하는 사이에 카일이 나타났다. 손을 크게 흔들어 보인 카일은 성큼성큼 빌을 향해 나가왔다. 어른 흉내를 내는 꼬마 녀석인 줄만 알았더니. 연미복을 멋들어지게 차려입은 모양새가 제법 사내다웠다.

"레일라는요?"

카일은 신이 난 얼굴로 싱글거렸다.

"글쎄, 모르겠다."

"네? 레일라가 집에 없어요? 곧 파티가 시작되는데?"

"그런 건 아니다만……."

빌은 적당한 대답을 찾지 못해 말끝을 흐렸다. 오두막의 문이 열린 건 그때였다. 삐거덕거리는 소리를 따라 고개를 돌린 빌과 카일은 동시에 탄식을 터뜨렸다. 낯선 모습을 한 레일라가 포치에 서 있었다.

"카일, 나 좀 이상하지 않아?"

어색한 미소를 띤 레일라가 쭈뼛거리며 물었다.

"이런 옷은 역시 어울리지 않는 것 같은데……."

"아니! 예뻐!"

단호하게 고개를 저은 카일이 목청 높여 외쳤다.

"예뻐, 레일라. 진심이야."

카일은 거듭 힘주어 말했다. 천진한 웃음이 사라진 얼굴이 해가 저물어가고 있는 하늘처럼 붉게 물들었다. 빌 아저씨가 레일라를 위한 깜짝 선물을 준비하고 있다는 건 이미 알고 있었지만, 설마 이 정도로 대단할 것이라고는 상상도 하지 못했다.

촌스러운 꽃모자 같은 걸 고르는 빌 아저씨의 안목을 내심 걱정했더니, 이건 정말이지…….

"정신 차려라, 카일 에트먼."

빌 레머는 끌끌 혀를 차며 허둥거리고 있는 카일의 등을 두드렸다.

"오늘은 카일 네가 내 대신이야. 레일라를 책임지고 지켜줘야 한단 뜻이다. 잘할 수 있지?"

"당연하죠, 아저씨! 제가 꼭 지켜줄게요!"

카일은 사뭇 진지해진 얼굴로 굳은 맹세를 했다.

"오냐. 한번 믿어보도록 하마."

가만히 카일을 지켜보던 빌은 껄껄 웃으며 고개를 끄덕여주었다. 숨을 가다듬은 카일은 천천히 레일라를 향해 다가갔다.

"가시지요. 르웰린 양."

카일은 제법 신사다운 태도로 에스코트를 청했다. 레일라는 피식 웃으며 도리질을 쳤다.

"이러지 마, 카일. 이상해."

"그래도 참아봐. 오늘은 특별한 날이잖아."

카일은 가진 모든 용기를 동원해 붙잡은 레일라의 손을 자신의 팔 위로 이끌었다.

"오늘은 네 친구 카일이 아니라 파티의 파트너 에트먼 씨라고 생각해."

넉살 좋게 떠들어대는 순간에도 카일의 심장은 터질 듯이 뛰고 있었다. 어찌나 긴장되는지. 하마터면 발을 헛디딜 뻔했다.

"그래. 좋아. 노력해볼게."

잠시 고민하던 레일라가 수긍하듯 고개를 끄덕였다.

"잘 부탁합니다, 에트먼 씨."

레일라는 수줍게 웃으며 그의 팔짱을 꼈다. 햇빛처럼 환한 그 애의 얼굴을 바라보며 카일은 생각했다. 나는 평생 이 순간을 잊지 못할 것이라고.

레일라 르웰린은 의사의 아들과 함께 나타났다.

손님들을 맞이하던 마티어스는 홀의 입구 쪽에서 들려오는 소란을 따라 시선을 돌렸다. 카일 에트먼과 팔짱을 낀 레일라가 막 연회장으로 들어서고 있었다. 그가 준 것들로 치장한 레일라 르웰린은 아름다웠다. 어설프게 꾸민 머리와 화장기가 없는 얼굴이 오히려 싱그러운 자태를 더욱 돋보이게 했다.

구두와 드레스 자락을 찬찬히 거슬러 올라간 마티어스의 시선은 레일라의 가는 목에 걸린 목걸이 위에서 멈추었다. 진주와 에메랄드가 어우러진 아름다운 목걸이였다.

다른 모든 것은 헤센이 준비했지만 그 목걸이는 마티어스가 직접 골랐다. 의도한 일은 아니었다. 약속이 있어 칼스바르 시내에 있는 호텔을 찾았고, 그곳으로 가는 길목의 한 쇼윈도에서 저 목걸이를 보았다. 섬세하게 세공한 에메랄드의 맑은 초록빛이 인상적이었다. 그날 영지로 돌아오는 차 안에서 마티어스는 그 목걸이를 사들일 것을 혜센에게 지시했다.

목걸이를 떠난 마티어스의 시선은 곧 에메랄드와 같은 빛으로 반짝이고 있는 눈동자에 닿았다. 때마침 레일라가 고개를 돌렸다.

화려한 샹들리에의 불빛 속에서 눈이 마주치고, 시선이 얽혔다. 안경을 쓰지 않은 레일라는 잠시 후에야 마티어스를 알아보았다. 가늘게 찌푸린 눈으로 유심히 그를 살피더니 흠칫 놀라며 고개를 수그렸다. 곁에 선 소년의 팔을 꼭 붙잡으며. 그 소년의 뒤로 숨듯이.

"오랜만이에요, 헤르하르트 공."

화사한 실내악의 선율 사이로 익숙한 목소리가 들려왔다.

마티어스는 지체 없이 그 목소리의 주인을 향해 돌아섰다. 미소를 띤 얼굴로 손님을 환대하고, 짤막한 안부 인사를 나누는 절차가 매끄럽게 이어졌다. 오감이 온통 다른 곳에 쏠려 있음에도 마티어스는 자신에게 주어진 역할을 완벽하게 수행해냈다.

손님이 떠나가자 마티어스는 연회장의 입구로 다시 시선을 돌렸다. 소년의 손을 잡은 레일라는 홀의 저편으로 멀어져 가고 있었다. 카일 에트먼은 의기양양하게 레일라를 에스코트했다. 온통 그의 것에 감싸인 여자를, 마치 제 것처럼.

"이쪽은 레일라. 제 친구예요."

클로딘은 무리를 지어 서 있는 숙녀들 쪽으로 레일라를 데려갔다. 이미 몇 번이나 반복해온 일이었다.

"안녕하세요. 레일라 르웰린입니다."

레일라는 이번에도 공손한 인사를 올리며 제 분수에 맞는 처신을 했다. 하지만 단지 그뿐. 그 이상의 노력을 하지는 않았다. 그저 시키는 대로 움직이는 꼭두각시 인형이라도 된 듯한 태도였다.

클로딘은 그런 레일라를 대신해 대화를 이끌어나갔다. 가여운 고아 레일라 르웰린의 사연을 상세히 소개하고, 불우한 과거를 극복하기 위해 노력하고 있는 착한 우등생 레일라 르웰린을 아낌없이 칭찬했다.

"레일라는 교사가 될 준비를 하고 있어요. 정말 훌륭하지 않나요?"

클로딘은 이번에도 레일라의 밝은 미래를 축복하는 것으로 설명을 마무리 지었다. 호기심과 적대감이 혼재된 눈빛으로 레일라를 힐끔거리던 숙녀들은 황급히 낯빛을 바꾸며 클로딘의 견해에 동조했다. 그건 물론 사용인이 거두어 키운 불쌍한 고아를 친구로 여겨주는 브란트 영애를 향한 찬사였다. 친구라 말한다 해도 두 사람이 진짜 친구일 수 없다는 것을 모두는 알았고, 그러므로 그 사실은 클로딘의 품위를 손상시키지 못했다.

"참, 클로딘. 곧 약혼을 한다고 들었어요."

그런 이야기는 그만하면 되었다는 듯 한 숙녀가 우아하게 화제를 돌렸다. 마지못해 상대해주고 있던 고아에게서 관심을 거둔 손님들은 들뜬 목소리로 브란트 영애의 약혼에 관해 떠들기 시작했다.

클로딘은 겸손한 태도를 취하며 말을 아꼈다. 기정사실이나 마찬가지라 해도 아직 약혼이 정식으로 공표된 건 아니다. 벌써부터 아르비스의 안주인이 된 것처럼 행동하는 건 아무래도 경박스러웠다.

"마침 헤르하르트 공작께서 오시네요! 약혼자와 함께 있고 싶으신가 봐요."

예상 밖의 일이 벌어진 건 대화가 슬슬 마무리되어 가던 무렵이었다. 이쪽으로 다가오고 있는 마티어스 폰 헤르하르트를 발견한 숙녀가 호들갑을 떨기 시작했다.

손님들의 시선이 일제히 공작을 향했다. 허수아비처럼 무넘하게 자리를 지키고 있던 레일라도 동그래진 눈을 들어 마티어스를 바라보았다.

레일라를 스쳐 지나간 마티어스는 자연스럽게 클로딘 곁에 섰다. 그리고 클로딘은 당연한 듯 그와 팔짱을 꼈다. 레일라는 고개를 깊이 숙여 붉어진 뺨을 감추었다.

"제 친구들이에요, 헤르하르트 공."

클로딘은 자신을 에워싸고 있는 숙녀들을 차례로 소개했다. 대부분 이미 아는 얼굴이었으나 마티어스는 마치 처음처럼 그들과 인사를 나누었다. 정중하고 침착하게. 무리의 맨 끝에 서 있는 레일라 르웰린의 차례가 올 때까지.

"레일라예요."

마티어스의 팔을 힘주어 쥔 클로딘은 다소 연극적인 어조로 레일라 르웰린을 소개했다.

"모르셨죠? 평소와 너무 달라 저도 하마터면 못 알아볼 뻔했어요."

마티어스와 대화를 나누는 순간에도 클로딘의 두 눈은 레일라를 주시하고 있었다. 덕분에 알아차릴 수 있었다. 어떤 모욕을 주어도 잔잔한 수면 같던 아이가 동요하고 있다는 것을. 그 이유는 아마도 마티어스 폰 헤르하르트. 곧 그녀의 약혼자가 될 남자인 듯했다.

"저, 실례합니다."

막 다음 미끼를 던져보려는 찰나에 불청객이 나타났다. 레일라의 파트너라던 그 소년, 카일 에트먼이었다.

"말씀 중에 죄송하지만 이제 그만 제 파트너를 데려가도 될까요?"

카일은 스스럼없이 레일라의 손을 잡았다. 당황한 표정이
었으나 레일라는 그 손길을 거부하지 않았다.

"제 친구들도 레일라를 소개받고 싶어 해서요. 하도 애타게
기다리고 있어서 이런 결례를 저지르게 되었습니다."

카일은 예의 바른 태도로 양해를 구했다. 하지만 클로딘을
보는 눈빛에서는 미처 다 숨기지 못한 반감이 묻어났다.

"그렇다면 양보해야겠네요. 레일라를 우리가 독차지할 수
는 없으니까."

클로딘은 선선히 승낙하며 마티어스의 반응을 살폈다. 그
는 무감한 눈길로 레일라와 카일을 지켜보고 있었다.

"이해해주셔서 감사합니다."

고개를 숙여 인사한 카일은 보란 듯이 정중하게 레일라를
에스코트했다. 마티어스만큼이나 키가 큰 소년 곁에 선 레일
라는 더욱 작고 가냘파 보였다. 카일은 그런 레일라를 마치
보물처럼 소중히 대했다. 저 소년이 레일라를 사랑한다는 걸
알아차리는 건 그리 어려운 일이 아니었다.

그렇다면 레일라는?

클로딘은 카일과 다정한 눈빛을 나누고 있는 레일라 쪽으
로 시선을 옮겼다. 카일이 싱긋 웃자 레일라의 얼굴에도 미소
가 번졌다. 첫사랑을 시작한 소녀라 해도 무리가 없을 듯한

모습이었다.

헤르하르트 공작이 아닌 주치의의 아들이었다고? 그렇다면 레일라 르웰린을 공주로 만들어준 누군가도 저 애였을까?

클로딘이 혼란에 빠져 있는 사이에 두 사람이 돌아섰다.

"참, 레일라!"

클로딘은 충동적으로 레일라를 불러 세웠다. 뒤돌아선 레일라 위로 샹들리에의 불빛이 내려앉았다.

"오늘 참 예쁘다. 특히 그 목걸이가."

"네? 아…… 네. 감사합니다, 아가씨."

멍해진 눈을 느리게 깜빡이던 레일라가 황급히 고개를 조아렸다. 가슴 위로 길게 늘어뜨린 목걸이가 그 몸짓을 따라 흔들렸다. 화려한 불빛이 닿자 보석의 광채가 더욱 찬란해졌다.

클로딘은 예리한 눈빛으로 레일라의 목걸이를 탐색했다. 큼직한 에메랄드의 가장자리를 꽃잎 모양으로 둘러싼 보석은 틀림없는 다이아몬드였다. 아마도 최상품인 듯했다. 은은한 유백색 광택을 가진 진주도 마찬가지. 가품이라기에는 지나치게 섬세하고 아름다운 보석이었다.

고작 의사의 아들에 불과한 카일 에트먼이 저 목걸이를 레일라에게 선물하는 것이 과연 가능한 일일까?

경직된 입꼬리를 살며시 당겨 올린 클로딘은 무심히 이 상황을 관망하고 있는 마티어스를 향해 고개를 돌렸다.

"레일라와 참 잘 어울리는 목걸이예요. 그렇지 않나요, 헤르하르트 공?"

클로딘은 생긋 웃으며 아껴둔 미끼를 던졌다.

"그래 보이는군요."

마티어스는 일말의 고민도 없이 대답했다. 태연한 얼굴이었다.

카일은 장미 정원이 내려다보이는 테라스로 레일라를 이끌었다. 숨이 막히도록 화려한 세상에서 벗어난 레일라는 비로소 안도의 한숨을 내쉬었다.

"고마워, 카일. 정말 정말 고마워."

레일라는 대리석 난간에 기대선 채 숨을 골랐다. 터질 듯이 뛰던 심장박동이 가라앉자 풀벌레의 울음소리가 선명하게 들려왔다.

"왜 그랬어?"

무거운 침묵을 지키던 카일이 마침내 말문을 열었다. 어째서인지 화가 난 것 같은 얼굴이었다.

"카일?"

"널 구경거리처럼 끌고 다니며 모욕했잖아. 왜 그런 부당한 대우를 참고만 있었어?"

"아. 그거."

레일라는 대수롭지 않게 웃으며 카일의 곁으로 다가섰다.

"뭐 어때. 틀린 말은 하나도 없었잖아."

"뭐라고?"

"나는 고아고, 빌 아저씨께 신세를 지고 있고, 선생님이 될 거니까."

어깨를 으쓱여 보인 레일라는 위로하듯 카일의 등을 다독여주었다.

"그러니까 걱정하지 마. 난 괜찮아. 정말이야."

"그 자존심 세고 똑똑한 레일라 르웰린이 이런 일에는 왜 이렇게 바보처럼 굴어?"

"사람이란 본래 다면적이지요, 에트먼 씨."

"하여튼, 말은 잘하지."

카일은 결국 항복하듯 웃어버렸다. 레일라의 얼굴에도 안도의 미소가 떠올랐다.

"이제 그만 가봐도 돼, 카일."

불빛이 흘러나오는 연회장을 바라보던 레일라가 엉뚱한 말을 꺼냈다.

"가긴 어디를 가."

"너는 여기서 해야 할 일이 많잖아. 에트먼 부인께서 기다리고 계신 것 같던데."

"됐어."

"그러지 말고……."

"레일라, 나는 네 파트너야."

카일은 천천히 고개를 숙여 레일라를 바라보았다. 그의 갈색 눈동자는 어둠 속에서도 따스한 빛으로 반짝였다.

"그러니까 네 곁에 있을게. 그러고 싶어."

카일의 부드러운 목소리가 장미 향기가 가득한 밤공기 속으로 스며들었다. 입술을 달싹이던 레일라는 결국 아무 말도 내어놓지 못한 채 카일의 시선을 피했다.

"왜 대답이 없어?"

카일은 고개를 기울여 레일라의 눈을 마주했다. 괜스레 난간을 매만지고 있던 레일라는 흠칫 놀라며 마른침을 삼켰다.

"……잘 모르겠어."

"내 앞에서 새삼 부끄럽기라도 하신가 봐?"

"그런 거 아니거든?"

"얼굴이 빨개진 것 같은데?"

"아니야!"

당황한 레일라는 급히 두 손을 들어 뺨을 더듬었다.

"속았다."

카일은 장난스럽게 키득거리며 레일라를 놀렸다. 발끈했던 것도 잠시. 레일라는 그만 맥 빠진 웃음을 터뜨리고 말았다. 아들을 찾아다니던 에트먼 부인이 두 사람을 발견한 건 그때였다.

"카일! 도대체 여기서 뭘 하고 있는 거니?"

깊은 한숨을 내쉰 에트먼 부인이 테라스를 가로질러 왔다. 황급히 인사를 올리는 레일라를 흘긋 살핀 에트먼 부인은 곧장 카일을 향해 다가갔다.

"어서 가자. 널 만나보고 싶어 하는 분들이 많아."

"제가 아니라 아버지겠죠."

"카일 에트먼, 엄마 말이 우습니?"

"그런 뜻이 아니란 거 아시잖아요."

"노마님이 널 찾으셔. 설마 그분을 기다리게 할 생각은 아니겠지?"

에트먼 부인은 더 이상의 반론은 허락하지 않겠다고 말하듯 완강하게 카일을 몰아붙였다.

"어머니 말씀대로 해, 카일."

어쩔 줄 몰라 하던 레일라가 말문을 열었다. 공작가의 노마님은 주치의의 외아들을 무척 예뻐했다. 에트먼 부인이 그 사실을 얼마나 자랑스럽게 여기는지 레일라는 잘 알고 있었다.

"하지만 레일라……."

"다녀와. 나는 여기서 기다리고 있을게."

레일라는 밝게 웃으며 카일의 등을 떠밀었다. 에트먼 부인은 그제야 레일라에게 눈길을 주었다.

"이해해주어서 고맙구나."

낯빛을 가다듬은 에트먼 부인이 인자한 미소를 지어 보였다. 하지만 레일라를 보는 눈빛은 여전히 서늘하게 가라앉아 있었다.

에트먼 부인은 주저하는 카일을 이끌고 연회장으로 향했다. 레일라는 그 자리에 우두커니 서서 멀어져 가는 카일을 지켜보았다. 실은 무척 막막한 기분이 들었지만 내색하지 않았다. 카일이 뒤를 돌아볼 때마다 레일라는 환한 웃음을 지으며 손을 흔들어주었다.

"꼭 기다려야 해, 레일라! 알았지?"

불빛과 어둠의 경계에서 잠시 걸음을 멈춘 카일이 다급하게 외쳤다. 내답하러 입술을 열었으나 레일라는 끝내 아무 말도 하지 못했다. 그저 더욱 씩씩하게 손을 흔드는 것이 지금의 최선이었다.

카일은 곧 연회장으로 떠나갔다. 혼자가 된 레일라는 어둠에 잠겨 있는 테라스 구석으로 자리를 옮겼다. 정원과 가까워지자 장미 향기가 더욱 짙어졌다.

레일라는 깊은 심호흡을 하며 연회장을 바라보았다. 어둠이 깊어지자 불빛이 더욱 찬란해졌다. 안경이 없어 시야가 흐렸지만, 그래서 더욱 몽환적이고 아름답게 느껴지는 풍경이었다.

이제 레일라 르웰린의 쓰임은 끝이 났다. 그 사실을 상기하자 마음이 한결 가벼워졌다. 남은 일은 이곳에서 조용히 카일을 기다리는 것뿐이었다.

비로소 긴장을 푼 레일라는 호기심 어린 눈길로 자신의 모습을 살폈다. 몸을 살짝 움직여보자 풍성한 드레스 자락이 물결치듯 흔들렸다. 장난기가 발동한 레일라는 춤을 추듯 폴짝이며 드레스를 관찰했다. 금사로 수를 놓은 하얀 드레스는 꿈결처럼 아름다웠다. 발목에 닿는 시폰의 감촉이 얼마나 보드라운지. 마치 구름으로 지은 옷 같았다.

그리고 목걸이.

레일라는 조심스러운 손길로 목걸이를 매만졌다. 이렇게 예쁜 가짜 보석이 있다는 사실이 놀라웠다.

브란트 영애의 눈에도 그렇게 보였던 걸까?

갑작스럽게 목걸이 이야기를 했던 클로딘이 떠올랐으나 레일라는 깊이 고민하지 않기로 했다. 어쩌면 그 역시 세련된 방식으로 전한 멸시와 동정일지도 모르겠지만 그런 건 아무래도 좋았다. 이건 소중한 빌 아저씨의 선물이니까. 그 사실 하나면 충분했다.

생각을 정리한 레일라는 한결 가벼워진 마음으로 연회장의 불빛을 바라보았다. 한 장신의 남자가 테라스에 나타난 건 그 때였다. 카일인 줄만 알았는데, 다시 보니 체격이 달랐다. 뒤늦게 그 남자의 정체를 알아차린 레일라는 뻣뻣하게 얼어붙은 채 숨을 죽였다.

헤르하르트 공작이었다. 브란트 영애도 함께였다.

"바람이 참 맑네요. 그렇지요?"

장미 향기가 묻어나는 바람을 쐬던 클로딘이 말문을 열었다. 마티어스는 그 명랑한 목소리를 따라 시선을 돌렸다. 클로딘은 그를 빤히 쳐다보며 웃고 있었다. 느닷없이 산책을 청한 이유가 정말 바람 때문이기라도 한 것처럼.

"저는 밤이 아름다워 여름을 좋아해요. 헤르하르드 궁은 어떠신가요?"

대리석 난간 앞에 멈추어 선 클로딘이 다시금 무의미한 질문을 건넸다. 그에게 말을 거는 순간에도 시선은 반대편 테라스 끝을 향해 있었다. 마티어스는 곧 그 이유를 알아차렸다. 깊은 어둠 속에 한 여자가 서 있었다. 얼굴을 확인하기는 힘든 거리였으나 마티어스는 한눈에 그 여자의 정체를 알아차렸다.

"전 여름을 그리 좋아하지 않습니다, 영애."

마티어스는 느릿한 걸음을 옮겨 클로딘 앞으로 다가섰다. 어둠 속에 숨은 여자가 주춤 뒷걸음질 쳤다. 불청객들의 등장에 당황한 모양이었다.

"그런가요? 전 공께서 여름을 좋아하시는 줄만 알았지 뭐예요."

클로딘은 태연한 얼굴로 고개를 갸웃거렸다. 마티어스는 적정 거리를 남긴 채 멈추어 섰다.

"그러고 보면 헤르하르트 공은 참 무감하신 분 같아요. 물론 책망하는 말은 아니란 거 아시지요?"

생긋 웃어 보인 클로딘이 마지막 한 걸음의 간극을 좁혔다. 이제 두 사람 사이의 거리는 서로의 숨결이 닿을 만큼 가까워져 있었다.

"전 사실 공의 그 무감함이 좋아요. 일희일비하지 않는 품위 있는 태도가 참 귀족적이고 우아하거든요."

"영애의 마음에 든다니 다행입니다."

마티어스는 의례적인 미소를 곁들인 대답을 담담하게 건넸다. 눈길을 돌리지 않아도 어둠 저편에 숨은 여자의 동요를 느낄 수 있었다.

"키스해주세요."

그를 빤히 쳐다보던 클로딘이 당돌한 요구를 했다. 마티어스는 침묵 속에서 그녀를 응시했다.

"전 무감한 헤르하르트 공이 좋지만, 그래도 우리 사이에 최소한의 열정은 필요하지 않을까요? 약혼을 하고 또 결혼을 해 평생을 함께 살아가려면 말이에요."

클로딘은 당연한 권리를 주장하듯 마티어스를 재촉했다. 솜씨 좋게 컬을 넣은 갈색 머리카락이 부드러운 바람을 따라 흔들렸다. 클로딘의 말처럼 바람이 맑은 밤이었다.

"최소한의 열정이라……."

장미가 만발한 밤의 정원을 스쳐 지난 마티어스의 시선이 다시 클로딘을 향했다.

"타당한 말씀이군요."

수긍하듯 고개를 까딱인 마티어스는 별다른 주저 없이 클로딘의 뺨을 감쌌다. 조금 놀란 표정이었지만 클로딘은 곧 자연스럽게 눈을 감았다.

클로딘의 긴 속눈썹을 응시하던 마티어스의 시선은 의식하지 못하는 사이에 테라스의 반대편 끝을 향했다. 안절부절못하고 있던 여자도 때마침 그들 쪽으로 고개를 돌렸다.

맑은 밤바람이 달을 가린 구름을 밀어냈다. 하얀 달빛으로 희석된 어둠 속에서 두 사람의 눈이 마주쳤다. 당황한 레일라와 달리 마티어스는 침착했다. 고요한 눈빛으로 레일라를 직시하며 클로딘의 입술 위로 천천히 입술을 내렸다. 클로딘이 초대한 관객 레일라 르웰린은 뻣뻣하게 얼어붙은 채로 그 자리를 지켰다.

무척이나 절제된 입맞춤이 이어지는 내내 마티어스의 시선은 레일라를 향해 있었다. 멍하니 그를 보고 있는 초록색 눈동자는 달이 밝던 그 밤처럼 무구해 보였다.

뺨을 붉힌 레일라가 시선을 피하자 두 사람의 담백한 키스도 끝이 났다. 클로딘이 천천히 눈을 뜨는 사이에 레일라는 도망치듯 정원으로 이어진 계단을 내려갔다.

"가시지요."

마티어스는 정중하게 손을 내밀었다. 클로딘은 만족스러운 미소를 지으며 그 손을 잡았다.

"저는 확신이 들어요, 헤르하르트 공."

연회장의 문턱을 넘어선 클로딘이 나직이 속삭였다.

"우리가 꽤 좋은 부부가 될 거라는 확신이요."

레일라는 정신없이 계단을 달려 내려갔다. 그들이 쫓아올리 없다는 걸 잘 아는데도 걸음이 자꾸만 빨라져 갔다.

산책로를 달리는 구두 굽 소리가 정원의 적막을 깨뜨렸다. 장미 화단을 지난 레일라는 정원 중앙에 자리하고 있는 분수대 앞까지 도망쳐 갔다. 난처한 상황에서 벗어났다는 사실을 인지하자 발이 아파오기 시작했다.

레일라는 가쁜 숨을 몰아쉬며 분수대 끝에 걸터앉았다. 구두를 벗자 신음 섞인 한숨이 길게 흘러나왔다. 굽이 높은 새 구두에 시달린 발은 상처투성이가 되어 있었다. 살갗이 벗겨진 뒤꿈치에서는 피가 흐르기까지 했다.

당장 오두막으로 돌아가고 싶은 충동을 애써 억누른 레일라는 이를 악물며 다시 구두를 신었다. 기다리고 있겠다고 카일과 약속했다. 그러니 적어도 먼저 떠난다는 인사 정도는 남겨야 할 것 같았다.

하지만 어떻게?

레일라는 우두키니 멈추어 선 채로 도망쳐 온 저택을 바라보았다. 카일을 만나려면 저곳으로 돌아가야 할 텐데, 다시 그 불편하고 이상한 세상에 발을 들일 엄두가 나지 않았다.

고민하던 레일라는 정원의 오른편으로 걸음을 돌렸다. 덩굴장미 퍼걸러가 있는 곳이었다. 우선은 정원에서 기다리다가 카일의 용무가 끝날 때쯤에 연회장으로 돌아가는 것이 좋을 것 같았다.

그런데 여기에 앉아도 되는 걸까?

레일라는 선뜻 퍼걸러 아래의 벤치에 앉지 못하고 고심했다. 빌 아저씨를 도와 정성껏 가꾼 장미 덩굴이지만 그 아래에 머물러본 적은 없었다. 사용인들에게는 허락되지 않는 자리였으니까.

하지만 오늘 밤은 아르비스의 손님 자격으로 방문한 것이니 괜찮지 않을까?

레일라는 생각하고 또 생각해본 후에야 겨우 벤치 끝에 자리를 잡았다. 구두를 벗을 수 있기까지는 조금 더 큰 용기와 시간이 필요했다.

마침내 고문 도구 같은 구두의 속박에서 벗어난 레일라는 맨발로 벤치 위에 올라앉았다. 서늘한 대리석의 감촉이 발의 통증을 다소 완화시켜 주었다. 저런 걸 신고 나비처럼 사뿐하게 춤을 추다니. 연회장에서 본 숙녀들이 새삼 대단하게 느껴졌다.

달리지만 않았어도 이런 상처는 없었을 텐데.

피투성이가 된 뒤꿈치를 매만지던 레일라의 손끝이 불현듯 경직되었다. 지우려 애를 쓸수록 이 상처를 야기한 기억이 점점 더 선명해져 갔다. 그녀를 응시하며 약혼녀에게 키스하던 헤르하르트 공작을 생각하자 또다시 뺨이 뜨거워졌다. 도저히 이해할 수 없는 남자다. 다른 사람이 있다는 것을 알면서도 아무렇지 않게 그 키스를 받아들이던 클로딘 역시 마찬가지였다.

"대체 왜 그러는 거야? 망측스럽게."

뒤늦은 화풀이를 하듯 혼잣말을 중얼거리던 레일라는 저도 모르게 입술을 문질러 닦았다. 멍하니 그 남자를 바라보다 떠올린 달이 밝았던 별채의 밤을, 아직 또렷이 남아 있는 그날의 기억과 감각을 지워내기라도 하듯이.

"정말 친절하세요, 마님."

공작가의 노마님을 보는 에트먼 부인의 두 눈에는 진심 어린 경탄의 빛이 담겨 있었다.

"어쩌면 이렇게 큰 은혜를 베푸시는지. 무어라 감사드려야 할지 모르겠네요."

에트먼 부인의 기쁨이 커질수록 카일의 안색은 어두워져 갔다.

마티어스는 흥미로운 눈길로 그들을 지켜보았다. 할머니가 주치의를 좋아하며 그의 아들 또한 상당히 예뻐한다는 건 익히 알고 있었다. 에트먼 박사는 유능한 의사였고 인품 또한 훌륭했으므로 충분히 그럴 만했다.

아마도 제 아버지를 닮은 듯한 카일 에트먼 역시 그런 삶을 살아갈 테지. 할머니는 확신했고, 마티어스도 동의했다. 하지만 거기까지. 그 뻔하고 지루한 사실에 굳이 관심을 둘 이유는 없었다. 에트먼가의 두 남자와는 확실히 결이 달라 보이는, 꽤나 야망 있는 안주인 린다 에트먼이라면 또 모를까.

"지금 그분들께 인사를 드려도 될까요?"

에트먼 부인은 체면을 잠시 잊은 듯이 채근했다. 혹시 노마님의 마음이 바뀔까 염려스러운 모양이었다.

"여보."

조용히 지켜보던 에트먼 박사가 점잖게 만류했지만 그녀는 뜻을 꺾을 마음이 없어 보였다.

마티어스는 다시 카일 에트먼 쪽으로 시선을 옮겼다. 할머니가 에트먼 일가에게 아른트 남작가를 소개해주겠다는 제안을 한 참이었다. 서로 격이 잘 맞으니 교우하고 지내면 좋겠다는 말의 이면에 숨은 뜻을 모르는 사람은 아무도 없었다. 아른트 남작에게는 카일 에트먼과 동갑인 딸이 하나 있다. 슬슬 결혼을 생각해야 할 딸이.

신분의 차이가 있다고 해도 두 사람이 맺어지지 못할 이유는 없었다. 비록 작위는 없지만 에트먼가는 아른트가보다 훨씬 부유했다. 명성에 있어서도 결코 뒤지지 않는 위치였다. 두 가문이 사돈을 맺게 된다면 이득을 보는 쪽은 오히려 아른트 남작일지도 모른다.

"그래요, 에트먼 부인. 그게 좋겠군요."

너그러운 미소를 띤 카타리나 폰 헤르하르트가 시종을 불러들였다. 아른트 남작 부처를 데려오라는 명을 받은 그는 재빨리 인파 사이로 사라져 갔다. 정원과 이어진 테라스 쪽을 힐끔거리는 카일의 표정은 이제 숨길 수 없을 만큼 초조해져 있었다. 마치 소중한 무언가를 저곳에 두고 오기라도 한 것처럼.

그 이유를 알아차린 마티어스의 입가에 픽 웃음이 스쳤다. 아들에게 무한한 애착과 기대를 가진 어머니와 그런 어머니를 실망시키는 법을 알지 못하는 아들이라. 그 사이에 레일라 르웰린을 가만히 세워보자 다시 실소가 났다. 마침 그때 아른트 남작 부부가 나타났다. 당연히 그들의 딸도 함께였다. 카일 에트먼은 이제야 비로소 이 자리의 의미를 알아차린 듯했다. 당장 뛰쳐나가고 싶어 하는 얼굴을 하고도 소년은 착히고 예의 바른 아들 역할을 놓지 못했다.

그러시다면야.

그 식상한 중매의 현장을 떠난 마티어스는 산책을 하듯 유유히 연회장을 나섰다. 달빛 가득한 테라스를 가로지르고 정원으로 이어지는 계단을 내려가는 그의 발걸음은 서두르는 기색 없이 느긋했다.

착한 아들의 풋사랑이 어떤 끝을 맺을지는 뻔했다. 레일라는 버림받을 테고 결국 이곳에, 그의 숲에 남겨지겠지. 명쾌한 결론을 내린 마티어스는 퍼걸러가 있는 정원의 오른편으로 걸음을 돌렸다. 그리고 그 길의 끝에서 레일라를 찾아냈다. 소년을 기다려야 하니 멀리 가지 않았으리라는 예상이 적중한 덕분이었다.

레일라 르웰린은 퍼걸러 구석에 놓인 벤치에 앉아 있었다. 항상 그랬듯 놀라 허둥거리며 달아날 줄 알았더니, 어째서인지 얌전히 그 자리에 머물렀다. 마티어스는 퍼걸러 아래로 들어선 후에야 그 이유를 알아차렸다. 레일라는 곤히 잠들어 있었다. 장미 넝쿨 사이를 지나온 희미한 달빛이 몸을 작게 웅크린 그 여자를 비추었다.

마티어스는 벤치를 한 걸음 앞둔 곳에서 걸음을 멈추었다. 가지런히 벗어둔 구두와 상처투성이의 발. 무릎을 감싸안은 가느다란 두 팔. 찬찬히 레일라를 살펴나가던 시선은 잠이 드니 더욱 순해 보이는 얼굴 위에서 멈추었다. 어설프게 손질한 머리는 이제 반쯤 풀려 있었다. 굽이치는 금빛 머리카락의 감촉이 문득 궁금해진 순간에 레일라가 스르르 눈을 떴다.

마티어스는 천천히 허리를 숙여 작은 구두를 집어 들었다.

꿈을 꾸고 있는 것이라고 레일라는 생각했다. 눈앞에 있는 남자를 설명할 수 있는 길은 오직 그것뿐이었으니까.

본능적인 경계심을 지운 레일라는 꿈결 속을 헤매듯 멍한 눈을 들어 퍼걸러 기둥에 기대서 있는 공작을 바라보았다. 연미복을 차려입은 모습이 어쩐지 눈에 익었다. 그가 들고 있는 구두 역시 그랬다.

이건 너무 이상한 꿈이 아닌가?

번뜩 떠오른 의문이 잠기운을 지웠다.

"……공작님?"

레일라는 조심스럽게 그를 불러보았다. 마티어스는 대답 대신 담배를 한 개비 꺼내 물었다. 그의 입술 새로 흘러나와 하얗게 흩어지는 연기가 이 순간이 결코 꿈일 수 없음을 증명해주었다.

기절할 듯 놀란 레일라는 급히 벤치에서 내려섰다. 공작이 구두를 가져갔다는 것을 기억해낸 건 흙바닥을 딛고 선 후였다. 차마 맨발로 달아날 수는 없었던 레일라는 다시 벤치에 앉아 상처투성이의 발을 숨겼다. 마티어스는 재미있는 구경이라도 하듯 그녀를 내려다보며 느릿느릿 구두를 흔들었다.

"돌려줄까?"

파르스름한 담배 연기와 함께 흘러나온 목소리가 밤공기 속으로 스며들었다.

"네. 어서 제 구두를 돌려주시면 좋겠습니다."

벤치 끝으로 물러앉은 레일라는 싸늘한 눈빛으로 공작을 쏘아보았다. 걸핏하면 남의 물건을 가져가다니. 이해하기 힘든 악취미였다.

"그러면 한번 울어봐, 레일라."

고요한 응시를 이어가던 공작이 천천히 입술을 열었다. 도무지 믿기지 않는 지독한 말이 레일라를 망연하게 했다. 어서 카일이 와주었으면 좋겠는데, 밤의 정원은 여전히 적막하기만 했다.

"그 애는 안 와."

레일라의 시선이 닿아 있는 정원 저편을 살핀 마티어스의 입술이 비스듬히 기울어졌다.

"무슨 말씀을 하시는 건지 잘 모르겠습니다."

레일라는 굳은 얼굴로 어설픈 거짓말을 했다. 피식 웃은 마티어스는 채 반도 피우지 않은 담배를 미련 없이 놓았다.

"카일 에트먼. 네가 기다리는 그 애 말이야."

마티어스는 붉어진 레일라의 눈을 직시하며 현실을 주지시켜 주었다. 멍하니 그를 보던 레일라가 자리에서 일어선 건 버려진 담배에서 피어오르던 연기가 멎은 무렵이었다.

"아니요. 그렇지 않습니다, 공작님."

레일라는 단호한 어조로 반박했다. 상처투성이가 된 발 같은 건 이제 아무래도 좋았다. 레일라는 꼿꼿한 자세로 마티어스 앞에 섰다. 여전히 공작이 두려웠지만 더 이상 놀림거리가 되기 싫었다.

"카일은 약속을 지키는 사람이에요."

"그럴까?"

"네."

"상당히 자신 있어 보이네."

"카일이 어떤 사람인지는 공작님보다 제가 훨씬 잘 안다고 생각합니다."

레일라는 가진 모든 용기를 끌어모아 공작과 맞섰다. 가만히 그녀를 내려다보던 마티어스의 입술 위로 희미한 조소가 번졌다.

"확신은 함부로 하는 게 아니지, 레일라."

공작이 성큼 다가왔다. 본능적인 두려움에 어깨를 움츠리면서도 레일라는 물러서지 않았다.

"저는…… 저는 정말 잘 모르겠어요."

"뭐가?"

"공작님께서는 왜 이렇게 저를 싫어하시나요?"

오랫동안 참아온 질문을 건네는 레일라의 목소리가 가늘게 떨렸다. 하지만 마티어스를 응시하는 눈빛은 여름밤의 하늘처럼 맑고 고요했다.

"널 싫어하면 내 기분이 좋거든."

한쪽 입꼬리를 올린 공작이 차분한 대답을 건넸다.

"네가 울면 재미있고, 네가 비는 걸 보면 즐겁지."

"어떻게 그런 말씀을 하실 수 있으세요?"

"레일라, 난 질문에 대답을 해주고 있을 뿐이야."

경악하는 레일라 앞에서도 마티어스는 태연했다.

"저 아닌 사람들에게는, 다른 누구에게도 이러지 않으시잖아요."

레일라는 애써 눈물을 참으며 따져 물었다. 공작은 선선히 수긍했다.

"그렇지."

"그런데 왜 제게만……."

"너니까."

"네?"

"다른 누구도 아닌 레일라, 아무것도 아닌 너니까."

공작의 어조는 지극히 담담하고 건조했다. 그 사실이 레일라를 더욱 비참하게 했다.

"죄송합니다, 공작님. 아무것도 아닌 제가 감히 공작님의 영지에 머무르고 있어서 정말 죄송합니다."

레일라는 울지 않기 위해 애쓰며 공작을 쏘아보았다. 골칫덩어리 취급을 받으며 친척 집을 전전하던 시절에도 이런 모멸감을 느껴본 적은 없었다. 심지어 술주정뱅이 고모부조차도 이 남자처럼 잔인하지는 않았으니까.

"이럴 거라면 차라리 그때 저를 허락지 마시지 그러셨나요?"

레일라는 결국 더 이상 참을 수 없게 된 울분을 터뜨렸다.

"글쎄, 레일라. 그건 너무 비정하지 않아?"

잠시 생각에 잠겼던 공작은 침착한 반문으로 또 한 번 레일라의 마음을 짓밟았다.

"지금도 충분히 비정하신걸요."

더 이상 참을 수 없게 된 눈물이 뜨거워진 눈시울을 적시기 시작했다. 울지 마. 레일라는 강박적으로 되뇌며 두 주먹에 힘을 실었다.

"설마 이제 저를 내쫓기라도 하실 건가요?"

"아니."

공작의 푸른 눈이 한층 짙은 빛을 띠었다.

"그런 걱정은 마. 넌 충분히 네 쓰임을 다하고 있으니까."

"아무것도 아니라고 말씀하셨잖아요."

"그게 네 쓰임이지."

천천히 감았던 눈을 뜬 마티어스는 희미한 조소마저 지운 얼굴로 레일라를 마주했다. 표정이 없는 그의 얼굴은 숨이 막히도록 고요하고 서늘해 보였다.

"사과는 그만하면 됐고."

한 걸음 더 가까이 다가온 마티어스의 그림자가 레일라 위로 드리워졌다.

"네가 기다리는 카일 에트먼은 오지 않고."

공작의 커다란 손이 레일라의 어깨 위로 흘러내린 머리카락에 닿았다. 겁에 질려 뒷걸음질 쳤지만 허사였다. 벤치에 가로막힌 레일라는 막막한 눈빛으로 마티어스를 바라보았다.

"그러니 레일라……."

가만히 움켜쥐고 있던 머리카락을 놓아준 마티어스는 더욱 깊어진 눈빛 속에 레일라를 담았다.

"울어봐."

냉혹한 명령을 내리는 순간에도 마티어스는 침착했다.

"빌어도 좋고."

선심 쓰듯 덧붙인 제안에는 희미한 웃음이 섞여 있는 듯도 했다.

미친 사람.

예전부터 그렇게 생각하고 있었지만 레일라는 이제 확신할 수 있었다. 이 남자는 확실히 미친 사람이라고.

카일 에트먼은 아직 제 어머니에게 붙들려 있었다.

연회장으로 돌아간 마티어스는 열성적인 중매가 펼쳐지고 있는 곳에서 잠시 걸음을 멈추었다. 아른트 남작 부부는 카일 에트먼에 대한 호감을 여실히 드러내고 있었다. 에트먼가의 사돈이 되는 일에 구미가 당긴 모양이었다. 에트먼 부인의 반응도 크게 다르지 않았다. 카일은 나무토막처럼 뻣뻣한 태도로 일관했지만 그의 어머니는 아들의 마음에 크게 관심이 없어 보였다.

그 식상한 결혼 장사에서 관심을 거둔 마티어스는 자신을 기다리고 있던 손님들을 향해 다가갔다. 그리고 다시 아르비스의 주인, 헤르하르트 공작의 역할을 해나가기 시작했다.

레일라가 울었다.

그 순간을 되새기자 마티어스는 마음이 흡족해졌다. 제 분을 이기지 못해 바들바들 떨던 레일라 르웰린은 결국 굵은 눈물방울을 떨구었다. 눈물이 가득 맺힌 초록빛 눈동자가 그 여자의 목에 걸어준 보석처럼 반짝였다. 마티어스는 그게 좋았다.

예쁘게 울었으니 기꺼이 구두를 돌려주었다. 거래를 마친 마티어스는 미련 없이 퍼걸러를 떠났다. 문득 뒤를 돌아본 건 산책로의 끝에 다다른 무렵이었다. 레일라는 여전히 그 자리를 지키고 선 채 울고 있었다.

나로 인한, 그러므로 온전히 내 것인 눈물이라 생각하자 떠나는 마티어스의 걸음이 한층 가벼워졌다. 카일 에트먼의 에스코트를 받아 저택으로 들어서던 레일라를 지켜보며 느낀 너절한 기분을 그 눈물이 씻어주었다. 그 여자를 바라보며 클로딘에게 키스하던 순간에 맛본 형언하기 힘든 감정 역시도.

이 밤 그의 것들 속에서 레일라는 아름다웠고, 아름다운 레일라가 그로 인해 울었다.

그러므로 완벽한 여름밤이다.

만족스러운 결론을 내린 마티어스는 다음 대화 상대를 향해 걸음을 뗐다. 레일라 르웰린이 연회장에 나타난 건 그때였다. 홀과 테라스를 잇는 출입문 앞에 선 레일라가 누군가를 찾고 있었다.

"카일 에트먼."

마티어스는 실소하듯 그 이름을 속삭였다.

레일라는 곧 목표물을 발견했다. 하지만 선뜻 다가서지는 못했다. 카일 에트먼을 에워싸고 있는 사람들, 특히 아른트 남작의 막내딸이 의미하는 바가 무엇인지 이해한 모양이었다.

기둥 뒤에 몸을 숨긴 채 고심하던 레일라는 한참 만에야 다시 걸음을 뗐다. 카일 에트먼이 아닌 근처를 지나가던 한 시종을 향해. 그 여자가 무어라 속삭이자 시종은 흔쾌히 고개를 끄덕였다. 그리고 의사의 아들이 있는 쪽으로 걸음을 돌렸다. 그 사이 레일라는 조용히 연회장을 떠났다.

마티어스는 충동적으로 그 시종을 불러들였다.

"클라인 백작을 좀 불러줘요."

명령을 받은 시종의 눈이 커졌다. 고민하듯 카일 에트먼을 힐끔거렸지만 그는 결국 마티어스가 원하는 대답을 내어놓았다.

"네, 주인님."

충직하게 고개를 조아려 보인 시종은 서둘러 클라인 백작을 찾아 나섰다.

그의 모습이 인파 사이로 사라져 가자 마티어스는 천천히 테라스로 나갔다. 조금 전까지 레일라가 숨어 있었던 기둥에 기대서자 장미로 가득한 정원이 한눈에 들어왔다. 레일라는 정원 중앙에 난 길을 터벅터벅 걸어가고 있었다. 분수대를 지나 지점부터는 구두를 벗어 들고 맨발로 걸었다.

마티어스는 멀어져 가는 레일라를 지켜보며 시종을 기다렸다. 물론 클라인 백작은 오지 않을 것이다. 신경성 두통을 앓는 그는 초저녁에 잠깐 얼굴을 비춘 후 돌아갔으니까.

정원을 벗어난 레일라는 곧 어둠에 잠긴 숲속으로 자취를 감추었다. 그리고 얼마 뒤, 조금 전의 그 시종이 돌아왔다.

"죄송합니다, 주인님. 클라인 경께서는 이미 귀가하셨다고 합니다."

"그렇군요. 수고했습니다."

담담한 인사를 건넨 마티어스는 다시 연회장으로 돌아갔다. 뒤따라온 시종은 곧장 카일 에트먼을 찾아갔다. 그의 전언을 들은 소년의 얼굴에 낭패감이 스쳤다.

그제야 제 어머니를 뿌리친 카일이 연회장을 뛰쳐나갔지만 마티어스는 더 이상 그 일을 신경 쓰지 않았다. 레일라 르웰린은 걸음이 꽤 빨랐다. 한참 늦어버린 카일 에트먼이 따라잡기는 역부족일 것이다.

마티어스는 리에트가 권한 샴페인을 흔쾌히 받아 들었다.

아름다운 한여름의 밤, 파티는 완벽했다.

쥐어뜯고, 짓이기고, 내버렸다

"정말 널 두고 가도 되는 건지 모르겠구나."

빌은 근심 가득한 얼굴로 한숨을 내쉬었다.

"아저씨, 이러다 기차를 놓치겠어요. 저는 정말 괜찮으니 어서 가세요."

레일라는 다정한 핀잔을 주며 빌을 재촉했다. 얼마나 씩씩하고 의연한지. 이제 다 자란 것 같아 기특하면서도 한편으로는 서운한 기분이 들었다.

어제 오후에 오두막으로 부고 한 통이 전해졌다. 빌의 형이 세상을 떠났다는 소식이었다. 형제라 해도 그리 가깝지 않았고 오랜 세월 왕래도 없었지만, 어찌 되었든 이 세상에 하나 남은 혈육이니 모른 척할 수는 없는 노릇이었다.

고민하던 빌은 휴가를 받아 고향에 다녀오기로 했다. 고작 며칠일 뿐이지만 레일라, 이 어린 것을 혼자 두고 가려니 마음이 쇳덩이처럼 무거웠다.

"문단속 잘해야 한다. 더워도 창문은 꼭 잠그고."

빌은 어젯밤부터 몇 번이나 반복해온 당부의 말을 다시 꺼냈다.

"사냥총은 내 방에 걸려 있으니……."

"문과 창문은 단단히 잘 잠그고, 아저씨 방에 있는 사냥총을 제 침대 옆에 가져다두고 잘게요. 만약 나쁜 사람이 나타나면 빵, 쏴버리고요. 식사 잘 챙기고, 잠도 잘 자고, 공부도 열심히 하며 지내고 있을게요."

레일라는 이제 외우게 된 빌의 잔소리를 차분하게 읊어나갔다. 길어야 겨우 사흘일 텐데, 빌은 마치 몇 달은 떠나 있을 사람처럼 레일라를 걱정했다.

여전히 마음이 놓이지 않는 얼굴이었지만 빌은 마지못해 걸음을 뗐다. 그를 배웅해주기로 한 레일라도 함께 오두막을 나섰다.

"레일라, 혹시 그날 파티에서 무슨 일이 있었던 거냐?"

공작저 앞을 지나던 빌이 조심스러운 질문을 건넸다. 레일라는 눈을 휘둥그레 뜨며 고개를 저었다.

"아니요. 아무 일도 없었어요. 정말로요."

"그랬다면 다행이다만…… 어쩐지 그 파티 이후로 너와 카일 사이가 서먹해진 것만 같아서 말이다."

"제가, 카일과요?"

레일라는 말도 안 되는 일이라는 듯 웃었다.

"그럴 리가요. 그냥, 요즘은 각자의 일로 바빴을 뿐이에요."

"믿어도 되는 거지?"

"네. 제가 왜 그런 거짓말을 하겠어요."

"하긴, 너희가 어떤 사이인데. 그럴 리가 없지. 그러면 레일라, 혼자 있기 무서울 때는 카일을…… 아니, 아니다. 못 들은 걸로 해라."

빌은 갑작스럽게 말을 바꾸며 손을 내저었다.

"그 녀석이 제일 위험해."

"아저씨이—."

"혹여 카일이 놀러 오거든 해가 지기 전에 꼭 돌려보내. 명심해라."

"이상한 말씀 그만하시고, 자, 다녀오세요."

아르비스의 초입에 다다른 레일라는 환하게 웃는 얼굴로 작별을 고했다. 빌은 한 번 더 주의 사항을 전한 후에야 걸음을 돌렸다.

레일라는 빌의 모습이 더 이상 보이지 않을 때까지 그 자리를 지켰다. 그가 뒤를 돌아볼 때마다 손을 크게 흔들어주며. 어른스러운 모습으로. 하지만 텅 빈 플라타너스 길에 홀로 남겨지자 어쩔 수 없이 외로운 기분이 들었다.

아무래도 무척 긴 사흘이 될 것 같았다.

"레일라가 나를 피하고 있어."

카일은 이제 확신할 수 있었다.

"아무래도 그 파티 때문인 것 같아."

그 이유도 어렵지 않게 찾아냈다.

"네 생각도 그렇지, 피비?"

카일의 표정이 한층 심각해졌다. 하지만 창틀에 앉은 피비는 태평하게 모이를 먹고 있을 뿐이었다. 비둘기를 붙잡고 허튼소리나 하고 있다니. 카일은 문득 자신이 한심해져 자조했다.

미안해, 카일. 오늘은 오두막에 오지 않는 게 좋을 것 같아. 빌 아저씨는 고향에 다녀오느라 며칠 집을 비우셨고, 나는 학교 친구들과 도서관에 가기로 했거든. 저녁을 먹은 후에 돌아올 거니 기다리지 마. 다음에 보자. 안녕.

카일은 피비가 배달한 레일라의 편지를 다시 읽었다. 벌써 며칠째 이런 연락을 받았다. 다른 친구와 약속이 있다. 시내에 나간다. 과수원 일을 도와야 한다. 처음 며칠간은 레일라가 요즘 많이 바쁜가 보다 생각했지만 이쯤 되니 핑계가 아닌가 하는 의심이 들었다. 카일 에트먼을 피하고 싶은 어설픈 핑계 말이다.

"그럴 만도 해. 나라도 그러겠다."

카일은 땅이 꺼져라 한숨을 내쉬며 머리를 감싸쥐었다. 오늘은 내가 너의 파트너라고, 지켜줄 것이라고 큰소리를 쳐놓고 레일라를 혼자 내버려두었다.

'레일라는 먼저 돌아가겠대. 테라스에서 잠시 만나 인사를 나누자더라.'

조용히 다가온 공작가의 시종이 레일라가 남긴 전언을 들려주었다. 그길로 곧장 테라스로 달려갔지만 레일라의 모습은 보이지 않았다. 왜 조금 더 빨리 그 자리를 박차고 나가지 못했는지 모르겠다. 먼저 약속해놓고. 비겁하게.

카일이 초조하게 창가를 서성이는 사이에 배불리 먹은 피비가 떠나갔다. 비둘기가 날아간 하늘을 물끄러미 바라보던 카일은 충동적으로 방을 나섰다.

"카일!"

계단을 달려 내려가자 이름을 부르는 어머니의 날카로운 목소리가 들려왔다. 하지만 카일은 멈추지 않았다. 곧장 현관을 뛰쳐나가 자전거를 타고, 정신없이 페달을 밟았다. 오랫동안 비가 내리지 않아 메마른 땅에서 피어오른 흙먼지와 한여름의 뙤약볕도 그 기세를 꺾지 못했다.

레일라, 레일라, 레일라.

머릿속은 온통 그 애의 생각뿐이었다. 레일라를 잃어버릴지도 모른다는 가정만으로도 눈앞이 새하얘졌다. 숨이 턱끝까지 차올랐지만 카일은 속도를 늦추지 않았다. 빌 아저씨의 오두막이 보이기 시작할 즈음에는 온몸이 땀으로 흠뻑 젖어 있었다.

"레일라!"

자전거에서 내린 카일은 다급히 오두막을 향해 달려갔다. 빨랫줄에 널린 젖은 침대보를 발견한 건 막 포치의 첫 계단에 발을 디딘 순간이었다.

카일은 그 자리에 우뚝 멈추어 선 채 고개를 돌렸다. 아직 물이 뚝뚝 떨어지고 있는 빨래 사이로 한 사람의 인영이 보였다. 눈에 익은 낡은 구두를 발견한 카일의 입술 새로 허탈한 웃음이 흘러나왔다.

"……카일."

침대보 뒤로 몸을 숨겼던 레일라가 마침내 모습을 드러냈다. 이름을 부르는 레일라의 목소리는 이 난처한 상황을 잊게 할 만큼 달콤했다.

젖은 빨래를 꼭 움켜쥔 작은 손을 물끄러미 바라보던 카일은 부드러운 한숨을 쉬며 걸음을 뗐다.

격자무늬 창틀의 그림자가 식탁 위로 드리워졌다. 시간의 흐름을 문득 깨달은 카일은 천천히 고개를 들어 식탁의 맞은 편을 보았다. 레일라는 여전히 숨을 죽인 채 찻잔을 쥔 손을 내려다보고 있었다.

"미안해."

카일이 먼저 침묵을 깼다. 식은 찻잔을 만지작거리던 레일라는 화들짝 놀라며 시선을 들었다.

"정말 미안해. 내가 잘못했어."

카일은 한 번 더 정중하게 사과했다. 레일라는 크게 당황하며 도리질을 쳤다.

"아니야. 그러지 마, 카일. 거짓말을 한 건 난데 왜 네가 사과를 해."

"다 내 잘못이야. 내가 그날 약속을 지키지 못해서……."

"그런 거 아니야!"

레일라는 단호한 어조로 카일의 말을 잘랐다.

"그 일은 신경 쓰지 마. 너한테 화나거나 서운한 거 없어. 정말이야, 카일."

"그러면 대체 이유가 뭐야? 자꾸 나를 피하고 있는 이유 말이야."

카일의 눈빛이 절박해졌다. 차마 더는 거짓말을 할 수 없어진 레일라는 결심을 굳힌 얼굴로 카일을 마주했다.

"있잖아, 카일. 너는 내 가족이나 마찬가지인 친구고, 나는 그런 널 정말 좋아해. 그래서…… 그러니까 우리 이제 조금 멀어져야 할 것 같아."

레일라는 떨리는 입술 끝을 올려 웃음을 지어 보였다. 무거운 분위기를 바꾸어보기 위한 노력이었지만 카일의 표정을 보니 그리 성공적이지는 않은 듯했다.

카일에게 화가 난 것이 아니라는 말은 진심이었다. 다만 한여름 밤의 꿈 같았던 그 파티에서 레일라는 명확한 선을 보았다. 카일과 자신 사이에 그어져 있는, 친구라는 이유로 그간 잊고 살아왔던 넘기 힘든 선.

카일이 자신과 어울리지 않는 훌륭한 집안의 자제라는 건 이미 알고 있었다. 하지만 막연한 생각과 두 눈으로 직접 목격한 현실의 간극은 컸다. 지체 높은 귀족가와도 스스럼없이 어울릴 수 있는, 두루 존경받는 의사 가문의 후계자. 그날 공작저의 휘황찬란한 연회장에서 본 카일 에트먼은 레일라와는 전혀 다른 세상에 속해 있는 사람이었다. 진지한 혼담이 오가도 이상하지 않은 나이가 된 청년이기도 했다.

어째서 아이는 자라 어른이 되어야만 하는 것일까.

벗은 구두를 손에 쥐고 어두운 숲길을 걷는 내내 레일라는 그 투명하고 맑은 슬픔을 곱씹었다. 그리고 시간의 흐름에 순응하기로 결심했다. 카일과의 소중한 우정을 지킬 수 있는 일은 이제 그것뿐이니까.

"지금 네가 말도 안 되는 소리를 하고 있다는 거, 알고 있지?"

카일의 눈빛이 차갑게 가라앉았다. 지금껏 한 번도 본 적 없는 표정이었다. 가슴이 덜컥 주저앉는 것만 같았지만 레일라는 물러서지 않았다.

"아니. 이건 내 진심이야."

"좋아하는데, 이째시 멀어져야 해?"

"그래야만 우리가 오래오래 좋은 친구일 수 있으니까. 카일, 나는 널 잃고 싶지 않아."

"그건 나도 마찬가지야! 하지만 레일라, 그럴 수는 없어. 그건 말도 안 돼!"

카일은 떨리는 목소리로 항변했다.

"다른 사람도 아닌 우리가 어떻게 멀어질 수 있어? 그건 불가능한 일이야."

"카일."

"나는 절대 널 잃지 않을 거야. 멀어지지도 않을 거야."

레일라를 담고 있는 갈색 눈동자에 물기가 어렸다.

이제 어른이 되어야 할 시간이 왔어.

혀끝에 맴도는 말을 삼킨 레일라는 희미한 미소를 지으며 고개를 끄덕였다. 조금만 더. 비겁한 핑계를 대며.

"점심 먹자, 카일."

레일라는 아무 일도 없었던 것처럼 태연한 얼굴로 자리에서 일어섰다.

"거짓말한 걸 사과하는 의미로 엄청 맛있는 점심을 만들어 줄게!"

"마티어스, 이제 그만 전역하고 가문의 일에 집중해도 되지 않아?"

보는 둥 마는 둥 하던 신문을 내려놓은 리에트는 소파 위에 풀썩 몸을 누였다. 하품을 하며 고개를 돌리자 윙체어에 앉아 책을 읽는 마티어스가 보였다. 무더위가 기승을 부리는 날에도 마티어스는 완벽한 차림새를 유지하고 있었다.

"한두 해쯤은 더 근위대에 있는 것도 나쁘지 않지."

책장을 넘긴 마티어스가 느긋이 대답했다. 단정하게 매듭지은 타이에 커프스단추까지. 제 침실에서까지 저런 옷차림을 고수하는 결벽성이 경이로울 지경이었다.

"하긴, 그게 헤르하르트 가문의 전통이긴 하니까. 마티어스 폰 헤르하르트는 그 어떤 선조보다 완벽한 헤르하르트 공작이 되실 테고."

리에트는 절레절레 고개를 저으며 웃어버렸다. 새장 안에 얌전히 머무르고 있던 카나리아가 날개를 펼친 건 그때였다. 응접실을 가로질러 간 새는 마티어스가 읽고 있는 책장 위에 폴짝 내려앉았다.

카나리아는 마치 말을 걸듯 명랑하게 지저귀기 시작했다. 그런 새를 가만히 지켜보는 마티어스의 얼굴 위로 부드러운 미소가 번졌다. 눈썹 하나 까딱하지 않고 새들을 쏘아 죽이던 사격의 명수 헤르하르트 공작과는 딴판인 모습이었다.

"그 새가 꼭 암컷이길 바란다, 마티어스. 그게 아니면 상당히 징그러운 그림일 것 같거든."

리에트는 진저리를 치며 마티어스를 놀렸다. 마티어스는 대수롭지 않게 웃으며 새를 향해 손을 내밀었다. 고개를 갸우뚱거리던 카나리아는 그의 손끝에 살며시 부리를 비볐다. 한쌍의 다정한 연인이라도 된 듯한 광경이었다.

"네 생각도 그렇지, 클로딘?"

리에트는 마티어스의 맞은편 자리에 앉아 수를 놓고 있던 클로딘에게로 시선을 돌렸다. 클로딘은 수틀을 꼭 쥔 채로 마티어스와 그의 새를 지켜보고 있었다. 리에트와 눈이 마주치자 무표정하던 얼굴에 옅은 미소가 번졌다.

"노랫소리가 아름다운 새는 대체로 수컷이라던걸요?"

"으으. 제발, 클로딘. 그냥 암컷이라 믿어주자. 저게 수컷과 수컷이 연출하는 장면이라고 생각하면 소름 끼치잖아."

"뭐 어때요. 어차피 새일 뿐인데요."

생긋 웃은 클로딘이 다시 바늘을 쥐었다.

마티어스는 책장 위를 통통 뛰어다니던 카나리아가 비킨 후에야 다음 페이지를 펼쳤다. 새가 자신을 툭툭 건드리며 산만하게 날아다녀도 신경 쓰지 않는 표정이었다. 마티어스 폰 헤르하르트에게 저런 관용과 인내가 있었다는 사실이 리에트는 그저 놀라웠다.

"약혼식 파티에서는 너도 노란색 드레스를 입어봐, 클로딘. 헤르하르트 공작께서 저 새처럼 널 예뻐해줄지도 모르잖아."

"아니요. 전 노란색을 싫어해요."

나직한 한숨을 내쉰 클로딘이 고개를 들었다.

"어쩐지 천박스러워서요."

클로딘은 그린 듯이 완벽한 미소를 머금은 채 리에트를 바라보았다. 태평스러운 얼굴로 정곡을 찔러대던 리에트의 입가에도 묘한 웃음이 떠올랐다.

오늘은 이쯤 해두기로 한 리에트는 자연스럽게 화제를 전환했다. 헤르하르트 공작의 근위대 복무와 코앞으로 다가온 약혼식. 브란트 영애의 고상한 취향에 부합하는 이야기로.

"우리 꼬마 숙녀 클로딘은 이제 곧 황녀 전하를 이긴 숙녀가 되겠네."

"그런 과찬은 민망해요, 오빠."

눈살을 찌푸리면서도 클로딘은 화사한 웃음을 지었다.

베르크의 황제가 헤르하르트 공작을 사윗감으로 탐낸다는 건 공공연한 사실이었다. 막내딸에 대한 황제의 사랑은 지극했다. 더욱이 황녀는 사교계의 꽃이라 불릴 만큼 아름다운 숙녀였다. 어린 시절부터 아르비스의 안주인 자리는 당연히 제 것이라 여겨온 클로딘도 황녀에게만큼은 위기감을 느꼈다.

하지만 결국 클로딘이 이겼다. 물론 사랑은 아니었나.

굳이.

황가와 사돈을 맺지 않는 이유에 대한 헤르하르트의 대답은 그 한마디로 요약될 것이다.

황제의 가문보다 오랜 역사, 그리고 그 못지않은 부와 명예를 가진 가문이었다. 황녀를 공작 부인 자리에 앉혀 얻을 이익보다 그로 인해 감수해야 할 불편이 더 크다 판단하는 것도 무리는 아니었다. 그런 오만도 헤르하르트의 이름 앞에 놓이면 이해받았다.

덕분에 클로딘은 황제의 딸을 이긴 숙녀가 되었다. 헤르하르트 가문이 그녀를 선택한 이유는 분명했다. 후계자가 없는 명망 높은 백작가의 외동딸. 그러니까 황녀 못지않게 훌륭한 혈통과 지참금을 가진, 그러나 황녀처럼 떠받들지 않아도 될 신붓감이라 판단하였겠지.

하지만 그 내막이 어찌 되었든 약혼식이 치러지고 나면 클로딘 폰 브란트의 이름은 이 베르크에서 황녀보다 높은 자리에 위치하게 될 것이다. 그 생각을 하면 클로딘은 이 세상 모든 것을 사랑할 수 있을 것 같은 기분이 들었다. 저 천박한 작은 새까지도.

"두 사람이 약혼한다니. 어쩐지 기분이 묘해지네."

리에트는 나른한 기지개를 켜며 몸을 일으켜 앉았다. 가만히 그를 보던 시선을 내린 클로딘은 아무렇지 않게 다시 수를 놓아나가기 시작했다.

마티어스가 걸음을 돌린 건 충동적인 결정이었다.

저녁 식사 전까지는 별채에 머무르며 밀린 업무를 볼 생각이었다. 저택을 나설 때만 해도 분명 그랬다. 하지만 문득 주위를 돌아보았을 때, 마티어스는 정원사의 오두막으로 이어지는 길 위에 서 있었다.

잠시 걸음을 멈추었던 마티어스는 다시 숲을 향해 나아가기 시작했다. 질서를 흩트린 충동이 불유쾌했으나 멈추고 싶지 않았다. 결국은 모든 것이 순조롭게 흘러갈 테니까. 지금껏 그래왔듯 앞으로도 그럴 것이다. 고작 이까짓 감정쯤은 그 여자의 눈물 몇 방울이면 깨끗이 지워질 터였다.

깊은 숲으로 들어서자 그늘이 짙어졌다. 마티어스는 타이를 느슨히 당겨 내리며 보폭을 넓혔다. 연이어 단단히 잠그고 있던 셔츠 단추를 푸는 그의 손길은 평소답지 않게 다소 성마르고 거칠었다.

통제를 벗어난 감정은 질색이다. 마티어스는 자신이 관할하는 세상의 모든 것들이 제자리에 있길 원했다. 그 자신의 감정도 예외는 아니었다. 굳이 여자에게 집착하지 않는 이유도 거기에 있었다.

성욕은 그야말로 단순한 본능에 지나지 않았다. 그리고 마티어스는 그것에 연연하거나 휘둘려본 적이 없었다. 오히려 거추장스러워 적당히 충족시켜 치워버릴 무엇에 지나지 않았다. 애당초 그런 욕망이 그리 크지 않은 편이기도 했다. 레일라에게 예민하게 반응하는 자신의 모습이 주는 불쾌감은 그래서 더욱 컸다. 오직 그 여자만 보였다. 모든 감각이 집중되고, 걷잡을 수 없는 열기가 몸속 깊은 곳에서부터 쌓여갔다. 의지가 저열한 충동과 생각을 잘라내지 못하는 순간들도 종종 찾아왔다.

마티어스는 그따위 것에 사로잡혀 있는 자신의 모습이 달갑지 않았다. 그런 건 삶의 우선순위에 놓을 만한 일이 아니다. 레일라 르웰린도 다르지 않았다. 당연히 그랬다. 어쩌면 그것을 확인하고 싶은 것도 같았다.

울창한 숲의 끝에 다다르자 정원사의 오두막이 보이기 시작했다. 눈을 찌르는 여름 햇살을 고요히 응시하던 마티어스는 주저 없이 그 빛 속으로 들어섰다.

레일라는 우연히 아기 새를 발견했다.

오두막에 놀러 왔던 카일을 배웅해주고 돌아오니 애처롭게 삐약거리는 소리가 들려왔다. 뒷마당에 서 있는 나무 아래에서 들려오는 소리였다. 그 주위를 탐색하던 레일라는 얼마 지나지 않아 나무 아래 떨어져 있는 아기 새 한 마리를 찾아냈다. 이제 막 깃털이 나기 시작한 연약한 새끼였다.

"둥지에서 떨어졌구나."

아기 새를 조심스럽게 감싸쥔 레일라는 고개를 들어 나무 위를 살폈다. 짐작대로 그곳에 새 둥지가 있었다. 상당히 높은 곳에서 떨어졌지만 다행히 아기 새는 다친 곳이 없어 보였다.

"괜찮아. 집에 데려다줄게."

아기 새를 앞치마 주머니에 넣은 레일라는 재빨리 창고로 가 사다리를 꺼내 왔다. 둥지는 사다리보다 조금 더 높은 곳에 있었지만 문제 될 건 없었다.

숨을 가다듬은 레일라는 민첩하게 사다리를 올랐다. 사다리가 닿지 않는 곳에서부터는 나무를 탔다. 평소라면 어렵지 않게 해냈을 일이지만 주머니에 든 아기 새를 신경 쓰느라 몸놀림이 조심스러워졌다.

둥지 근처까지 올라간 레일라는 앞치마 속에서 울고 있는 아기 새를 살며시 꺼내 들었다. 한 팔로만 몸을 지탱하는 것이 쉽지 않았지만 레일라는 요령껏 균형을 잡았다. 그리고 힘껏 팔을 뻗어 아기 새를 둥지에 돌려놓았다.

"안녕. 앞으로는 조심해."

아기 새와 작별한 레일라는 나무에서 내려가기 위해 발을 뗐다. 그와 동시에 몸의 균형이 무너졌다. 다행히 나뭇가지를 힘껏 붙들어 위기를 모면했지만 버둥거리는 발에 맞은 사다리가 쓰러져 버렸다.

레일라는 절망적인 눈빛으로 바닥에 쓰러진 사다리를 내려다보았다. 투둑거리는 소리가 들려온 건 그때였다. 레일라의 체중을 견디지 못한 나뭇가지가 꺾이기 시작하는 소리였다.

"빌 아저씨! 빌 아저씨!"

레일라는 겁에 질려 비명을 지르기 시작했다. 몇 번이나 더 애타게 빌 아저씨를 부른 후에야 그가 집을 비웠다는 사실을 깨달았다.

"카일!"

그다음으로 떠오른 이름을 부르는 목소리는 더욱 절박해져 있었다. 카일은 이미 멀리 떠났으리라는 것을 알지만 레일라에게 남은 건 오직 그 이름뿐이었다. 뜻밖의 목소리가 들려온 건 마지막 희망마저 사라져 갈 무렵이었다.

"레일라."

노래하듯 이름을 부르는 부드러운 목소리가 카일을 찾는 레일라의 비명 사이로 흘러들었다.

레일라는 울먹이며 발아래로 시선을 내렸다. 헤르하르트 공작이 나무 아래에 서 있었다. 위급한 상황이라는 것을 모를 리 없을 텐데도 그 남자는 태연하게 레일라를 구경하고 있었다.

"살려줄까?"

바닥에 쓰러져 있는 사다리 옆으로 다가온 공작이 황당한 질문을 던졌다. 레일라는 이를 악물며 그 미친 남자를 노려보았다.

"아니요!"

곧 추락할지도 모른다는 공포가 엄습해왔지만 레일라는 완강하게 공작을 거부했다. 어떻게든 나무둥치 쪽으로 다가가려 애를 쓰자 반쯤 꺾인 나뭇가지가 휘청 기울어졌다.

"카일! 카일!"

레일라는 절규하듯 카일의 이름을 부르짖었다.

"그 애는 안 온다니까."

마티어스는 피식 웃음을 흘리며 카일이 떠나간 길을 살폈다.

이런 위기에 처한 사람을 눈앞에 두고 어쩌면 저렇게 태평할 수 있을까?

공작을 쏘아보는 레일라의 두 눈 가득 눈물이 차올랐다. 만약 추락한 후에도 두 다리가 멀쩡하다면 가장 먼저 저 미친 남자를 걷어차 주고 싶었다. 돌멩이처럼. 개암나무 열매처럼. 이 분이 다 풀릴 때까지.

"가세요!"

레일라는 분노에 찬 목소리로 외쳤다.

"도와주지 않으실 거면서! 대체 왜 거기 서 계신 거예요?"

"곧 떨어질 것 같은데, 그러면 사람은 불러줘야지."

"뭐라고요?"

"내가 그렇게 비정한 사람은 아니라서."

마티어스의 얼굴 위로 떠오른 미소는 언뜻 나른해 보이기까지 했다.

"네가 애타게 찾는 에트먼을 불러줄게."

세상에.

레일라는 기가 막혀 탄식했다.

"그런데 어쩌지? 높이를 보니 아버지 에트먼이 필요할 것 같은데."

맙소사.

이제 발길질 이상의 것도 할 수 있을 것만 같은 기분이었지만 레일라는 더 이상 자존심을 세울 수 없는 처지였다.

"……사, 살려주세요!"

겁에 질린 레일라가 울먹이며 애원했다. 저 남자에게 애원하느니 차라리 이대로 추락하는 편이 낫겠다고 생각했지만, 공포는 이제 그 결심을 잊게 할 만큼 커져 있었다.

"그래?"

느긋이 관망하고 있던 공작이 재킷을 벗어 들었다.

"그래? 그럼 불러봐."

"네?"

"나를 불러."

레일라 아래로 다가오던 걸음을 멈춘 공작이 황당한 요구를 했다. 만약 명령을 어긴다면 손끝 하나 까딱하지 않고 레일라의 추락을 구경하기라도 할 태세였다. 그가 얼마든지 그럴 수 있는 사람이라는 걸 레일라는 잘 알고 있었다.

"공작님, 제발요!"

울음 섞인 레일라의 비명이 하늘 높이 울려 퍼졌다.

"공작님!"

나뭇가지가 크게 기울자 레일라의 부름은 더욱 간절해졌다.

마지막 희망이 된 그 남자를 레일라는 애타게 부르고 또 불렀다. 결국 나뭇가지가 부러져 버린 순간에도. 머릿속이 새하얘진 순간에도. 죽을지도 모른다는 공포에 사로잡힌 순간에도.

그러자 그가 왔다. 마티어스는 태연히 구경을 하던 모습이 무색할 만큼 날렵하게 달려와 떨어지는 레일라를 빚아 안았다. 그 반동으로 함께 바닥으로 쓰러진 순간에도 마티어스는 품속 깊이 부둥켜안은 레일라를 놓지 않았다.

두 사람은 하나로 뒤엉킨 채 함께 바닥을 나뒹굴었다. 부옇게 피어올랐던 먼지구름이 가라앉은 후에야 레일라는 비로소 현실을 인지했다. 높은 곳에서 떨어졌는데 아픈 곳이 없었다. 머리가 어지럽고 가슴이 세차게 뛰는 것이 전부였다. 그

것이 온몸으로 자신을 감싼 마티어스 덕분이라는 것을 레일라는 뒤늦게 알아차렸다. 공작은 여전히 레일라를 힘껏 끌어안고 있었다.

마티어스 위에 엎드려 누운 레일라는 멍한 눈을 깜빡이며 숨을 골랐다. 마주 닿은 가슴으로 빠르게 뛰는 그의 심장박동이 전해졌다. 뒷머리와 등을 감싼 두 팔이 무척 단단했다.

간신히 호흡을 가다듬은 레일라는 조심스럽게 고개를 들었다. 뺨을 스치는 그의 매끄러운 살결에서는 희미한 물박하향 같은 것이 느껴졌다. 붉어진 뺨에서부터 시작된 열기는 삽시간에 온몸으로 번져나갔다. 그것을 인지한 레일라는 질겁하며 공작을 밀어냈다. 하지만 벗어나려 애를 쓸수록 마티어스의 속박은 더욱 거세져 갔다. 밀착된 몸을 통해 느껴지는 그는 지나치게 크고 단단했다. 레일라는 그 사실이 주는 당혹감과 낯선 감각들을 부정하듯 정신없이 몸부림을 쳤다.

"가만히 있어."

아직 거친 숨을 몰아쉬던 마티어스가 낮게 명령했다. 하지만 그 말의 의미를 이해하지 못한 레일라의 저항은 더욱 맹렬해져 갔다.

싫어.

레일라는 더욱 선명해진 열감에 진저리 쳤다.

말도 안 돼. 싫어.

소리를 질러보려 애썼으나 목소리가 나오지 않았다. 그사이 레일라를 안은 마티어스의 몸은 점점 뜨거워져 갔다. 등을 감싼 손에도 더욱 큰 힘이 실렸다. 이 모든 감각이 너무도 낯설고 이상해 견디기 힘들었다.

본능적인 두려움에 사로잡힌 레일라는 공작에게서 벗어나기 위해 안간힘을 썼다. 하지만 그럴수록 무력감만 커질 뿐이었다. 무슨 짓을 해도 레일라는 그를 밀어낼 수 없었다. 어쩔 줄을 몰라 하던 레일라는 눈앞에 보이는 공작의 귀를 무작정 깨물었다.

"아!"

마티어스는 낮은 신음을 흘리며 레일라를 놓았다. 레일라는 그 틈을 타 바닥으로 몸을 굴렀다.

잇자국이 선명하게 남은 귓불을 만지던 마티어스는 저도 모르게 헛웃음을 흘렸다. 레일라는 그의 곁에 쓰러져 누워 헐떡이고 있었다. 앙칼지게 덤벼들던 기백은 다 어디로 긴 깃인지. 맥없이 쓰러져 있는 꼴이 우스웠다. 그 와중에도 발칙하기 짝이 없는 눈빛이 마티어스를 더욱 황당하게 했다.

"숙녀가 되라니까, 레일라."

몸을 비스듬히 일으켜 앉은 마티어스가 낮게 키득거리기 시작했다. 자신이 문 귀를 만지는 공작의 손을 바라보던 레일라는 움찔하며 마른침을 삼켰다.

"목숨을 구해준 대가가 이거라니. 숙녀답지 못한 일 아닌가?"

"공작님은 신사가 아닌데, 왜 저는 숙녀가 되어야 하나요?"

레일라는 날카롭게 쏘아붙이며 등을 일으켰다. 그와 동시에 마티어스가 다가왔다. 다시 바닥에 쓰러진 레일라 위로 그의 그림자가 짙게 드리워졌다. 삽시간에 벌어진 일이었다.

"최고의 신사라고, 분명 네 입으로 말했던 것 같은데?"

멍해진 눈을 깜빡이는 레일라를 내려다보던 공작이 천천히 입술을 열었다. 그는 헝클어진 레일라의 머리카락을 한 손에 감아쥔 채 웃고 있었다.

"……그건 실수예요. 제가 사람을 잘못 봤어요!"

레일라는 발끈하며 소리쳤다. 새빨개진 얼굴을 보이기 싫어 고개를 돌리자 햇볕처럼 뜨거운 손이 턱을 감싸쥐었다.

"설마, 레일라. 그럴 리가."

다시 제자리에 돌려놓은 레일라의 얼굴을 마주한 마티어스가 차분히 반문했다.

"신사라면 어떻게…… 어떻게 이런 말도 안 되는 짓을……."

차가운 분노가 담긴 초록빛 눈동자가 눈물로 젖어들었다. 마티어스는 짙게 가라앉은 눈빛으로 자신을 밀어내려 안간힘을 쓰는 레일라를 바라보았다.

"비켜주세요."

레일라는 무의식적으로 입술을 문지르며 소리쳤다. 별채의 밤을, 본의 아니게 훔쳐보게 된 클로딘의 키스를, 지금 이 순간의 혼란과 모멸감을 지우듯이.

"저는 공작님이…… 아!"

결연한 마음으로 꺼낸 말은 결국 날카로운 비명으로 끝을 맺었다. 고개를 숙인 공작이 레일라의 귀를 물었다. 기습적으로 벌어진 일이었다.

정신없이 자신을 때리고 할퀴는 작은 손을 바닥에 짓누른 마티어스는 탐식하듯 레일라의 귀를 삼켰다. 잇자국을 새긴 귓불을 핥자 비명 섞인 레일라의 숨소리가 더욱 가빠졌다.

받은 대로 돌려주려던 마음을 바꾼 마티어스는 집요한 자극으로 레일라를 몰아붙이기 시작했다. 흠뻑 적신 귀를 깨물 때마다 레일라는 자지러지듯 몸을 비틀며 신음했다. 흐느끼며 헐떡이는 소리가 습하고 뜨거웠다. 점차 힘을 잃어가는 작은 몸피를 제 아래에 가둔 마티어스는 새빨개진 귀 곳곳에 자신의 흔적을 새겨놓았다.

마침내 만족한 마티어스는 혼탁한 숨을 내쉬며 고개를 들었다. 제게 무슨 일이 벌어진지도 모르는 무구한 초록빛 눈동자가 눈물로 투명하게 부풀어 있었다. 가쁜 숨을 할딱이고 있는 레일라의 입술은 평소보다 훨씬 짙은 빛을 띠었다.

마티어스는 바르작거리는 레일라의 손가락 사이로 자신의

손가락을 단단히 얽어 넣었다. 그리고 바스러뜨릴 듯 힘껏 그 작은 손을 움켜쥐며 레일라의 입술을 삼켰다. 뒤늦게 그 행위의 의미를 깨달은 레일라가 몸을 뒤치었지만 마티어스는 손쉽게 미약한 저항을 제압했다.

이 무더운 여름은 곧 끝이 날 것이다.

그 사실을 잘 알고 있지만 마티어스는 멈추지 못했다. 마치 먹어치울 듯이 입술을 빨고, 혀를 얽었다. 포개진 입술 사이로 투명한 타액과 신음, 거친 숨소리가 흐르기 시작했다.

여름 오후의 열기를 압도한 키스는 점점 더 맹렬해져 갔다.

레일라가 힘겹게 눈을 뜰 때마다 시야에 담기는 풍경이 달라졌다. 흔들리는 나뭇잎과 하늘, 그리고 마티어스. 나뭇잎의 그림자가 어른거리는 흙바닥, 또다시 마티어스. 부옇게 피어오른 흙먼지가 하나로 엉켜 뒹구는 두 사람을 감쌌다. 사납고 치열한 키스는 차라리 싸움에 가까워 보이기도 했다.

어느 순간부터인가 레일라는 자신이 지금 무엇을 하고 있는지조차 제대로 인지하지 못했다. 머릿속은 이제 백지처럼 새하앴다. 남은 건 어떻게든 숨을 쉬고자 하는 절박한 본능뿐이었다. 하지만 공작은 더욱 사나워진 기세로 레일라의 숨을 앗아갔다. 꼭 포식자에게 산 채로 뜯어 먹히고 있는 사냥감이 된 기분이었다.

헐떡이며 흐느끼던 레일라가 번뜩 의식을 차린 건 마티어스의 숨결이 목덜미에 닿은 순간이었다. 단추가 뜯어진 블라우스는 어느새 쇄골을 훤히 드러낼 만큼 벌어져 있었다. 그곳으로 입술을 내린 마티어스는 맥박이 뛰는 곳을 집요하게 자극하며 레일라를 몰아붙였다. 그사이 등줄기를 더듬어 올라온 커다란 손이 가쁘게 오르내리고 있는 레일라의 가슴을 쥐었다.

"아……!"

겁에 질린 레일라는 막무가내로 마티어스를 밀어냈다. 그 완력에 뜯겨나간 셔츠의 단추들이 바닥으로 후드득 흩어졌다. 레일라의 손톱에 긁힌 그의 뒷목에는 붉은 상처가 선명하게 새겨졌다. 하지만 마티어스는 멈추지 않았다. 그의 입술이 쇄골 아래로 움직이기 시작하자 레일라는 그만 울음을 터뜨리고 말았다.

잘 모르겠다. 레일라는 이 모든 것을 조금도 이해할 수 없었고, 그래서 끼미득히 두려웠다. 마티어스의 열기가, 봄을 만지는 손길이, 이 수치스럽고 생경한 감각들이.

눈물로 얼룩진 레일라의 시야에 공작이 들어왔다. 다행히 그는 더 이상 나아가지 않았다. 뜨거운 한숨을 내쉰 마티어스는 천천히 고개를 들어 레일라를 내려다보았다. 아직 숨결이 거칠었지만 공작의 눈은 도저히 정욕에 휩쓸린 남자처럼 보이지 않았다. 그 푸른 눈동자는 그저 깊고 잠잠하기만 했다.

떨어뜨린 동전을 밟던 날처럼, 태연히 새를 쏘아 죽이던 순간처럼, 그렇게. 그 사실이 준 모멸감이 레일라의 뺨을 더욱 붉게 물들였다. 고요한 응시를 이어가던 마티어스가 실소를 흘린 건 그때였다. 꿈틀거리던 그의 목울대는 이내 다시 잠잠해졌다.

둥지로 돌아온 어미 새의 울음소리가 정적 속으로 흘러들었다.

지그시 감았던 눈을 뜬 마티어스는 바닥을 짚은 손에 힘을 실으며 몸을 일으켰다. 헝클어진 레일라의 머리카락이 숲을 흔드는 바람을 따라 나부꼈다. 그 금빛 물결을 바라보는 마티어스의 손아귀에 무의식적인 힘이 실렸다.

고작 너를.

마티어스는 힘껏 움켜쥐었던 한 줌의 흙을 스르르 흘려보내며 바닥으로 내려앉았다. 그리고 찬찬히 우스꽝스러운 현실을 살펴나갔다. 나무 그늘 아래에 누워 훌쩍이고 있는 여자를. 잘 말린 빨래가 펄럭이고 있는 마당과 정원사의 낡은 오두막을. 그리고 말도 안 되는 짓을 벌인 자신을.

아무것도 아닌, 고작 너 따위를…….

마티어스는 비틀린 웃음을 지으며 이마 위로 흘러내린 머리카락을 쓸어 넘겼다. 레일라는 이제 그에게서 등을 돌리고 누운 채 숨을 고르고 있었다. 먼지투성이가 되어 발발 떨고 있는 꼴을 보자 허탈감이 더욱 깊어졌다.

마티어스는 피식거리며 젖은 입술을 닦았다. 희미한 핏자국을 보고서야 레일라 르웰린이 남긴 상처를 알아차렸다.

찢긴 입술을 매만지던 마티어스는 천천히 시선을 돌려 레일라를 바라보았다. 어느새 저만치로 달아난 여자는 나뭇가지를 하나 주워 든 채로 그를 노려보고 있었다. 부릅뜬 두 눈에서는 여전히 눈물이 방울방울 흘러내리고 있었다.

갉잖은 짓을 하는 여자에게서 시선을 거둔 마티어스는 천천히 몸을 일으켜 세웠다. 뜨거운 흙을 움켜쥐었던 손을 내려다보는 눈빛이 아득하게 깊어졌다.

너는 모를 테지. 이 손으로, 실은 네 가는 목을 조르고 싶었다는 걸.

아직 희미한 열기가 남아 있는 숨을 삼킨 마티어스는 엉망이 된 재킷을 침착하게 주워 들었다. 그리고 주저 없이 뒤돌아섰다.

베르크의 여름은 짧다. 얼마 지나지 않아 서늘한 바람이 불고, 거짓말처럼 계절이 바뀔 것이다.

마티어스는 그것을 너무도 잘 알고 있었다.

레일라는 헤르하르트 공작의 모습이 더 이상 보이지 않게 된 후에야 비로소 몸을 일으켜 세웠다. 우선 엉망이 된 옷차림을 수습하고, 오두막을 향해 비틀비틀 걸었다.

차라리 바닥으로 떨어졌어야 했는데. 겁에 질려 공작을 불렀던 자신이 미웠다. 또다시 눈물이 왈칵 솟구친 건 아마도 뼈아픈 후회 때문인 듯했다.

레일라는 입술을 거칠게 문질러 닦으며 수돗가로 향했다. 있는 힘껏 펌프질을 하자 차가운 물이 쏟아지기 시작했다. 양동이 밖으로 튀어 오른 물방울이 옷을 적셨지만 레일라는 상관하지 않았다.

"……아니야."

레일라는 주문을 외우듯 중얼거리며 필사적인 펌프질을 했다. 무엇을 부정하는지도 모르는 채로. 그저 고개를 젓고 또 저으며. 그사이 양동이가 가득 찼다. 레일라는 넘쳐흐른 물이 신발을 적신 후에야 강박적인 펌프질을 멈추었다.

떨리는 손을 모아 쥔 레일라는 초조한 눈빛으로 주위를 살폈다. 부드러운 바람에 숲이 물결치고, 새들이 노래했다. 늦은 여름 오후의 금빛 햇살 아래에 놓인 세상은 낙원처럼 아름답고 평화로웠다. 이 세상에서 가장 사랑하는 곳인 빌 아저씨의 오두막. 분명 모든 것이 그대로인데, 레일라의 가슴은 여전히 불안하게 뛰었다. 마치 금단의 열매를 베어 물기라도 한 것 같은 기분이 들었다.

레일라는 그 말도 안 되는 죄의식을 지우듯 맹렬하게 세수를 했다. 공작이 새긴 붉은 흔적이 남은 목덜미와 귀도 거듭 씻어냈다. 하지만 그 남자가 남기고 간 감각들은 쉽사리 지워지지 않았다.

절망적인 눈빛으로 해가 저물어가고 있는 하늘을 바라보던 레일라는 충동적으로 양동이를 들어 올렸다. 그리고 이를 악물며 차가운 물을 뒤집어썼다.

아니야. 아니야. 아니야.

레일라는 애써 현실을 부정하며 다시 물을 길었다. 오한이 난 듯 몸이 떨리기 시작했지만 이번에도 주저 없이 얼음장 같은 물을 머리 위로 끼얹었다. 하지만 그 망측한 기억은 끈질기게 살아남아 레일라를 괴롭혔다.

울먹이며 진저리를 친 레일라는 다시 길어 올린 물로 거친 세수를 하고 입을 헹구었다. 사레에 들려 고통스러운 기침을 콜록이면서도 멈추지 않았다.

레일라는 서편 하늘이 붉게 물들 때까지 펌프질과 물세례를 반복했다. 한 번 더. 또 한 번 더. 그 남자의 기억을 지울 수 있을 때까지.

산책을 하듯 유유히 걷던 마티어스는 장미가 만발한 정원과 저택을 잇는 대리석 계단 앞에서 멈추어 섰다. 먼지를 털어낸 재킷을 걸치고 타이의 매듭을 정리하자 소란의 흔적이 얼추 수습되었다. 하지만 숲에서 멀어질수록 그 여자의 기억은 더욱 선명해져 갔다.

레일라를 품에 안자 모든 이성적 판단이 사라졌다. 남은 건 그 여자를 가지고 싶다는, 허기 같은 갈망뿐이었다. 꼭 발정한 짐승 새끼라도 된 것처럼 말이다.

마티어스는 입술을 짓씹으며 헝클어진 머리칼을 쓸어 넘겼다. 차라리 이 끔찍스러운 욕망의 끝을 보고도 싶었다. 어차피 무의미하고, 허무하고, 결국은 하찮을 것이니. 놀라울 만큼 아무것도 모르던 레일라가 울먹이지 않았다면. 고작 그런 여자에게 미쳐 저급하게 날뛰는 스스로를 용인할 수 있었다면. 어쩌면.

마티어스는 목을 곧게 세워 오후의 금빛 햇살 속에 서 있는 저택을 마주했다. 그리고 천천히 고개를 돌려 정원 저편의 숲을 바라보았다. 그곳은 적막한 허무의 세상이었다. 아무것도 없는, 아무것도 아닌, 그저 그뿐인 곳.

아름다운 여자에 대한 시시한 흥미와 욕망. 마티어스는 고작 그따위 것에 눈이 멀었던 스스로를 비웃으며 천천히 눈을 감았다. 그리고 다시 눈을 뜨자 화단 가득 피어 있는 장미가 보였다. 마티어스는 그 꽃송이를 쥐어뜯듯 움켜쥐었다. 그의 손아귀에서 짓이겨진 꽃의 향기가 바람을 타고 피어올랐다. 그 여자의 몸 냄새를 닮은 향이었다.

쥐어뜯고, 짓이기고, 내버렸다.

마티어스는 느릿하게 그 동작을 반복했다. 찢기고 뭉개진 꽃잎들이 발치로 흩어질 때마다 이 정원을 오가던 계집아이의 기억이 하나둘씩 떠올랐다. 아르비스로 돌아온 여름마다 아이는 조금씩 더 자라나 있었다. 하지만 마티어스에게는 무의미한 일이었다. 적어도 이 여름이 오기 전까지는 분명 그랬다.

장미가 피고, 지고, 다시 피는 시간의 흐름 속에서 아이는 자라 여자가 되었다. 그 변화가 마치 연속된 장면처럼 마티어스의 뇌리를 스쳐 지나갔다.

하지만 결국은 아무것도 아닌 것이다.

흰순긴의 이리석은 충동을 지운 마티어스는 장미 향이 짙게 밴 손으로 입술을 닦았다. 그리고 자신이 망가뜨린 꽃잎들 위로 성큼 걸음을 내디뎠다. 해가 저물 무렵이 되자 선선한 바람이 불어왔다. 여름의 끝을 예감하게 하는 바람이다.

계단을 올라 저택의 환한 빛 속으로 들어서기까지, 마티어스는 한 번도 돌아보지 않았다.

해가 저물자 보랏빛 땅거미가 내렸다. 서서히 번지는 어둠이 방 안을 잠식해가고 있었지만 카일은 불을 밝히지 않았다. 창가에 놓인 의자에 앉은 채로 시시각각 다채로운 빛깔로 변해가는 하늘만 하염없이 바라보았다.

빌 아저씨의 오두막에서 돌아온 이후로 카일은 쭉 이 자리를 지켰다. 장난기 어린 미소가 사라진 갈색 눈동자는 평소와 달리 서늘한 빛을 띠고 있었다.

레일라는 평소와 다름없이 행동했다. 즐거운 점심 식사를 하고, 카일과 나란히 포치에 앉아 잡담을 나누었다. 어려운 기하 문제를 카일에게 묻기도 했다. 순순히 그 연극에 동참했지만 카일은 알고 있었다. 레일라가 그은 빗금은 아직 사라지지 않았다는 것을. 적절한 해결책을 찾지 못한다면 결국 레일라를 잃어버리게 되리라는 것도.

한숨 쉬며 고개를 떨군 카일은 굳은 손으로 천천히 얼굴을 쓸어내렸다. 오래오래 좋은 친구이고 싶다고 레일라는 말했다. 그러려면 우리가 멀어져야 한다고. 그 말의 뜻이 무엇인지는 이제 이해할 수 있었다. 하지만 카일의 생각은 달랐다. 오래오래 그 애의 곁에 있을 테지만, 영원히 좋은 친구로 남고 싶지는 않았다.

그러니까 더는 미룰 수 없겠구나.

마침내 결론을 내린 카일은 단호하게 자리에서 일어났다. 우정을 지키고 싶어 숨긴 마음을 이제는 내놓을 때가 되었다.

방을 나선 카일은 보폭이 큰 걸음으로 복도를 가로질러 갔다. 아버지의 서재에서는 희미한 불빛이 흘러나오고 있었다. 카일은 그 문 앞에 멈추어 서서 심호흡을 했다.

공작저에서 열린 파티에서 어머니가 소개한 귀족 영애가 무엇을 의미하는지 카일은 어렴풋이 알고 있었다. 벌써 결혼을 생각하는 어머니를 이해할 수 없었지만, 오늘은 그 마음이 오히려 감사했다.

나는 절대 널 잃지 않을 거야. 멀어지지도 않을 거야.

다시금 굳은 다짐을 한 카일은 용기를 내 노크를 했다.

"아버지, 저예요."

"들어오너라, 카일."

문 너머에서 들려온 아버지의 목소리는 평소저럼 온화했다. 급히 옷매무새를 정돈한 카일은 조심스럽게 서재 문을 열었다. 책상 앞에 앉은 에트먼 박사는 부드러운 미소를 띤 얼굴로 아들을 맞이했다.

"드릴 말씀이 있어요."

책상 앞으로 다가선 카일이 침착하게 말문을 열었다. 에트먼 박사는 흔쾌히 고개를 끄덕여주었다.

"평소답지 않은 걸 보니 중요한 말인가 보구나."

"네, 아버지."

카일은 마른침을 삼키며 아버지를 마주했다.

내년이면 그는 대학에 입학해 수도로 떠날 것이다. 그리고 레일라는 이 도시에 남아 선생님이 되겠지. 카일은 이미 정해져 있는 것이나 마찬가지인 그 미래를 받아들이기 힘들었다. 레일라 르웰린 곁에 카일 에트먼이 없는 날이 오다니. 도무지 납득이 되지 않는 사실이었다.

그러니 우리 함께 대학에 가면 어떨까?

어느 날부터인가 카일은 그런 장밋빛 미래를 꿈꾸게 되었다. 그곳에서 같이 공부를 해 그는 의사가 되고, 레일라는 새를 연구하는 과학자가 되면 좋겠다고. 그리고 평생, 지금껏 그래왔듯 함께 살아가는 것이다. 친구이자 연인이며 또한 가족으로.

"어머니는 제가 결혼을 할 나이가 되었다고 생각하시는 것 같아요."

카일은 지체 없이 본론을 꺼냈다. 에트먼 박사는 유쾌하게 웃으며 안경을 벗었다.

"그날 네 엄마가 조금 앞서가긴 했지. 너무 신경 쓰진 마라, 카일. 네 엄마의 마음은 이해하지만 내 생각은 달라. 벌써부터 결혼을 생각할 필요는 없을 것 같구나."

"아니요, 아버지."

카일은 단호한 눈빛으로 아버지를 바라보았다.

"저는 결혼을 생각하고 있습니다."

"결혼? 카일 네가?"

에트먼 박사의 미간에 주름이 졌다.

"네."

카일은 차라리 홀가분해진 마음으로 고개를 끄덕였다.

"레일라와 결혼해 함께 대학에 가고 싶습니다, 아버지."

레일라는 무척이나 긴 사흘을 보냈다.

아저씨의 당부대로 단단히 문단속을 하고, 사냥총을 침대 옆에 가져다둔 채 잠을 청했다. 하지만 만반의 준비를 갖추어도 쉽사리 마음이 놓이지 않았다.

레일라는 홀로 보낸 사흘 내내 잠을 설쳤다. 평소라면 아무렇지 않게 여겼을 밤새의 울음소리에도 화들짝 놀라 깨어나기 일쑤였다. 겨우 다시 잠이 들면 악몽이 찾아왔다. 주로 매를 맞거나 버려지는 꿈이었다. 가끔은 꿈속에서 공작을 만나기도 했다. 그 오후의 기억 속을 헤매다 눈을 뜨면 어김없이 울고 싶은 기분이 들었다.

그토록 막막한 밤이 지나면 영원할 것 같은 낮이 찾아왔다.

레일라는 잡념을 지우기 위해 쉼 없이 움직였다. 가축을 돌보고, 텃밭을 일구고, 이미 충분히 깨끗한 집 안 곳곳을 쓸고 닦았다. 모든 커튼과 침구를 빨고 창고도 정리했다. 하지만 그토록 몸을 혹사해도 깊은 잠을 잘 수 없었다. 벗어나려 애를 쓸수록 점점 더 깊은 늪 속으로 빠져드는 것만 같은 기분이었다. 그 이유를 알게 된 건 사흘째 되는 날의 아침이 밝은 무렵이었다.

레일라는 오늘도 평소와 같은 시간에 눈을 떴다. 몸이 젖은 솜처럼 무거웠지만 게으름을 피우기는 싫었다. 잘 지내고 있겠다고 빌 아저씨와 약속했으니까. 무슨 일이 있어도 그 약속을 지켜야만 했다.

부지런히 침대를 정리한 레일라는 곧장 세수를 하고 옷을 갈아입었다. 뒤뜰로 이어지는 문을 열자 배고픈 가축들의 울음소리가 들려왔다.

레일라는 앞치마의 끈을 질끈 동여매며 오두막을 나섰다. 하지만 얼마 못 가 발걸음을 멈추어 세웠다.

"처음이구나."

레일라는 문득 깨달은 사실을 멍하니 중얼거렸다.

베르크로 와 빌 아저씨를 만난 이후로는 단 하루도 혼자가 아니었다. 물론 빌은 하루의 대부분을 일터에서 보냈고, 레일라는 레일라대로 집안일과 공부를 하며 자신의 일상을 살았다. 하지만 하루의 시작과 끝에는 어김없이 빌 아저씨가 있었다.

하지만 지금은 혼자구나.

레일라는 막막해진 눈빛으로 새벽하늘을 바라보았다. 다시 홀로 세상을 떠돌던 시절로 돌아간 것만 같은 기분이 들었다. 두렵고, 서럽고, 무엇보다 외로워 견디기 힘들었던 날들.

빌 아저씨를, 이 따뜻한 보금자리를 잃는다면 다시 그런 삶으로 돌아가게 되겠지.

그 자리에 우두커니 멈추어 서 있던 레일라는 한참 만에야 다시 걸음을 뗐다. 닭들에게 모이를 주고 염소젖을 짜는 사이에 아침이 밝았다.

이제 빵을 굽고, 창문을 닦고, 며칠간 미루어둔 공부를 해야지.

레일라는 오늘 하루의 계획을 정리하며 오두막으로 돌아갔다. 무의미한 상념은 지우기로 했다. 곧 빌 아저씨가 돌아올 테고, 그러면 모든 게 다 괜찮아질 테니까. 어른이 되어야만 하는 시간이 준 슬픔도, 잔인한 첫 키스의 기억도, 이 모든 혼란과 막막함도, 전부 다.

"카일 에트먼."

이름을 부르는 목소리가 불쑥 들려왔다. 멍하니 허공을 응시하고 있던 카일은 흠칫 놀라며 뒤를 돌아보았다. 근심 어린 얼굴을 한 아버지가 의자 뒤에 서 있었다.

"아. 네, 아버지."

카일은 그제야 황급히 자리에서 일어섰다.

"일찍 돌아오셨네요."

아직 환한 창밖을 살핀 카일이 어색한 웃음을 지었다. 아들을 보는 에트먼 박사의 입매가 부드럽게 휘어졌다.

"오늘은 일요일이란다, 카일."

"네? 벌써요?"

카일의 눈이 휘둥그레졌다. 아들의 어깨를 다독여준 에트먼 박사는 착잡한 눈빛으로 어지러운 책상을 살폈다. 카일은 벌써 며칠째 똑같은 책을 펼쳐두고 있었다. 갑작스러운 결혼 선언을 한 이후로 줄곧 이런 상태였다.

"정신을 어디에 두고 있는지는 묻지 않으마. 듣지 않아도 네 대답을 알 것 같으니 말이다."

나직한 한숨을 내쉰 에트먼 박사는 조금 전까지 카일이 앉아 있던 의자에 착석했다. 긴히 할 이야기가 있다는 뜻이었다. 긴장한 카일은 창가에 놓여 있는 여분의 의자를 가져와 아버지와 마주 앉았다.

그날 아버지는 아무런 대답도 주지 않았다. 오랫동안 카일을 바라보다가 건넨, 며칠 시간을 가지고 생각해보자는 한마디가 전부였다. 언제나처럼 부드러운 표정이었지만 어조는 단호했다.

아버지의 성격을 잘 아는 카일은 그쯤에서 물러섰다. 그리고 기다렸다. 당장이라도 레일라에게 달려가 그들이 함께할 미래를 말하고 싶은 충동은 애써 억눌렀다. 확실하지 않은 약속으로 레일라에게 상처를 줄 수는 없으니까.

"네 마음은 이해한다. 네가 레일라를 얼마나 좋아하는지도. 그래도 카일, 결혼을 이야기하기에는 너도 레일라도 아직 어려."

에트먼 박사는 우선 결론부터 전했다. 예상대로 카일은 순순히 물러서지 않았다.

"하지만 아버지도 의대에 입학하시던 해에 어머니와 결혼하셨잖아요?"

"그건 벌써 이십 년 전의 일이지 않니."

"레일라보다 겨우 한 살밖에 많지 않은 브란트 영애도 다음 주에 약혼을 한다고 들었어요."

"카일, 그건……."

"어머니가 제게 소개시킨 아른트가의 영애도 레일라와 같은 나이였고요. 그렇다면 저와 레일라도 얼마든지 결혼할 수 있는 게 아닐까요?"

조목조목 반박하는 카일의 얼굴은 무척이나 진지했다. 가만히 아들을 보던 에트먼 박사의 입술 새로 허탈한 웃음이 흘러나왔다.

"생각보다 훨씬 진지한 마음인가 보구나."

"제가 아직 어리다는 거 알아요. 아버지가 무얼 걱정하시는지도요."

"다 알면서도 너답지 않은 고집을 부릴 만큼 레일라가 좋은 거니?"

"네."

카일은 일말의 고민도 없이 대답했다. 카일에게 그건 숨을 쉬듯 당연해 생각할 필요조차 없는 일이었다.

"그래도 결혼은 아직 너무 일러. 대신 레일라가 너와 함께 대학에 갈 수 있는 길을 모색해보면 어떻겠니?"

에트먼 박사는 침착하게 대안을 제시했다.

"레일라는 좋은 아이지. 심성이 바르고 똑똑해. 나도 잘 안다, 카일. 그 애가 원한다면 대학에 갈 수 있게 후원할 용의도 있어."

"물론 저는 레일라가 좋아하는 공부를 계속할 수 있길 진심으로 바라고 있어요. 하지만 아버지, 제가 가장 원하는 건 레일라와의 결혼이에요."

"결혼은 너희 두 사람만의 일이 아니야."

"집안과 조건, 체면과 위신. 그런 것들이 중요하지 않다고 말씀드리는 건 아니에요."

"그런데 왜 이런 고집을 부리는 거지?"

"그런 게 아무리 중요해도 아버지, 평생을 함께 살아갈 사람보다 더 중요할 순 없잖아요."

"카일."

"저는 좋은 의사로, 좋은 남편으로, 좋은 아버지로 살아가고 싶어요. 아버지께서 그래오신 것처럼요. 그런데 아버지, 그 모든 꿈의 시작이 제게는 레일라예요."

심장이 튀어나올 듯이 쿵쾅거리기 시작했지만 카일은 물러서지 않았다.

"레일라 곁에서, 레일라의 좋은 사람으로 살아가고 싶어요. 레일라의 좋은 남편, 레일라와 낳은 아이의 좋은 아버지로요. 레일라와 함께라면 얼마든지 해낼 수 있을 것 같아요. 하지만 그 애가 없다면…… 그러면요 아버지, 전 이 모든 게 불가능한 일처럼 느껴져요. 레일라 없이는 그런 사람으로 살아갈 자신이 없어요."

결연한 의지가 담긴 카일의 눈동자가 맑게 빛났다. 에트먼 박사는 경청하겠다고 말하듯 고개를 끄덕여주었다.

"레일라는 이미 제 삶의 일부예요. 그러니 아버지와 어머니께서 사랑하시는 제 모습에도 레일라가 담겨 있다고 생각해요. 어쩌면 제가 가진 가장 좋은 면을 만들어준 사람이 그 애인지도 몰라요."

카일은 떨리는 두 손을 마주 잡은 채 아버지를 직시했다.

"그런 레일라를 잃고 싶지 않아요. 부디 레일라를 지킬 수 있게 도와주세요, 아버지."

저녁이 되어도 빌 레머는 돌아오지 않았다. 이제 더 이상 집중할 집안일을 찾아낼 수 없게 된 레일라는 포치에 놓인 의자에 멍하니 앉아 그를 기다렸다. 비어 있는 빌 아저씨의 자리가 오늘따라 유독 크게 느껴졌다.

혹시 사고 같은 게 일어난 건 아닐까?

번뜩 뇌리를 스친 불길한 생각에 가슴이 철렁 주저앉았다. 자리에서 벌떡 일어선 레일라는 초조하게 포치를 서성이기 시작했다. 언젠가 신문에서 기차 사고에 관한 기사를 본 기억이 났다. 어디 기차뿐인가. 마차도, 자동차도 빈번하게 사고가 일어났다.

정말 그런 끔찍한 일이 벌어진 거면 어떡하지?

눈덩이처럼 불어난 불안감에 사로잡힌 레일라는 정신없이

숲을 달리기 시작했다. 정신을 차려 보니 어느새 저택의 정원
이었다. 지난 며칠간은 공작이 두려워 얼씬도 하지 못했던 곳
이었다. 잠시 숨을 고른 레일라는 영지의 진입로를 향해 다시
달리기 시작했다.

레일라는 최악의 상황을 가정하는 일에 익숙했다. 어린 시
절부터 반복해와 익숙해진 습관이었다. 무방비한 상태로 맞
닥뜨린 불행은 너무나 고통스러우니까. 최소한의 준비라도
해두면 의연하게 운명을 받아들일 수 있을 것 같아서.

친척들의 눈길에 못마땅한 기색이 비치기 시작하면 다가
올 불행을 준비했다. 맞아도 울지 말아야지. 모진 말을 듣게
되어도 상처받지 말아야지. 쫓겨나는 순간까지도 예의 바르
고 씩씩하게 행동해야지. 다음번 집으로 가는 길에는 더 밝게
웃을 수 있게 노력해야지. 그 노력이 효과가 있었던지 레일라
는 조금 덜 상처받고, 조금 더 잘 웃을 수 있게 되었다. 미리
마음의 준비를 해두면 어떤 불행도 묵묵히 참고 견딜 수 있
었다.

하지만 빌 아저씨에 대해서는 잘 모르겠다. 아무리 애를 써
도 마음의 준비를 할 수 없었다. 그저 가슴이 찢길 듯이 아프
고 눈앞이 막막해질 뿐이었다.

"빌 아저씨……."

레일라는 그 이름을 되뇌며 달리고 또 달렸다. 빌 아저씨는

약속을 어길 사람이 아니었다. 그러니 반드시 돌아올 것이다.

하지만 만약 돌아올 수 없는 일이 벌어졌다면, 그렇다면……

레일라는 노을이 지는 플라타너스 길 위에서 우두커니 멈추어 섰다. 그리고 두 손을 꼭 모아 쥔 채 기도했다. 제발 돌아와달라고. 나를 혼자 내버려두지 말라고. 엄마를 하염없이 기다렸던 시절처럼 간절하게.

'자, 레일라. 선물이야.'

엄마가 안겨준 상자를 열자 예쁜 유리병에 담긴 사탕이 나타났다. 어린 날의 레일라는 뛸 듯이 기뻐하며 그 선물을 끌어안았다.

'그런데 엄마, 어디 가세요?'

병 속에 든 사탕처럼 예쁘게 반짝였던 그날의 엄마를 바라보던 레일라가 천진한 질문을 건넸다.

'응. 멀리.'

한참이나 레일라를 바라보고 있던 엄마가 입술을 열었다. 사탕에 정신이 팔려 있던 레일라는 순순히 고개를 끄덕였다.

'그럼 늦게 오세요?'

'응.'

'얼마나요?'

'아주 늦게.'

'그래도 이거 다 먹기 전에는 오시는 거지요?'

레일라는 색색의 사탕으로 가득 찬 유리병을 흔들어 보이며 웃었다.

'응. 그럴게.'

엄마는 희미한 미소를 지으며 레일라의 머리를 쓰다듬어주었다.

그렇게 버릴 거라면 적어도 그런 약속은 남기지 말았어야지.

가난뱅이의 아내로 살기에는 지나치게 아름다운 여자라 불리던 엄마는 맞지 않는 옷을 벗어던지듯 남편과 자식을 버리고 떠나갔다. 높은 귀족의 정부가 되었다더라. 부유한 상인과 결혼해 먼 외국으로 떠났다더라. 갖가지 소문이 무성했지만 진실은 끝내 밝혀지지 않았다.

잔뜩 부풀리고 왜곡한 추문을 즐기던 사람들은 흐르는 시간을 따라 하나둘씩 떠나갔다. 남은 건 아내에게 버림받아 망가진 남자와 방치된 어린 딸, 그처럼 잔인한 현실뿐이었다.

다정했던 아빠는 엄마가 떠난 이후로 전혀 다른 사람이 되었다. 고통을 잊기 위해 마신 술에 잠식당하더니 결국은 폐인으로 전락하고 말았다. 급기야는 레일라마저 외면했다. 엄마를 닮은 얼굴을 견디기 힘들다고 했다.

슬픈 일이었지만 레일라는 참을 수 있었다. 엄마가 돌아오면 다시 예전으로 돌아갈 수 있을 테니까. 그래서 사탕을 아껴 먹으며 엄마를 기다렸다. 예쁜 유리병의 바닥이 드러나기 시작했을 때쯤에는 엄마가 영영 돌아오지 않을지도 모른다는 예감이 들었지만, 레일라는 애써 현실을 외면했다. 아마도 그래서였던 것 같다. 마지막 한 알의 사탕을 차마 먹지 못했던 건.

결국 그 사탕마저 먹어버린 건 이 세상에 혼자 남겨진 저녁이었다. 매일같이 마신 술로 몸이 망가진 아빠는 결국 병으로 세상을 떠났다. 마지막을 예감하기라도 했던 것일까. 레일라를 외면했던 아빠가 그날은 예전처럼 다정한 미소를 보여주었다.

'꽃이 피면 같이 공원에 가보자, 레일라.'

헝클어진 레일라의 머리를 빗겨준 아빠가 힘없는 목소리로 말했다. 그리고 그날 저녁에 숨을 거두었다. 그 약속이 유언이 된 셈이었다.

그렇게 떠날 거라면 차라리 아무 약속도 남기지 말았어야지.

골칫덩이가 된 아이를 어떻게 해야 할지 결정하지 못한 친척들이 서로의 눈치만 살피는 동안 레일라는 텅 빈 집에 홀로 방치되어 있었다. 남은 건 무의미해진 약속들과 사탕 한 알뿐이었다.

레일라는 아직 그 사탕을 기억한다. 참 예쁘게 반짝이던 투명한 푸른빛의 사탕을.

며칠이 지나자 집 안에 남아 있던 식료품이 모두 동났다. 배를 곯던 레일라는 결국 마지막 사탕을 먹을 수밖에 없게 되었다. 힘주어 깨물자 부서진 사탕의 파편이 입안의 여린 살갗을 할퀴었다.

찝찔한 피가 흘러나왔지만 레일라는 사탕을 뱉지 못했다. 엉엉 울며 깨물어 먹은 마지막 사탕. 슬픔의 맛이 참 달콤하고 비릿했다. 눈물로 젖은 눈을 들어 바라본 창문 밖에서는 꽃이 지고 있었다. 바람에 진 연분홍빛 꽃잎이 꼭 눈발처럼 나부끼던 봄날의 오후였다.

레일라는 그날처럼 공허한 눈빛으로 땅거미가 내린 플라타너스 길을 바라보았다. 하늘 높이 뻗은 나무들의 그림자가 창살이 되어 레일라를 가두었다. 성큼성큼 걸어오는 한 남자가 보이기 시작한 건 집으로 돌아갈 결심을 한 찰나였다.

"……아저씨!"

동그랗게 커진 레일라의 눈이 맑게 빛났다. 잠시 걸음을 멈춘 남자는 머리 위로 들어 올린 손을 크게 흔들어주었다. 틀림없는 빌 아저씨였다.

"아저씨! 빌 아저씨!"

만면 가득 환한 웃음을 띤 레일라는 목청 높여 그를 부르며 달리기 시작했다. 그와 동시에 공작을 태운 검정색 자동차가 플라타너스 길로 접어들었다.

무심코 시선을 돌린 차창 너머에 레일라가 있었다.

마티어스는 가늘어진 눈으로 그 여자를 바라보았다. 단 한 번도 본 적 없는 환한 미소를 띤 레일라가 길의 저편에서부터 달려오고 있었다. 등 뒤로 늘어뜨린 기다란 금발이 물결치듯 나부꼈다. 목적지는 아마도 빌 레머. 조금 전에 스쳐 지나온 그 정원사인 듯했다.

달리는 자동차와 레일라의 거리는 빠르게 좁혀져 갔다.

속력을 늦추라 명하려던 마음을 바꾼 마티어스는 입술을 굳게 다문 채 차창 너머로 다시 시선을 돌렸다. 그사이 레일라가 목적지에 당도했다.

레일라는 새처럼 가볍게 날아올라 정원사의 품에 안겼다.

두 사람을 지켜보는 마티어스의 손끝에 무의식적인 힘이 실렸다. 정원사는 가볍게 그 아이를 안아 들었다. 거구의 사내 품에 안긴 레일라는 아직 한참 어린 소녀처럼 보이기도 했다. 빌 레머가 껄껄 웃자 레일라도 이 세상 가장 찬란한 빛이 담긴 듯한 웃음을 지었다.

마티어스는 이만 차창에서 시선을 거두었다. 그리고 손을, 하마터면 허공으로 내밀 뻔한 손을 내려다보았다. 길의 양옆으로 늘어선 플라타너스의 그림자가 그 손 위로 빗금을 드리웠다.

약혼은 이제 코앞이다.

그 사실에 차라리 안도할 무렵 차가 아르비스의 출입문을 지났다. 마티어스는 천천히 고개를 들어 자신의 세상을 마주했다.

레일라의 바람이 이루어졌다.

빌 아저씨가 돌아오니 모든 것이 다 괜찮아졌다. 레일라는 이제 혼자가 아니었고, 그러므로 견뎌낼 수 있었다. 어른이 되어야 하는 시간이 준 슬픔도, 끔찍한 첫 키스의 기억도, 이 모든 혼란과 막막함도. 전부 다. 그사이 아르비스의 계절이 차츰 바뀌어갔다. 아침과 저녁의 공기가 서늘해지고, 해가 짧아졌다.

레일라는 다음 학기를 준비하며 가을을 기다렸다. 헤르하르트 공작과 브란트 영애의 약혼식은 8월의 마지막 주말에 치러질 예정이었다. 그 행사를 끝마치면 두 사람은 라츠로 떠날 테고, 아르비스는 다시 평온을 되찾게 될 터였다.

그거면 된 일이다.

레일라는 마음을 다스리는 주문을 되뇌며 자전거 페달을 밟았다. 시내에 있는 서점에 다녀오는 길이었다. 바구니에 담긴 새 교과서를 보자 조용한 한숨이 흘러나왔다. 방학이 끝날 무렵이 되면 카일과 함께 개학 준비를 하곤 했다. 칼스바르 시내에 나가 책을 사고, 맛있는 것을 먹고, 신나게 웃고 떠들며 이 길을 함께 거닐었다.

영원할 줄 알았던 행복한 시절은 이제 끝이 났다.

레일라는 애써 허우룩한 마음을 달랬다. 머지않아 카일에게도 약혼자가 생길지 모른다. 그런 날이 와도 이 우정을 지속하기 위해서는 적정선을 지키는 법을 익혀야만 했다.

아르비스의 정문이 보이기 시작하자 레일라는 더욱 힘차게 페달을 밟았다. 어느새 어스름이 내리고 있었다. 따뜻한 불빛을 밝힌 빌 아저씨의 오두막을 생각하자 절로 미소가 떠올랐다. 공작가의 저택과 정원을 스쳐 지난 레일라는 속력을 높여 숲길을 달렸다.

"레일라! 그러다가 넘어질라!"

오두막의 앞뜰에 멈추어 서자 모나 부인의 호들갑스러운 외침이 들려왔다.

레일라는 싱긋 웃으며 자전거에서 내려섰다. 일을 마치고 온 빌 아저씨는 포치에 앉아 맥주를 마시고 있었다. 두 사람이 눈인사를 나누는 사이에 모나 부인의 푸념이 다시 시작되었다.

"어휴, 얼마나 유난스러운지. 이 세상 모든 음식을 다 만들게 생겼다니까요. 이러다가는 화덕 앞에서 쓰러져 죽을지도 몰라요."

"아직 기력이 넘치는 걸 보니 그럴 일은 없을 것 같소만."

빌은 껄껄 웃으며 반쯤 비운 맥주잔을 내려놓았다. 못마땅한 듯이 눈을 흘기면서도 모나 부인은 꿋꿋이 수다를 이어나갔다. 대부분 공작의 약혼식에 관한 이야기였다.

"약혼식을 이렇게 성대하게 치르면 대체 결혼식은 얼마나 대단할지. 벌써부터 겁이 날 지경이에요."

"헤르하르트 공작의 혼사이니 그럴 만도 하지. 황가 못지않게 대단한 가문 아니오."

"뭐, 그야 그렇지만요. 참! 기대하려무나, 레일라. 내일부터는 맛있는 걸 아주 질리도록 먹게 해줄 테니까. 아무리 많은 손님을 초대해도 준비한 음식의 반도 먹지 못할걸?"

모나 부인은 사람 좋은 웃음을 띤 얼굴로 레일라를 바라보았다.

"약혼식이 벌써 내일로 다가온 건가요?"

멍해진 눈을 깜빡이던 레일라가 반문했다. 모나 부인은 땅이 꺼져라 한숨을 쉬며 고개를 끄덕였다.

"벌써라니. 그런 말 마라, 레일라. 난 그 빌어먹을…… 아니, 그 거창한 약혼식이 어서 지나가기만 빌고 있단다."

"네, 아주머니. 기대할게요. 저는 초콜릿 쿠키가 좋아요. 산딸기 케이크도요!"

레일라는 입술 끝을 당겨 올리며 환한 웃음을 지었다.

"초콜릿이든 케이크든 아주 산더미처럼 쌓여 있으니 잔뜩 가져다줄게."

"전 뭘로 보답해드리지요?"

"보답은 무슨. 많이 먹고 쑥쑥 자라기나 하렴."

"우리 빌 아저씨만큼이면 될까요?"

"어이쿠, 레일라. 그래선 혼삿길이 막히지."

깔깔 웃은 모나 부인이 손사래를 치며 일어섰다. 짙은 눈썹을 꿈틀대던 빌 레머도 결국 호탕한 웃음을 터뜨렸다.

"그런데 레일라, 네 그림자는 어디에 떼어놓은 거니?"

포치 계단을 내려가던 모나 부인이 엉뚱한 말을 꺼냈다. 레일라는 고개를 작게 갸웃거리며 반문했다.

"그림자라니요?"

"카일 말이다. 그림자처럼 붙어 다니더니 요즘은 통 보이질 않네."

모나 부인은 짓궂은 눈빛으로 레일라의 안색을 살폈다. 레일라는 어색한 미소를 지으며 시선을 피했다.

"공부를 하느라 바빠서요."

"하긴, 내년이면 대학 입학시험을 치를 나이가 되었구나. 언제 너희가 이만큼 자란 건지. 세월이 참 빠르다니까."

다행히 모나 부인은 더 이상 캐묻지 않았다. 레일라는 그제야 겨우 한숨을 돌렸다.

모나 부인이 떠나가자 여느 때와 다름없이 평안한 저녁이 찾아왔다.

레일라는 서둘러 옷을 갈아입고 식사를 준비했다. 저녁을 먹은 후에는 책상 앞에 앉아 새 교과서를 펼쳤다. 조금만 보다 잠을 청할 생각이었는데, 정신을 차려 보니 새벽 동이 트고 있었다. 공작의 약혼식 날이었다.

벗은 안경을 책상 위에 내려놓은 레일라는 천천히 창가로 향했다. 창문을 열자 서늘한 새벽 공기가 밀려들었다.

아침이 가까워지자 하늘은 맑고 투명한 푸른빛으로 물들었다. 그 새이 꼭 마지막 한 알의 사탕 같다는 생각을 하던 순간에 레일라는 깨달았다. 공작의 눈동자도 그 사탕처럼 파랬다는 걸.

클로딘은 옅은 분홍색 드레스를 선택했다. 실크 위에 시폰을 덧대어 장식한 무척 우아하고 화사한 드레스였다.

"정말 아름답구나, 클로딘!"

딸을 살피던 브란트 백작 부인이 감격에 찬 목소리로 외쳤다. 뒤편에서 대기 중이던 하녀들도 감탄을 금치 못했다.

클로딘은 겸양의 미소로 답했다. 하지만 거울에 비친 자신의 모습을 보는 눈동자에는 숨길 마음이 없는 자부심과 만족감이 깃들어 있었다.

약혼식을 아르비스에서 치르기로 결정한 건 클로딘이었다. 헤르하르트가를 배려하고 존중하고 싶다는 이유를 앞세웠지만, 그보다는 아르비스의 차기 안주인이 될 클로딘 브란트의 존재감을 확실히 해두고 싶은 마음이 조금 더 컸다.

"마리, 그 애는 아직이야?"

몸을 돌려세운 클로딘이 자신의 하녀를 향해 물었다.

"이제 올 때가 되었는데……. 아! 이제 오고 있네요!"

창문 밖을 살피던 마리가 서둘러 고했다.

"세상에, 클로딘! 또 저 애를 불러들인 거니?"

하녀의 시선이 닿아 있는 곳을 흘긋 살핀 브란트 백작 부인이 얼굴을 찌푸렸다. 꽃이 가득 담긴 바구니를 든 정원사의 수양딸이 정원과 저택을 잇는 대리석 계단을 올라오고 있었다.

"괜찮아요, 엄마."

클로딘은 대수롭지 않게 웃었다.

"머리를 장식할 꽃이 필요할 뿐이에요."

"그 일을 군이 저 애에게 시켜야만 하는 이유가 뭐니?"

"뭐, 겸사겸사요."

어깨를 가볍게 으쓱여 보인 클로딘이 다시 거울 앞에 섰다. 가면 같은 미소를 지우자 냉철한 낯빛이 드러났다.

"꽃을 전해 받는 김에 오랜 친구의 약혼 축하 인사도 들으면 좋을 것 같아서요."

약혼식을 앞둔 공작저에는 축제의 분위기가 감돌고 있었다.

레일라는 건물 뒤편에 나 있는 사용인 문을 통해 저택으로 들어갔다. 공들여 광을 낸 창문과 대리석 바닥이 마치 거울처럼 반짝였다. 실내 장식 역시 그 어느 때보다 호화로웠다. 레일라는 신발에 묻은 흙을 몇 번이나 털어낸 후에야 겨우 조심스러운 발걸음을 뗐다.

클로딘의 하녀가 오두막을 찾아온 건 오늘 아침이었다. 브란트 영애의 머리를 장식할 장미를 저택으로 가져오라는 명령을 받은 순간에 레일라는 알아차렸다. 클로딘이 바라는 건 꽃이 아니라는 것을.

클로딘이 아르비스를 찾을 때마다 사용하는 손님용 침실은 4층 동편에 자리하고 있었다. 그곳에 가까워질수록 레일라의 걸음은 느려졌다. 꽃바구니를 움켜쥔 손에 땀이 차고, 입술이 말랐다. 꼭 심판을 받으러 가는 죄수라도 된 것 같은 기분이었다.

아니야.

레일라는 애써 마음을 다잡으며 클로딘의 방을 향해 갔다.

나무에서 떨어진 날에 벌어진 일은 불행한 사고에 지나지 않았다. 어쩌면 공작 역시 그렇게 치부해 넘긴 일인지도 모른다. 아니, 분명 그럴 것이다. 그날 이후로 공작은 단 한 번도 숲을 찾지 않았으니까.

그러니 괜찮다.

간신히 안정을 되찾은 레일라는 용기를 내 클로딘의 방문을 두드렸다. 문을 열어준 하녀가 물러서자 아름다운 드레스를 차려입은 클로딘이 나타났다.

"안녕하세요, 아가씨. 말씀하신 꽃을 가져왔습니다."

레일라는 항상 그랬듯 예의를 갖춘 인사를 올렸다.

"나 어때? 괜찮아 보여?"

화사한 웃음을 머금은 클로딘이 레일라 앞으로 다가왔다.

"네, 아가씨. 아름다우세요."

레일라는 공손하게 대답했다. 그건 진심이었다. 오늘의 주인공인 클로딘은 활짝 핀 장미처럼 아름다웠다.

"많이 긴장했는데 네가 그렇게 말해주니 안심이 되네. 헤르하르트 공의 눈에도 그래 보일까?"

"……네."

레일라는 고개를 조아려 흔들리는 눈빛을 감추었다.

"공작님께서도 분명 그렇게 생각하실 거예요."

서둘러 대답을 덧붙이는 레일라의 목소리에서는 미처 다 숨기지 못한 떨림이 희미하게 묻어났다. 다행히 클로딘은 알아차리지 못한 듯했지만, 그럼에도 죄의식을 떨치기 힘들었다. 꼭 파렴치한 도둑이라도 된 것 같았다. 애써 지켜온 마지막 자존심을 좀먹는 그 기분이 레일라를 초라하게 만들었다.

"수고했어, 레일라."

클로딘이 눈짓을 보내자 대기 중이던 히녀가 다가왔다. 레일라에게서 꽃바구니를 건네받은 마리는 당연한 수순처럼 돈을 건넸다. 평소보다 많은, 그래서 마음을 더욱 깊이 할퀴는 돈을.

"뭐 하니? 감사히 받지 않고."

하녀는 주저하는 레일라의 손에 직접 돈을 쥐여주었다.

"감사합니다, 아가씨."

다행히 레일라는 침착한 목소리로 마지막 인사를 전할 수 있었다. 무표정한 얼굴로 그녀를 내려다보던 클로딘도 곧 상냥한 미소를 되찾았다.

"천만에. 오히려 내가 고마워, 레일라. 네 덕분에 약혼식이 완벽해질 것 같거든."

수고를 치하해준 클로딘은 걸음을 돌리는 것으로 이 대화의 끝을 알렸다. 안도한 레일라는 서둘러 그 방을 떠났다. 등 뒤에서 문이 닫히자 조용한 한숨이 흘러나왔다.

옷차림을 정돈한 레일라는 침착한 걸음걸이로 복도를 가로질러 갔다. 어서 빨리 이 불편하고 낯선 세상에서 벗어나고 싶은 마음뿐이었지만 함부로 처신할 수는 없는 노릇이었다.

다행히 공작가의 사용인들은 다들 약혼식 준비로 분주했고, 덕분에 레일라는 이목을 끌지 않고 저택을 떠날 수 있었다. 예상치 못한 불행이 찾아온 건 막 2층 복도에 들어선 찰나였다. 맞은편 복도 끝에서부터 공작이 다가오고 있었다.

"브란트 영애의 심부름을 온 모양이구나."

공작의 뒤를 따르던 집사 헤센이 먼저 말을 걸어왔다. 공손한 인사로 답한 레일라는 복도의 가장자리로 황급히 물러섰다. 어서 가주면 좋을 텐데, 어째서인지 공작은 그 자리에 가만히 멈추어 서 있었다.

조심스럽게 시선을 들었던 레일라는 뺨을 붉히며 고개를

수그렸다. 자신을 내려다보고 있던 공작과 눈이 마주쳐버렸다. 단지 그뿐인데 가슴이 불안하게 뛰기 시작했다. 공작은 아무렇지 않은데. 벌써 다 잊어버렸을 텐데. 바보처럼.

결례를 무릅쓰고서라도 달아나고 싶어졌을 무렵, 공작이 레일라를 스쳐 지나갔다. 자신의 길로 뚜벅뚜벅 나아가는 공작의 발걸음 소리가 복도 저편으로 멀어져 가자 레일라는 도망치듯 공작저를 떠났다.

그 이후로는 평범한 하루의 일과들이 이어졌다.

늦은 오후가 되자 아르비스가 붐비기 시작했지만 사냥터 깊숙이 자리한 오두막은 다른 세상처럼 고요하기만 했다. 레일라는 그곳에서 부지런히 자신의 삶을 살았다. 텃밭의 잡초를 뽑고, 염소젖을 짰다. 저녁 식탁에 올릴 스튜를 미리 끓여두고, 햇볕에 잘 말린 빨래를 걷어 정리했다. 집안일을 모두 끝마친 후에는 홀로 숲을 산책했다. 정처 없이 걷다 보니 어느새 강가였다.

레일라는 가장 좋아하는 아름드리나무에 올라 늦여름 저녁의 풍경을 바라보았다. 아름다웠다. 하늘 위로 날아오르는 새들과 붉게 물들어가는 슐터강, 그 강물 위에 떠 있는 한 마리의 새하얀 백조 같은 별채. 눈에 담기는 그 모든 것들이.

이윽고 해가 저물자 초저녁의 맑은 어둠이 내리기 시작했다. 레일라는 마지막 한 알의 사탕과 같은 푸른빛으로 물들어

가는 하늘을 가만히 바라보았다.

당신은 내 슬픔의 빛깔 같은 눈을 가지고 있었구나.

어쩐지 허탈한 기분이 들어 레일라는 조금 웃었다. 이곳을 향해 다가오는 인기척이 느껴진 건 그때였다.

"카일!"

강변을 걸어오는 카일을 발견한 레일라가 반색하며 외쳤다.

"여기 있는 줄 어떻게 알았어?"

"이 강가의 나무. 네가 좋아하는 장소잖아."

나무 아래에 멈추어 선 카일이 고개를 들었다. 장난기가 사라진 눈빛이 평소보다 깊고 부드러웠다.

"우등생답게 기억력이 좋으시군요, 에트먼 씨."

레일라는 공연한 농담으로 분위기를 환기시켰다. 하지만 카일은 웃지 않았다. 여전히 진중한 얼굴로 레일라를 응시하고 있을 뿐이었다. 그러고 보니 옷차림도 평소와 달랐다. 카일은 격조 있는 정장을 갖추어 입고 있었다. 거기에 단정히 빗어 넘긴 머리까지. 지금껏 본 적이 없는 낯선 모습이었다.

"레일라."

침묵을 지키던 카일이 입술을 열었다. 레일라는 숨을 죽인 채 고개를 끄덕였다.

"결혼하자."

지나치게 현실감이 없는 말이 부드러운 저녁 바람을 타고 흘러왔다. 레일라는 멍해진 눈을 깜빡이며 나뭇가지를 고쳐 쥐었다. 그사이 카일이 등 뒤에 감추고 있던 꽃을 내밀었다. 그리고 다시 한번 믿기지 않는 말을 반복했다.

"우리 결혼하자, 레일라."

장미가 피어도 네가 없는 계절

칼스바르보다 남쪽에 자리한 제국의 수도 라츠에는 계절이 다소 이르게 찾아왔다. 아르비스 영지의 장미는 이제 막 봉오리를 맺기 시작했을 테지만, 이곳 라츠는 온 도시가 장미 향기로 가득했다.

황태자 궁의 정원을 거닐던 마티어스는 문득 걸음을 멈춘 채 장미가 만발한 화단을 바라보았다. 함께 걷던 다른 장교들도 연이어 발걸음을 멈추었다.

"왜 그래? 무슨 일이라도 있어?"

"아니."

마티어스는 장미를 향해 있던 시선을 거두며 짤막한 대답을 건넸다.

"아무것도."

입술 끝을 올려 보인 마티어스가 멈추었던 걸음을 뗐다. 긴장을 푼 근위대의 젊은 귀족 장교들은 다시 잡담을 이어가기 시작했다. 이 좋은 봄날의 주말을 어떻게 보낼 것인가 하는 그들의 논의는 대체로 비슷한 결론에 도달했다. 파티, 경마, 혹은 연인과의 봄나들이.

"약혼자를 먼 곳에 둔 헤르하르트 대위께서는 외로운 봄을 보내겠군요."

무리 중 하나가 싱거운 농담을 던졌다. 마티어스는 적당한 웃음으로 응해주었다.

작년 여름이 끝나갈 무렵, 헤르하르트 공작과 브란트 영애의 약혼식이 성공적으로 치러졌다. 그들은 공식적으로 결혼을 약속한 사이가 되었고, 그 사실은 한동안 사교계의 뜨거운 흥밋거리였다. 하지만 정작 마티어스는 별다른 변화를 느끼지 못했다.

황실 근위대에 배속받은 마티어스는 약혼식을 치른 지 며칠 지나지 않아 수도로 왔다. 그리고 클로딘은 다시 가문의 영지로 돌아갔다. 클로딘이 수도에 있는 타운하우스에 머무를 때면 의무적인 만남을 가졌지만, 그건 예전부터 있어온 일이었다. 약혼이 공표되었다는 사실을 제외하면 아무것도 달라진 것이 없다고 보아도 무방했다.

"난 이제 그만 전역할 생각인데. 너는 어때, 마티어스?"

나란히 걷던 장교가 화제를 전환했다. 모두의 이목은 이제 마티어스에게 집중되었다.

"일 년 정도 복무를 연장할까 해."

마티어스는 담담한 어조로 답했다. 뜻밖의 말에 놀란 장교들의 눈이 휘둥그레졌다.

"정말? 다들 너도 전역할 거라 생각하고 있던데. 이제 결혼을 해 가문의 사업에 집중할 때잖아."

"결혼은, 아마 내년쯤."

"헤르하르트 공작의 결혼식 이야기가 들리지 않아 이상하다 했더니. 결혼을 미룬 거였어?"

장교들이 술렁이기 시작했다. 마티어스는 턱끝을 까딱이는 것으로 대답을 대신했다.

의도적으로 미루었다기보다는 상황이 그렇게 흘러갔다. 마티어스는 근위대에 일 년 더 복무하기를 원했고, 브란트 가문은 딸이 반드시 아르비스에서 신혼 생활을 시작하기를 바랐다. 그 두 가지 조건을 모두 만족시킬 수 있는 유일한 방법은 결혼식을 연기하는 것뿐이었다.

브란트가에서 먼저 약혼을 일 년 더 지속하기를 요청했고, 헤르하르트가는 받아들였다. 클로딘이 아직 어리니 굳이 결혼을 서두를 필요는 없었다. 무엇보다 양가는 이 결혼이 시작부터 완벽하기를 바랐다. 마티어스의 생각도 다르지 않았다.

교대식을 마친 마티어스는 곧장 귀갓길에 올랐다. 그를 태우고 황궁 앞을 떠난 차는 얼마 지나지 않아 목적지에 당도했다. 라츠 중심가에 자리한 헤르하르트 가문의 저택은 아르비스 영지만큼이나 역사가 깊은 곳이었다. 수도에서 활동하는 가문의 주인을 위해 지어진 저택으로 안주인의 본거지인 아르비스보다 절제되고 엄숙한 느낌을 주었다.

"두 마님이 와 계십니다."

막 차에서 내린 마티어스 곁으로 다가온 수행인이 고했다.

"어머니와 할머니께서?"

"네. 오늘 오전에 도착하셨습니다. 내달에 있을 막내 황녀 전하의 결혼식에 참석하기 위해 라츠를 찾으셨습니다. 보름 정도 체류하실 예정이라고 합니다."

"그렇군요."

고개를 끄덕인 마티어스는 보폭을 넓혀 저택으로 들어섰다. 헤르하르트 공작 부인의 자리에서 밀려나 자존심이 상해 있던 황녀는 서둘러 혼처를 찾아냈다. 이웃한 공국의 대공으로 헤르하르트와 견주어 크게 떨어지지 않는 상대였다.

"오랜만이구나, 마티어스!"

로비의 홀까지 마중을 나온 할머니가 만면 가득 환한 웃음을 지으며 다가왔다.

"여기까지 찾아와야 겨우 네 얼굴을 한번 보는구나."

어머니의 태도는 언제나처럼 담백했다.

마티어스는 환영의 미소를 띤 얼굴로 손님을 맞이했다. 장미가 핀 평범한 주말 오후였다.

"날씨가 참 좋다, 레일라. 그렇지?"

자전거를 세운 카일이 싱거운 인사를 건넸다.

수레를 정리하는 빌 아저씨를 돕고 있던 레일라는 익숙한 목소리를 따라 고개를 돌렸다. 삽을 든 빌의 시선도 같은 곳을 향했다. 마당을 가로질러 온 카일은 두 사람의 맞은편에서 걸음을 멈추었다.

"결혼하자."

카일은 날씨 이야기를 하던 것과 크게 다르지 않은 어조로 청혼을 했다. 이제 하도 들어 놀라울 것이 없는 말이었다.

"안녕, 카일."

레일라는 남은 모종들을 나르며 밝게 인사했다.

"결혼은 안 해."

지나치게 상냥해서 더욱 단호하게 느껴지는 대답을 덧붙이는 것도 잊지 않았다.

그 광경을 지켜보던 빌 레머는 크으, 깊은 탄식을 하며 고개를 저었다. 대체 몇 번째 거절인지 기억조차 나지 않았다. 그의 가슴이 다 쓰라릴 지경이건만 카일은 태연하게 수긍했다.

"좋아. 오늘의 거절은 접수. 그럼 내일 다시 물을게."

팔을 걷어붙인 카일이 레일라를 돕기 시작했다. 이제 퇴짜를 맞는 일에 내성이 생긴 모양이었다.

"아니야. 묻지 마."

레일라는 단호하게 고개를 저었다. 하지만 카일은 물러서지 않았다.

"물을 거야. 사람 마음이란 게 오늘 다르고 내일 다른 법이거든."

"내 마음은 변함없어."

"그건 내일 다시 확인해볼게."

저 애송이 녀석은 나날이 더 뻔뻔해져 가고 있었다. 그 집념 하나만큼은 가히 이 제국 최고라 해줄 만했다. 빌은 흐뭇한 웃음을 머금은 채로 두 사람을 지켜보았다. 티격태격하는 와중에도 어찌나 손발이 잘 맞는지. 과연 단짝다웠다.

작년 여름이 끝나갈 무렵부터 시작된 카일 녀석의 청혼은 벌써 계절이 몇 번이나 바뀌도록 줄기차게 이어지고 있었다.

처음 카일이 레일라에게 청혼한 걸 알았을 땐 필시 둘 중 하나의 경우라 생각했다. 저 애송이가 잘 마시지도 못하는 술에 취했거나, 그게 아니면 미쳤거나. 삽으로 머리를 한 대 갈겨주지 않은 건 그래서였는데, 카일은 다음 날 너무도 멀쩡한 얼굴로 나타나 똑같은 말을 건넸다.

그게 벌써 몇 번째인지.

가을과 겨울, 그리고 이 봄이 무르익어가도록 카일은 단 하루도 빠지지 않고 나타나 청혼을 하고, 매번 거절당했다. 처음에는 단호한 레일라를 응원했지만 요즘은 슬슬 에트먼가의 식충이 녀석이 안쓰러워지려 했다. 혼자만의 감정에 취해 지껄이는 말이라면 진작 삽을 들었겠지만, 에트먼 박사가 허락을 해주었다고 하니 슬쩍 노선을 바꾸어볼까도 싶었다.

지난가을 빌을 찾아온 에트먼 박사가 말했다. 레일라를 대학에 보내면 어떻겠냐고. 그리고 싶은 마음이야 굴뚝같지만 형편이 여의찮다는 대답을 어렵사리 건네자 에트먼 박사는 놀라운 제안을 했다. 카일과 레일라가 결혼을 한다면 두 아이를 함께 대학에 보내주고 싶다고. 학비는 에트먼가에서 지원할 것이라고 했다.

빌은 도저히 믿기지 않아 멍하니 에트먼 박사의 얼굴만 쳐다보았다. 물론 그에게 레일라는 이 세상 최고의 아이였다. 하지만 빌도 세상의 잣대를 모르지는 않았다. 에트먼 가문이 어떤 위치에 있는지도. 그 마음을 읽었던지 에트먼 박사가 먼저 말문을 열었다.

'카일이 말하더군요. 레일라 덕분에 좋은 사람이 되고 싶어졌다고, 그런 레일라의 좋은 남편으로 살아가고 싶다고 말입니다.'

오두막에 죽치고 앉아 밥이나 축내는 꼬마 녀석이 제 아버지에게 그런 말을 했다니. 빌은 적잖이 놀랐다.

'어린아이의 철없는 열정으로 치부하기에는 꽤 진실한 마음이었습니다.'

'하지만 박사님, 우리 레일라는······.'

빌은 차마 말을 잇지 못했다. 에트먼 박사는 이해한다고 말하듯 인자한 미소를 지었다.

'물론 좋은 조건을 가진 신붓감을 원하는 욕심이 없었던 건 아닙니다. 하지만 레일라는 그런 것들 없이도 충분히 좋은 아이라는 걸 잘 알고 있습니다.'

빌을 보는 에트먼 박사의 눈빛이 한결 진중해졌다.

'만약 내년이 되어도 카일의 마음이 변하지 않는다면 저는 두 아이의 결혼을 허락하고 싶습니다. 레머 씨의 생각은 어떠신지요?'

자신의 아들과 꼭 닮은 그의 얼굴을 빌은 한참이나 멍하니 바라보았다. 에트먼 박사는 사람의 형상을 한 천사가 분명했다. 그날의 빌은 그를 등에 업고 온 칼스바르를, 아니, 온 제국을 뛰어다닐 수 있을 것처럼 기쁘고 행복했다. 레일라의 체면을 생각해 점잔을 부렸지만 정말이지 그런 마음이었다.

그런데 레일라, 저 미련한 것을 어쩌면 좋은가!

물끄러미 레일라를 바라보던 빌의 입술 사이로 조용한 한숨이 흘러나왔다. 아무래도 대책을 강구해야 할 때가 온 듯했다.

⸎

"참, 마티어스. 너도 에트먼 박사의 아들을 알지?"

황녀의 결혼식 준비에 관해 이야기하던 엘리제 폰 헤르하르트가 돌연히 화제를 돌렸다.

"네, 어머니."

마티어스는 손에 쥔 물 잔을 내려놓으며 담담히 대답했다. 할머니가 일찍 잠자리에 든 터라 저녁 식탁에는 두 모자뿐이었다. 어머니의 말벗이 되어줄 책무가 생긴 셈이었다.

"카일 에트먼. 에트먼 박사의 외동아들이죠."

"맞아. 듣자 하니 그 아이가 결혼을 한다더구나."

엘리제 폰 헤르하르트는 못마땅한 표정을 지으며 탄식했다. 그 소년의 결혼 상대가 영 탐탁지 않은 모양이었다. 마티어스는 가만히 이어질 말을 기다렸다.

"우리 영지의 정원사가 키운 고아 말이다. 아마도 이름이 레일라였던가."

레일라. 마티어스는 어머니가 전한 그 이름을 가만히 되뇌었다.

"에트먼 가문이 허락할 만한 조건의 신붓감이 아닐 텐데요."

혀끝에 맴도는 이름을 삼킨 마티어스가 침착하게 반문했다.

"그러니 기가 막히지. 고작 그런 아이라니! 좋은 혼처를 알아봐 주려 노력한 할머니까지 우스워졌지 뭐니."

엘리제는 신경질적인 한숨을 내쉬며 술잔을 쥐었다. 그리고 요즘 온 아르비스를 뜨겁게 달구고 있다는 카일 에트먼과 레일라 르웰린의 결혼 이야기를 늘어놓았다. 마티어스는 침묵으로 일관했지만 어머니는 신경 쓰지 않았다.

"어떻게든 작위를 가진 사돈을 얻어보려 애를 썼던 에트먼 부인은 크게 상심해 앓아누웠다더구나. 하지만 이미 남편의 허락이 떨어졌으니 별수 없게 되었지."

엘리제는 불쌍한 린다 에트먼을 동정하며 와인을 마셨다. 이변이 없다면 레일라는 의사의 아들과 결혼을 해 대학에 갈 것이라고 했다. 이 라츠에 신혼살림을 차리고, 남편과 함께

학업에 열중할 것이라고. 곧 다가올 여름이 지나면. 장미가 피는 그 계절만 지나면.

"할머니께서도 상심이 크셨어. 에트먼 박사의 아들을 워낙 예뻐하셨으니까."

"네. 그러셨지요."

마티어스는 그만 커트러리를 내려놓았다. 냅킨을 쥐는 손등 위로 뼈마디가 하얗게 불거졌다.

"에트먼 부인이 정말 가엾게 되었지 뭐니. 제법 품위 있는 여자였는데. 어렵게 다진 사교계의 입지를 다 잃게 되었어. 대체 어느 명문가가 그런 천한 고아를 며느리로 맞이한 가문과 친분을 가지려 하겠니?"

"상황이 달라질지도 모르지요."

마티어스는 곧은 자세로 어머니를 마주했다.

"아직 결혼을 하지 않았으니까요."

"글쎄다, 마티어스. 다들 이미 확정이 된 일이라 말하더구나. 에트먼 박사의 뜻이 워낙 확고하고, 무엇보다 카일이 그 고아에게 아주 푹 빠졌다지."

어머니는 짧게 혀를 차는 것으로 곧 절연하게 될 주치의의 부인에 대한 연민을 표시했다.

"눈에 띄게 예쁜 아이이기는 하지. 그런 애와 아들이 어울리게 둔 게 화근이었어."

종을 울리자 대기 중이던 하녀들이 디저트를 내왔다. 엘리제는 달콤한 초콜릿케이크를 즐기며 한담을 이어갔다.

"이런 식으로 에트먼 부인 자리를 꿰차다니. 그 애도 참 발칙해. 아니, 똑똑하다고 해야 하나?"

어머니는 어깨를 가볍게 으쓱이며 웃었다.

"물론 그 애 탓을 하는 것도 우습기는 해. 가장 어리석은 건 고작 여자 하나에 눈이 멀어 가문에 먹칠을 하는 에트먼 부인의 아들이니."

원하던 결론에 도달한 엘리제 폰 헤르하르트는 그쯤 하여 화제를 전환했다. 마티어스는 묵묵히 경청하는 것으로 자신의 의무를 다했다.

레일라.

그 이름이 한 모금 마신 와인의 풍미처럼 혀끝을 맴돌았다.

레일라. 레일라 르웰린.

목욕을 마치고 나오자 밤이 깊어져 있었다.

마티어스는 가운을 느슨히 여민 채 창가로 다가갔다. 커튼을 열자 저택의 뒤뜰이 보였다.

아름다운 정원과 숲으로 명성이 높은 아르비스에 비하면

이곳의 정원은 소박했다. 도심에 자리하고 있어 부지가 그리 넓지 않은 터라 대규모의 정원을 조성하기는 힘들었다. 그보다 더 큰 이유는 선대 헤르하르트 공작들이 조경에 아무 흥미가 없었다는 것이지만. 물론 마티어스도 다르지 않았다.

그런 이유로 라츠 저택의 정원은 그저 구색을 맞출 정도로만 꾸며놓았다. 하지만 아르비스에서 옮겨 심은 갖가지 품종의 장미가 만발하는 계절이 오면 이곳의 빈약한 정원도 꽤 보아줄 만했다.

바람에서 장미 향기가 묻어나기 시작하면 마티어스는 영지로 돌아가 보낼 여름을 생각하곤 했다. 레일라 르웰린. 정원사의 허드렛일을 거들며 정원을 오가던 그 작은 계집애가 이 계절의 일부가 된 건 언제부터였던가. 기억을 되짚는 마티어스의 눈빛이 서서히 깊어져 갔다.

그 애에게서는 장미 향과 같은 몸 냄새가 났다. 장미를 키우는 데 천부적인 재능을 가진 정원사가 가장 공들여 피워낸 장미처럼. 그렇다면 정원사가 숲에서 키운 것은 그의 불행인 것도 같았다.

아무것도 아닌 레일라, 그까짓 이름이 다 무어라고.

상념을 잘라낸 마티어스는 창문을 닫고 돌아섰다. 젖은 머리카락 끝에 맺혀 있던 물방울이 툭, 발치로 떨어져 내렸다.

차라리 잘된 일이었다. 의사의 아들은 레일라 르웰린 따위가 꿈도 꿀 수 없는 상대이니. 그 소년의 어리석은 순정 덕에 에트먼 부인이 되어 수도에 있는 대학에 갈 수 있게 되었으니 레일라 르웰린에게는 일생일대의 행운이며 축복인 일이다.

"……레일라."

마티어스는 가만히 그 이름을 속삭여보았다. 그 아름다운 불행이 눈앞에서 사라져 준다면 그에게도 이로운 일이었다. 그러니 그 결혼에 누구보다 큰 박수를 보내주어야 할지도. 하지만 창문을 닫아도, 바람이 멎어도 장미 향은 여전히 코끝을 맴돌았다. 마티어스는 뒤늦게 콘솔 위에 놓인 장미 화병을 발견했다. 정원에 핀 장미를 꺾어 침실에 놓아둔 모양이었다.

그 화병을 스쳐 지난 마티어스의 시선이 금빛 새장을 향했다. 그리고 다시 장미 화병을 바라보는 푸른 눈은 깊어져 가는 밤처럼 짙은 빛을 띠고 있었다.

"레일라."

명확하게 발음해본 그 이름은 더욱 감미로웠다.

장미가 피어도 네가 없는 계절.

마티어스는 그런 아르비스를 그려보며 화병 가득 담긴 탐스러운 장미를 움켜쥐었다. 장미는 옅은 분홍빛을 띠었다. 울먹이는 레일라의 뺨과 눈시울을 닮은 색이었다. 점차 악력을 더해가는 마티어스의 손아귀 속에서 그 여린 꽃송이가 짓이겨졌다.

분명 잘된 일이지.

마티어스는 흔쾌히 동의할 수 있었다.

하지만 글쎄.

망가진 장미를 쥔 손을 내려다보는 마티어스의 눈초리가 서서히 가늘어졌다.

장미가 피어도 네가 없는 계절 같은 것이 존재할 수 있나? 꽃이 피어 내가 돌아갈 텐데 어째서 네가 없을 수 있나? 어떻게?

장미가 만발한 정원에는 언제나 그 아이가 자리하고 있었다. 마치 아르비스의 일부처럼. 그러니까, 그의 것처럼.

쥐어뜯어 짓이기고도 내버리지 못하던 순간에 그의 새가 울었고, 마티어스는 난생처음으로 사람을 죽이고 싶어졌다. 그게 의사의 아들인지 그 여자인지는 불분명했다.

마티어스는 밤이 아득하게 깊어진 후에야 짓뭉개진 꽃잎을 놓아주었다. 그리고 장미 향이 짙게 밴 손으로 탁자 위에 놓여 있던 서류를 찢었다. 근위대의 장교 복무를 일 년 연장하는, 다음 주까지 제출해야 할 서류였다.

"나는 찬성이다."

식탁 앞에 앉은 빌이 힘차게 외쳤다. 레일라는 고개를 갸웃거리며 맞은편 자리에 착석했다.

"무슨 말씀이세요?"

"카일 녀석과의 결혼 말이다. 나는 찬성이다. 대찬성이고 말고."

"아저씨이!"

레일라가 눈살을 찌푸렸지만 빌은 물러서지 않았다.

"이제 그만 받아줘라, 레일라. 그리고 그 녀석과 결혼해 대학에 가. 난 진심으로 그걸 바란단다."

"그럴 수는 없어요."

"너도 카일을 좋아하지 않니."

"그렇지만 제가 카일과 결혼하는 건 말이 안 되는 일이잖아요."

"말이 안 되다니? 대체 왜?"

빌은 울컥하며 반박했다. 레일라는 머뭇거리며 시선을 회피했다.

"카일과 에트먼 집안을 우습게 만드는 일이 될 거예요."

"에트먼 선생도 허락한 일이야."

"하지만……."

"레일라. 이런저런 잡다한 생각은 다 집어치우고 네 마음만

들여다봐라. 네가 카일이 좋다면 결혼하는 거고, 아니면 마는 거다. 다른 건 다 쓸데없어."

빌의 우렁찬 목소리가 부엌 가득 울려 퍼졌다. 긴 한숨을 내쉰 레일라는 앞에 놓인 맥주를 한 모금 크게 마셨다. 훌륭한 술꾼으로 자라날 것 같던 아이는 빌의 기대에 부응했다. 이제 두 사람은 맥주 한 잔씩을 앞에 두고 두런두런 이야기를 나누는 술친구이기도 했다.

"전 카일이 좋아요. 카일처럼 편안하고 따뜻한 친구는 이 세상 어디에도 없을 거예요."

입가에 묻은 맥주 거품을 슥슥 닦아낸 레일라가 고개를 들었다.

"아저씨, 전 그래서 카일을 우습게 만들고 싶지 않아요. 소중한 사람이니까요."

"아니, 네가 어디가 어때서! 대체 왜 그렇게 자신이 없는 거냐, 레일라. 응?"

"그런 거 아니에요. 저는 지금의 제가 좋아요. 사람들이 뭐라 말하든 저는 제가 부끄럽지 않은 사람이라고 생각해요. 아저씨의 기대처럼 좋은 어른이 되려고 노력하고 있고요."

레일라는 곧은 자세로 빌을 마주했다.

"그렇지만 아저씨, 결혼은 잘 모르겠어요. 어쩌면 지금까지 해온 제 노력을 전부 우습게 만들지도 모를 결혼을 꼭 해야만 하는 건지도요."

"허허. 설마 한평생 오두막에 틀어박혀 이 홀아비와 같이 살겠단 말은 아니길 바란다, 레일라."

"저는 그러고 싶어요. 이 아르비스의 숲을, 아저씨를 떠나고 싶지 않아요."

"끔찍한 소리를 하는구나."

"이제 교사 자격증도 생겼으니 아르비스에서 가까운 학교에 자리를 얻으려 해요. 그리고 쭉 지금처럼 지내고 싶어요. 여기서, 아저씨와 함께요. 이제 저도 돈을 벌 테니 아저씨께 보탬이 될 수 있을 거예요."

"숲이 어딜 간다던? 이 숲은 늘 여기 있을 거다. 나도 그럴 거고. 뭐 더 늙어 기력이 없어 정원사 일을 관두면 하는 수 없이 떠나야겠지만, 이 빌 레머 아직 정정하니 십수 년은 너끈하지."

빌은 괴시하듯 너른 어깨를 툭툭 두드려 보였다. 굳은 얼굴을 하고 있던 레일라는 그제야 피식 웃음을 지었다.

"여길 떠나 대학에 가도, 결혼을 해도, 어디에서 무얼 해도 레일라, 넌 이 빌 레머의 꼬맹이 레일라야."

빌은 식탁 위로 손을 뻗어 레일라의 작은 손을 슬며시 쥐었다. 이제 대학 입학시험이 코앞인데도 레일라는 좀처럼 마음을 바꾸지 않았다. 그 고집이 하도 답답해 며칠간 고민하다

마련한 자리였다.

"에트먼가에 시집을 가면 이웃에 살게 될 텐데, 이보다 좋은 일도 없지 않으냐."

"아저씨."

"그리고 레일라, 드물지만 세상에는 그런 사내가 있다. 틀림없이 좋은 남편, 좋은 아버지로 살아갈 거란 확신을 주는 사내. 카일 녀석이 바로 그런 사내야."

빌은 경직되어 있는 레일라의 손을 다독이며 미소 지었다.

"생각해보렴. 그런 좋은 사내와 결혼해 진짜 가족을 만드는 멋진 일을. 온 집안이 북적거리도록 아이도 낳고 말이야. 카일은 널 평생 외롭지 않게 해줄 거다."

"……우리도 진짜잖아요."

빌의 손가락을 감아쥔 레일라가 고개를 들었다. 눈가가 붉게 물들어 있었다.

"우리도 가족이잖아요, 아저씨. 진짜 가족."

"그거야 뭐……."

빌은 목이 메어 더 이상 말을 잇지 못했다. 로비타에서 눈물주머니를 가지고 오기라도 한 것일까. 이 아이를 곁에 두고 난 후부터는 공연히 눈시울이 뜨거워지는 일이 잦아졌다.

"진짜라고 생각한다면 더더욱 이 빌 레머의 말을 들어야지!"

빌은 괜히 큰소리를 치며 미리 준비해둔 봉투를 내밀었다. 얼떨결에 그것을 받은 레일라의 눈이 휘둥그레졌다. 봉투에는 라츠행 기차표와 여비가 들어 있었다.

"시험이 다음 주라니 내일부터는 열심히 공부하도록 해라. 너야 늘 성실했지만, 그래도 합격하려면 더 열심히 해야지."

"하지만 아저씨……."

"라츠에 가 대학 입학시험을 치지 않으면 네가 나를 가짜라고 여기는 거라 생각하마. 그리고 다시는 너를 보지 않을 거다, 레일라."

그만 레일라의 손을 놓은 빌은 고압적인 자세를 취했다. 하지만 그리 큰 효과를 거두지는 못했다. 레일라를 바라보는 눈빛은 한없이 따스하기만 하였으므로.

레일라는 봉투를 손에 쥔 채 생각에 잠겼다. 어린 시절과 다름없이 총명하고 사랑스러운 아이의 모습을 빌은 마음에 새기듯 깊이 바라보았다.

"짠."

이윽고 고민을 끝마친 레일라가 술잔을 번쩍 들어 올렸다. 건배를 청하는 몸짓이 어른 흉내를 내던 어린 시절처럼 깜찍스러웠다.

호탕하게 웃은 빌은 술잔을 들어 건배에 응해주었다. 벌컥벌컥 맥주를 마시는 레일라를 보자 흐뭇하면서도 허전한 기분이 들었다. 어느새 어른이 되어버렸다니. 세월이 이토록 빠르게 흐른다는 것을 저 아이를 키우기 전에는 미처 알지 못했다.

"만약 떨어져도 우린 진짜인 거지요?"

단숨에 술잔을 비운 레일라가 고개를 들었다. 물기 어린 목소리가 가늘게 떨리고 있었다.

"그건 한번 생각해보마."

퉁명스러운 말투와 달리 빌의 미소는 다정했다. 가만히 빌을 지켜보던 레일라도 미소 지었다.

따스하게. 진짜처럼.

"너는 분명히 자연사박물관을 제일 좋아할 거야."

수도에서 꼭 가보아야 할 곳을 읊던 카일이 확신에 찬 목소리로 말했다.

"온갖 동물과 식물 표본이 가득하거든. 레일라 르웰린에게는 천국 같은 곳일걸?"

카일은 신이 난 목소리로 자연사박물관 이야기를 들려주었다. 레일라는 진지한 자세로 카일의 설명을 경청했다. 덜컹거리는 기차의 창문 밖으로는 꽃이 핀 봄의 풍경이 흐르고 있었다.

두 사람은 함께 라츠행 기차에 올랐다. 레일라가 대학 입학 시험을 칠 결심을 한 덕분이었다. 본래는 에트먼 박사가 동행할 예정이었으나 위급한 환자가 생겨 칼스바르에 발이 묶이게 되었다. 아버지는 무척 미안해했지만 카일은 오히려 기뻤다. 덕분에 레일라와 단둘이 여행을 할 수 있게 되었으니 말이다.

잘해내겠다고, 카일은 다시금 굳은 결심을 했다. 레일라는 라츠가 처음이지만 수도에 사는 친척 집을 종종 방문했던 카일은 그 도시를 잘 알고 있었다. 믿음직스러운 모습을 보일 수 있는 기회를 얻었다고 생각하자 가슴이 풍선처럼 부풀어 올랐다.

"오늘 당장은 피곤할 테고. 내일 가볼까?"

"안 돼, 카일. 시험공부를 해야지."

"시험을 코앞에 두고 애쓴다고 뭐가 달라져? 공부는 미리미리 해두는 거야."

"우와. 상당히 자신 있어 보이시네요, 에트먼 씨."

"당연하지요, 르웰린 양."

"대단한데?"

"그러니까 결혼하자."

카일은 오늘도 느닷없는 청혼을 했다. 레일라는 평소처럼 단호하게 거절하는 대신 카일의 얼굴을 골똘히 바라보았다.

"왜, 왜 이래?"

예상치 못한 반응에 당황한 카일이 얼굴을 붉혔다.

"있잖아, 카일. 너는 상상이 돼?"

"무슨 상상?"

"우리가 서로의 남편과 아내가 되는 일 말이야."

"되지! 나는 상상해! 얼마든지 해!"

"나는 잘 모르겠어. 우리가 결혼해서 부부가 된다니. 좀 이상한 것 같아."

"뭐라는 거야. 하나도 안 이상하거든?"

카일은 발끈하며 반박했다. 잠시 생각에 잠겼던 레일라는 더욱 심각해진 눈빛으로 카일을 바라보았다.

"정말? 우리가 생식 행위를 해서 아기를 만들고, 그 아기를 낳아 기르고. 넌 그런 일이 정말 괜찮아?"

"생…… 생, 뭐?"

카일은 순간 자신의 귀를 의심했다. 잘못 들어도 무언가 한참 잘못 들은 기분인데, 정작 폭탄을 던진 레일라는 뻔뻔할 정도로 무구한 얼굴이었다.

"생식 행위."

레일라는 눈썹 하나 까딱하지 않고 다시 폭탄을 던졌다.

"그건 부끄러운 게 아니야, 카일. 종족 보존을 위해 모든 생명체가 하는 거야. 새도 하고 꽃도 해."

"너 지금, 대체 네가 무슨 소리를 하고 있는지 알아?"

카일은 경악하며 주위를 살폈다. 다행히 다른 승객들은 듣지 못한 듯했다.

"응. 내가 기하에 조금 약할 뿐이지, 다른 과목은 꽤 잘하잖아."

레일라는 뿌듯한 미소를 지으며 고개를 끄덕였다.

"있잖아, 카일. 난 우리가 그런 걸 한다는 게 조금 이상하고, 또……."

"어…… 레일라, 자, 이거 먹어."

카일은 자꾸만 조잘거리는 레일라의 입술 사이에 샌드위치한 조각을 물렸다. 아직 더운 계절이 아닌데 기차 안이 꼭 오븐 속처럼 느껴졌다.

"그러니까 내 말은……."

얼떨결에 입에 문 샌드위치를 다 먹어치운 레일라는 천진한 웃음을 지으며 말을 이었다.

"이, 이것도 먹어."

카일은 다급하게 집어 든 쿠키로 또다시 레일라의 입을 막았다. 제발, 더는 그런 말하지 말고 제발. 간절한 기도를 하며.

'마음이 어지러울 때는 내 삽자루를 생각하렴.'

오늘 아침 역까지 그들을 배웅해준 빌 아저씨가 말했다. 상당히 인자하고도 오싹한 미소를 머금은 채였다. 짓궂은 장난이라 생각했는데, 이제 와 다시 생각해보니 감사한 조언이었다.

그래, 삽자루.

카일은 흉기에 가까워 보이는 빌 아저씨의 거대한 삽을 생각하며 어지러운 마음을 다잡았다.

"카일, 내 말을 좀……."

어느새 쿠키까지 다 먹어치운 레일라가 또다시 입술을 열었다. 쿠키 부스러기가 묻은 입술이 참 예쁘게도 붉었다.

"한마디만 더 해봐."

카일은 지끈거리는 머리를 감싸쥐며 탄식했다.

"응?"

"한마디만 더 하면……."

다시 한번 삽자루를 생각하며 카일은 비장한 선언을 했다.

"기차에서 뛰어내려 버릴 거야."

"충분히 이해할 만한 선택이지만 서운한 건 어쩔 수 없군."

근위단장인 퍼렐 대령은 조용한 미소를 띤 얼굴로 마티어스를 바라보았다. 마티어스는 담담한 시선으로 상관을 마주했다.

"유능한 장교를 잃는 것 같아서 말이야. 제국 전체를 두고 보자면 헤르하르트 공작을 군에 묶어두는 것이 더 큰 손실일 테지만, 난 군인의 입장이니까."

퍼렐 대령은 깊은 탄식으로 아쉬운 마음을 전했다.

한 해 더 근위대에 머물 예정이던 헤르하르트 대위가 갑작스럽게 뜻을 바꾸었다. 복무 연장이 아닌 전역을 요청하는 서류가 도착했을 때는 상당히 놀랐다. 전역 신청 사유가 고령인 헤르하르트가의 노마님이라니. 차마 붙잡을 수도 없어 더욱 안타까운 일이었다.

"그간 감사했습니다."

마티어스는 정중한 인사로 작별을 고했다. 퍼렐 대령은 하는 수 없다는 듯이 웃으며 고개를 끄덕였다.

헤르하르트 공작은 자신보다 신분이 낮은 상관에게도 항상 싹듯한 예의를 갖추었다. 공과 사를 잘 구분하지 못하는 여느 귀족 장교들과는 확연히 다른 태도였고, 퍼렐 대령은 마티어스의 그런 점을 높이 샀다. 첫 부임지로 험지인 해외 전선을 선택해 큰 전공을 세운 점 역시 그랬다.

"라츠에 들르면 꼭 나를 찾아주게."

자리에서 일어선 퍼렐 대령이 악수를 청했다.

"네, 대령님. 그렇게 하겠습니다."

격식을 차린 작별 인사를 나눈 마티어스는 침착한 걸음으로 대령의 집무실을 떠났다. 긴 복도를 지나 건물 밖으로 나서자 나른한 봄볕이 머리 위로 쏟아졌다.

배웅을 나온 동료들과 짤막한 인사를 나눈 마티어스는 대기 중이던 차에 올랐다. 라츠 도심을 가로지른 차는 곧장 육군성으로 향했다. 그곳에서 몇 사람의 상관을 더 만나고, 전역 인사를 나누었다. 육군 참모총장의 자택 방문까지 마치고 나자 마침내 장교 복무를 마무리 지을 수 있었다.

장교모를 벗어 든 마티어스는 대로변에서 대기 중인 차를 향해 다가갔다. 이제 귀가할 생각이었다. 무심코 시선을 돌린 곳에서 그 여자를 발견하기 전까지는.

걸음을 멈추어 세운 마티어스는 가늘어진 눈으로 도로 건너편의 길을 바라보았다. 레일라였다. 레일라가 아닌 다른 누구일 수도 없는 여자가 라츠 도심의 번화가를 걸어오고 있었다.

"주인님?"

조용히 다가온 수행인이 그를 불렀다.

"먼저 돌아가요."

마티어스는 여전히 길의 건너편에 시선을 둔 채 짤막한 명령을 내렸다. 레일라였다. 그럴 리 없는 일이었지만 마티어스는 의심하지 않았다.

차를 돌려보낸 마티어스는 보폭이 큰 걸음으로 도로를 건넜다.

⚜

다시 보아도 박물관은 거대했다. 레일라는 감격한 얼굴로 베르크 제국의 자연사박물관을 바라보았다. 크고 웅장한 건물이 마치 궁전 같았다.

라츠에 온 첫날에는 카일과 함께 이곳을 방문했었다. 광장을 사이에 두고 마주 서 있는 미술사박물관과 자연사박물관은 라츠의 가장 큰 자랑거리 중 하나라고 카일은 말했다. 수도 못지않게 번성한 도시 칼스바르에 익숙한 레일라도 이곳에서만큼은 라츠의 위용에 압도되었다.

수도에 가본 여학교 친구들은 하나같이 아름다운 미술사박물관을 찬양했지만 레일라는 주저 없이 자연사박물관을 택했다. 카일이 단언한 대로 레일라에게는 천국 같은 곳이었다. 다만 너무 크고 넓어 하루에 다 볼 수가 없다는 것이 문제였다.

오늘 하루를 몽땅 투자하고, 라츠를 떠나기 전에 하루의 시간을 더 내면 그래도 얼추 다 볼 수 있겠지.

결심을 굳힌 레일라는 들뜬 걸음을 옮겨 박물관의 로비로

들어섰다. 카일은 오늘도 함께 와주겠다고 했지만, 레일라는
단호히 그 호의를 거절했다. 의대의 시험일이 어느덧 내일로
다가왔으니까. 아무리 공부는 미리 해두는 것이라 해도 중요
한 시험을 앞둔 카일을 이곳에 데려오는 건 말이 안 되는 일
이었다.

　로비 중앙에 멈추어 선 레일라는 다시 한번 의지를 다졌다.

　편한 신발, 준비 완료.

　노트와 펜, 준비 완료.

　체력 비축, 그것도 준비 완료.

　가방에서 꺼내 든 노트와 펜을 쥔 레일라는 첫날 다 보지
못한 전시실을 향해 종종걸음을 치기 시작했다.

　오늘의 레일라 르웰린은 꼭 소풍을 나온 아이 같았다.

　마티어스는 신이 난 걸음걸이로 전시관을 누비고 있는 레
일라를 물끄러미 바라보았다. 벌써 몇 개의 너른 전시관을 지
나왔지만 레일라는 지친 기색이 없었다.

　충동적으로 길을 건넌 마티어스는 레일라의 뒤를 따라 자
연사박물관에 입장했다. 레일라 르웰린이 확실하다는 것을
알게 된 후에도 적당한 거리를 유지했다. 얼마간은 대체 무엇

을 하려는지 궁금했고, 그것을 알고 나니 조금 더 두고 보고 싶어졌다.

마티어스는 레일라의 속도에 맞추어 천천히 걸음을 옮겼다. 그러고 보니 수도에 있는 대학의 입학시험이 이 무렵에 치러졌던 것 같다. 아마 그 시험에 응시한 것일 테지. 대학에 갈 마음을 먹은 것을 보니 카일 에트먼의 청혼을 받아들인 듯했다.

다음 전시실로 간 레일라는 식물 표본이 가득한 진열대 앞으로 바싹 다가섰다. 손에 든 작은 노트에 무언가를 열심히 끄적거리는 모습이 학자처럼 진지했다. 때로는 꽃처럼 환한 웃음을 짓기도 했다. 대체 식물 표본의 어떤 점이 저 여자를 웃게 하는지. 마티어스로는 짐작할 수 없는 일이었다.

다가가보려던 마음을 바꾼 마티어스는 다시 적정선 밖으로 물러섰다. 조금 더 지켜보기로 했다. 다가가면 더 이상 웃지 않을 것이니.

마티어스는 뒷짐을 진 채 천천히 레일라의 동선을 따랐다. 지난여름과 별반 차이가 없는 모습인데, 분위기가 미묘하게 달라져 있었다. 조금 더 갸름해진 얼굴과 온화한 표정, 부드러운 몸의 움직임 같은 것들이 빚어낸 변화인 듯했다. 그러고 보니 옷차림도 예전과 사뭇 달랐다. 레일라 르웰린은 레이스 장식이 달린 하얀 원피스를 차려입고 있었다. 제법 어른스러워진 모습이었다.

식물표본 전시실을 샅샅이 살핀 레일라는 서둘러 다음 전시실로 향했다. 하지만 얼마 못 가 우뚝 멈추어 섰다. 마티어스는 곧 그 이유를 알아차렸다.

두 전시실을 잇는 통로는 마치 천국처럼 아름답게 꾸며져 있었다. 은빛으로 칠한 나뭇가지에 새하얀 깃털을 장식하고, 곳곳에 새 모양의 크리스털 오너먼트를 걸어두었다. 불빛을 반사하는 보석의 광채가 그 공간을 더욱 환상적으로 보이게끔 했다.

"우와아―."

레일라의 천진한 감탄이 그에게까지 전해져 왔다. 신이 나 달려가는 레일라의 뒷모습을 지켜보던 마티어스는 그만 픽 웃어버렸다. 풍성한 금발과 원피스 자락이 아이 같은 몸짓을 따라 흔들렸다.

넋을 놓고 장식을 구경하던 레일라는 통로의 한가운데에서 멈추어 섰다. 오너먼트를 만져보고 싶은 듯 한껏 발돋움을 하고 손을 뻗었지만 허사였다. 아무리 애를 써보아도 레일라의 손은 그 새에게 닿지 못했다.

아쉬워하는 레일라를 지켜보던 마티어스는 주저 없는 걸음을 내디뎠다. 레일라의 등 뒤에 멈추어 서서 고개를 들자 날개를 활짝 펼친 새 모양의 오너먼트가 시야에 들어왔다. 뒤늦게 인기척을 감지한 레일라가 고개를 돌렸지만 그녀를 가볍게 안아 드는 마티어스의 동작이 조금 더 빨랐다.

무슨 일이 벌어진 것인지 깨달았을 때, 레일라는 이미 날아오르듯이 허공으로 떠올라 있었다. 닿지 않는 곳에 있던 크리스털 새가 레일라의 눈앞에서 반짝였다. 새처럼 이 봄을 날아서 어디로든 갈 수 있을 것만 같은, 눈을 뜨고 꿈을 꾸는 듯 이상하고도 아름다운 순간이었다.

마티어스는 마치 아무 일도 없었던 것처럼 레일라를 내려주었다. 풍성하게 부풀어 올랐던 하얀 원피스 자락이 스르르 가라앉으며 레일라의 종아리를 부드럽게 간질였다.

레일라는 얼떨결에 만지게 된 크리스털의 감촉이 남은 손을 등 뒤로 숨기며 고개를 들었다. 그사이 남자가 천천히 장교모를 벗어 들었다. 지난 늦여름의 오후에 보았던 것과 같은 파란 눈이 그녀를 담고 있었다.

박물관의 돔 아래에는 간단한 식사와 음료를 파는 카페가 자리하고 있었다. 카일과 함께 왔던 첫날 점심을 먹은 곳이었다.

마티어스는 앞장서 그 카페로 향했다. 그 행동의 의미를 알아차린 레일라는 얼굴을 찌푸리며 걸음을 멈추었다.

"뵙게 되어 반가웠습니다, 공작님. 저는 이만 돌아가겠습니다."

레일라는 침착하게 거절 의사를 전했다. 공작은 그제야 뒤를 돌아보았다. 가슴이 철렁 내려앉는 것만 같은 기분이 들었지만 레일라는 내색하지 않았다. 정중한 인사를 남기고 돌아서자 비로소 제대로 된 숨이 쉬어졌다.

"거기 서."

차분한 명령을 내리는 공작의 목소리가 들려왔다. 하지만 레일라는 개의치 않고 걸음을 옮겼다. 보는 눈이 많으니 괜찮을 거라 생각했다. 잘못된 판단이었다는 걸 깨달은 건 어느새 자신의 앞을 가로막고 서 있는 공작을 마주한 후였다.

"왜 이러세요?"

레일라는 당황하며 주위를 살폈다. 가던 길을 멈춘 사람들이 그들을 힐끔거리고 있었다.

"싫습니다, 공작님."

레일라는 날이 선 눈빛으로 공작을 쏘아보았다.

"뭐가?"

고개를 까딱 기울인 공작이 반문했다. 그 심상한 태도가 레일라의 분노를 돋웠다.

"……이런 거, 저는 싫어요."

레일라는 굳은 손으로 어깨에 멘 가방의 끈을 붙들었다.

"이러면 안 되잖아요."

"안 될 만한 일을 해보고 싶기라도 해?"

공작의 목소리에는 희미한 웃음이 담겨 있었다. 레일라는 기가 막혀 하며 도리질을 쳤다.

"아니요! 절대요!"

잔뜩 찌푸린 레일라의 얼굴이 붉게 달아올랐다. 저토록 태연한 남자 앞에서 홀로 허둥대는 꼴이라니. 무척이나 수치스럽고도 억울했다.

"그런데 왜?"

주변을 찬찬히 살핀 마티어스의 시선이 다시 레일라를 향했다.

"수도에서 우연히 만난 내 영지에 사는 고아에게 차 한잔 사주는 일. 이 친절에 대체 무슨 문제가 있지?"

상대를 모욕하는 말을 내뱉는 순간에도 마티어스의 태도는 한결같이 초연했다.

"아무 문제없잖아."

더 이상 웃지 않는 마티어스의 눈빛이 차갑게 가라앉았다.

"안 그래, 레일라?"

명령조의 질문을 남긴 마티어스는 다시 걸음을 돌려 카페를 향해 가기 시작했다. 공작의 뒷등을 노려보던 레일라의 입술 사이로 가는 한숨이 흘러나왔다.

헤르하르트 공작을 잘 안다고는 할 수 없지만 이제 한 가지 사실만큼은 확신할 수 있었다. 저 남자는 무슨 수를 써서라도 자신이 원하는 바를 이루어내며, 거기에 맞설수록 더 큰 곤경에 빠져들 뿐이라는 걸.

체념한 레일라는 무거운 걸음으로 공작의 뒤를 따랐다.

쟁반을 든 웨이터가 테이블 곁으로 다가왔다. 손끝만 내려다보고 있던 레일라는 그제야 고개를 들었다. 공작은 여전히 곧은 자세로 앉아 레일라를 응시하고 있었다.

두 잔의 커피를 내려놓은 웨이터가 떠나가자 다시 정적이 찾아왔다.

"이런 곳에서 우연히 공작님을 뵙게 될 줄은 몰랐어요."

숨 막히는 침묵을 더는 견딜 수 없어진 레일라가 먼저 말문을 열었다.

"공작님이 자연사에……."

"관심 없어."

마티어스는 한 모금 마신 커피를 내려놓으며 레일라의 말을 잘랐다.

"이미 알잖아, 레일라."

비스듬히 기울어진 그의 입꼬리에 희미한 조소가 걸렸다.

"이런 것들에 내가 아무 관심 없다는 거."

"그러면 약속이나……."

"그런 우연이 아니란 것도 넌 알고 있지."

길게 뻗어온 오후의 햇살이 깊고 푸른 눈동자를 비추었다.

"아니요."

레일라는 반사적으로 고개를 저었다. 온몸이 뻣뻣이 굳고 심장이 터질 듯이 뛰기 시작했다. 차라리 공작의 동정을 받는 비천한 고아이고 싶었다. 레일라는 그 이외의 무엇도 되고 싶지 않았다.

"제가 아는 건."

마른침을 삼킨 레일라는 용기를 내 공작의 눈을 바라보았다.

"공작님이 저를 싫어하신다는 것뿐이에요."

끔찍한 첫 키스의 기억 같은 건 이제 그만 잊기로 했다. 하지만 아무런 보람이 없는 일이었다. 자신을 담고 있는 공작의 푸른 눈 속에서 레일라는 현재처럼 생생하게 되살아난 그날의 기억을 보았다. 여름 오후의 열기와 낯설고 두려웠던 감각, 그리고 수치심까지. 전부 다.

"그래. 싫어하지."

마티어스는 선선하게 수긍했다. 비틀린 그의 입술 위로 건조한 웃음이 떠올랐다.

"이제 정말 끔찍스러울 정도로 싫어하지, 레일라."

삽시간에 표정이 사라진 마티어스의 얼굴은 소름이 끼칠 만큼 냉혹해 보였다. 레일라는 무의식적으로 숨을 죽였다.

"그렇다면 제가 떠나겠습니다."

더는 공작을 볼 자신이 없어진 레일라는 앞에 놓인 찻잔으로 시선을 떨구었다.

"……뭐?"

공작은 더욱 낮게 가라앉은 목소리로 반문했다. 떨리기 시작한 손에 힘을 실은 레일라는 또 한 번 용기를 냈다.

"감히 제가 공작님의 영지를 어지럽히는 일이 더는 없도록 이제 그만 떠나겠습니다."

"네가, 어디로?"

"어디로든요. 제가 머무를 곳이 이 세상에 오직 아르비스뿐인 건 아니니까요."

레일라는 모욕당한 만큼 뾰족한 가시를 세웠다. 다행히 공작은 아무런 대꾸도 하지 않았다. 어쩌면 골칫덩어리를 치워 버릴 수 있게 되어 기쁜 것일지도.

두 사람 사이에 놓인 침묵은 점점 더 깊어져 갔다.

당장 일어나 떠나고 싶은 마음뿐이었지만 레일라는 경솔하게 행동하지 않았다. 공작이 준 것을 먹지 않으려 했다는 이유로 모자를 빼앗기고, 차가운 강물에 빠졌던 지난날이 준 교훈이었다. 또다시 그런 꼴을 당하기는 싫었다.

결심을 굳힌 레일라는 아직 뜨거운 커피를 서둘러 마셨다. 하마터면 사레에 들릴 뻔했지만 잘 참아냈다. 찻잔의 바닥이 드러나자 비로소 숨이 제대로 쉬어졌다.

"레일라."

이름을 부르는 공작의 목소리는 음산할 정도로 낮게 가라앉아 있었다. 뻣뻣하게 굳어버린 레일라는 서둘러 꺼낸 찻값을 테이블 끝에 내려놓았다.

"뭐지?"

공작이 실소했다.

"제가 마신 찻값입니다."

레일라는 여전히 마티어스의 시선을 회피한 채 대답했다.

"내가, 네까짓 것한테 찻값을 받아야 할 사람 같아?"

"그건 잘 모르겠지만 저는 공작님께 차를 얻어 마시고 싶지 않습니다."

핏기가 가신 차가운 손이 떨리기 시작했다. 이제 더는 버티기 힘들었지만 그래도 레일라는 확실히 해두고 싶었다. 이곳은 레일라 르웰린이 더부살이를 하고 있는 헤르하르트 공작의 세상, 아르비스가 아니니까.

"고개 들어."

"싫습니다."

"고개 들어, 레일라."

"제게 명령하지 마세요."

레일라는 차가운 분노가 담긴 눈을 들어 마티어스를 보았다. 불쑥 치솟은 무모한 용기가 두려움을 지웠다.

"저는 공작님의 하녀가 아니에요."

"하녀라."

"아르비스에서 더부살이를 하고 있기는 하지만, 그렇다고 해서 제가 공작님의 하녀인 건 아니에요."

"그래? 그러면 네가 대체 뭘까?"

"……아무것도 아니지요."

레일라의 눈시울이 희미하게 붉어졌다.

"지금껏 그랬듯이, 앞으로도 영원히요."

물기 어린 초록빛 눈동자가 마티어스를 담았다. 그를 담고서 감히 그를 부정했다.

마티어스는 가만히 찻잔을 쥐었다. 차라리 레일라 르웰린의 목을 졸라버리고 싶었던 날의 기억이 되살아났다. 고작 하찮은 여자 하나에 미쳐 흙바닥을 뒹굴었던, 엉망이 된 몰골만큼이나 기분이 더러웠던 그 늦여름의 오후가.

차라리 그 욕망의 끝을 보았더라면 어땠을까?

적어도 이보다는 나았을 것도 같았다. 이해할 수 없는 충동에 휩쓸려 아무것도 아닌 저 여자 따위에게 연연하고 있는 지금보다는.

찻잔을 놓은 마티어스는 레일라가 놓아둔 돈을 들고 자리에서 일어섰다. 테이블을 돌아 레일라의 곁으로 다가가는 발걸음 소리가 햇빛 속으로 조용히 스며들었다.

"가져가."

마티어스는 붉어진 레일라의 눈을 바라보며 손에 쥔 돈을 놓았다. 레일라의 무릎 위로 떨어진 동전들이 찰그랑, 맑은 금속성의 소리를 냈다.

"이것도."

마티어스는 자신이 가진 금화 몇 닢도 레일라의 치마 위에 던져 주었다.

"이게 대체 무슨……."

"감사 인사를 해야지, 레일라."

피식 웃는 마티어스를 보는 레일라의 눈동자가 투명하게 부풀어 올랐다.

"클로딘이 주는 돈은 그렇게 받아 가잖아. 감사한 마음으로, 공손하게."

반박해보려는 듯이 입술을 달싹였으나 레일라는 끝내 목소리를 내지 못했다.

"내 하녀도 아닌 네 시간을 빼앗았으니 그에 합당한 수고비를 지불해야지."

입술을 앙다문 레일라를 내려다보며 마티어스는 침착하게 적선의 이유를 설명했다.

"그게 싫으면 불쌍한 고아에게 베풀어주는 동정이라 생각해."

후드득 떨어진 레일라의 눈물이 보석 조각처럼 반짝였다.

"불쌍해서 결혼해주겠다는 남자도 좋아하는 네가, 이까짓 동전 몇 닢에 하찮은 자존심 세우는 것도 우습잖아."

지지 않겠다는 듯이 마티어스를 노려보고 있는 레일라의 두 눈에서 넘쳐흐른 눈물이 붉게 달아오른 뺨을 적셨다. 마티어스는 안도감을 느끼며 카페를 떠났다.

레일라는 결코 그의 앞에서 웃지 않지만, 결코 울음을 참아내지도 못한다. 그러니 웃게 할 수 없다면 울리면 될 일이었다. 웃음이든 눈물이든, 마티어스에게 그건 아무래도 좋은 것이었다. 줄 수 있는 것이 눈물이면 눈물을 줄 것이다. 상처라면 상처를 줄 것이다. 그러면 적어도 네가 나를 아무것도 아니라 여길 수는 없을 것이니.

카페 입구에서 잠시 멈추어 선 마티어스는 고개를 돌려 레일라를 보았다. 안경을 벗은 레일라는 이제 두 손으로 얼굴을 가린 채 울고 있었다.

한결 가벼워진 걸음으로 자연사박물관을 나서며 마티어스는 바랐다. 레일라가 하루빨리 의사의 아들과 결혼을 해 그의 세상에서 사라져 버리기를. 그리고 또한 마티어스는 바랐다. 그가 레일라에게 남긴 눈물과 상처가 영원하기를.

어느덧 해가 저물어가고 있었지만 레일라는 아직 돌아오지 않았다. 한 번 더 시간을 확인한 카일은 근심이 가득한 얼굴로 호텔을 나섰다. 함께 저녁을 먹기로 약속했다. 레일라는 함부로 약속을 어기는 아이가 아니니 무슨 일이 생긴 것이 분명했다.

역시 혼자 보내는 게 아니었는데.

카일은 뼈저린 후회를 하며 자연사박물관으로 달려갔다. 어쩌면 아직 그곳에 있을지도 모른다는 희망은 곧 절망으로 바뀌었다. 이미 폐관 시간이 지난 자연사박물관의 문은 굳게 잠겨 있었다.

"레일라!"

카일은 그 이름을 애타게 부르며 박물관 인근을 살폈다. 땅거미가 지기 시작하자 마음이 더욱 조급해졌다.

혹시 나쁜 녀석들이라도 만난 거면 어쩌지?

초조해진 카일은 다시 자연사박물관이 있는 방향으로 달리기 시작했다. 레일라를 발견한 건 두 박물관 사이에 조성되어 있는 공원 중앙의 분수대 앞을 지나던 때였다.

"레일라!"

거친 숨소리가 섞인 카일의 목소리가 물줄기 소리 사이로 울려 퍼졌다.

"어, 카일?"

분수대 앞에 서서 동전을 던지고 있던 레일라가 고개를 돌렸다. 어리둥절해하는 표정이었다. 카일은 땀에 젖은 머리칼을 쓸어 넘기며 레일라 곁으로 다가갔다.

"대체 여기서 뭐 하는 거야?"

"그러는 너는? 왜 여기까지 왔어? 시험 준비는?"

"지금 그게 문제야? 너 정말…… 정말……."

카일은 레일라의 어깨를 단단히 붙든 채 가쁜 숨을 몰아쉬었다.

"괜찮아? 여기 좀 앉을래?"

레일라는 걱정이 가득한 눈길로 카일의 안색을 살폈다.

지금 누가 누구를 걱정하는 건지.

"아! 같이 저녁을 먹기로 했는데!"

뒤늦게 약속을 떠올린 레일라가 울상을 지었다.

"미안해. 시간이 벌써 이렇게 된 줄 몰랐어. 정말 미안해,

카일."

"괜찮아. 그런 건 아무래도 상관없어."

카일은 안도의 한숨을 내쉬며 레일라의 얼굴을 감싸쥐었다. 가까이에서 보니 눈시울이 붉었다. 눈이 조금 부어 있는 듯도 했다.

"그런데 레일라. 너 혹시 울었어?"

"아니!"

레일라는 카일의 말이 떨어지기 무섭게 대답하며 고개를 저었다. 아무래도 운 게 확실해 보였다.

"왜 울었어? 대체 누가 널 울린 거야?"

"그런 거 아니라니까."

눈치를 살피던 레일라는 어색하게 웃으며 카일의 손을 밀어냈다.

"아무 일도 없었어. 그냥…… 박물관을 구경했어. 공원도 산책하고. 소원도 빌고."

"소원?"

"응. 저기 동전을 던지며 소원을 비는 거."

레일라의 손끝이 분수대를 가리켰다. 설렘이 가득한 얼굴을 한 사람들이 분수대에 동전을 던지며 소원을 빌고 있었다.

"너 의대에 합격하라고도 빌었어."

"저기 넣어야 성공인 것 같은데?"

카일의 시선이 분수대 가운데 서 있는 동상을 향했다. 물동이를 들고 서 있는 여신상이었다. 그 물동이에 동전을 넣지 못한 사람들의 탄식이 곳곳에서 터져 나왔다.

"당연히 넣었지. 나 이런 거 되게 잘해."

레일라는 뿌듯해하며 자신의 성과를 자랑했다.

"참. 배고프지, 카일? 소원 하나만 더 빌고 저녁 먹으러 가자."

반짝거리는 금화를 손에 쥔 레일라가 다시 분수대 앞으로 다가갔다. 카일은 깜짝 놀라며 레일라를 만류했다.

"설마 진짜 돈을 저기 던지고 있었던 거야? 그 알뜰한 레일라 르웰린이?"

대답 대신 싱긋 웃음을 지어 보인 레일라가 힘차게 동전을 던졌다. 하지만 실패. 금화는 물동이의 가장자리를 맞고 튕겨 나왔다. 레일라는 얼굴을 찡그리며 탄식했다.

"이게 뭐야. 이런 거 되게 잘하신다며?"

"왜 이러지? 분명히 다른 동전은 다 넣었는데!"

"뭐? 대체 돈을 얼마나 쓴 거야?"

황당해하는 눈빛으로 레일라를 보던 카일이 웃음을 터뜨렸다.

"내가 진짜 고수의 실력을 보여줘야겠네."

주머니에서 찾은 동전을 쥔 카일이 분수대 앞으로 다가갔다. 레일라는 정색하며 카일의 손목을 붙들었다.

"동전 던지게? 하지 마, 카일! 아깝잖아!"

"그게 금화를 몇 개나 저기 던진 네가 할 말이야?"

"그건 그래도 되는 돈이었어."

"그래도 되는 돈, 안 되는 돈이 따로 있어?"

"있어!"

단호하게 외친 레일라가 카일의 돈을 빼앗았다.

"던지지 마. 그럴 거면 차라리 이걸로 이따 아이스크림 사 먹자."

"이제야 진짜 레일라 르웰린 같네."

카일은 선선히 수긍하며 동전을 다시 주머니에 넣었다.

"그럼 이제 저녁을 먹으러 가시지요, 르웰린 양."

혹시나 하는 기대를 품고 손을 내밀어보았지만 역시나. 손뼉을 치듯 카일의 손을 두드려준 레일라는 씩씩한 걸음으로 앞장서 걷기 시작했다. 허덜한 웃음을 지은 카일은 빠른 걸음으로 레일라를 따라잡았다.

"그런데 레일라. 무슨 소원을 빌었어?"

은근한 기대감을 띤 얼굴을 한 카일이 물었다.

"빌 아저씨가 건강하고 행복한 거. 네가 대학에 합격해 좋은 의사가 되는 거. 그리고 내가 괜찮은 어른이 되는 거. 이 소원을 담은 동전은 전부 다 성공시켰어."

"그러면 마지막은?"

"응?"

"실패한 마지막 소원 말이야."

"아. 그건……."

의기양양하던 레일라가 슬며시 말끝을 흐렸다.

"그건 비밀."

싱거운 대답을 던진 레일라는 도망치듯 길 건너편의 식당으로 달려갔다. 카일은 유쾌하게 웃으며 사랑스러운 도망자의 뒤를 쫓았다.

에트먼 박사는 깊은 한숨을 내쉬며 침실 문을 열었다. 불을 밝히자 침대에 누운 아내의 모습이 보였다. 카일과 레일라가 함께 라츠로 떠난 이후로 쭉 이런 상태였다.

"저녁 준비가 다 됐어, 여보. 나갑시다."

"상관하지 마세요."

"당신 마음은 이해하지만……."

"아니요. 당신은 이해 못 해요. 관대하고 인자한 에트먼 박사께서는 절대요!"

힘없이 쓰러져 있던 린다 에트먼이 벌떡 몸을 일으켜 앉았다. 에트먼 박사를 쏘아보는 눈은 노기로 번뜩이고 있었다.

"당신이 어떻게 내게 이럴 수 있어요?"

"당신도 레일라를 좋아했잖소."

"네, 저도 알아요. 레일라는 좋은 아이죠. 당신과 카일만 아니라면 전 영원히 레일라를 좋아할 수 있었을 거예요."

"카일과 결혼한다고 해서 레일라가 달라지는 건 아니야, 여보. 카일이 진심으로 사랑하는, 그 좋은 아이와 결혼하게 되는 것뿐이지."

"당신은 날 구제 불능의 속물이라 생각하겠지만 결혼은 현실이에요. 당신은 지금 우리 아들의 신분을 격하시키는 결혼을 허락한 거라고요!"

"세상은 변하고 있어, 여보. 그 신분이란 것도 곧 구시대의 가치가 될 거야."

"아니요. 절대요."

에트먼 부인은 쓴웃음을 지으며 침대에서 일어섰다. 남편과 마주 선 그녀의 얼굴에는 며칠을 굶다시피 한 사람답지 않은 기백이 깃들어 있었다.

"사람 사는 세상에서 신분은 영원히 사라지지 않을 거예요. 작위가 사라지면 다른 무언가가 신분을 나누겠죠."

"여보!"

"그리고 그 기준이 무엇이 되든 레일라가 우리 카일과 격이 맞지 않는 상대라는 사실은 영원히 변치 않을 테고요."

냉소를 머금은 에트먼 부인이 남편을 스쳐 지나갔다. 화장대 앞으로 가 흐트러진 머리 모양을 정리한 그녀는 뒤돌아보지 않고 침실을 떠났다. 거칠게 열린 문 너머로 난처한 표정을 짓고 있는 가정부가 보였다.

"미안합니다, 베커 부인. 저녁 식탁은 치워줘요."

양해를 구한 에트먼 박사는 외투를 챙겨 들고 아내의 뒤를 따라나섰다.

저녁을 배불리 먹은 레일라와 카일은 아이스크림을 하나씩 손에 들고 밤거리를 거닐었다. 얼른 돌아가 시험을 준비하라 말해도 카일은 막무가내였다.

"그러면 조금만 걷자. 그런데 카일."

조바심을 내던 레일라가 발걸음을 늦추었다. 카일은 싱글거리며 고개를 돌렸다.

"응."

"너는 왜 나랑 결혼하고 싶어?"

레일라는 오랫동안 마음에 담고 있었던 질문을 조심스럽게 건넸다.

"혹시 내가 불쌍해서라면……."

"레일라 르웰린."

걸음을 멈춘 카일이 레일라 앞을 가로막고 섰다. 함께 웃고 떠들던 때와는 전혀 다른 얼굴이었다.

"넌 내가 고작 동정심 때문에 결혼을 하려고 하는 미친놈으로 보여?"

카일의 눈빛에서 온기가 사라졌다. 레일라는 선뜻 말을 잇지 못하고 주저했다.

"그래. 뭐, 세상에는 그런 정신 나간 녀석도 있겠지. 하지만 레일라, 적어도 난 아니야."

화를 참듯 숨을 깊이 들이쉰 카일은 먼 하늘을 향해 시선을 돌렸다. 도시의 밤을 밝히는 가스등의 불빛이 생각에 잠긴 그의 얼굴을 비추었다. 레일라는 무거운 침묵 속에서 카일을 응시했다. 매일 보아온 얼굴이 새삼 낯설게 느껴졌다.

"왜 레일라 르웰린과 결혼하고 싶냐고? 사랑하니까."

카일의 시선이 다시 레일라를 향했다. 레일라는 하마터면 떨어뜨릴 뻔한 아이스크림을 황급히 고쳐 쥐었다.

"내 이유는 그것뿐이야. 레일라, 너를 사랑하니까."

카일은 한 번 더 침착하게 고백했다. 뺨의 언저리가 희미하게 붉어져 있었다.

"그러니까 절대 그런 생각은 하지 마. 벌써 수백 번도 넘게 청혼을 거절당한 내가 어떻게 너를 동정하겠어? 불쌍한 건 오히려 나인데."

카일은 싱겁게 웃으며 레일라의 머리카락을 헝클어뜨렸다. 분위기를 바꾸어보기 위한 장난이었으나 그리 큰 효과는 없었다. 레일라는 평소처럼 되받아치는 대신 어색한 미소를 지었다.

녹아 흐르기 시작한 아이스크림을 크게 한 입 먹은 카일은 아무 일도 없는 듯 태연하게 앞장서 걷기 시작했다. 분명 바보 같은 표정을 짓고 있을 텐데, 레일라에게 그런 꼴을 보이기는 싫었다. 그 마음을 이해했던지 레일라는 한 걸음의 간격을 유지하며 그의 뒤를 따랐다.

"있잖아, 카일."

카일의 뒷등을 바라보며 걷던 레일라가 조심스럽게 말문을 열었다.

"응."

카일은 여전히 앞만 보며 대답했다.

"고마워."

레일라는 용기를 내 혀끝에 맴돌던 말을 전했다.

카일 에트먼은 마음씨 착하고 다정한 사람이다. 너무 익숙해져 잊고 지냈던 그 사실을 레일라는 다시금 마음에 새겼다. 한없이 비천한 존재로 전락한 것만 같던 기분을 이제 떨칠 수 있을 것 같았다.

우두커니 멈추어 서 있던 카일은 멋쩍은 웃음을 지으며 뒤돌아섰다. 따스한 눈빛을 나누던 두 사람은 이제 나란한 걸음으로 호텔을 향해 가기 시작했다.

"아. 하마터면 오늘은 빠트릴 뻔했네."

묵묵히 걷던 카일이 불쑥 엉뚱한 말을 꺼냈다. 레일라는 가로등 아래에 멈추어 선 채 이어질 말을 기다렸다.

"결혼하자, 레일라."

거절당할 것을 알면서도 카일은 또 한 번의 청혼을 했다. 하루의 일과가 된 것이나 마찬가지인 일이었다. 이제 퇴짜를 맞고, 레일라의 마음이 불편해지지 않게 실없는 소리를 늘어놓고, 그리고 다시 내일을 준비해야겠지. 카일은 다가올 일들을 생각하며 마음을 다잡았다. 그런데 어째서인지 레일라가 잠잠했다.

싫어.

예쁘게 웃는 얼굴로 비수를 꽂을 차례인데.

결혼은 안 해.

다정해서 더욱 잔인한 대답을 건넬 때인데.

그런데 왜…….

카일은 잔뜩 긴장한 채로 레일라의 표정을 살폈다. 혹시. 어쩌면. 바보 같은 기대감이 피어오르기 시작한 무렵에 굳게 다물려 있던 예쁜 입술이 열렸다.

"응."

수줍은 미소를 띤 레일라가 고개를 끄덕였다. 온몸에 힘이 풀린 카일은 그만 손에 쥐고 있던 아이스크림을 놓쳐버렸다. 녹은 아이스크림이 구두를 더럽혔지만 그런 건 아무래도 좋을 일이었다.

"어…… 그러니까, 결혼한다고? 정말?"

카일은 휘둥그레진 눈을 껌뻑이며 더듬더듬 되물었다. 레일라는 살며시 눈을 내리뜨며 고개를 끄덕였다.

카일은 굳은 손을 들어 얼굴을 매만졌다. 고개를 돌려 대로를 오가는 자동차들의 불빛을 보았다. 장미 향기가 밴 밤공기를 폐부 깊이 들이마셨다. 그리고 다시 레일라를 보았다. 절대 헛된 꿈일 수 없는, 생생한 현실 속의 레일라를.

"우와아아아아!"

괴성에 가까운 환호성을 지르던 카일이 레일라를 번쩍 안아 들었다. 순식간에 벌어진 일이었다.

레일라를 품에 안은 카일은 춤을 추듯 빙글빙글 가로등 불빛 속을 맴돌았다. 거리를 지나가던 사람들의 시선이 쏠려도, 당황한 레일라가 핀잔을 주어도 개의치 않았다.

꽃향기가 가득한 바람이 부는 아름다운 봄밤이었다.

그날 밤 카일은 꿈을 꾸었다. 레일라와 결혼을 해 에트먼 부부로, 평범한 행복이 있는 일상을 살아가는 꿈이었다.

언젠가 레일라가 말했다. 나의 집을 가지게 된다면 꼭 정원을 만들 것이라고. 단단히 뿌리 내린 화초들이 아름다운 꽃을 피우면 참 행복할 것 같다고 했다.

카일의 꿈속에서 레일라는 그 정원을 가꾸고 있었다. 활짝 핀 장미보다 더 아름다운 레일라 곁에서 어린아이가 뛰놀았다.

'아빠아—!'

카일을 발견한 아이가 까르르 웃음을 터뜨렸다. 레일라와 꼭 닮은 금발을 가진 예쁜 여자아이였다. 두 팔을 활짝 벌려 보이자 아이가 조르르 달려왔다.

카일은 깃털처럼 가벼운 딸을 안고 아름다운 꽃이 만발한 정원을 걸었다. 산책로의 끝에 서서 웃고 있는 레일라 곁에는 하얀 레이스로 장식된 요람이 놓여 있었다. 카일은 조심스럽게 그곳으로 다가가 고개를 숙였다. 새근새근 잠들어 있는 아기의 머리카락은 봄날의 햇살을 닮은 백금빛. 카일의 것과 같았다.

카일은 부드러운 미소를 띤 입술을 내려 레일라의 뺨에 키스했다. 눈이 마주치자 두 사람은 누가 먼저랄 것도 없이 웃음을 터뜨렸다. 그들이 웃자 아이도 웃었다. 달콤하게. 레일라의 정원 가득한 꽃향기보다 더 달콤하게.

카일은 그 꿈의 여운 속에서 깨어났다. 예전 같은 허탈감은 들지 않았다. 이제 꿈이 현실이 될 날이 머지않았으니까. 그 행복감 덕에 시험을 예상보다 훨씬 잘 치러낼 수 있었다.

"카일!"

시험장을 나서자 익숙한 목소리가 들려왔다. 벤치에 앉아 그를 기다리고 있던 레일라였다. 카일은 뛸 듯이 기뻐하며 레일라를 향해 달려갔다.

"어땠어? 시험이 많이 어려웠다던데. 잘 친 것 같아?"

"별걱정을 다 하십니다."

카일은 짐짓 잘난 체하듯 턱을 치켜들었다.

"레일라, 나 카일 에트먼이야. 2등 하는 법을 알지 못하는 그 카일 에트먼."

"아아. 네에에. 그러셨지요."

이제야 긴장을 푼 레일라가 웃음을 터뜨렸다.

"에트먼 씨가 얼마나 똑똑한 분인지 깜빡하다니. 제가 큰 실수를 했네요."

"와. 서운해지려고 하네. 앞으로는 항상 기억하도록 하시지요."

카일은 능청을 떨며 슬며시 레일라의 손을 잡았다. 다행히 레일라는 그 손길을 거부하지 않았다. 터질 듯이 뛰는 가슴을 겨우 진정시킨 카일은 레일라의 손을 잡고 교정을 걸었다.

"그런데 카일. 정말 시험 잘 친 거 맞지?"

의과대학 건물을 구경하던 레일라가 조심스러운 질문을 건 넸다. 카일은 자신 있게 고개를 끄덕였다.

"걱정 마. 우리는 분명 함께 대학에 다니는 에트먼 부부가 될 수 있을 거니까. 나만 떨어지는 불상사는 없을 거야."

"내 말은 그런 뜻이 아니라……."

당황한 레일라의 뺨이 붉어졌다. 수줍어하는 레일라를 힐 끔거리던 카일의 뺨도 이내 같은 빛으로 물들었다. 이곳이 학교라는 사실이 문득 아쉬웠다. 조용한 거리였다면 용기를 내 입을 맞추어볼 수도 있었을 텐데.

그래, 삽자루.

카일은 빌 아저씨의 거대한 삽자루를 생각하며 앞서나가는 마음을 붙들었다. 섣불리 그런 짓을 했다가는 레일라를 놓치 게 될지도 모르니까. 조금 더 기다리는 건 그리 어려운 일이 아니었다.

의학관 구경을 마친 두 사람은 생물학관을 향해 천천히 걸 어갔다. 다행히 두 건물 사이의 거리는 멀지 않았다.

"넌 분명히 합격하겠지만 나는 조금 어려울지도 몰라."

생물학관을 바라보던 레일라의 표정이 시무룩해졌다.

"왜 그런 걱정을 해? 시험 잘 치렀다며."

"그렇기는 한데, 여학생은 엄청 적게 뽑잖아."

레일라의 표정이 보로통해졌다. 카일은 아, 짧게 탄식하며 고개를 끄덕거렸다.

"하긴. 그건 그렇지."

명문 대학들이 여학생의 입학을 허락한 건 얼마 되지 않은 일이었다. 그마저도 극소수로 선발하는 터라 대학의 문턱은 여학생들에게 훨씬 높았다.

"그래도 넌 합격할 거야. 레일라 르웰린이 아니면 대체 누굴 뽑겠어?"

"너무 과신하는 거 아니야?"

"전혀. 팔 년 동안 지켜보며 분석한 끝에 내린 신뢰도 높은 결론이야."

"팔 년……. 벌써 시간이 그렇게 많이 지났네."

우편마차를 얻어 타고 아르비스로 향하던 길을 아직도 선명하게 떠올릴 수 있는데, 어느새 그만큼 긴 세월이 흘러갔다니. 레일라는 천천히 시선을 들어 카일을 바라보았다. 훌쩍 자란 청년이 된 카일의 모습이 새삼스럽게 느껴졌다.

"왜 그래?"

골똘한 눈빛에 긴장한 카일이 마른침을 삼켰다.

"너 되게 많이 자랐구나."

레일라는 더없이 진지한 얼굴로 황당한 소리를 했다. 카일은 맥 빠진 웃음을 지으며 고개를 끄덕였다. 이런 엉뚱한 면모마저 얼마나 사랑스러운지. 꼭 가슴속에서 보드라운 솜털이 흩날리는 것만 같은 기분이 들었다. 이럴 땐 정말이지 어쩌면 좋을지 모르겠다.

"응."

피식 웃은 카일은 고개를 기울여 레일라와 시선의 높이를 맞추었다.

"네 남편이 될 수 있을 만큼 자랐지. 마음에 들어?"

눈이 부신 오후의 햇살이 따스한 미소를 짓는 카일의 얼굴을 비추었다.

"그건…… 잘 모르겠어."

레일라는 흠칫하며 시선을 떨구었다. 부끄러워하는 기색이 역력했지만 카일은 모른 척 눈을 감아주었다.

시험을 모두 치른 두 사람은 한결 느긋해진 마음으로 라츠 시내를 구경했다. 함께 걸으며 카일은 곧 현실이 될 아름다운 꿈들을 이야기했다. 우리가 함께 살 집. 언젠가 태어날 우리의 예쁜 아이들. 그 아이들과 함께 만들어갈 새로운 에트먼 가족의 역사.

레일라의 눈빛에 깃든 조심스러운 기대감이 카일은 좋았

다. 어쩌면 나는 레일라를 행복하게 만들어주기 위해 태어난 것이 아닐까 하는, 다소 우습고 감상적인 생각이 들기도 했다.

"아이는 몇이 좋을까? 난 딸도, 아들도 있으면 좋겠는데."

지난밤의 꿈을 회상하던 카일이 들뜬 목소리로 질문했다.

"음…… 나는 다섯 정도?"

고심하던 레일라가 조심스러운 대답을 건넸다. 수줍어하는 태도와는 딴판인 숫자가 카일을 당혹스럽게 했다.

"그렇게 아이들이 많으면 외롭지 않을 거잖아. 서로가 있어서 의지도 될 테고. 서로를 닮은 얼굴들로 집 안이 북적북적하면, 나는 그게 참 좋을 것 같아."

레일라는 밝게 웃는 얼굴로 미래를 그렸다. 그 행복한 표정이 카일의 마음을 쓰라리게 했다. 마치 외로웠던 레일라의 지난날들이 보이는 것만 같아서.

"다섯이라……. 그래, 레일라. 최선을 다할게!"

카일은 우렁찬 목소리로 다짐했다. 흠칫 놀란 레일라의 눈이 동그랗게 커졌다. 숨을 죽인 채 서로를 쳐다보던 두 사람은 거의 동시에 얼굴을 붉혔다.

"그, 그런 거 아니거든?"

카일은 다급하게 도리질을 쳤다.

"난 그런 사람 아니야!"

"나도 아니거든!"

당황한 레일라도 덩달아 목소리를 높였다.

눈을 맞추지 못하고 우왕좌왕하던 두 사람은 멀찍이 떨어진 채 걷기 시작했다. 레일라는 토라진 듯 새침한 표정을 짓고 있었다. 그 모습을 힐끔거리던 카일은 얼마 못 가 큭큭, 참아왔던 웃음을 터트렸다.

"그런데 레일라. 그런 말도 그렇게 부끄러워하면서 어떻게 아기를 다섯이나 만들 결심을 한 거야?"

짓궂게 놀리자 레일라의 뺨이 더욱 붉어졌다.

"설마 다섯을 황새가 물어다 준다고 생각한 건 아닐 거잖아. 기하 이외에는 모든 걸 잘 아는 우리 르웰린 양께서."

이제 귓불까지 새빨개진 레일라는 봄날의 장미보다 더 사랑스러웠다.

찡그린 얼굴로 카일을 쏘아본 레일라는 도망치듯 종종걸음을 치기 시작했다. 카일은 소리 높여 웃으며 레일라의 뒤를 따랐다.

"같이 가, 에트먼 부인!"

장난기 가득한 카일의 목소리가 쩌렁쩌렁 울려 퍼졌다. 이제 전력을 다해 달리기 시작한 레일라의 등 뒤에서 하나로 땋아 내린 머리채가 경쾌하게 흔들렸다. 카일은 그 모습을 마음 깊은 곳에 소중히 새겼다.

이 아름다운 봄날에 카일 에트먼은 이 세상에서 가장 행복한 사람이 되었다. 영원히 잊지 못할 순간이었다.

행복하게, 너무나 행복하게

동전이 빗맞은 탓인가?

헤르하르트 공작의 귀환 소식을 전해 들은 레일라는 가장 먼저 분수대에 동전을 던졌던 날을 떠올렸다.

한 해 더 근위대에 복무할 예정이라넌 공작이 아르비스로 돌아온다고 했다. 이제 전역을 하고 가문의 주인 역할에 충실히 임할 예정이라고. 아마도 줄곧 그것을 바라온 노마님의 뜻을 존중한 결정인 듯했다.

그 동전을 꼭 넣었어야 했는데.

레일라는 긴 한숨을 내쉬며 책장을 덮었다. 창문을 지나온 아침햇살이 어지러운 책상을 고요히 비추었다.

'다시는 헤르하르트 공작을 만나지 않게 해주세요.'

그 남자가 적선하듯 남기고 간 마지막 금화를 분수대에 던지며 레일라는 간곡히 빌었다. 미신에 불과하다는 것을 잘 아는데도 그 동전을 제대로 던지지 못한 그날의 실수가 뼈아팠다.

약혼식을 치르고 라츠로 떠난 공작은 지난여름 이후로 단한 번도 영지를 찾지 않았다. 아마도 근위대 복무를 마칠 때까지는 수도 생활에 집중하려는 듯했다. 어쩌면 소원이 이루어질지도 모른다는 기대를 품은 건 그래서였다. 그 이전에 레일라 르웰린이 아르비스를 떠나면 될 일이었으니까.

하긴. 어차피 나와는 상관없는 일이지.

책상에서 일어선 레일라는 앞치마를 질끈 매고 오두막을 나섰다. 공작이 예정보다 이른 귀환을 한다고 해도 그 소원은 결국 이루어질 것이다. 이번 여름이 지나면 이 숲을 떠나게 될 테니까. 오히려 잘된 일인 것도 같았다. 우연히라도 라츠에서 공작을 보는 일은 없게 되었으니 말이다.

명쾌한 결론을 내린 레일라는 부지런히 몸을 움직이기 시작했다. 깨끗이 세탁한 빨래를 널고 텃밭의 잡초를 뽑고 나자마음이 한결 가벼워졌다. 에트먼가로 날아갔던 피비가 돌아온 건 막 아침 일과를 끝마친 무렵이었다. 새의 발목 끈에는 카일이 보낸 편지가 끼워져 있었다.

엄마가 오늘 저녁 식사에 너를 초대하고 싶으시대.

거봐, 레일라. 내 말이 맞지?

레일라는 포치에 놓인 의자에 앉아 피비가 배달한 편지를 읽었다. 신이 난 카일의 목소리가 들려오는 것만 같아 피식 웃음이 났다.

마지못해 결혼을 허락하기는 했으나 에트먼 부인은 여전히 아들의 신붓감을 탐탁지 않아 했다. 레일라는 걱정이 많았지만, 카일은 결국 어머니도 두 사람을 진심으로 축복해줄 것이라 확신했다. 그러니 모든 게 잘될 거라고. 가을이 오면 우리는 부부가 되어 대학의 교정을 거닐고 있을 거라고. 행복하게, 너무나 행복하게.

"무슨 좋은 일이라도 있는 거냐?"

오전 일을 마치고 돌아온 빌 아저씨의 목소리가 들려왔다. 레일라는 환한 웃음을 지으며 자리에서 일어섰다.

"에트먼 부인께서 저를 초대해주셨어요. 오늘 저녁에 에트먼가에서 함께 저녁 식사를 하자고요."

"거봐라, 레일라. 내가 다 잘될 거라고 하지 않았니."

껄껄 웃는 빌의 얼굴은 한여름의 태양처럼 환해 보였다. 물끄러미 그를 바라보던 레일라의 얼굴에도 미소가 번졌다.

가슴이 두근거렸다. 기대감이라 믿기로 했다.

마티어스가 아르비스에 도착한 건 늦은 오후였다. 그를 태운 차가 저택 앞에 멈추어 서자 줄지어 서 있던 사용인들 사이에 긴장감이 감돌기 시작했다.

오랜만의 귀환이지만 특별할 것은 없었다. 기뻐하는 할머니와 어머니에게 인사를 올린 마티어스는 앞장서 저택으로 향했다. 무의식적으로 눈을 내리뜬 건 정원사 앞을 지나던 찰나였다. 단정한 갈색 구두를 신은 작은 발이 보였다. 항상 정원사 곁에 서 있는 레일라 르웰린이었다.

이 여름이 지나면 사라지게 될 그 구둣발 위에 잠시 머물렀던 눈길을 거둔 마티어스는 규칙적인 걸음으로 정원사 앞을 스쳐 지나갔다. 시선은 다시 자신의 길을 향해 있었다.

"저 새도 데려왔구나."

뒤따르는 시종이 들고 있는 새장을 흘긋 살핀 엘리제 폰 헤르하르트가 가벼운 웃음을 터트렸다. 지난여름 아르비스를 떠날 때 데려간 그 카나리아였다.

"참 별스러운 일이야. 강아지 한 마리 곁에 두지 않던 마티어스 네가 새를 애지중지하다니."

"새에 흥미가 생겼나 보구나. 이참에 온실을 확장해 다양한 새를 들이는 건 어떠니?"

흐뭇한 미소를 띤 노마님도 한마디를 보탰다.

"괜찮습니다, 할머니."

마티어스는 부드러운 미소를 띤 얼굴로 할머니를 바라보았다.

"하나면 충분합니다."

담담한 대답을 남긴 마티어스는 보폭을 넓혀 홀을 가로질러 갔다. 고개를 들자 거대한 샹들리에가 시야에 들어왔다. 그 너머, 아득하게 높은 천장을 장식하고 있는 헤르하르트가의 문장이 오후의 햇살 속에서 찬란히 빛났다.

그 문장 아래에서 태어났고, 그 문장 아래에서 살아가고, 그 문장 아래에서 눈 감을 것이다. 그건 여전히 숨을 쉬듯 당연한 일이며 또한 숨을 쉬듯 쉬운 일이기도 했다.

다시 시선을 내린 마티어스는 큰 걸음을 내디뎌 계단을 오르기 시작했다.

"난 도무지 마티어스를 이해할 수 없어. 결국 올해 전역을 할 거라면 대체 왜 결혼식을 연기한 거지?"

초조하게 창문 앞을 서성이던 브란트 백작 부인이 걸음을 멈추었다. 푸념하는 목소리에서는 날이 선 짜증이 여과 없이 묻어났다.

약혼 기간을 일 년 더 연장하자고 먼저 제안한 건 순전히 헤르하르트 가문의 비위를 맞추기 위해서였다. 일이 이렇게 될 줄 알았다면 무슨 일이 있어도 올여름이 가기 전에 결혼식을 치렀을 것이다.

"마티어스가 이렇게 변덕스러운 남자인 줄은 미처 몰랐구나."

브란트 백작 부인의 시선이 클로딘을 향했다.

"헤르하르트 공이 가문의 주인 노릇에 집중하기로 결심한 건 좋은 일이죠. 마음을 편히 가지세요."

태연하게 수를 놓고 있던 클로딘이 고개를 들었다. 전혀 속상한 기색이 없는 얼굴이었다.

"넌 참 속도 좋구나. 이 엄마는 이렇게나 애가 타는데!"

"결혼식이 연기된 건 우리에게도 그리 나쁘지 않은 일이에요. 시간에 쫓겨 미흡한 결혼식을 치르는 것보다는 제대로 준비를 하는 편이 나으니까요."

"일 년은 긴 시간이야, 클로딘. 그사이에 무슨 변수가 생길지 어떻게 알겠니?"

"지난 일 년을 생각해보세요. 그런 평온한 일 년이 한 번 더 반복될 뿐이에요. 헤르하르트 공이 아르비스에 머무르고 있으면 결혼 준비를 하기도 훨씬 수월할 테고요."

"클로딘, 남자는 믿을 만한 존재가 못 되고 약혼은 결혼처럼 확고한 약속이 아니란다."

"그 남자는 마티어스 폰 헤르하르트예요, 엄마. 평생 자기 자신 이외에는 누구도 사랑하지 않을 남자, 헤르하르트 공작이요."

클로딘은 여유로운 미소를 지으며 수틀을 정리했다.

결혼식을 미루는 마티어스의 저의가 궁금했던 건 사실이다. 하지만 레일라와 주치의의 아들이 결혼한다는 소식을 듣고 나자 그건 아무래도 좋을 일이 되었다. 레일라 르웰린이라는 께름칙한 변수가 사라지게 되었으니까. 그러면 충분했다.

"이 결혼은 헤르하르트의 자존심이기도 해요. 가문의 이름에 먹칠을 하는 일 같은 건 절대 있을 리 없죠."

기가 막혀 하는 엄마를 직시하며 클로딘은 한 번 더 힘을 주어 말했다.

다정한 냉혈한. 어릴 시절부터 마디어스는 늘 그랬다. 다른 사촌 오빠들은 걸핏하면 클로딘을 놀리고 짓궂은 장난을 쳤지만, 그는 항상 정중하고 친절했다. 그래서 더 멀고 어렵게 느껴지는 상대였다.

그 남자에게 감정이란 게 있기는 할까?

클로딘은 때때로 그것이 궁금했다. 분노하거나 슬퍼하거나 기뻐하는, 그런 격정에 휩싸인 마티어스를 도무지 상상하기 힘들었다. 그 남자는 생의 마지막 순간까지 오만하고 우아한 미소를 머금은 채 세상을 내려다볼 것만 같다. 그리고 클로딘은 바로 그 마티어스 폰 헤르하르트를 원했다.

"조만간 아르비스를 방문해야겠어요. 헤르하르트 공도 만나고, 곧 결혼을 할 친구도 축하해주고. 겸사겸사요."

"결혼을 할 친구? 맙소사, 클로딘! 설마 정원사가 키우는 고아를 친구라 말하는 건 아니겠지?"

브란트 백작 부인은 정색하며 딸을 나무랐다. 클로딘은 느긋한 웃음을 지으며 자리에서 일어섰다.

"레일라는 제 친구지요. 오랜 친구에게 결혼 선물이라도 하나 해주어야겠네요."

레일라는 고심 끝에 옷을 골랐다. 라츠에 가기 위해 장만했던 하얀 원피스였다. 하나로 단정히 땋아 내린 머리끝에는 아끼는 리본을 맸다.

이 정도면 충분할까?

채비를 마친 후에도 레일라는 한참이나 거울 앞을 떠나지 못했다. 에트먼가를 처음 방문하는 것도 아닌데 마치 처음처럼 떨리고 긴장되었다. 카일과의 결혼을 앞두고, 머지않아 가족이 될 카일의 어머니를 만나는 자리라 생각하니 더더욱 그랬다.

"저 어때요, 아저씨? 괜찮은가요?"

방을 나선 레일라는 긴장한 얼굴로 빌의 앞에 섰다. 창가에 앉아 신문을 읽고 있던 빌 레머는 휘둥그레진 눈으로 레일라를 바라보았다.

"결혼을 앞두니 생전 안 하던 치장을 다 하는구나. 왜? 꼬마 신랑에게 잘 보이고 싶은 거냐?"

빌은 장난스러운 웃음을 지으며 레일라를 놀렸다. 당황한 레일라의 뺨이 붉게 달아올랐다.

"그런 거 아니에요! 카일이 아니라 에트먼 부인이요. 그분께 좋은 인상을 주어야 한다고 생각하니 긴장되어서요."

"괜한 염려를 하는구나. 네가 어디 에트먼 부인을 한두 번 만나봤니."

"그래도 오늘은 **특별한** 자리잖아요."

"흠잡을 곳 하나 없으니 걱정 마라."

신문을 접은 빌이 소파에서 일어섰다. 물끄러미 레일라를 바라보는 눈빛이 여름 저녁의 햇살처럼 온화했다.

"너는 그저 너다우면 돼, 레일라. 그거면 충분하단다."

레일라의 어깨를 감싸쥔 빌이 다시 힘을 주어 말했다. 다분히 주관적이라 신빙성이 떨어지는 평이라는 것을 알지만 레일라는 환한 미소를 지으며 고개를 끄덕였다. 때마침 찾아온 카일의 노크 소리가 똑똑, 노을빛으로 물든 오두막 속으로 울려 퍼졌다.

"카일, 나 어때?"

서둘러 문을 연 레일라는 카일에게도 같은 질문을 했다.

"완벽해!"

멍하니 레일라를 바라보던 카일이 우렁찬 대답을 건넸다.

"걱정하지 마. 너는 있는 그대로의 너로 충분해."

"너무 쉽게 대답하는 거 아니야?"

레일라가 눈살을 찌푸리자 카일은 황급히 고개를 저었다.

"진심이야! 난 그거면 돼, 레일라."

"음. 어떤 남자가 해준 말과 아주 똑같네."

비로소 마음을 놓은 레일라가 맑은 웃음을 터뜨렸다. 카일은 흠칫하며 눈살을 찌푸렸다.

"뭐? 남자? 대체 어떤 놈이야?"

"허튼소리 말고 얼른 출발하거라, 이 애송이 녀석아."

빌은 껄껄 웃으며 카일의 등을 두드렸다. 하지만 카일은 여전히 심각한 얼굴이었다.

"하지만 아저씨, 지금 어떤 얼간이가 레일라를……."

"그 얼간이, 나다!"

"그러니까…… 어, 네?"

"이 버르장머리 없는 식충이 녀석 같으니라고. 네놈에게 레일라를 줘도 되는지 다시 한번 진지하게 고민해봐야겠구나."

퉁명스러운 말투와 달리 카일의 어깨를 두드리는 빌의 손길은 퍽 다정스러웠다. 미리 준비해둔 선물 꾸러미를 챙긴 레일라는 한 걸음 떨어진 곳에 서서 아웅다웅하는 두 사람을 지켜보았다. 그 무의미한 다툼은 언제나처럼 유쾌한 웃음으로 마무리되었다.

"가자, 레일라."

짐을 가져간 카일이 당연한 듯 손을 내밀었다. 레일라는 머뭇거리며 그 손을 바라보았다.

카일의 청혼은 두 가지 선택지를 제시했다. 결혼을 하거나, 타인이 되거나. 적당한 거리를 유지하며 오래도록 좋은 친구 사이로 남고 싶던 레일라의 바람은 무의미해졌다.

그렇기에 청혼을 받아들였지만 아직 이 결혼에 대한 확신이 들지 않았다. 카일이 약속한 장밋빛 미래가 레일라는 막연하기만 했다. 적정선을 넘은 욕심을 부리고 있다는 죄책감과 불안감 역시 떨치기 힘들었다. 하지만 카일을 잃지 않을 방법이 이것뿐이라면 용기를 내보고 싶었다.

"……레일라?"

조심스럽게 이름을 부르는 목소리가 어색한 침묵 속으로 스며들었다. 결심을 굳힌 레일라는 카일이 내민 손을 살며시 잡으며 미소 지었다. 비로소 안도한 카일의 얼굴에도 환한 웃음이 번졌다. 꼭 오두막의 불빛 같다고 레일라는 생각했다. 어두운 숲길을 지나오면 보이는, 빌 아저씨가 기다리고 있는 따스한 집. 저 숲 너머의 세상이 준 슬픔과 상처를 치유해주는 그 불빛 말이다.

낯빛을 가다듬은 카일은 제법 의젓해진 태도로 레일라를 에스코트했다. 달라진 관계가 아직은 많이 어색했지만 레일라는 그의 손을 떨치지 않았다. 잃고 싶지 않은 사람, 카일이니까.

에트먼 부인은 식탁 가득 차린 음식으로 환영의 뜻을 전했다. 특별한 손님이 올 때만 사용하는 고급 식기와 촛대, 거기에 한껏 정성을 들인 꽃장식까지. 레일라는 물론 에트먼 부자까지 놀라게 한 환대였다.

"초대해주셔서 감사합니다, 에트먼 부인."

레일라는 진종일 연습했던 인사와 함께 준비해 온 선물을 건넸다. 예쁜 유리병에 담은 복숭아 절임과 장미 한 다발이었다.

"고맙구나."

에트먼 부인은 기쁜 표정을 지으며 그 선물을 받아주었다. 겨우 한시름 놓은 레일라가 미소 짓자 카일의 입가에도 웃음이 감돌았다. 그런 아들을 보는 에트먼 부인의 눈동자 위로 미처 다 숨기지 못한 환멸감이 떠올랐다.

대학 합격 발표가 나면 두 아이를 결혼시키자고 남편은 말했다. 카일의 합격은 확실했고 레일라 또한 그럴 것이니 결혼은 이미 확정된 것이나 마찬가지였다.

나의 아들이 결국 저런 아이와 맺어지게 된다니. 기가 막힐 노릇이었지만 에트먼 부인은 내색하지 않았다. 그녀는 자신의 남편과 아들이 어떤 사람인지 잘 알고 있었다. 노골적인 반대는 오히려 역효과를 불러올 뿐이었다.

에트먼가의 저녁 만찬은 화기애애한 분위기 속에서 시작되었다. 친밀한 대화와 웃음이 오가는 사이에 초저녁의 맑은 어둠이 내렸다.

"많이 먹으렴, 레일라. 특별히 네가 좋아하는 것들로 준비해봤단다."

에트먼 부인은 세심히 레일라를 챙기며 화기애애한 분위기를 주도해 나갔다. 긴장을 푼 레일라의 얼굴에는 식탁을 밝히는 불빛처럼 환한 미소가 피어 있었다.

저 예쁘장한 얼굴로 내 아들을 현혹했겠지.

커트러리를 쥔 에트먼 부인의 손에 지그시 힘이 실렸다. 차가운 물을 마셔보아도 가슴속 깊은 곳에서부터 치밀어 오른 분노는 쉽사리 가라앉지 않았다.

"정말 고맙습니다."

에트먼 부인과 눈이 마주친 레일라는 환한 웃음을 지으며 진심 어린 감사 인사를 전했다.

참 착하고 좋은 아이다. 에트먼 부인은 그 사실을 너무도 잘 알고 있었다. 그리고 그 사실은 이제 레일라를 결코 며느리로 들이고 싶지 않은 또 하나의 큰 이유가 되었다.

차라리 저 아이에게 문제가 있었더라면 마음이 한결 나았을지도 모른다. 미워할 만해 미워하고 싫어할 만해 싫어할 수 있다면, 그렇다면 적어도 이처럼 지독하고 형편없는 사람이 된 듯한 자괴감은 없었겠지. 이제 에트먼 부인은 레일라 르웰린의 모든 것이 싫었다. 착한 성품도, 영특한 머리도, 저토록 가여운 처지도 전부.

"레일라, 라츠 대학에 있는 로렌츠 박사가 조류생물학의 권위자라더구나."

굳어가는 아내의 표정을 살핀 에트먼 박사가 슬며시 화제를 돌렸다.

"입학하면 로렌츠 박사의 수업을 꼭 들어보렴. 그런 학자를 스승으로 삼아 가르침을 받으면 네게도 큰 도움이 될 거다."

"당신도 참. 레일라가 벌써 대학에 입학한 것처럼 말씀하시네요."

초조해하던 에트먼 부인이 충동적으로 입을 열었다. 에트먼 박사와 카일은 어리둥절한 표정으로 그녀를 보았다.

"레일라가 불합격일 리가 없지 않소."

"그러니까요. 엄마, 레일라가 떨어질 리 없어요."

어쩌면 얼굴과 말투, 저 애를 향한 마음까지 저토록 쏙 빼닮았을까. 울컥 치밀어 오른 분노를 간신히 억누른 에트먼 부인은 다시금 상냥한 미소를 머금었다.

"그렇기는 하네요. 레일라는 워낙 똑똑한 아이이니."

그녀가 웃자 맞은편에 앉은 레일라도 수줍은 미소를 지었다. 그 순진한 얼굴이 어쩐지 가증스러웠다.

빌 레머는 로비타에 두고 온 저 아이의 과거에 관해 굳게 입을 다물었다. 하루아침에 부모를 잃고 친척 집을 전전하다가 베르크까지 오게 되었다는 것이 아르비스 사람들이 레일라에 대해 아는 전부였다. 린나 에트먼은 무엇보다 그 점이 싫었다. 아이를 맡아 키워줄 제대로 된 친척 하나 없는 집안. 버려지고 또 버려지기를 반복하며 국경 너머까지 흘러온 아이. 그 근본이 얼마나 하잘것없을지 생각하면 소름이 다 끼치려 했다.

그리 큰 것을 바라는 것도 아니지 않나. 레일라가 아주 평범한 집안의 아이이기만 해도 이처럼 졸렬한 마음으로 두 아이 사이를 가로막지는 않을 터인데.

저토록 근본 없이 자란 아이가 한 가정의 훌륭한 안주인이 될 수 있을 리가 없다고 린다 에트먼은 확신했다. 여자아이가 굳이 대학에 가겠다는 욕심을 부리는 점도 거슬리기는 매한가지였다. 제 형편에 맞지 않는 꿈을 가진 것을 보면 욕심이 이만저만 큰 것이 아닐 텐데. 그런 아이를 아내로 들여 카일이 행복할 수 있을 리 없어 보였다.

그러니 막아야지.

에트먼 부인은 식탁 아래로 내린 두 손을 힘주어 마주 잡았다.

그녀는 이 결혼을 막아야 했다. 무슨 수를 써서라도 반드시.

레일라 르웰린의 대학 합격 소식은 꼬마 레일라를 아르비스로 배달해주었던 그 우편배달부를 통해 전해졌다. 레일라가 숲으로 산책을 나가 있는 사이에 도착한 합격 통지서를 받아 든 빌 레머는 한참이나 그 자리에 우두커니 서 있기만 했다.

"레머 씨?"

우편배달부는 축하 인사에도 대답이 없는 그를 다소 걱정
스러운 눈길로 바라보았다. 좀 전까지만 해도 태평했던 빌의
얼굴이 벌겋게 달아올라 있었다.

"괜찮습니까, 레머 씨?"

"……거 뭐, 호들갑 떨 거 없소."

빌은 큼지막한 손으로 북북 눈가를 문질렀다.

"잠시 생각을 좀 한 것뿐이니."

공연히 언성을 높여보았지만 눈가는 이미 촉촉하게 젖어들
어 있었다. 거칠고 무뚝뚝해 보이는 외모와 달리 마음이 여린
아르비스의 정원사를 잘 아는 우편배달부는 눈치껏 고개를
끄덕여주었다.

"아무튼 진심으로 축하드립니다. 레일라가 제국 최고의 대
학에 다니는 학생이 된다니. 제가 다 뿌듯해지는군요."

다시 한 번 축하 인사를 건넨 우편배달부가 오두막을 떠났
다. 그를 배웅한 빌은 다시 포치에 놓인 의자로 돌아갔다. 소
중히 쥔 합격 통지서를 물끄러미 바라보고 있는 사이에 레일
라가 돌아왔다.

"아저씨!"

레일라의 목소리를 들은 빌은 황급히 낯빛을 가다듬으며
고개를 들었다. 환한 웃음을 띤 레일라가 손을 크게 흔들며
달려오고 있었다. 어깨에 멘 낡은 가죽 가방이 그 활기찬 몸

짓을 따라 흔들렸다.

"저놈의 가방."

빌은 헛웃음을 지으며 중얼거렸다. 아이가 처음 이 오두막에 왔던 여름에 준 그의 연장 가방이었다. 그보다 더 좋은 가방을 몇 개나 가지게 되었어도 레일라는 숲으로 산책을 나갈 때면 항상 저 낡아빠진 가방을 찾아 멘다.

"그 고물 가방은 대체 언제 버릴 작정이냐."

빌은 괜스레 투덜거리며 아이를 맞이했다.

"버리다니요! 아직 쓸 만한걸요."

레일라는 어리둥절한 표정을 지으며 그의 옆자리에 앉았다.

"이제 제발 버려라. 아주 지긋지긋하게 부려먹는다고 가방이 널 욕하겠어."

"조금만 더 쓰다가요. 없으면 허전할 것 같아요."

나달나달하게 닳은 가죽끈을 만지작거리던 레일라가 싱겁게 웃었다.

아무튼, 미련퉁이 같으니라고.

한 소리를 하려던 마음을 접은 빌은 손에 쥐고 있던 합격통지서를 레일라 앞으로 척 내밀었다.

"이게 뭐예요, 아저씨?"

"보면 알 거 아니냐."

레일라는 동그래진 눈으로 그를 보며 통지서를 받아 들었다. 기쁨의 환호성이라도 터트릴 줄 알았는데, 합격 소식을 확인한 레일라의 낯빛은 오히려 더욱 차분해졌다.

"……레일라?"

지나치게 잠잠한 반응이 걱정된 빌이 먼저 말문을 열었다. 레일라는 그제야 고개를 들어 그를 보았다. 이럴 때는 좀 어린애처럼 굴어도 좋을 텐데, 레일라는 그저 조용한 미소를 짓기만 했다. 감격에 겨워 울먹이기까지 했던 그를 멋쩍게 만들 만큼 어른스러운 태도였다.

빌은 붉어진 뒷목을 긁적이며 적당한 축하의 말을 고심했다. 그 모습을 가만히 지켜보던 레일라의 얼굴에 한순간 벅찬 웃음이 피어올랐다. 빌이 그것을 인지했을 때, 레일라는 이미 그를 와락 부둥켜안고 있었다.

"호들갑스럽기는."

무심한 어조와 달리 품에 안긴 레일라의 등을 다독여주는 빌의 손길은 다정스러웠다.

"고맙습니다."

한참 만에야 고개를 든 레일라가 속삭였다. 물기가 묻어나는 목소리였다.

"정말 고맙습니다, 아저씨. 다 아저씨 덕분이에요."

"별 바보 같은 소리를 다 듣겠구나."

빌은 깊은 심호흡을 하며 숫자를 셌다. 해가 지기 전까지 끝마쳐야 할 일들도 하나씩 되새겨 보았다. 그럼에도 눈시울의 열기는 좀처럼 가라앉을 기미를 보이지 않았다. 이 자그마한 아이는 로비타에서 눈물주머니를 가져온 게 분명하다고, 이제 빌은 확신할 수 있었다.

"네가 열심히 공부하고, 네가 시험을 잘 친 덕분에 합격한 거지. 내가 한 게 뭐가 있다고."

"아니요. 절대 아니에요, 아저씨."

레일라는 부지런히 고개를 저으며 빌의 손을 잡았다. 두 손을 다 모아도 그의 한 손을 제대로 붙잡기 힘들 만큼 작은 손이었다.

"저는……."

보드랍고 따스한 손이 그의 거친 손을 소중히 감싸쥐었다.

"아저씨, 저는요, 아저씨가 아니었다면 저는……."

레일라는 당장이라도 울음을 터트릴 것 같은 얼굴로 빌을 바라보았다. 이 좋은 날에, 괜한 방정을 떨어 아이를 울리게 되는 건 아닌지. 덜컥 두려워진 빌의 눈빛이 흔들렸다. 레일라를 울리고 싶지 않았다. 기쁨의 눈물이라 해도 마찬가지였다.

레일라는 언제나 환하게 웃었으면 싶었다. 평생 가꾼 꽃과 나무에게 쏟은 애정과 관심을 다 모아도 이 아이 하나에게

준 마음만 못했다. 이 아이보다 소중한 꽃과 나무 역시 빌은 알지 못했다. 어느새 그랬다. 빌은 순순히 그 사실을 받아들였다.

"다음 주말쯤에 함께 수도에 가자꾸나."

헛기침을 하며 감정을 다스린 빌이 화제를 돌렸다.

"우리 둘이서, 라츠에요?"

레일라는 화들짝 놀라며 반문했다.

"대학에 합격했으니 이제 학비를 내고 등록을 해야지. 그 김에 수도 구경도 한번 해보고. 뭐, 여태 널 데리고 어딜 가본 적도 없고 하니 겸사겸사."

"정말이요?"

눈물이 맺힌 레일라의 눈이 기대감으로 반짝였다.

"아저씨랑 같이 여행 가는 거예요? 정말이요?"

"여행은 무슨. 학비를 내러 가는 것뿐이다."

"그래도요."

기뻐 어쩔 줄을 몰라 하는 레일라를 보는 빌의 눈길에 회한이 깃들었다. 딸을 키우는 법을 모른다는 모나 부인의 잔소리를 진작 새겨들을 걸 그랬다. 어디 가까운 곳이라도 데리고 가 좋은 걸 보여주고 맛있는 것도 사 먹일 것을. 왜 품에서 떠나보낼 날이 가까워져서야 이런 생각을 하게 되었는지.

"큰돈을 들고 너 혼자 그 먼 곳까지 가는 건 위험하니 별수 없지. 그렇다고 또다시 카일 녀석과 단둘이 보낼 수도 없는 노릇이고. 아무리 결혼을 할 사이라고 해도 그건……."

이런저런 핑계를 주절거리던 빌은 결국 허허 소리 내어 웃고 말았다. 그 모습을 지켜보던 레일라가 다시 그를 와락 끌어안았다.

"거봐라, 레일라. 내 말이 맞지?"

빌은 흐뭇한 미소를 지으며 레일라의 머리를 쓰다듬어주었다. 어설프지만 다정하게. 귀한 꽃을 다룰 때보다 더욱 신중하고 부드러운 손길로.

"넌 꽤 괜찮은 어른이 될 거라고 하지 않았니."

고작 이런 말로는 다 설명하기 힘든 마음이었지만 빌은 이보다 더 나은 칭찬을 찾지 못했다. 그저 품에 안긴 레일라를 다독이는 것이 그의 최선이었다.

꼴사납게 훌쩍거리지 않기 위해 빌 레머는 좀 전보다 훨씬 많은 숫자를 세어야 했다.

레머 씨네 레일라가 라츠 대학에 합격했다.

그 소문은 삽시간에 온 아르비스로 퍼져나갔다. 에트먼 박사의 외아들이 우수한 성적으로 의대에 합격했다는 소식도 함께 전해졌지만 그건 모두가 예상한 결과였으므로 그리 큰 화젯거리가 되지 못했다. 그러므로 레일라. 요 며칠은 사람이 둘 이상 모였다 하면 너나없이 레일라 르웰린 이야기를 했다. 공작가의 온실도 예외는 아니었다.

"남이나 다름없는 고아를, 더욱이 여자아이를 대학까지 보내다니. 빌 레머가 참 대단한 결심을 했구나."

평소라면 천한 아이에 대한 가십에 말을 보태지 않았을 카타리나 폰 헤르하르트도 오늘은 흥미롭게 레일라 이야기를 했다.

"그 애가 그런 종류의 행운은 타고났나 봐요. 은인을 만난 데다가 에트먼 박사의 아들과 결혼까지 하게 되었으니 이만하면 천운이 따른 거지요."

엘리제 폰 헤르하르트도 한마디 거들었다. 두 사람 사이에 앉아 얌전히 차를 마시던 클로딘은 언제나처럼 예의 바르고 밝은 미소를 지으며 고개를 끄덕여 보였디.

"그 가여운 아이에게 이런 행운이 찾아와서 참 다행이에요."

클로딘은 그 어느 때보다 진실한 마음으로 레일라를 칭찬해줄 수 있었다. 때마침 노마님의 명을 받고 그 아이를 데리러 갔던 하녀가 온실로 돌아왔다. 말끔하게 차려입은 레일라도 함께였다.

"이리로 와 앉으렴."

레일라를 발견한 노마님이 차분히 명했다. 레일라는 물론 엘리제와 클로딘까지 놀라게 한 발언이었다.

"기특한 아이에게 차 한잔 정도는 대접해주어도 괜찮지 않겠니."

술렁이는 주위를 살핀 노마님이 낮게 웃었다. 썩 내키지 않는 표정이었으나 엘리제는 반박하지 않았다. 클로딘 역시 그러했다.

헤르하르트 일가 모두가 그러하지만 카타리나 폰 헤르하르트는 혈관 속을 흐르는 피가 짙푸른빛을 띨 것이 분명하다는 평을 들을 만큼 고고한 귀족이었다. 그런 그녀가 정원사가 키운 고아와 티타임을 가진다니. 모두가 경악하는 것도 무리는 아니었다.

잠시 주저하던 레일라는 긴장한 얼굴로 하녀가 안내해준 자리에 앉았다.

"내로라하는 명문가의 자제들도 입학하기 힘든 대학에 합격했다고 들었다."

레일라 몫의 차가 놓이자 노마님이 먼저 말문을 열었다.

"모두 빌 아저씨 덕분입니다."

레일라는 눈을 공손하게 내리뜨며 대답했다.

"그래. 네 은인인 빌 레머의 은혜를 잊지 않아야 한다."

"네, 마님."

"로비타 출신이라지."

"어머니는 로비타인이지만 아버지는 베르크인이셨습니다."

"그 점은 나와 같구나."

노마님이 심상하게 던진 말에 엘리제와 클로딘의 눈이 동시에 커졌다. 헤르하르트가의 노마님은 베르크 황제의 외척인 명망 높은 후작가 출신이었다. 어머니는 로비타 왕가의 핏줄로 감히 천한 출신의 고아와 비견할 수 있는 혈통이 아니었다.

"원하는 걸 한번 말해보렴."

찻잔을 내려놓은 노마님이 불쑥 명했다. 레일라는 화들짝 놀라 고개를 들었다.

"빌 레머는 내가 무척 아끼는 사용인이고, 너는 그 빌 레머가 딸처럼 키운 아이이니 축하 선물 하나쯤은 해주어야지."

레일라를 지그시 바라보는 노마님의 눈빛에는 부드러운 힘이 실려 있었다. 예상치 못한 제안에 당황한 레일라가 머뭇거리는 사이에 또 한 사람이 온실로 들어섰다. 그를 가장 먼저 발견한 건 클로딘이었다.

"헤르하르트 공!"

반색하는 클로딘의 음성을 따라 모두의 시선이 움직였다. 레일라도 얼떨결에 고개를 돌렸다. 어느새 테이블 곁으로 다가온 마티어스 폰 헤르하르트가 그곳에 서 있었다. 눈이 마주친 두 사람의 표정에 미세한 동요가 일었다. 레일라는 먼저 시선을 돌리는 것으로 곤경을 모면했다.

"이 아이가 라츠 대학에 합격했다는구나. 축하해주어야 할 일이라 함께 차를 마시던 참이었어."

엘리제 폰 헤르하르트는 웃음 섞인 목소리로 뜻밖의 상황을 설명했다. 짧게 고개를 끄덕인 마티어스는 클로딘의 옆자리에 착석했다. 공교롭게도 레일라와 마주 보는 자리였다.

"오늘은 일찍 돌아오셨네요."

클로딘은 살가운 웃음으로 약혼자를 맞이했다. 본격적으로 가문의 사업을 도맡게 된 그는 아침 일찍 저택을 떠나 밤이 늦어서야 돌아오는 날이 대부분이었다. 아르비스에 온 지도 벌써 한 주가 다 되어가고 있지만 클로딘이 해가 지기 전에 귀가한 마티어스를 마주한 건 오늘이 처음이었다.

"회의가 예상보다 일찍 마무리되었습니다."

"다행이에요. 요즘 너무 무리하시는 게 아닌지 걱정이 컸거든요."

"클로딘 말이 맞아, 마티어스. 여유를 가지고 해나가도 되는 일이니 너무 서두르지는 마라. 건강을 해치면 큰일이잖니."

엘리제도 한마디를 보탰다. 그것을 시작으로 테이블의 화제는 마티어스의 근황과 가문의 사업 이야기로 흘러갔다. 레일라 르웰린의 존재는 삽시간에 지워져 버린 듯했다.

덕분에 잠시 숨을 돌린 레일라는 그제야 겨우 차를 한 모금 마셨다. 이 불편한 자리에서 어서 벗어나고 싶었지만 공작가의 두 마님 앞에서 그런 내색을 할 수는 없는 노릇이었다.

마음을 다잡은 레일라는 조심스럽게 찻잔을 내려놓았다. 소리를 내지 않았다는 사실에 안도한 것도 잠시. 무심코 시선을 들었던 레일라는 저도 모르게 흠칫하며 몸을 움츠렸다. 수다를 떠는 약혼자와 어머니 사이에 앉은 마티어스가 그녀를 바라보고 있었다. 그 무정한 눈동자는 레일라의 마음을 짓밟고 떠난 그날과 조금도 다르지 않았다. 다시 차를 마시는 척이라도 해야 할지 고민했지만 다행히 공작은 금세 클로딘 쪽으로 시선을 돌렸다.

레일라는 뻣뻣이 굳은 채로 두 사람을 바라보았다. 마티어스는 지극히 정중하고 품위 있는 태도로 약혼녀와 대화를 나누었다. 저 남자가 던지고 간 돈을 주워야 했던 손끝이 떨리기 시작할 무렵에 엘리제 폰 헤르하르트가 새로운 화제를 꺼냈다. 클로딘의 시선이 그녀를 향하자 마티어스는 당연한 듯 다시 레일라를 응시했다.

당황한 레일라는 서둘러 고개를 수그렸다. 하지만 그럼에도 공작의 불편한 시선이 느껴졌다. 그리고 그 시선은 어김없이 지난여름의 기억을 상기시켰다. 클로딘을 앞에 둔 탓인지 오늘따라 그날의 일이 더욱 치욕스럽게 느껴졌다. 나쁜 짓을 저지른 건 공작인데, 죄책감을 가지는 쪽은 항상 레일라였다. 그것이 분하고 억울해 레일라는 작게 진저리를 쳤다.

"그래, 원하는 건 생각해봤니?"

이대로 잊혀질 수 있기를 간절히 바랐건만 노마님은 다시 레일라 르웰린에게로 관심을 돌렸다. 하는 수 없이 다시 고개를 든 레일라의 눈빛이 흔들렸다. 마티어스의 푸른 눈동자가 아직 그녀를 향해 있는 탓이었다.

"이미 제게 큰 선물을 주셨어요, 마님. 그걸로 충분합니다."

간신히 평정을 찾은 레일라는 예의 바른 웃음을 띤 얼굴로 노마님을 마주했다.

"이미 받았다?"

"네. 저를 이 아르비스에, 빌 아저씨의 오두막에 머물 수 있게 허락해주신 것만으로도 저는 갚을 수 없는 은혜를 입었어요. 평생 감사드려야 할, 가장 크고 귀한 선물입니다."

"우린 그저 빌 레머의 청을 허락했을 뿐이란다."

"그 허락이 제 삶을 바꾼 선물이었어요."

레일라는 진심 어린 감사 인사를 전했다. 또 한 명의 은인인 엘리제 폰 헤르하르트를 향해 공손한 인사를 올리는 것도 잊지 않았다.

"······공작님과 클로딘 아가씨께도 감사드립니다."

내키지 않는 거짓말도 능숙하게 해냈다.

"제게 베풀어주신 은혜는 아르비스를 떠난 후에도 절대 잊지 않겠습니다."

레일라는 고개를 깊이 조아리는 것으로 예의 바른 거절에 마침표를 찍었다. 그 모습을 지켜보는 노마님의 입가에 인자한 미소가 떠올랐다.

"네 뜻이 정 그렇다면 하는 수 없지."

카타리나는 그쯤 하여 한발 물러나주었다. 감히 헤르하르트가의 호의를 거절하는 것은 발칙했지만, 그 태도는 천하게 자란 아이답지 않게 품위 있었다.

"벌써 작별 인사를 전하다니. 서운해지려 하네, 레일라."

상황을 관망하고 있던 클로딘이 나선 건 슬슬 티타임을 마무리 지으려던 찬나였다. 노마님은 침묵을 지키는 것으로 아르비스의 예비 안주인을 배려했다.

"네 마음은 알겠지만 그래도 선물 하나쯤은 해주고 싶은데. 아, 내가 네 학비를 내주면 어떨까?"

아쉬워하는 기색이 가득한 얼굴을 하고 있던 클로딘이 관대한 제안을 했다. 레일라는 다소 어색한 미소를 지으며 고개를 저었다.

"아니에요, 아가씨. 베풀어주신 마음만 감사히 받겠습니다."

반짝이는 공작의 커프스단추를 일별한 레일라의 시선이 다시 클로딘을 향했다.

"학비는 이미 빌 아저씨께서 마련해두셨어요. 제 첫 학비는 꼭 직접 내주고 싶어 하셨거든요."

"그래? 그러면 다른 선물을 생각해봐야겠구나. 이제 곧 결혼도 할 오랜 친구를 빈손으로 떠나보낼 수는 없으니까. 그렇지요, 헤르하르트 공?"

채근하듯 그를 부르는 클로딘의 목소리는 온실 가득한 꽃 향기처럼 달콤했다. 레일라를 흘긋 살핀 마티어스는 고개를 가볍게 끄덕이는 것으로 약혼녀의 뜻을 존중해주었다.

원하는 결과를 얻은 클로딘이 물러나자 불편한 티타임도 막을 내렸다. 레일라는 적당한 때를 보아 퇴장했다. 헤르하르트 일가를 등지고 서자 비로소 온실의 풍경이 눈에 들어왔다.

아르비스의 천국. 사람들이 그처럼 요란한 찬사를 바치는 이 화려한 온실에 들어서면 레일라는 마음이 한없이 불편하고 갑갑해졌다. 날개깃이 잘린 아름다운 새들과 지나칠 정도로 선명한 빛깔과 향기를 가진 화초들을 마주하면 어쩐지 숨이 막혔다. 대리석 분수대의 물줄기 소리도, 유리로 된 천장과 벽을 지나온 햇빛도 마찬가지였다.

레일라는 한 번도 뒤돌아보지 않고 온실을 벗어났다. 있는 그대로의 햇빛과 바람이 몸을 감싸자 비로소 안도의 한숨이 흘러나왔다.

저녁 무렵의 긴 그림자가 숲을 향해 종종 걷는 레일라의 뒤를 따랐다.

"세상에, 누님. 지금 대체 무슨 말을 하고 있는지 알고 계십니까?"

다니엘 레이너는 도저히 믿을 수 없다는 듯이 되물었다. 커튼을 치지 않은 창문으로 흘러든 석양빛이 어안이 벙벙해져 있는 그를 비추었다.

"목소리를 낮추렴, 다니엘."

그의 맞은편에 고요히 앉아 있던 린다 에트먼이 입을 열었다. 낮힌 방문을 힐끔 살핀 그녀는 곧 본래의 표정을 되찾았다. 다니엘은 기가 막혀 탄식했다.

해외 광산 투자에 실패해 급격히 가세가 기운 다니엘 레이너는 가장 부유한 친척인 사촌 누이에게 몇 번이나 도움을 청했다. 그때마다 우아하고도 매정한 방식으로 거절의 뜻을 전했던 그녀가 어쩐 일로 먼저 그를 찾아와 주었다. 빚을 갚을 돈을 빌려주기 위해서였다. 당연히 공짜가 아닐 거라는 예상은 했지만 에트먼 부인의 입에서 나온 말은 지푸라기라도

잡고 싶은 심정의 다니엘을 망설이게 할 만큼 당혹스러운 것
이었다.

"그건 도둑질이에요. 어떻게 그런 짓을……."

"아니."

천천히 감았던 눈을 뜬 린다 에트먼이 차갑게 그의 말을 잘
랐다.

"잠시 숨겨두었다 돌려주는 일일 뿐이야."

"하지만……."

"너도 카일을 무척 아끼지 않니."

"그야 그렇지요."

"내 도움이 절실히 필요하기도 하고."

에트먼 부인은 무릎 위에 가지런히 놓여 있던 손을 들어 지
끈거리는 관자놀이를 매만졌다. 그저 얼굴을 붉히기만 할 뿐,
다니엘 레이너는 아무런 반박도 하지 못했다.

"잠시 그 돈을 가져왔다가 때가 되면 다시 돌려줄 거야. 그
쉬운 일만 해주면 너는 네 가족을, 나는 내 아들을 지킬 수 있
단다."

자세를 가다듬은 그녀는 채근하듯 다니엘 레이너를 바라보
았다.

"이만하면 나쁜 거래가 아니라 생각하는데. 네 생각은 어
떠니?"

숲길을 자박자박 걸어오는 레일라를 발견한 카일의 얼굴 위로 노을빛처럼 따스한 미소가 피어올랐다.

"레일라!"

소리 높여 이름을 부르자 발끝을 보며 걷던 레일라가 반짝 고개를 들었다. 그를 발견한 레일라의 눈이 동그랗게 커졌다.

"카일!"

레일라는 활짝 웃으며 그를 향해 달려왔다. 카일이 사랑해 마지않는 순간이었다. 사뿐하게 다가와 싱긋 웃는 그의 레일라는 오늘도 눈이 부시게 아름다웠다.

"왜 여기까지 왔어. 오두막에서 기다려도 되는데."

"네가 브란트 영애한테 불려 갔다고 해서 구출하러 가던 길이었지."

"오늘은 브란트 영애가 아니라 노마님의 부름이었어."

대수롭지 않게 웃은 레일라가 멈추어 있던 걸음을 뗐다.

"노마님이? 너를?"

카일은 레일라와 같은 속도로 천천히 걷기 시작했다.

"응. 합격을 축하한다고, 받고 싶은 선물이 있느냐고 물으시더라."

"뭐라고 대답했어?"

"아무것도 없다고 했지. 이곳에 머물 수 있게 해주신 것만으로도 감사하다고 말씀드렸어."

"다분히 레일라 르웰린다운 대답을 했네."

카일은 피식 웃으며 고개를 끄덕였다. 이미 예상한 대답이니 놀라울 건 없었다.

"아깝다. 나라면 이때다 싶어 엄청난 걸 얻어냈을 텐데."

카일은 싱거운 농담을 하며 살며시 레일라의 손을 잡았다. 다행히 레일라는 순순히 그 손길을 받아주었다. 그 사소한 변화가 카일의 행복감을 돋워주었다.

두 사람은 손을 잡고 오두막으로 이어지는 길을 걸었다. 하루의 일과, 오늘 자 신문에 실린 추리소설, 이번 여름의 계획들. 여느 때와 다름없는 친밀한 이야기들이 나란한 걸음을 따라 이어졌다. 그사이 노을이 지고 땅거미가 내렸다.

"레일라."

오두막의 불빛이 보이기 시작한 무렵에 카일이 불현듯 걸음을 멈추었다.

"응?"

덩달아 걸음을 멈춘 레일라가 천진한 미소를 지으며 고개를 들었다. 멍하니 그 사랑스러운 얼굴을 바라보던 카일은 뻣뻣한 자세로 레일라와 마주 섰다.

결혼을 약속했지만 예전과 크게 달라진 것은 없었다. 여전히 편한 친구 사이일 뿐이라니. 이러다가는 연인이 되어보지도 못한 채 결혼 서약을 하게 될지도 모른다.

그러니 오늘은 반드시 용기를 내야지.

흔들리는 마음을 다잡은 카일은 떨리는 손으로 레일라의 얼굴을 살며시 감쌌다. 숲을 감싼 초저녁의 맑은 어둠이 빨갛게 달아오른 두 뺨을 감추어 주었다.

"……카일?"

뒤늦게 상황을 파악한 레일라의 뺨도 카일과 같은 빛으로 물들었다. 어쩔 줄 몰라 하며 서로를 바라보는 사이에 어둠이 더욱 깊어졌다. 레일라의 선홍빛 입술은 어스름 속에서도 선명하게 빛났다.

더 이상 지체할 수는 없다고 판단한 카일은 눈을 질끈 감으며 고개를 숙였다. 곧 따스한 살결이 입술에 닿았지만 기대한 것과는 다른 감촉이었다.

혹시 바보 같은 실수를 저지른 건 아닐까?

덜컥 두려워진 카일이 실눈을 떴다. 레일라는 손으로 입술을 단단히 가린 채 그를 바라보고 있었다. 저 손등에 입을 맞추었다는 것을 깨달은 카일은 허탈감이 섞인 실소를 터트렸다.

"이런 거…… 나는 좀 이상해, 카일."

이제야 손을 내린 레일라가 변명을 우물거렸다.

"우리가 이러면 꼭 나쁜 짓을 하는 거 같기도 하고, 나는 있지……."

더 이상 말을 잇지 못하고 머뭇거리던 레일라가 가만히 눈을 내리떴다. 색이 옅고 긴 속눈썹도 천천히 아래를 향했다.

이게 더 나쁜 짓 같다고는 생각 안 해?

되묻고 싶은 말을 애써 삼킨 카일은 또다시 헛웃음을 지었다.

"이봐, 르웰린 양. 키스도 모르는 네가 뭘 안다고?"

"응?"

"기차에선 아주 다 아는 듯이 큰소리를 떵떵 치시더니."

"그게 무슨…… 아."

생식 행위 운운하며 그를 달리는 기차에서 뛰어내리고 싶게 했던 날의 기억이 드디어 떠오른 듯 레일라가 작게 탄식했다.

"그건……."

눈동자를 사르르 굴리며 고심하던 레일라가 마른침을 삼켰다.

"그건 잘 모르겠어."

불리할 때면 입버릇처럼 꺼내는 저 말은 처음 본 그날과 조금도 달라지지 않았다.

맥이 풀려버린 카일은 부드러운 한숨을 길게 내쉬었다. 곧 결혼을 할 여자와 키스 한 번 제대로 해내지 못하는 자신의 꼴이 한심했지만 그게 그리 싫지만은 않았다. 카일이 가장 가지고 싶은 건 레일라의 마음이었다. 격정에 휩싸여 그 마음을 다치게 할 수는 없었다.

카일은 더욱 신중하고 조심스러워진 손길로 레일라의 뺨을 쓰다듬었다. 그리고 반듯한 이마 위로 천천히 입술을 내렸다. 다행히 레일라는 카일이 찾은 타협안을 받아들여 주었다.

오늘은 여기까지만. 카일은 더 이상 욕심내지 않기 위해 안간힘을 썼고, 그 다짐을 지켜냈다.

천천히 숨을 들이쉬자 달콤한 장미 향이 폐부 깊이 스며왔다. 레일라의 향이었다.

샤워를 마치고 나온 마티어스는 침실 시편의 창문 앞으로 천천히 다가갔다.

그의 일과는 규칙적이었다. 잠든 시간이 언제든 대체로 이른 아침이면 눈을 떴다. 미적거리지 않고 욕실로 향했고, 일정한 시간 동안 샤워를 한 후 하루를 시작했다. 별다른 노력 없이도 저절로 행해지는 일종의 습관이었다.

어쩌면 지금 이 순간 역시 그런지도.

마티어스는 약간의 자조가 담긴 눈길로 열린 창문 너머를 바라보았다. 장미가 만발한 그의 정원에는 당연한 듯 레일라가 있었다. 떠날 날이 가까워져서일까. 레일라는 전보다 훨씬 더 자주 정원사를 따라 나왔다. 잠시도 떨어져 있지 않으며 조잘조잘 열심히도 떠들어댔다. 한때는 레일라 르웰린이 지독히도 말수가 적은 줄만 알았다. 그나 클로딘 앞에서는 꾹 다문 입을 좀처럼 여는 법이 없는 아이였으니까.

"주인님, 헤센입니다."

정해진 시간이 되자 익숙한 노크 소리가 들려왔다.

"들어와요."

마티어스는 창문을 등지고 선 채 짧게 답했다. 정원 저편에서부터 불어온 바람이 커튼을 부드럽게 흔들었다.

창가에 놓인 의자에 앉은 마티어스는 집사가 가져온 신문을 읽으며 오늘 참석해야 할 회의와 사교 모임에 관한 보고를 들었다. 오찬 전까지는 여유가 있는 일정이었다.

"주인님이 돌아오시니 비로소 아르비스가 온전히 채워진 것 같습니다."

보고를 마친 헤센이 한마디를 보탰다. 마티어스는 반듯하게 접은 신문을 내려놓으며 고개를 들었다.

"할머니와 어머니가 들으면 서운해하실지도 모르겠군요."

"네? 아, 아닙니다, 주인님. 그런 뜻이 아니라……."

"알아요."

마티어스의 입가에 미소가 스쳤다.

"어떤 뜻인지 잘 알고 있습니다."

짧은 미소는 곧 자취를 감추었지만 집사를 보는 마티어스의 눈길에는 희미한 호의가 깃들어 있었다. 그제야 안도한 헤센은 서둘러 물러갔다. 모닝 티를 내왔던 하녀도 그 뒤를 따랐다.

침실 문이 닫히자 마티어스는 탁자에 놓여 있는 다음 신문을 펼쳐 들었다. 오찬을 함께할 예정인 클라인 백작의 사업체에 관한 기사를 정독해나가는 그의 눈동자는 바람이 없는 수면처럼 고요했다.

준비되어 있는 모든 신문을 읽은 마티어스는 마지막으로 적당히 식은 차를 마셨다. 다음 일과를 수행하기 위해 일어서자 다시 정원의 풍경이 시야에 들어왔다. 레일라는 어느새 저택과 가까운 화단까지 다가와 있었다. 강물에 뛰어드는 무모한 짓을 저질러가며 되찾았던 그 밀짚모자를 쓴 채였다.

마티어스는 천천히 창문 앞으로 다가섰다. 정원사가 무어라 말하자 레일라는 신이 나 대꾸했다. 그리고 웃었다. 모자의 그늘 탓에 얼굴이 보이지 않아도 마티어스는 알 수 있었다. 레일라가 소리 높여 웃고 있다는 걸.

마티어스는 가늘어진 눈으로 그 광경을 지켜보았다. 가벼운 걸음을 내딛는 레일라의 등 뒤에서 하나로 땋아 내린 금 빛 머리카락이 흔들렸다.

차라리 돌아오지 말았어야 했을까?

영지에 첫발을 디딘 순간부터 마티어스는 생각했다. 정확히는 마중을 나온 사용인들 사이를 지나 저택으로 들어서던 길, 무의식적으로 시선을 돌린 곳에 있던 작은 발을 본 순간부터인 것도 같았다.

그의 삶은 치밀한 계획들로 이루어져 있었다. 그것은 완벽한 인생으로 이어진 층계와도 같았다. 그저 찬찬히 딛고 오르기만 하면 되는. 그런데 그 층계가 어그러졌다. 계획을 거스르는 선택을 내린 자신을 마티어스는 아직도 이해할 수 없었다. 아니. 어쩌면 균열은 복무 연장 신청서를 찢던 그 밤이 찾아오기 전에 이미 시작되어 있었던 건지도 모른다. 굳이 일년 더 복무하겠다는 결정을 내려 결혼을 미룬 날. 하찮은 욕망에 기어이 휩쓸렸던 날. 넘어진 자전거를 향해 다가선 날. 어쩌면 기억이 닿지 않는 어느 날이었을지도.

여전히 나는 너를 욕망한다.

마티어스는 이 감정의 정체를 잘 알고 있었다.

그러므로 나는 네가 사라지기를 바란다.

진실로 그것을 바란다는 것 역시 잘 알고 있었다.

양립할 수 없는 모순된 열망이 빚어낸 혼란이 마티어스는 문득 우스워졌다. 어차피 시간이 흘러 저 여자가 사라지면 해결될 일. 더 이상의 번민은 무의미했다.

마티어스는 그만 창문을 닫고 옷을 갈아입었다. 회의 준비는 별채에서 할 예정이었다. 뒤따르는 수행인을 물린 마티어스는 홀로 저택을 떠났다. 햇빛 가득한 정원을 지나자 짙은 그늘이 진 숲이 펼쳐졌다.

마티어스는 그 경계에서 불현듯 걸음을 멈추었다. 그는 원해본 적 없었고, 그러므로 갈망을 알지 못했다. 하지만 그보다 더 생경한 것이 있다는 사실이 문득 뇌리를 스쳐 지났다.

원하는 것을 가지지 못하는 법이었다.

징원사의 오두막에 가까워질수록 다니엘 레이너의 낯빛은 점점 더 창백해져 갔다. 그리 넓지 않은 날씨였지만 그의 이마는 땀으로 흥건하게 젖어 있었다.

"정신 나간 짓이야."

저 멀리 오두막의 지붕이 보이기 시작하자 다니엘은 절망적으로 중얼거렸다.

에트먼 부인은 정원사가 마련해둔 대학 학비를 몰래 가져올 것을 요구했다. 그럴싸한 핑계를 둘러댔지만 결국 도둑질을 하라는 명령이었다. 그 고상하고 우아한 린다 에트먼이 이런 짓을 벌이다니. 깊은 한숨을 내쉰 다니엘 레이너는 주머니에 쑤셔 넣어둔 손수건을 꺼내 식은땀으로 젖은 얼굴을 닦았다.

카일이 격에 맞지 않는 여자와 결혼을 하게 된 건 분명 안타까운 일이었다. 에트먼 가문이라면 하위 귀족 가문의 여식 정도는 얼마든지 며느리로 들일 수 있었을 테니까. 하지만 카일이 진심으로 원했고, 에트먼 박사가 허락한 일이었다. 무엇보다 레일라 르웰린은 제법 괜찮은 아이였다. 미천한 출신을 제외하면 크게 흠잡을 구석이 없다는 평이 지배적이었고, 그의 견해도 그러했다. 에트먼 부인 역시 그런 생각으로 결혼을 허락한 줄만 알았다. 그런데 그 인자한 미소 뒤에 이처럼 잔인한 비수를 숨기고 있었을 줄이야. 비틀린 모정이 소름 끼쳤지만 이미 되돌리기는 늦은 일이었다.

"돈이 원수지."

결심을 굳힌 다니엘 레이너는 정원사의 오두막을 향해 성큼성큼 다가가기 시작했다. 아침나절에는 집이 비어 있을 것이라고 린다 에트먼은 말했다. 혹시 레일라가 남아 있거든 에트먼가에 들른 김에 네 대학 합격을 축하해주러 왔다고 둘러대면 될 것이라고. 그와 레일라는 이미 안면이 있는 사이이니 그리 어색한 핑곗거리는 아닐 터였다.

차라리 그 애와 마주쳐 이 계획이 수포로 돌아가기를 바라며 문을 두드렸지만 집 안은 고요하기만 했다. 다니엘은 절망과 체념을 동시에 맛보며 현관문을 열었다. 누이의 장담대로 문은 잠겨 있지 않았다.

'하지만 누님, 학비를 도둑맞았다고 하면 분명 대신 학비를 마련해줄 사람이 나타날 겁니다. 어쩌면 에트먼 박사가 그 애의 학비를 대신 내줄지도 모르고요.'

학비를 훔쳐 두 아이를 갈라놓겠다는 계획을 들은 그는 황당해하며 반박했다. 린다 에트먼은 쓸쓸한 미소를 지으며 고개를 끄덕였다.

'알고 있어. 내 남편은 충분히 그럴 수 있는 사람이지.'

'그런데 대체 왜……'

'사라진 학비는 구실일 뿐이야.'

'네?'

'그 애의 마음을 부숴놓을 구실.'

린다 에트먼은 확신에 차 있었다. 그러면 그 불쌍한 아이의 앞날은 대체 어떻게 되는 것인지 묻고 싶었으나 다니엘은 차마 입을 열지 못했다. 깊이 알게 될수록 죄책감만 커질 테니. 어차피 해야만 할 일이라면 차라리 아무것도 모르는 심부름꾼이 되는 편이 나았다.

이건 나와는 아무 상관이 없는 일이다.

다니엘 레이너는 얄팍한 자기합리화를 하며 오두막 안으로 들어섰다. 그가 임무를 끝마치기까지는 그리 긴 시간이 걸리지 않았다. 돈을 챙겨 넣은 가방을 들고 오두막을 나서자 오히려 마음이 편안해졌다. 주사위는 이미 던져졌고, 그의 역할은 여기까지였다. 어서 이 께름칙한 돈을 린다 에트먼에게 전하고, 담보 잡힌 집을 지킬 수 있을 수고비를 받아 돌아가면 그뿐이었다.

어쩌면 정원사가 예상보다 이른 귀가를 할지도 모른다고 판단한 다니엘 레이너는 슐터강 쪽으로 우회하는 길을 택했다. 하지만 그 신중한 선택이 오히려 패착이 되고 말았다.

강변을 따라 이어지는 길 저편에서부터 한 젊은 남자가 걸어오고 있었다. 당황한 다니엘 레이너는 얼어붙듯 그 자리에 멈추어 섰다. 그를 발견한 남자도 걸음을 멈추었다.

아르비스에서 일하는 청년이려나?

다니엘 레이너는 숨을 죽인 채 그 남자를 살폈다. 다행히 경계심을 가진 것 같지는 않았다. 놀란 기색 역시 없었다. 남자는 그저 태연한 얼굴로 그를 빤히 응시하고 있을 뿐이었다.

그 무심한 반응에 안도했던 다니엘 레이너는 얼마 지나지 않아 깊은 혼란에 빠졌다. 하루를 시작하느라 한창 바쁠 이 시간에 셔츠 한 장 걸친 편한 차림새로 한가로운 산책을 즐기는 시종이 존재할 리 만무했다. 더욱이 그 청년의 얼굴은 분명 낯이 익었다.

설마. 애써 현실을 부정해 보았지만 다니엘 레이너는 분명 그를 알고 있었다. 신문에서 수없이 보았던 그 얼굴, 헤르하르트 공작이었다.

대학 합격 발표가 난 지도 벌써 며칠이 지났지만 아르비스 사람들은 여전히 레일라 르웰린 이야기를 했다. 하지만 그 어조는 예전과 확연히 달라져 있었다.

정원사의 오두막에 도둑이 들었다는 소식은 금세 온 마을로 번져 나갔다. 설마 헤르하르트 가문의 영지에서 도둑질을 하는 간 큰 도둑이 있을까 생각하던 사람들도 빌 레머를 본 후에는 의심을 지웠다. 정원사는 반쯤 정신이 나간 채로 도둑을 찾아다니고 있었다. 이러다 큰일이 나는 긴 아닌지 염려스러운 모습이었다.

마티어스는 그 소란이 절정에 달했을 무렵에 저택을 나섰다. 오찬에 늦지 않기 위해서는 슬슬 출발해야 할 시간이었다. 가십에는 아무런 흥미가 없는 그가 평소와 다른 분위기를 감지한 건 아르비스의 진입로를 지날 무렵이었다. 플라타너스가 늘어선 길의 맞은편에서부터 말을 탄 경관들이 다가오고 있었다.

"정원사의 집에 도둑이 들었다고 합니다."

눈치 빠른 수행인이 상황을 설명했다. 점차 가까워지고 있는 경관들을 보는 마티어스의 눈초리가 가늘어졌다.

"빌 레머의 집에?"

"네. 아이의 대학 학비를 내기 위해 마련해둔 돈이 사라져 큰 충격에 빠진 모양입니다."

도둑. 학비. 레일라. 마티어스는 침착하게 그 단어들을 되새겼다. 오늘 아침 강가에서 마주쳤던 낯선 남자가 떠오른 건 막 경관들을 스쳐 지난 무렵이었다.

그 남자의 이름은 다니엘 레이너라고 했다. 주치의의 아내인 린다 에트먼의 사촌 동생이라고. 조카의 대학 합격을 축하해주기 위해 에트먼가를 방문했는데, 레일라에게도 축하 인사를 전하고 싶어 잠시 들렀다고 했다.

남자는 그 뒤로도 이런저런 잡담을 늘어놓았으나 귀담아들을 만한 가치는 없었다. 아마도 자신이 운영하는 투자회사와 해외 광산 채굴권, 주식 시장 따위에 대한 허풍이었던 것 같지만 기억은 정확하지 않았다. 다만 마티어스는 시간을 기억했다. 땀을 뻘뻘 흘려가며 장광설을 늘어놓는 남자 앞에서 확인한 손목시계는 아직 9시가 되지 않은 시각을 가리키고 있었다.

사촌 조카의 아내가 될 아이의 대학 합격을 축하하기 위해 이른 아침부터 무턱대고 남의 집을 찾아갔다?

이치에 맞지 않는 궤변이라고 마티어스는 생각했다. 그건 교양 있는 중류층 사업가인 중년 남자가 할 만한 행동이 결코 아니었으니까. 그러나 자신이 관여할 일이 아니었고, 그러므로 무심히 넘겼다. 정원사의 오두막에 도둑이 들었다는 소식을 듣지 못했다면 그대로 깨끗이 잊혔을 기억이었다.

하지만 왜?

아무리 형편이 곤궁해졌다고 해도 굳이 낯선 아르비스까지 찾아와 정원사의 돈을 훔치는 건 말이 되지 않는 일이었다. 차라리 부유한 제 사촌 누이의 집에서 도둑질을 한다면 또 모를까.

린다 에트먼.

그 시답지 않은 일에서 관심을 거두려던 찰나에 문득 그 이름이 떠올랐다. 그 남자와 레일라 사이에 린다 에트먼을 넣어 보자 제법 그럴싸한 인과관계가 성립되었다. 물론 이 또한 억측에 가깝기는 하지만 적어도 처음보다는 아귀가 맞아 들어갔다.

칼스바르 도심으로 접어든 차는 얼마 지나지 않아 오찬이 있는 호텔 앞에 당도했다. 뒷좌석의 문을 여는 수행인을 향해 마티어스는 짤막한 명령을 내렸다.

"다니엘 레이너에 대해 알아봐요. 최대한 빨리."

그 도둑이 훔쳐 간 것

저녁 식사가 끝날 무렵이 되어도 식탁의 음식은 거의 줄지 않았다. 식성 좋은 빌과 카일이 함께하는 식사 자리에서는 좀처럼 일어나기 힘든 일이었다.

그 이유를 잘 아는 레일라는 조용히 식탁을 치웠다. 접시를 채 반도 비우지 못한 빌 레머는 곧장 포치로 나가 담배를 피워 물었다. 도둑이 든 이후 오두막의 분위기는 내내 이처럼 침울하게 가라앉아 있었다.

"괜찮아, 레일라."

레일라를 거들던 카일이 조심스럽게 말문을 열었다. 부지런히 움직이던 손길을 멈춘 레일라가 눈을 들어 그를 보았다.

"도둑 말이야. 꼭 잡을 수 있을 거야."

"응."

"만약에 잡지 못해도 학비는 걱정하지 마. 아버지가 네 학비도 내주겠다고 약속하셨거든. 빌 아저씨께도 그렇게 전해 달라고 하셨어."

"카일."

"거절할 생각은 마. 아버지는 처음부터 그렇게 하고 싶어 하셨어. 빌 아저씨의 뜻이 워낙 완고해서 한발 물러섰을 뿐이 었지."

카일의 말투는 평소답지 않게 단호했다. 레일라는 뺨을 붉 히며 시선을 떨구었다.

"레일라, 결혼을 한다는 건 우리가 가족이 된다는 뜻이잖 아. 가족이 힘들 때 서로 돕는 건 당연한 거고. 안 그래?"

카일은 소심스럽게 손을 뻗어 식탁 끝에 놓여 있는 레일라 의 작은 손을 감쌌다.

"그러니 신세를 지는 거라는 생각 같은 건 절대 하지 마. 알 았지?"

"……응."

작게 고개를 끄덕인 레일라가 힘없이 웃었다. 고작 며칠 사 이에 수척해져 버린 얼굴을 보자 학비를 훔쳐 간 도둑에 대 한 증오심이 한층 커졌다.

"뭐, 이건 만약을 대비한 일일 뿐이니까. 우선은 도둑을 잡을 생각만 하자."

도둑을 잡을 가망성이 현저히 낮다는 것을 알면서도 카일은 애써 상황을 낙관했다. 다행히 레일라는 그 말에 힘을 얻은 듯 보였다.

"정말 고마워, 카일."

다시 식탁을 정리하던 레일라가 작게 속삭였다. 카일은 대수롭지 않게 웃으며 접시 더미를 들었다.

"고맙기는. 내가 뭘 했다고."

"그냥. 전부 다."

레일라는 한결 밝아진 웃음을 지었지만 카일의 마음은 오히려 더욱 무거워졌다.

빌 아저씨와 함께 수도 여행을 가게 되어 저 애가 얼마나 좋아했는데. 레일라는 마치 소풍을 앞둔 어린아이처럼 신이 난 얼굴로 그 일을 자랑했다. 학비를 내러 가는 것뿐이라고 빌 아저씨는 말했지만 사실 첫 가족 여행이라고. 무뚝뚝해 표현을 잘 못 하시지만 빌 아저씨의 생각도 분명 그럴 것이라고 레일라는 믿었다.

빌 아저씨와 함께 갈 곳, 빌 아저씨와 함께 먹을 음식, 빌 아저씨와 함께할 일들. 여행 계획을 재잘거리는 레일라의 들뜬 얼굴이 얼마나 사랑스럽던지. 카일은 하마터면 빌 아저씨를 질투할 뻔했다. 그 행복을 망쳐놓은 도둑이 그래서 더욱 원망스러웠다. 설령 기적적으로 학비를 되찾는다 해도 레일라와 빌 아저씨는 전처럼 기쁜 마음으로 여행을 떠나지 못할 테니까. 그건 무엇으로도 보상해줄 수 없는 일이었다.

한없이 무기력해지는 기분이 들었으나 카일은 내색하지 않았다. 대신 포치에 앉아 담배를 피우고 있는 빌 레머 곁으로 다가갔다. 카일을 힐끔 본 그는 침울한 얼굴로 다시 담배를 물었다. 그 빌어먹을 도둑을 어떻게 처단할지 고심하며 적의를 불태우던 지난 며칠이 차라리 나았다는 생각이 드는 모습이었다.

"다 내 탓이다. 큰돈을 집에 두고도 문단속 하나 제대로 하지 않았으니 원."

빌은 한참 만에야 입을 열었다. 맥없이 가라앉은 목소리가 카일의 마음을 더욱 아프게 했다.

"아저씨 잘못이 아니에요. 아브비스에 도둑이 들 거라고 대체 누가 생각할 수 있었겠어요?"

"다음 주면 대학 등록이 마감인데, 그전에 그 쳐 죽일 도둑 놈을 잡을 수 있을지 모르겠구나."

"그 일은 걱정 마세요. 그때까지 도둑을 잡는 일에 진전이 없으면 아버지께서 레일라의 학비를 납부하겠다고 말씀하셨어요. 레일라에게도 그렇게 전했고요."

카일은 별것 아닌 일처럼 웃으며 해결책을 제시했다. 자신을 배려하기 위해 애쓰는 아이를 바라보는 빌 레머의 눈동자가 우물처럼 깊어졌다.

"내일 경찰서에도 연락을 해주시기로 하셨어요. 친한 경관 분께 이 사건을 제대로 조사해달라는 부탁을 하시겠다고."

"고맙구나, 카일. 내가 못난 탓에 이렇게 큰 신세를 지게 생겼으니 면목이 없는 일이다."

"그렇게 말씀하시면 서운해요. 아직 제가 얻어먹은 밥값의 절반도 다 하지 못했는데."

능청스러운 대답을 건네자 빌이 픽, 힘없는 웃음을 흘렸다. 카일은 그제야 한숨을 돌렸다.

"에트먼 박사님께 꼭 감사 인사를 전해다오. 아니다. 이 일이 해결되면 내가 정식으로 인사를 드리러 찾아가겠다고 전해주려무나."

빌은 힘주어 카일의 어깨를 쥐었다. 그럴 만한 일이 아니라고 말하고 싶었으나 카일은 순순히 고개를 끄덕였다. 잘은 모르지만 그것이 빌 레머를 위하는 일일 것 같다는 생각이 들었다.

카일은 그의 마음을 지켜주고 싶었다.

공작저에는 두 개의 서재가 마련되어 있었다. 어지간한 도서관만큼 많은 장서로 채워져 있는 2층의 서재는 공용 공간으로, 그보다 규모가 작은 3층의 서재는 공작의 집무실로 활용되어왔다. 이 저택이 처음 지어졌을 때부터 그러했고, 마티어스 폰 헤르하르트 공작 역시 선대의 전통을 따랐다.

마크 에버스는 바쁜 걸음으로 3층 끝에 있는 공작의 서재를 향해 갔다. 최대한 빨리. 다니엘 레이너에 관해 조사할 것을 명하며 공작이 덧붙인 그 조건이 마음을 조급하게 했다.

마티어스가 성년이 된 해부터 수행인 역할을 해왔지만 단한 번도 독촉을 받아본 적 없었다. 얼마간은 마티어스의 성미가 느긋한 덕분인가 보다 생각했지만 그는 곧 알게 되었다. 이 베르크 제국의 하늘 아래서 헤르하르트 공작이 서두르며 조바심을 낼 만한 일이란 건 존재하지 않는지도 모른다는 걸.

모든 것을 가졌으며, 또한 모든 것이 순조로운 삶이었다.

마티어스 폰 헤르하르트는 자신이 세상을 이긴 것을 알고 있는 남자였다. 그가 보이는 관용과 친절은 거기에서 기인한다고 그는 확신할 수 있었다. 마치 배부른 포식자의 여유처럼. 그래서인지 마티어스 곁에 있으면 공기마저 느긋하게 흐르는 듯한 기분이 들었다. 그것이 그가 아는 헤르하르트 공작이었다. 그런 마티어스가 재촉한 일이라니. 마크 에버스는 강박적으로 서두르며 공작의 지시를 이행했다.

"주인님, 에버스입니다."

공작의 집무실 앞에 당도한 그는 가쁜 숨을 가다듬으며 노크를 했다. 문틈 사이로 불빛이 새어 나오고 있었으나 공작의 대답은 들려오지 않았다. 승낙의 의미였다.

마크 에버스는 조용히 문을 열고 집무실로 들어섰다. 마티어스는 책상 앞에 놓인 응접용 소파에 기대앉아 있었다. 밤이 깊어진 시간이었지만 조금 전까지 이사들을 접견했던 공작은 여전히 격식을 갖춘 차림새를 유지하고 있었다.

"말씀하신 다니엘 레이너에 대한 자료입니다."

마크 에버스는 가져온 서류를 들고 공작의 곁으로 다가갔다. 마티어스는 관자놀이를 지그시 누르고 있던 손으로 그것을 받아 들었다. 느릿하게 그 서류를 읽어나가는 마티어스의 모습은 마크 에버스가 알던 본래의 헤르하르트 공작과 크게 다르지 않았다. 하지만 안도감을 느낀 것도 잠시. 그는 곧 당혹스러운 상황을 맞닥뜨리게 되었다.

마지막 페이지까지 찬찬히 정독한 서류를 내려놓은 마티어스가 낮은 웃음을 터트렸다. 사기에 가까운 해외 광산 채굴권에 현혹되어 전 재산을 투자하고, 결국 그 돈을 모두 날려 길바닥에 나앉을 처지가 된 한심한 남자의 어떤 점이 저 무감한 공작을 웃게 만든 것인가. 그로서는 도무지 짐작이 가지 않았다.

"다니엘 레이너는 아마도 최근에 극적으로 은행 빚을 갚았겠지."

마티어스가 천천히 고개를 들었다. 비스듬히 기울어진 입술에는 아직 잔웃음이 남아 있었다. 무표정할 때는 꽤 온화한 인상을 주는 얼굴인데, 재미있다는 듯이 키득거리자 오히려 냉혹한 느낌을 주었다.

"네, 주인님. 그렇지 않아도 보고드리려 했습니다. 전액은 아니지만 집이 넘어가는 것을 막을 만큼은 변제했습니다. 오늘 오후의 일이라 보고서에는 미처 담지 못했습니다."

"그 돈의 출처는 에트먼일 테고."

마티어스는 여전히 빙글거리는 얼굴로 말을 이었다.

"린다 에트먼."

그 이름을 느릿하게 발음하는 마티어스는 더없이 즐거운 사람처럼 보이기까지 했다.

"그걸 어떻게……."

"수고했습니다. 헤센을 불러줘요."

마티어스는 대답 대신 정중한 명령을 내렸다. 이해할 수 없는 상황이었으나 마크 에버스는 반문 없이 그 명을 받들었다.

"찾으셨습니까, 주인님."

헤센은 수행인이 집무실을 떠난 지 얼마 지나지 않아 모습을 나타냈다. 마티어스는 책상 앞에 앉은 채로 집사를 맞이했다.

"빌 레머의 돈을 훔쳐 간 도둑은 어떻게 되었습니까?"

이사들이 두고 간 서류를 펼친 마티어스는 여느 때와 다름없이 침착한 목소리로 질문했다.

"경관들이 다녀갔지만 마땅한 증거도, 목격자도 없어 난항을 겪고 있다고 합니다."

"그렇다면 레일라 르웰린의 학비는?"

"대학 등록이 마감되기 전에 도둑을 잡지 못한다면 노마님께서 학비를 대신 내주겠다는 의향을 밝히셨습니다. 브란트 영애께서도 그런 뜻을 가지고 계시다고 합니다. 물론 에트먼 박사의 생각도 다르지 않다고 알고 있습니다."

역시. 예상과 다르지 않은 대답이다. 마티어스는 턱끝을 까딱이며 실소했다.

린다 에트먼이 계략을 꾸미고 있다. 다니엘 레이너와 마주쳤던 상황과 그 멍청한 남자에 대한 정보를 하나로 취합하자 명료한 결론이 내려졌다. 이쯤 되면 아들의 결혼을 받아들였을 줄 알았는데, 린다 에트먼의 집념은 그의 예상보다 훨씬 질긴 모양이었다. 물론 그녀의 마음이 어떠하든 마티어스와는 무관한 일이었다. 재미있는 건 레일라 르웰린이다. 아무것도 모르는 주제에 세상 모든 걸 다 아는 얼굴을 하고 있는 여자. 이제 천치라고 불러줘야 하려나.

"혹시 주인님의 생각은 다르시다면……."

마티어스의 안색을 살피던 헤셴이 조심스럽게 말을 꺼냈다.

"아니."

결재를 마친 서류를 덮은 마티어스는 웃음기 담긴 목소리로 그의 말을 잘랐다.

"할머니와 어머니의 뜻을 존중합니다. 이견은 없어요."

린다 에트먼이 이런 경우의 수를 계산하지 못하였을 리 없다고 마티어스는 확신했다. 돈으로 산 체스 말이 다소 허접스러운 것이 문제였을 뿐, 그녀의 계획 자체는 꽤나 체계적이고 대범했으니까. 레일라 르웰린의 학비를 대신 내줄 사람이 도처에 널려 있다는 걸 모를 만큼 멍청한 여자는 아니라는 뜻이었다. 그건 자신의 남편만 보아도 알 수 있는 일이니.

그렇다면 진짜 목적은 무엇일까?

마티어스는 한 손에 쥔 펜을 매만지며 생각에 잠겼다. 카일 에트먼과 레일라 르웰린이 함께 대학에 다니게 된 것이 죽도록 싫었던 마음은 짐작할 수 있었다. 하지만 고작 학비를 훔치는 정도로는 레일라의 대학 입학을 막을 수 없다는 것을 알면서도 군이 소란을 벌인 이유는 대체 무엇이란 말인가. 마티어스는 마치 재미있는 퍼즐을 풀 듯 린다 에트먼의 수를 헤아렸다.

"에트먼 부인에게 사람을 하나 붙이세요."

마티어스는 희미한 조소를 지으며 다음 서류를 펼쳤다. 놀란 헤센의 눈이 휘둥그레졌다.

"에트먼 부인이라면, 설마 주치의인 에트먼 박사의 아내를 말씀하시는 것인지요?"

"맞아요. 린다 에트먼. 의사의 부인."

펜을 고쳐 쥔 마티어스가 고개를 들었다. 지극히 심상한 낯빛이 헤센을 더욱 당혹스럽게 했다.

"한 가지만 보고하면 됩니다."

마티어스의 입술 위로 부드러운 미소가 떠올랐다.

"에트먼 부인이 레일라 르웰린을 따로 만나는지, 만난다면 어떤 이야기를 나누는지."

첨언을 마친 공작은 다시 책상에 펼쳐져 있는 서류 위로 시선을 내렸다. 종이 위를 움직이는 펜촉의 소리가 정적 속으로 고요히 스며들었다. 평소와 조금도 다르지 않은 모습이었다.

평정을 되찾은 헤센은 침착하게 고개를 조아렸다. 그리고 자신에게 허락된 유일한 대답을 했다.

"네, 주인님. 분부대로 하겠습니다."

절도 사건을 조사 중인 경관들은 다음 날 오전에 다시 아르비스를 찾았다. 그들의 발걸음은 정원사의 오두막이 아닌 헤르하르트 가문의 저택을 향했다. 아르비스를 방문한 클로딘과 함께 외출을 하는 길이던 마티어스는 로비의 홀에서 경관들과 마주쳤다.

"안녕하십니까, 공작님. 정원사의 오두막에서 발생한 도난 사건 때문에 결례를 범하게 되었습니다."

선두에 선 은발의 사내가 깍듯이 인사를 올리자 뒤따르던 무리도 일제히 고개를 조아렸다. 마티어스는 홀의 중앙에서 걸음을 멈추었다.

"혹시 아르비스의 사용인들 중에 목격자가 있는지 다시 탐문해보고 싶다고 합니다."

조용히 다가온 헤센이 경관들의 방문 목적을 전했다. 마티어스는 흔쾌히 고개를 끄덕여주었다.

"네. 얼마든지."

"협조해주셔서 감사합니다. 공작가에 폐를 끼치지 않도록 최대한 조용히 수사하겠습니다."

뻣뻣이 굳어 있던 경관들은 비로소 긴장을 풀었다. 묵례로 답한 마티어스는 한 걸음 뒤에서 기다리고 있는 클로딘을 에스코트해 그들을 스쳐 지나갔다.

"참, 공작님!"

헤셴의 뒤를 따르던 은발의 경관이 다급히 외쳤다. 마티어스는 천천히 고개를 돌려 그를 보았다.

"그날 아침에 아르비스에 머무르고 계셨는지요?"

잠시 주저하던 경관이 정중한 질문을 건넸다. 마티어스는 고개를 까딱이며 몸을 돌려세웠다.

"그렇습니다."

"그러면 혹시 낯선 사람이나 수상한 사람을 목격하신 적이 있으십니까?"

수첩을 꺼내 든 경관이 재차 질문했다. 그를 응시하는 마티어스의 눈빛은 깊고 고요했다.

보았지.

마티어스는 혀끝에 고인 진실을 삼키며 우아한 미소를 지었다.

목격자가 나타난다면 레일라 르웰린에게 큰 도움이 될 것이다. 파산 위기에 처한 사촌을 이용해 아들의 결혼을 막고자 했던 린다 에트먼의 눈물겨운 노력이 이쯤에서 발각된다면 최악의 상황은 막을 수 있을 테니. 한바탕 소란이 일겠지만 그래도 어떻게든 수습되겠지. 벼랑 끝으로 내몰린 린다 에트먼은 결국 체념할 테고.

그러면 그다음은?

마티어스는 느긋이 고개를 들어 샹들리에의 불빛을 바라보았다.

일생일대의 행운을 잡은 레일라 르웰린은 행복하게 살아가겠지. 이번 일로 권위를 상실한 에트먼 부인은 더 이상 아들의 인생에 개입하지 못할 테니까. 의사의 아들은 제 아내를 아끼고 사랑하는 남편이 될 것이다. 레일라는 그 사랑 속에서 꿈을 펼치게 될 테고. 화목한 가정을 꾸리고, 좋아하는 공부를 하며. 똑똑한 아이이니 어쩌면 꽤 괜찮은 학자가 될 수 있을지도.

샹들리에를 스쳐 지난 마티어스의 시선이 가문의 문장이 새겨져 있는 천장에 닿았다.

물론 약간의 번거로움을 감수한다면 좀 더 나은 해결책을 찾아줄 수도 있었다. 레일리가 린다 에트먼의 만행을 알게 되기 전에 그가 나서서 이 일을 마무리 짓는 방법도 있으니. 린다 에트먼은 체면과 위신을 목숨처럼 여기는 부류였다. 모든 계획이 들통나 버렸다는 것을 알면 조용히 뒷수습을 하는 길을 택할 것이다.

그래. 아마도 그것이 레일라의 상처를 최소화하는 방법이겠지.

마티어스는 시선을 내려 다시 경관을 마주했다. 그는 긴장한 얼굴로 답변을 기다리고 있었다.

레일라의 행복이 무엇인지 잘 알고 있다. 그 행복을 지켜주는 방법 역시도. 마티어스에게 그건 그저 손가락 하나를 까딱이는 정도의 쉬운 일이었다.

하지만, 그래서?

표정이 없던 마티어스의 얼굴 위로 희미한 미소가 떠올랐다.

그래서, 너의 행복이 대체 나의 무엇이란 말인가? 그리하여 내게 남는 것은 장미가 피어도 네가 없는 계절. 이토록 완벽한 내 세상의 균열일 텐데.

"없습니다."

마티어스는 경관을 직시하며 건조한 대답을 건넸다. 숨을 죽인 채 눈치를 살피던 사용인들은 그제야 안도한 표정을 지었다.

"아, 네. 수사에 협조해주셔서 감사합니다, 공작님. 혹시나 하는 마음에 결례를 범했습니다."

황급히 사과의 말을 전한 경관은 마티어스의 곁에 서 있는 클로딘 쪽으로 시선을 돌렸다.

"혹시 아가씨께서는 이 근방에서 수상한 사람을 목격한 적이 있으십니까?"

"아니요. 안타깝지만 도움이 되어드릴 만한 정보가 없

네요."

클로딘은 별다른 고민 없이 답변했다. 소득 없는 탐문을 마친 경관은 그쯤에서 물러났다.

마티어스는 멈추었던 걸음을 내딛는 것으로 상황을 종결했다. 클로딘을 에스코트해 현관 밖으로 나가자 대기 중이던 수행인이 자동차의 문을 열었다.

두 사람을 태운 차는 곧 공작저를 떠났다. 침묵에 잠겨 있던 클로딘이 입을 연 건 차가 막 아르비스의 정문 아래를 지난 때였다.

"범인을 꼭 찾았으면 좋겠네요. 그렇지요?"

클로딘은 생긋 웃는 얼굴로 마티어스를 바라보았다. 그는 턱끝을 까딱여 보이는 것으로 대답을 대신했다.

"이렇게 단둘이 외출을 하는 건 참 오랜만인 것 같아요. 오늘 하루는 온전히 저와 함께 보내시기로 한 약속을 잊으신 건 아니지요?"

클로딘은 자연스럽게 화제를 전환했다. 함께 점심 식사를 한 후에 칼스바르에서 열리는 폴로 경기를 관람하기로 한 날이었다. 사실상 양가 어른들이 만든 자리지만 그들에게는 완벽한 차기 헤르하르트 공작 부부의 모습을 선보일 의무가 있었다.

"물론 기억하고 있습니다, 영애."

다행히 마티어스는 흡족한 대답을 건넸다. 매끄러운 미소로 만족감을 표시한 클로딘은 다시 차창 너머의 풍경으로 시선을 돌렸다. 차는 이제 진입로 끝의 갈림길을 지나가고 있었다.

마티어스는 주치의의 집으로 이어지는 길을 향해 고요한 눈길을 던졌다. 부디 린다 에트먼이 기대 이상의 재미를 줄 수 있기를 바랐다. 적어도 그 정도의 대가는 마땅히 누려야 할 도움을 주었으니.

린다 에트먼은 고심 끝에 점잖은 연보라색 드레스를 골랐다. 평소보다 옅은 화장을 하고 수수한 모자를 쓰자 모든 준비가 끝났다.

눈에 띄지 않게, 하지만 초라해 보이지는 않게. 거울 앞에 선 린다 에트먼은 한 번 더 꼼꼼히 자신의 모습을 점검했다. 레일라를 만나기로 한 날이었다. 이제 마지막 쐐기를 박을 때가 되었다고 판단한 그녀는 직접 오두막을 찾아가 약속을 잡았다. 크게 당황하면서도 레일라는 순순히 부름에 응했다. 아마 결혼 준비를 논의하기 위한 자리쯤으로 생각한 눈치였다.

흔들리는 마음을 다잡은 린다 에트먼은 차분한 걸음으로

집을 나섰다. 다행히 역마차 정류장은 비어 있었다.

카일을 위해서다.

이 선택을 정당화하기 위해 애쓰는 사이에 역마차가 도착했다. 그녀는 결심을 굳힌 얼굴로 그 마차에 올랐다. 그 불쌍한 아이의 인생을 생각하면 마음이 무겁지만 이미 되돌릴 수 없게 된 일이었다. 그렇다면 그저 앞으로 나아갈 수밖에.

린다 에트먼을 태운 마차는 칼스바르 시내를 향해 달리기 시작했다. 번민을 지운 그녀의 눈빛에는 차가운 서슬이 서려 있었다.

카일을 위해서라면 무엇이든 할 수 있었다. 설령 그것이 그녀를 악한으로 전락시키는 일일지라도.

* * *

에트먼 부인이 정한 약속 장소는 마을 변두리에 있는 한 허름한 찻집이었다.

약속 시간보다 일찍 그곳에 도착한 레일라는 햇빛이 드는 창가에 앉아 에트먼 부인을 기다렸다. 마차 한 대가 겨우 지나갈 만큼 좁은 길 건너편에는 담쟁이덩굴로 뒤덮인 낡은 건물들이 늘어서 있었다. 고상한 취향을 가진 에트먼 부인이 선호할 법한 장소는 아니었다. 이 찻집 역시 그랬다. 빛이 바랜

차양과 얼룩진 유리창, 그리고 차 얼룩이 가득한 테이블보까지. 무엇 하나 에트먼 부인과 어울리는 것이 없었다.

그런데 왜 이곳을 택하셨을까?

아리송한 기분이 들었지만 레일라는 함부로 추측하지 않기로 했다. 도둑 탓에 이미 지칠 대로 지친 상태였다. 불필요한 걱정의 무게까지 더하고 싶지는 않았다.

아마 번잡스럽지 않은 곳에서, 단둘이 이야기를 나누고자 하는 뜻이겠지. 아무래도 논의해야 할 것이 많을 테고, 또……

꼬리를 물고 이어지던 레일라의 생각은 딸그랑, 맑게 울린 종소리로 인해 잠시 중단되었다. 벌떡 몸을 일으켰으나 찻집으로 들어선 사람은 에트먼 부인이 아닌 한 젊은 신사였다. 단정한 정장 차림에 중절모를 쓴 남자는 사선 방향에 놓여 있는 테이블에 앉아 신문을 펼쳤다.

레일라는 조용한 한숨을 내쉬며 다시 자리에 앉았다. 시선을 내리자 얼룩투성이 테이블보가 시야에 들어왔다. 멍하니 그것을 바라보는 레일라의 눈이 차츰 붉어져 갔다.

오늘도 경찰서에 다녀왔지만 달라진 건 아무것도 없었다. 아무래도 도둑을 잡기 어려울 것 같다고, 레일라를 가엾게 여긴 한 경관이 귀띔해주었다. 증인도 증거도 남아 있지 않으니 도저히 수사를 할 길이 없다고 했다. 허튼 희망에 매달리기보다는 하루빨리 학비를 빌려줄 사람을 찾는 편이 나을 것이라고.

그래야 하는 걸까?

에트먼 박사는 물론 공작가의 노마님과 클로딘까지 학비를 대신 내주겠다는 뜻을 밝혔다. 오늘 아침에는 모나 부인이 다녀갔다. 도둑을 잡지 못하면 아르비스의 사용인들이 모금을 해 학비를 마련하기로 뜻을 모았으니 걱정하지 말라고, 그녀는 다정하게 레일라와 빌을 위로해주었다. 모두 참 고맙고, 그래서 더 마음이 무거웠다.

까마득하게 깊어진 근심이 눈물이 되어 맺힌 찰나에 또다시 종소리가 울렸다. 레일라는 반사적으로 몸을 일으켰다.

"안녕하세요, 에트먼 부인."

열린 문 사이로 들어서는 에트먼 부인을 발견한 레일라는 황급히 인사를 올렸다. 물끄러미 그 모습을 바라보던 그녀는 아무 말 없이 다가와 레일라의 맞은편 자리에 앉았다. 오랜 세월 보아온 에트먼 부인이 문득 낯설게 느껴졌다. 지나치게 긴장한 탓인 듯했다.

"앉으렴."

모자를 벗은 에트먼 부인이 차분히 명했다. 레일라는 경직된 자세로 앉아 이어질 말을 기다렸다.

"오늘도 경찰서를 찾아갔다고 들었는데. 무어라 하든?"

다행히 에트먼 부인이 먼저 말문을 열어주었다. 레일라는 어색한 미소를 지으며 자세를 가다듬었다.

"아직 단서를 찾지 못했다고 해요. 하지만 끝난 게 아니니까, 포기하지 않으려고요."

"글쎄, 레일라. 내 생각에는 그건 그리 좋은 선택이 아닌 것 같구나."

"……네?"

당황한 레일라가 반문했다. 때마침 주문한 차가 나와 두 사람의 대화는 잠시 중단되었다. 투박스럽게 찻잔을 내려놓은 웨이터가 떠나자 무거운 정적이 찾아왔다.

"무슨 말씀이신지 여쭤도 될까요?"

굳은 손을 마주 잡은 레일라가 먼저 침묵을 깼다. 김이 피어오르는 찻잔을 무심히 바라보고 있던 에트먼 부인의 시선이 다시 레일라를 향했다.

"그 돈, 내가 가지고 있다."

냉담한 표정을 한 에트먼 부인이 천천히 입술을 열었다.

"네 학비를 가져간 사람, 나란다."

환청을 듣기라도 한 듯 멍해져 있는 레일라를 향해 그녀는 또박또박 힘을 주어 말했다.

"말도 안 돼요. 어떻게 에트먼 부인께서 그런……."

레일라는 애써 현실을 부정했다. 하지만 목소리가 제대로 나오지 않았다. 어서 농담이었다고 말해주면 좋을 텐데, 에트먼 부인은 그저 레일라를 빤히 쳐다보기만 했다. 명백한 적의가 담긴 눈빛이었다.

"내가 숨겼어. 네가 카일과 함께 대학에 가는 일을 막고 싶은 마음에 잘못인 줄 알면서도 그리했다."

"그럴 리가……."

"도둑질이지. 한심하고 잔인한 도둑질. 그런데도 내가 그리했다. 너를 카일 곁에서 떼어놓고 싶어서."

에트먼 부인은 일말의 주저도 없이 자신의 악행을 실토했다. 레일라는 덜덜 떨리기 시작한 손으로 치맛자락을 비틀어 쥐었다. 머릿속이 새하얘졌지만 에트먼 부인이 진실을 말하고 있다는 것만큼은 분명하게 인지할 수 있었다.

"레일라, 나는 네가 너무나 싫단다."

레일라를 보는 그녀의 갈색 눈에서는 짙은 환멸과 피로감이 묻어났다.

"너를 우리 카일의 짝으로 받아들일 바에야 내가 이처럼 형편없는 사람이 되는 편이 나을 만큼, 그렇게나 네가 싫단다."

"에, 에트먼 부인."

"난 그래도 네가 분수를 아는 착한 아이라고 생각했다. 설마 이런 말도 안 되는 욕심을 부려 기어이 카일을 이용하려들 줄은 꿈에도 몰랐어."

"이용이라니요. 아니에요. 저, 절대 그런 거 아니에요. 제가 어떻게 카일을. 아니에요."

레일라는 정신없이 고개를 저었다. 오한이 난 듯 온몸이 떨리기 시작했지만 그것을 깨달을 만한 여유는 남아 있지 않았다.

"이러려고 카일 곁에 있었니? 카일을 이용해 대학에 가고, 카일의 아내가 되어 네 초라한 삶을 바꾸려고?"

에트먼 부인은 표독스럽게 레일라를 몰아붙였다. 억지라는 것을 알기에 더더욱 비정해져야만 했다.

카일에 대한 레일라의 마음은 우애, 혹은 우정의 범주에서 크게 벗어나지 않았다는 걸 잘 알고 있다. 오히려 연연하는 쪽은 그녀의 아들, 카일이었다. 그 바보 같은 녀석만 아니었다면 레일라는 주제넘은 바람을 품지 않았겠지. 린다 에트먼은 그 사실이 늘 자존심 상했다. 그래서 레일라를 더욱 미워했다는 것을 이제는 순순히 인정할 수 있었다.

"너에 대한 미움이 나를 도둑으로 만들었다, 레일라. 이런 짓을 저지를 만큼 나는 네가 싫어. 이 사실은 영원히 변하지 않을 거다. 이런 우리가 가족이 될 수 있을 것 같니?"

"대체 왜…… 제게 진실을 고백하시는 건가요?"

새파랗게 질린 얼굴을 하고도 레일라는 끈질기게 버텨냈다.

"넌 이미 알 거다. 똑똑한 아이니까."

손도 대지 않은 싸구려 찻잔을 일별한 린다 에트먼의 시선이 다시 레일라를 향했다.

"말하고 싶거든 어디 한번 말해봐라."

창문을 지나온 햇살이 망연해진 레일라의 얼굴을 비추었다. 물기 어린 커다란 눈망울이 그 빛 속에서 반짝였다. 그 예쁜 얼굴이 그녀는 이제 진저리가 처지게 싫었다.

"내가 이런 짓을 저질러가며 너희 둘의 결혼을 막으려 든다고 카일에게, 아니, 온 세상에 말해보려무나."

너는 절대 그러지 못할 테지. 그것을 너무도 잘 알기에 린다 에트먼은 무모해질 수 있었다.

"네가 카일에게 말한다면 그 애는 내게 크게 실망하겠지. 우리 관계가 틀어지고, 어쩌면 화목하던 가정까지 망가질지도."

굳어버린 레일라를 보는 에트먼 부인의 눈빛이 한층 냉철해졌다.

"하지만 이런 일이 일어난 이상 너와 카일은 결혼할 수 없을 거다. 네가 이 일을 숨기든, 카일에게 다 말하든 변하는 건 없을 거야. 난 그거면 된다."

"……이렇게까지 하셔야 할 만큼 제가 싫으신 건가요?"

"말하지 않았니, 레일라. 나는 네가 싫다고."

깊은 한숨을 내쉰 에트먼 부인이 자리에서 일어섰다.

"그래. 이런 극단적인 선택을 할 만큼, 네 앞에서 최소한의 체면마저 내팽개칠 만큼, 그렇게나 네가 싫단다."

레일라를 내려다보는 그녀의 눈길에서는 숨김없는 경멸이 묻어났다.

"내가 맡아둔 돈은 등록일이 지나면 돌려주도록 하마."

그러니 너는 괜스레 여기저기 들쑤시고 다니는 대신 요령껏 카일을 단념시키렴. 가장 하고 싶은 말을 조용히 삼킨 린다 에트먼은 침착하게 모자를 썼다. 이만하면 레일라는 모두 알아들었을 테니.

"오늘은 레머 씨가 참 원망스럽구나."

떠나려던 그녀가 한숨지으며 고개를 돌렸다.

"왜 너를 아르비스에 두어 이런 비극을 초래했을까."

린다 에트먼은 속삭이듯 부드럽게 마지막 비수를 꽂아 넣었다. 빛을 잃은 레일라의 눈동자가 그 일격이 주효했음을 말해주었다. 그럼에도 꿋꿋이 버티고 있는 그 지독스러운 아이를 남겨두고 돌아선 린다 에트먼은 유유히 찻집을 떠났다. 자괴감과 뒤섞인 안도감이 발끝에 붙은 그림자처럼 그녀의 뒤를 따랐다.

레일라를 보았다. 그 여자는 아르비스로 이어지는 진입로의 한 플라타너스 나무 아래에 웅크려 앉아 있었다.

무심히 차창 밖을 응시하던 마티어스는 한눈에 레일라를 찾아냈다. 아직은 뒷모습밖에 보이지 않는 위치였지만 확신할 수 있었다. 그 여자는 틀림없는 레일라였다.

"저 나무 아래에 있는 아이, 레머 씨네 레일라 같은데요?"

곧이어 그 아이를 발견한 운전기사가 조심스럽게 운을 뗐다.

"혹시 어디가 아프기라도 한 걸까요?"

수행인 마크 에버스도 걱정스러운 목소리로 한마디를 보탰다. 그사이 차가 레일라와 조금 더 가까워졌다. 뒤늦게 그것을 알아차린 레일라는 비틀거리며 일어나 나무 옆으로 몸을 숨겼다. 고개를 깊이 숙이고 있어 얼굴을 제대로 확인할 수 없었지만 안색이 좋지 않은 건 확실해 보였다.

걱정이 가득한 눈길로 레일라를 살피던 수행인이 뒷좌석에 앉은 마티어스를 향해 고개를 돌렸다. 선뜻 입을 열지 못하고 있었지만 그가 하고 싶은 말을 알아차리는 건 그리 어렵지 않았다. 아마도 레일라를 돕고 싶은 것이겠지. 운전기사의 마음도 다르지 않은지 차의 속력이 차츰 줄어들었다.

마티어스는 느리게 흘러가는 차창 밖의 풍경으로 다시 눈길을 던졌다. 레일라는 두 손을 공손히 모아쥔 채 고개를 조아리고 있었다.

울고 있다. 마티어스는 직감적으로 그 사실을 알아차렸다. 보지 않아도 울고 있는 레일라의 얼굴을 그릴 수 있을 듯했다. 그는 누구보다 레일라 르웰린의 눈물을 잘 알고 있었으므로.

문득 그 사실이 우스워진 마티어스는 그만 차창에서 눈길을 거두었다. 레일라의 눈물은 언제나처럼 마티어스를 즐겁게 해주었지만 그건 어디까지나 그만의 즐거움이어야 했다. 다른 누군가가 개입하는 건 글쎄, 그건 썩 달갑지 않은 일이었다.

눈치를 살피던 운전기사는 체념한 듯 다시 속력을 높여 달리기 시작했다. 그저 안타까운 표정을 지을 뿐, 수행인 역시 더 이상 말을 보태지 못했다. 울고 있는 레일라를 홀로 남겨두고 떠난 차는 곧 아르비스에 당도했다. 저택을 바라보는 마티어스의 얼굴은 여느 때와 다름없이 평온해져 있었다.

린다 에트먼이 움직였을까?

레일라가 펑펑 눈물을 쏟을 일은 아마도 그것뿐일 것이다. 그 예상이 틀리지 않았다는 건 난처한 얼굴로 다가온 헤셴으로 인해 증명되었다.

"보고드릴 것이 있습니다."

차에서 내려선 마티어스 곁으로 다가온 그가 은밀하게 고했다.

"믿기지 않는 이야기라, 어떻게 말씀을 드려야 할지⋯⋯."

좀처럼 당황하는 법이 없는 유능한 집사의 동요를 느낀 순간에 마티어스는 확신했다. 에트먼 부인께서 그의 기대에 부응한 것이 분명하다고.

"집무실로 가죠."

마티어스는 태연한 명령을 내리며 걸음을 뗐다.

"이게 다 그 도둑놈 때문이다. 하도 애를 끓여 그런 거지."

빌은 어쩔 줄 몰라 하며 레일라의 침대 곁을 서성거렸다. 아이는 식은땀으로 흠뻑 젖은 채로 끙끙 앓고 있었다. 몸이 좋지 않다며 일찍 잠자리에 들 때부터 불안하더니 결국 이런 일이 벌어지고 말았다.

어젯밤에 곧장 병원에 데려갔어야 하는 건데. 빌은 뼈저린 후회와 자책을 하며 아이의 상태를 살폈다. 레일라는 가벼운 감기일 뿐이라고 말했지만 그가 보기에는 그리 쉽게 나을 병이 아니었다.

"안 되겠다. 에트먼 선생을 불러 올 테니⋯⋯."

"아니요!"

빌의 말을 자른 레일라가 힘겹게 몸을 일으켰다.

"괜찮아요, 아저씨. 그러지 마세요."

"이렇게 아프니 의사를 불러야지. 왜? 카일 녀석과 싸우기라도 했어?"

"아니요."

"카일과 싸웠어도 에트먼 선생은……."

"제발이요."

레일라는 핏기 없는 손을 뻗어 빌의 옷자락을 붙들었다.

"저 그냥 푹 쉬고 싶어요. 그거면 돼요. 그러게 해주세요."

"레일라……."

"그러면 다 나을 것 같아요. 네?"

하도 절박하게 애원하여 빌은 더 이상 고집을 부리지 못했다. 아무래도 카일과 무슨 일이 있는 모양이지만 그걸 캐물을 만한 상황은 아니었다.

빌이 마지못해 고개를 끄덕거리자 레일라는 그제야 안도한 표정을 지었다. 픽 쓰러지듯 힘없이 눕는 모습에 빌의 가슴이 주저앉았다.

"그러게, 밥도 푹푹 잘 먹고! 잘 자고! 그랬어야지. 내가 다 해결할 텐데. 그렇게 쓸데없이 속을 끓이더니!"

빌은 속상한 마음에 괜히 큰소리를 쳤다. 하지만 이불을 덮어주는 손길에서는 숨길 수 없는 애정과 염려가 묻어났다.

일단은 레일라의 바람을 들어주기로 한 빌은 급히 부엌으로 가 열을 내려줄 물수건을 준비했다. 레일라가 마실 물과 간단한 요깃거리를 챙기는 것도 잊지 않았다.

다시 아이의 방으로 돌아간 빌은 조심스러운 걸음을 옮겨 침대가로 다가갔다. 레일라는 눈을 꼭 감은 채로 조용히 앓고 있었다.

"걱정 말거라, 레일라."

레일라의 이마에 물수건을 올려준 빌이 나직이 속삭였다.

"그 찢어 죽일 도둑놈을 못 잡아도, 내가 어떻게든 네 학비를 마련해서⋯⋯."

"아저씨."

가쁜 숨을 몰아쉬던 레일라가 울먹이듯 그를 불렀다.

"저는 여기에, 아저씨 곁에 있을래요."

"거 참 쓸데없는 말을 하는구나."

"죄송해요, 아저씨."

"그건 또 무슨 엉뚱한 소리야?"

"이게 다 저 때문이에요."

"자꾸 그런 못난 소리 하면 화를 낼 거다."

"제가 꼭 다시 찾아올게요."

두서없는 이야기를 늘어놓던 레일라가 다시 스르르 눈을 감았다. 조용한 한숨을 내쉰 빌은 투박한 손과 어울리지 않게 세심한 손길로 땀에 젖은 아이의 머리를 쓰다듬어주었다.

"우선은 쉬고 있거라, 레일라. 금방 일을 끝내고 오마."

시간을 확인한 빌은 마지못해 걸음을 돌렸다.

"오후까지 열이 내리지 않으면 네가 뭐라든 에트먼 선생을 부를 거다. 알겠지?"

괜스레 으름장을 놓았지만 레일라는 아무런 대꾸가 없었다. 그새 잠이 든 모양이었다. 다행히 좀 전보다는 호흡이 안정되어 있었다.

겨우 한시름을 놓은 빌은 무거운 걸음으로 오두막을 떠났다.

때로는 적중한 예상이 불쾌감을 주기도 한다. 오늘 아침, 레일라 르웰린이 없는 장미 정원을 내려다보며 마티어스는 문득 그 사실을 깨달았다.

그런 일을 당하였으니 당분간은 모습을 나타내지 않을 것 같았다. 지난밤 집무실에서 헤셴의 보고를 듣던 순간에 마티어스는 이미 예상했다. 하지만 막상 두 눈으로 직접 확인한 레일라의 부재는 약간의 당혹감마저 안겨주었다.

어지간히도 천치 같은 게.

마티어스는 실소하며 커튼을 쳤다.

도둑질은 단지 미끼일 뿐, 린다 에트먼의 진짜 목적은 레일라 르웰린의 마음을 찢고 자존심을 깨부수는 것이었다. 아들을 막을 수 없다면 레일라를 포기시킨다. 상당히 괜찮은 전략이었고, 마티어스는 기꺼이 박수를 보내줄 수 있었다. 상대의 약점을 정확히 파악하여 비수를 찔러 넣은 셈이었다.

린다 에트먼은 마티어스의 예상보다 훨씬 큰 재미를 주었다. 실제로 그는 헤센의 보고를 들으며 몇 번이나 웃었다. 마치 한 편의 우스꽝스러운 연극을 보는 것만 같았다. 보기 좋게 당한 레일라를 생각하면 더더욱 그러했다.

결국은 제자리로 돌아오게 될 터.

간명한 결론을 내린 마티어스는 그만 뒤돌아서 욕실을 향해 갔다. 씻고, 옷을 갈아입고, 간단한 아침 식사를 하는 사이에 여름 해가 하늘 높이 떠올랐다. 다시 창문 밖으로 눈길을 돌린 건 마지막 한 모금의 기피를 마신 후였다. 빌 레머와 일꾼들이 부지런히 일을 하고 있을 뿐, 레일라는 여전히 보이지 않았다.

이 정도 각오도 없이 주제넘는 상대를 욕심냈던가.

빈 찻잔을 내려놓은 마티어스는 느긋한 걸음으로 아침 산책을 나섰다. 모처럼 한가로운 주말이었다. 본래는 별채에서 휴식을 가질 예정이었지만 즉흥적으로 계획을 변경했다. 그 한심한 여자를 실컷 비웃어주는 것보다 즐거운 여가는 없을 테니.

정원을 지난 마티어스는 정원사의 오두막으로 이어진 숲길로 들어섰다. 레일라가 울고 있었으면 하였다. 오늘도 그 눈물을 즐길 수 있게. 하지만 막상 조용한 오두막 앞에 다다르자 묘한 불쾌감이 들었다.

레일라가 즐겨 앉던 포치의 의자는 텅 비어 있었다. 이런저런 잡일을 하며 부지런히 쏘다니던 마당 역시 그러했다. 그 적막하고 고요한 풍경 속으로 새하얀 비둘기 한 마리가 날아들었다. 마티어스는 가늘어진 눈으로 그 새를 바라보았다. 비둘기는 명확한 목적지를 가지고 있는 것처럼 오두막 뒤편을 향해 날아갔다.

마티어스는 충동적으로 그 새의 뒤를 따랐다. 비둘기는 커튼이 처진 한 창문 앞에 얌전히 앉아 있었다. 그 새의 다리에 묶여 있는 편지를 발견한 것과 동시에 바람이 불어왔다. 그 바람에 나부끼는 커튼 사이로 보이는 방이 누구의 것인지 알아차리는 건 그리 어려운 일이 아니었다.

레일라. 마티어스는 그 이름을 되뇌며 창문 앞으로 다가갔다. 비둘기는 여전히 그 자리에 얌전히 머무르고 있었다.

설마 전서구인가.

마티어스는 편지를 지니고 있는 그 비둘기를 천천히 집어들었다. 사람의 손길을 두려워하지 않는 것을 보니 잘 길들여

진 전서구가 확실했다.

비둘기가 가져온 편지를 응시하던 마티어스의 시선이 불현듯 창문 너머를 향했다. 그곳에서 희미한 울음소리가 들려왔다.

레일라. 그 이름을 가만히 속삭인 순간에 다시 바람이 불어왔다. 흔들리는 커튼 사이로 레일라가 보였다. 침대에 누워 서럽게 흐느껴 울고 있는 레일라가.

잠에서 깨어난 후에도 레일라는 한참이나 더 침대에 누워 천장을 바라보았다. 분명 푸른 새벽빛 속에서 눈을 뜬 것 같은데 어느새 눈이 부신 아침 햇살이 방 안을 가득 채우고 있었다. 창문 옆에 있는 나무에 사는 새들의 노랫소리가 오늘의 날씨처럼 맑았다.

레일라는 침대 위에 맥없이 늘어져 있던 손을 들어 얼굴을 매만져 보았다. 열이 내린 이마가 서늘했다. 부르튼 입술은 아마도 피딱지가 앉은 듯 거칠었다. 거울을 보지 않아도 얼마나 형편없는 몰골을 하고 있는지 알 듯했다.

이틀, 아니 어쩌면 사흘. 레일라는 죽은 듯이 누워 있었던 시간을 헤아려보며 천천히 몸을 일으켰다. 몽롱하던 감각들이 하나둘씩 깨어나자 호된 몸살을 앓느라 잊고 있었던 현실도 함께 되살아났다.

그런데 참 이상하기도 하지.

레일라는 멍한 눈으로 아침 햇살 속을 떠도는 금빛 먼지를 바라보았다. 잔인한 현실을 인지하자 오히려 마음이 평온해졌다. 지난 며칠간 흘린 눈물이 모든 슬픔과 고통을 다 씻어 내 주기라도 한 것처럼.

숨을 고른 레일라는 비틀거리며 침대 아래로 내려섰다. 현기증이 났지만 다행히 곧 진정되었다.

우선은 빨래부터 해야지. 그다음에는 청소를 하고, 분명히 며칠간 부실한 식사를 했을 빌 아저씨를 위한 음식도 만들고, 그리고 또……

해야 할 일들을 정리하던 레일라의 눈빛이 한순간 망연해졌다. 그 어떤 일보다 우선순위에 두어야 할 한 가지 일이 떠오른 탓이었다. 파르르 떨리는 입술에 지그시 힘을 실은 레일라는 체념하듯 현실을 받아들였다.

카일을 만나야 했다.

"벌써 이렇게 돌아다니면 안 돼, 레일라! 넌 아직 환자라고!"

개울가에 앉아 있는 레일라를 발견한 카일의 걸음이 빨라졌다. 가만히 수면을 내려다보고 있던 레일라는 그제야 천천히 고개를 들었다.

"이거 봐. 아직 다 낫지 않았잖아."

병색이 완연한 레일라를 본 카일의 낯빛이 급격히 어두워졌다.

빌 아저씨는 레일라가 앓아누운 지 이틀째가 되어서야 아버지를 찾아왔다. 진찰을 받기 싫다고 고집을 부려 일단 상태를 지켜보던 중인데, 아무래도 이대로는 안 될 것 같다고. 가슴이 덜컥 주저앉는 것만 같은 기분에 사로잡힌 카일은 아버지가 왕진 가방을 다 챙기기도 전에 오두막으로 달려갔다. 몸져누운 레일라를 보았을 때는 하마터면 울음을 터뜨릴 뻔했다.

"왜 여기까지 나왔어? 오두막에서 만나도 될 텐데."

카일은 한 손에 쥐고 있던 레일라의 편지를 셔츠 주머니 속에 잘 갈무리해 넣었다. 개울가의 버드나무 아래에서 만나자는, 피비가 가져온 그 편지를 읽자마자 이곳으로 달려온 참이었다.

"너한테 꼭 해야 할 말이 있어서."

레일라는 숨이 막히도록 고요한 눈으로 카일을 응시했다.

"얼마나 대단한 말을 하려고?"

카일은 하하 소리 내어 웃으며 레일라 곁에 앉았다. 평소라면 햇살처럼 환하게 마주 웃어 주었을 텐데, 오늘의 레일라는 어째서인지 아무런 반응도 보이지 않았다. 레일라에게도 이런 차가운 표정이 있었다는 사실이 카일은 덜컥 두려워졌다.

"뭐 이런 데이트도 좋기는 하네. 네가 아직 다 낫지 않아서, 그게 걱정이라 그렇지."

카일은 괜스레 너스레를 떨며 좋지 않은 예감을 부정했다. 무릎을 안고 있던 두 팔을 푼 레일라는 반듯한 자세로 그를 마주했다. 가녀린 어깨 위로 흘러내린 올이 가는 금발이 여름 오후의 햇살처럼 반짝였다.

"카일."

"아, 참! 나도 너한테 할 말이 있었는데. 잘됐다. 여기서 얘기하면 되겠네."

카일은 다급하게 말을 돌렸다.

"카일."

"도둑맞은 학비는 이제 더 이상 걱정하지 마, 레일라. 내일 아버지가 라츠에 가신대. 우리 두 사람의 학비를 내고 등록을……."

"카일, 난 대학에 가지 않을 거야."

레일라는 작지만 단호한 목소리로 카일의 말을 잘랐다.

"······뭐?"

멍해진 눈을 깜빡이던 카일이 굳은 입술을 열었다. 레일라는 더욱 결연해진 눈빛으로 카일을 바라보았다.

"나는 대학에 가지 않을 거야."

"그게 대체 무슨 소리야? 그 어려운 시험에 합격해놓고! 학비 걱정 같은 건 하지 말라니까, 레일라. 제발 그런 고집 부리지 말고······."

"너와 결혼도 하지 않을 거야."

흘러내린 숄을 여며 쥔 레일라가 바위에서 일어섰다. 충격에 휩싸인 카일의 얼굴이 마음을 아프게 했으나 이제 와 되돌릴 수는 없는 일이었다. 그렇다면 더욱 냉정해지는 것이 카일을 위하는 길이었다.

"나는 여기에, 빌 아저씨 곁에 남아서 부끄럽지 않은 삶을 살아가려고 해. 미안해, 카일. 처음부터 이래야 했는데, 내가······ 내가 잠시 욕심에 눈이 멀었어."

"욕심?"

"응. 아닌 척했어도 나 사실 되게 대학에 가고 싶었던가 봐. 그래서 결혼을 하려고 했어. 너는 분명히 나를 도와줄 것 같아서. 그런 너를 이용하려고."

"말도 안 돼, 레일라! 내가 그런 거짓말을 믿을 것 같아?"

실소하는 카일의 얼굴이 고통스럽게 일그러졌다. 완전한

거짓말일 수 있다면 참 좋을 텐데. 가만히 카일을 보는 레일라의 입술 위로 울음 같은 웃음이 떠올랐다.

한동안은 동정심을 사랑으로 착각한 것일지도 모른다는 생각을 했지만 레일라는 곧 알게 되었다. 카일의 사랑은 진실하다는 것을. 그건 오랜 친구 사이의 우정과는 명확하게 다른 감정이었다.

너는 연인의 마음으로 청혼하였는데, 나는 친구의 마음으로 받아들였다. 그 이면에 욕심이 없었다고 한다면 그건 거짓말이다. 그 사실이 레일라를 더욱 초라하게 만들었다.

"제발 이러지 마, 레일라. 다른 사람도 아닌 네가, 레일라 르웰린이 그런 사람일 리 없잖아!"

벌떡 일어선 카일의 긴 그림자가 레일라 위로 내려앉았다.

"넌 나를 사랑해. 설마 내가 그것도 모르는 바보로 보여?"

"사랑하지."

레일라는 부정하지 않았다.

카일을 사랑하는가?

그 질문에는 얼마든지 고개를 끄덕일 수 있었다. 수천 번을 물어와도 수천 번을.

"단짝 친구로, 오빠로, 때로는 동생으로. 그렇게 너를 사랑해, 카일."

점차 굳어가는 카일의 얼굴을 마주하고도 레일라는 흔들리지 않았다. 그래야 했다.

"하지만 네가 바라는 건 이런 종류의 사랑이 아니잖아. 나는 카일, 나는 도저히…… 그렇게는 너를 사랑할 수 없을 것 같아. 이런 마음으로 결혼할 수는 없어."

"……상관없어."

울 것 같은 얼굴을 한 카일이 고개를 저었다.

"어떤 종류의 사랑이든, 그게 사랑이라면 난 상관없어. 내가 바라는 사랑이 아니라도 괜찮아, 레일라."

"아니. 나는 싫어. 그렇게 살고 싶지 않아졌어."

레일라는 냉담하게 카일의 애원을 뿌리쳤다. 그건 레일라의 진심이기도 했다.

카일은 더 이상 말을 잇지 못하는 채로 멍하니 레일라를 바라보았다. 레일라는 묵묵히 그 시선을 받아냈다. 두 사람 사이에 놓인 침묵 속으로 바람이 불어왔다. 그 바람에 흔들리는 수면 위에서 찬란한 물비늘이 반짝였다. 그 깊고 고요한 응시에 먼저 마침표를 찍은 쪽은 레일라였다.

목 끝까지 차오른 슬픔을 더는 견디기 힘들어진 레일라는 개울을 향해 급히 몸을 돌려세웠다. 하지만 그리 좋은 선택은 아니었다. 오두막에서 멀지 않은 곳에 있는 이 숲속 개울은 카일과 레일라가 어린 시절부터 즐겨 찾던 장소였다. 수심이 얕고 물살이 약해 물을 무서워하는 레일라도 얼마든지 발을 담글 수 있었다.

레일라는 이곳에서 처음으로 물놀이를 해보았다. 카일과 함께였다. 겨울이 와 개울이 얼면 썰매와 스케이트를 탔다. 카일에게 배운 것이었다. 가재와 물고기를 잡고, 예쁜 조개껍질을 줍고, 계절을 따라 변해가는 물빛을 바라보았다. 카일과 함께. 언제나 함께. 어느 하루 즐겁지 않은 날이 없었다.

너를 사랑한 시간은 그랬어. 저 물비늘보다 찬란한 기억이 그처럼 많고 많은데, 여전히 그 사랑은 변함없는데, 영원히 그대로일 텐데, 그래도 나는 너를 잃어야겠지.

행복한 추억이 가득한 풍경이 부옇게 번져 보이기 시작했다. 레일라는 고개를 깊이 숙여 붉어진 눈시울을 감추었다.

"이제 그만할래. 더는 못 하겠어. 미안해, 카일. 처음부터 이렇게 대답했어야 했어."

"고작 그런 이유라면 더더욱 그런 말은 하지 마. 사랑 없이 결혼하는 사람들도 널린 세상이야. 어쨌든 넌 날 사랑하잖아. 그거면 돼."

성큼 다가온 카일이 레일라의 어깨를 감싸쥐었다.

"이용? 그래. 이용해. 그것도 상관없어."

"이러지 마."

"너라면 괜찮아. 그래도 좋아. 내가 도움이 될 수 있다면 얼마든지 이용해도 돼."

"카일!"

"날 떠나는, 그런 끔찍한 일만 아니면 뭐든 다 괜찮아."

카일은 물기 어린 목소리로 애원했다. 간신히 울음을 삼킨 레일라는 단호하게 카일의 손길을 뿌리쳤다.

"네 마음이 어떻든 내 결심은 달라지지 않아. 내가 싫어. 그러고 싶지 않아."

"정말 대학에 가고 싶었다며. 날 이용할 만큼 간절하다면, 그러면 더더욱 놓지 말아야지!"

"나는 카일…… 남자로, 연인으로 사랑하는 사람과 결혼하고 싶어. 너와 결혼을 해 라츠로 간다고 생각하니 확실히 알 것 같았어. 나는 절대 널 연인처럼 사랑할 수 없을 거란 걸. 결혼을 해도 내게 너는 영원히 좋은 친구일 뿐일 거야."

레일라는 결국 가장 하고 싶지 않았던 잔인한 말을 꺼냈다. 빛이 꺼진 카일의 눈농자가 아득하게 깊어졌다.

"나는 진심으로 사랑하는 사람과 결혼해서 부끄럽지 않게 살고 싶어. 너를 이용해 대학에 가고 싶은 마음보다 그 바람이 더 크고 간절해."

"레일라, 제발……."

"끝까지 모르는 척 너를 이용할까도 생각했지만, 그러면 나는 평생 이 선택이 부끄럽고 후회스러울 것 같아. 그런 선택을 하면 너를 친구로, 가족으로 사랑한 시간과 마음까지 더럽

혀질 테니까. 나는 그게 싫어, 카일. 적어도 소중한 추억만큼
은 지키고 싶어."

레일라는 진심을 담아 간청했다.

어른이 되어야 하는 시간이 왔다는 걸 알면서도 철부지 아
이 같은 선택을 했다. 카일을 잃고 싶지 않아서. 함께 대학에
갈 헛된 꿈에 부풀어서. 그런 이유로 결혼을 결심했던 자신이
레일라는 이제 정말이지 부끄럽고 죄스러웠다. 설령 카일이
그 모든 걸 다 이해한다고 해도 그들의 관계를 되돌릴 길은
없었다.

에트먼 부인의 말이 옳았다는 것을 레일라는 담담히 인정
했다. 레일라는 그런 짓을 저지를 정도로 자신을 증오하는 에
트먼 부인을 견딜 자신이 없었다. 진실을 밝힐 자신 역시 없
었다. 그건 카일에게서 사랑하는 어머니를 빼앗는 것과 같은
일이니까. 빌 아저씨 또한 깊은 상처를 입게 될 것이다.

이제 무엇도 돌이킬 수 없게 되었는데, 진실을 밝혀 얻을
수 있는 것은 사랑하는 사람들의 마음을 찢을 상처뿐이었다.
그러니 레일라는 이제 돌아서야만 했다. 그것이 모두를 지킬
수 있는 유일한 방법이었다.

"제발 그럴 수 있게 해줘, 카일."

레일라는 담담하게 이별을 고했다.

"그러자, 우리."

반짝거리는 소중한 시절을 놓아주고 우리 이제 어른이 되자.

미처 다 전하지 못한 그 말은 슬픈 미소로 대신했다. 가슴이 찢어질 듯 아팠지만 다행히 눈물은 흐르지 않았다.

찬찬히 숨을 고른 레일라는 무거운 걸음으로 카일을 스쳐 지나갔다.

"가지 마."

우두커니 서 있던 카일이 다급히 레일라의 손목을 붙들었다. 크고 뜨거운 손이 위태롭게 떨리고 있었다. 지그시 감았던 눈을 뜬 레일라는 그 손을 밀어내는 것으로 대답을 대신했다. 차마 욕심껏 레일라를 움켜쥐지 못했던 카일의 손은 그 미약한 힘에도 툭, 쉽게 떨구어졌다.

버림받은 아이 같은 표정을 짓고 있는 카일을 홀로 남겨둔 레일라는 아무 일도 없는 듯이 침착한 걸음으로 개울가를 떠났다. 두 눈 가득 눈물이 자올랐지만 레인라는 울지 않았다. 숲을 지나 오두막에 다다를 때까지, 절대.

울어봐, 빌어도 좋고 1

초판1쇄 펴낸 날 2025년 12월 25일

지은이 솔체
펴낸이 김영정

펴낸곳 폴라북스
등록번호 제1- 452호
주소 06532 서울시 서초구 신반포로 321(잠원동, 미래엔)
전화 02-2017-0280
팩스 02-516-5433
홈페이지 www.hdmh.co.kr

ISBN 979-11-88547-49-4 (04810)

*폴라북스는 ㈜현대문학의 종합출판 브랜드입니다.
*책값은 뒤표지에 있습니다.
*파본은 구입처에서 교환해드립니다.